DEUTSCHLAND

TOLLE SEHENSWÜRDIGKEITEN, AUTHENTISCHE ERLEBNISSE

Benedict Walker, Kerry Christiani, Marc Di Duca, Catherine Le Nevez, Leonid Ragozin und Andrea Schulte-Peevers

Willkommen in Deutschland

Die deutsche Landschaft entfaltet sich, wie von einem Künstler gemalt: Da sind die von Dünen gesäumten Küsten im Norden, die dunklen Wälder, romantischen Flusstäler und großen Weinberge in der Mitte und im Süden die mächtigen, ungeheuer eindrucksvollen Alpen.

Man begegnet der Geschichte auf Schritt und Tritt in Städten, deren Straßen schon lange angelegt waren, bevor Kolumbus in See stach, und in Burgen, die hoch über Fachwerkhäusern mit Blumenkästen voller roter Geranien stehen.

Deutschlands Großstädte, darunter Berlin, München und Köln, bieten mehr Geschmacksrichtungen als eine Tüte Bonbons. Hier gibt's das ganze Spektrum von Kultur und Flair, von hoher Kunst und Oper bis hin zu schlüpfrigem Cabaret und einem richtig coolen Nachtleben.

Wenige Länder haben die Welt so beeinflusst wie Deutschland: Prägend wirkten die Hanse und die Reformation, jedoch auch Hitler und der Holocaust. Zu den deutschen Erfindungen zählen das Aspirin, das Auto, der Computer, der Tesafilm, die Straßenbahn und LGBTIQ+-Rechte. Aus Deutschland wirkten Einstein, Goethe, Marx, Luther, Beethoven und die Brüder Grimm in die Welt. Zeugnisse dieses reichen Erbes finden sich überall in Deutschland.

Genauso reich ist die herzhafte Küche, die weit mehr zu bieten hat als Würstchen, Brezeln, Schweinshaxen und Schnitzel. Dazu gibt's mächtige Krüge schäumendes Bier, das in Deutschland die sechste Gruppe der Grundnahrungsmittel bildet. Aber jenseits dieser Klischees gibt's eine ganze Fülle regionaler und saisonaler Gaumenfreuden.

Willkommen in Deutschland!

Das ganze Spektrum von Kultur und Flair

Neues Rathaus (S. 105), München
EVGENY DROBZHEV/500PX ©

0
200 km
N
Nordsee
Ostsee
DÄNEMARK
Danzig
Kiel
Rostock
Lübeck
Bremerhaven
Elbe
Schwerin
Hamburg
Neubrandenburg
Müritz
Stettin
POLEN
NIEDERLANDE
Oldenburg
Bremen
DEUTSCHLAND
BERLIN S. 32
Posen
AMSTERDAM
Hannover
Frankfurt (Oder)
Osnabrück
POTSDAM S. 82
Ärmelkanal
Rotterdam
Münster
Hildesheim
Magdeburg
National-park Harz
Cottbus
Rhein
Göttingen
Halle
Leipzig
Calais
Antwerpen
Düsseldorf
Kassel
Breslau
BRÜSSEL
KÖLN S. 208
Erfurt
DRESDEN S. 170
Gera
Chemnitz
Bonn
BELGIEN
OBERES MITTEL-RHEINTAL S. 222
Koblenz
MOSELTAL S. 238
Frankfurt am Main
Main
PRAG
Mosel
Mainz
Darmstadt
LUXEMBURG
LUXEMBURG
TSCHECHISCHE REPUBLIK
Würzburg
Neckar
NÜRNBERG S. 184
Saarbrücken
HEIDELBERG S. 136
ROTHENBURG OB DER TAUBER S. 196
PARIS
Regensburg
Naturpark Altmühltal
FRANKREICH
Straßburg
Stuttgart
Donau
SLOWAKEI
Passau
Augsburg
Linz
WIEN
BRATISLAVA
Ulm
SCHWARZ-WALD S. 148
MÜNCHEN S. 94
Győr
SCHLOSS NEU-SCHWANSTEIN S. 126
Salzburg
ÖSTERREICH
Lindau
UNGARN
VADUZ
Innsbruck
LIECHTENSTEIN
BERN
SCHWEIZ
Zalaegerszeg

Inhalt

Weinberge, Moseltal (S. 238)
TRAVEL INK/GETTY IMAGES ©

Reiseplanung
Deutschlands Top 12

CANADASTOCK/SHUTTERSTOCK ©

Berlin

Die Freiheit, ganz man selbst zu sein

Berlin (S. 32) ist eine Stadt für Suchende. Die zwischen Bodenständigkeit und Glamour pendelnde Weltmetropole muss man einfach lieben! Berlins faszinierende Museen erzählen eine komplexe wie tragische Geschichte. Dennoch liegt der Fokus der Hauptstadt auf dem Hier und Jetzt: Was immer man auch essen will, in Berlin bekommt man's. Die Kunst kennt keine Grenzen. Und die Partys enden erst montagmorgens. Links: Skyline von Berlin; rechts: Holocaust-Mahnmal (S. 54)

1

EDDY GALEOTTI/SHUTTERSTOCK ©

STIFTUNG PREUSSISCHE SCHLÖSSER UND GÄRTEN BERLIN-BRANDENBURG/ PHOTOGRAPHER: WOLFGANG PFAUDER ©

STIFTUNG PREUSSISCHE SCHLÖSSER UND GÄRTEN BERLIN-BRANDENBURG/ PHOTOGRAPHER: HANS BACH ©

Potsdam

Preußische Schlösser und zauberhafte Parks

Potsdams (S. 82) Schlösser, Parks und Stätten des Kalten Krieges füllen jede Kameraspeicherkarte. Die Glienicker Brücke verbindet Berlin und Potsdam, dem Friedrich der Große zu Ruhm verhalf. Sein Schloss Sanssouci ist die Krönung der als UNESCO-Welterbe anerkannten Kulturlandschaft aus dem 18. Jh. Doch Vorsicht, die Gefahr, von all dieser Pracht geblendet zu werden, ist groß! Oben: Schloss Sanssouci (S. 86); unten: Bildergalerie (S. 88), Park Sanssouci

2

S.BORISOV/SHUTTERSTOCK ©

München

Darum sind die Bayern so stolz

Unter dem weiß-blauen Himmel der Landeshauptstadt (S. 94) warten nicht nur bayerische Klischees. Hier existieren Volkstümlichkeit und Traditionsbewusstsein neben schnittigen BMWs und Designerboutiquen. Die Museen der Stadt zeigen alles, von Kunstwerken über Industrieschätze bis zur Geschichte des Oktoberfests. Und das Nachtleben – glaubt man den Münchnern – ist allenfalls in Berlin besser. Marienplatz (S. 104) mit Frauenkirche (links) und Neuem Rathaus (rechts)

3

4

Schloss Neuschwanstein

Das Vorbild für Walt Disneys Firmenlogo

Das von Bayerns berühmtem und angeblich dem Wahnsinn verfallenem König Ludwig II. in Auftrag gegebene Schloss (S. 126) scheint direkt einem Märchenbuch entsprungen zu sein. Im Inneren spürt man Ludwigs Besessenheit von mystischer Geschichte und seinem Lieblingskomponisten Wagner. Das Schloss, eine der am meisten besuchten Sehenswürdigkeiten Europas, ist der würdige Schlusspunkt der Romantischen Straße und das ganze Jahr über Ziel von internationalen Touristenmassen. Schloss Neuschwanstein (links; S. 126), Schloss Hohenschwangau (rechts; S. 132)

5

Heidelberg

Deutschlands älteste Universitätsstadt

Die deutschen Romantiker des 19. Jhs. suchten und fanden Schönheit und Inspiration in Heidelberg (S. 136), genau so wie Mark Twain, der von den Ruinen des über der Stadt thronenden Schlosses ganz hingerissen war. Generationen von Studenten haben hier Vorlesungen besucht, lautstark mit Bierkrügen in den Händen gesungen und ihre Namen in die Tische der Gaststuben geritzt – der eine oder andere landete auch im Karzer. Heute ist Heidelberg eine Stadt, die Tradition mit Forschung von Weltrang vereint, innovative Kulturevents mit einem ausschweifenden Nachtleben. Blick von der Alten Brücke (S. 141) aufs Heidelberger Schloss (S. 142)

SEANPAVONEPHOTO/GETTY IMAGES ©

ALEXANDER HASSENSTEIN/GETTY IMAGES ©

Der Schwarzwald

Stille, Stille ... so wunderbare Stille

Ob Nebel, Schnee oder Sonne, der Schwarzwald (S. 148) verzaubert immer. Die tiefen und dunklen Wälder des Mittelgebirges sind für Naturliebhaber ein wahres Sehnsuchtsziel. Jedes Tal birgt neue Überraschungen: Fachwerkdörfer, tosende Wasserfälle und hausgroße Kuckucksuhren, reine Bergluft und Serpentinen zu Seen im Nirgendwo, sündhafte leckere Torten, Wanderwege ohne Ende und himmlische Ruhe auf einsamen Bauernhöfen – Urlaub kann so einfach sein!

6

JONATHAN STOKES/LONELY PLANET ©

Dresden

Wie Phönix aus der Asche des Krieges

Die Apokalypse kam in den kalten Nächten des Februars 1945: Tagelange Luftangriffe verwandelten Deutschlands „Elbflorenz" (S. 170) in einen Trümmerhaufen, der 25 000 Menschen unter sich begrub. Dresdens Wiedergeburt grenzt an ein Wunder. Die architektonischen Schätze wurden mit viel Aufwand und Liebe restauriert und rechtfertigen Dresdens Spitzenplatz in der Ruhmeshalle der europäischen Kulturhauptstädte. Frauenkirche (S. 174)

7

8

Nürnberg

Spielzeuge, Eisenbahnen und Burgmauern

Nürnberg (S. 184) beschwört im Ausland vielleicht zuallererst Bilder von Naziparteitagen und Kriegsprozessen herauf, aber die dynamische Franken-Metropole bietet so viel mehr. Von hier aus fuhr Deutschlands erste Eisenbahn in das benachbarte Fürth – ein Erbe, das im großartigen DB Museum bewahrt wird. Deutschlands Spielzeughauptstadt bietet außerdem jede Menge Unterhaltung für die Kleinen. Und wer mit dem Sightseeing fertig ist, kann eines der fränkischen Biere genießen, die so dunkel sind wie Kaffee, und damit Nürnbergs köstliche fingergroße Bratwürste hinunterspülen.

LENA SERDITOVA/500PX ©

SEANPAVONEPHOTO/GETTY IMAGES ©

DANITA DELIMONT/ GETTY IMAGES ©

9

Rothenburg ob der Tauber

Verwinkeltes Fachwerkidyll

Mit seinem Labyrinth aus wunderhübsch restaurierten Fachwerkhäusern ist Rothenburg ob der Tauber (S. 196) der Inbegriff eines schnuckeligen mittelalterlichen Städtchens. Am besten erlebt man dieses historische Wunderland zu der magischen Zeit frühmorgens oder spätabends, wenn die Touristenbusse abgefahren sind und man das romantische Flair mondbeschienener Kopfsteinpflastergassen bei einem Spaziergang (fast) für sich alleine hat. Links: mittelalterliche Häuser, Rothenburg ob der Tauber (S. 196); rechts: traditionelle Kuckucksuhr

YURY DMITRIENKO/SHUTTERSTOCK ©

IAIN MASTERTON/GETTY IMAGES ©

ANGELO BUFALINO/500PX ©

Köln

Der prächtigste Dom Deutschlands

Er ist das Symbol der Rhein-Metropole: der Kölner Dom mit seinen Zwillingstürmen, die sich über der Stadt und dem Rhein erheben. Das monumentale Zeugnis des Glaubens und der Überzeugung wurde im Jahr 1248 begonnen und über 600 Jahre später vollendet. Von den Türmen des gotischen Gotteshauses hat man einen unvergleichlichen Ausblick auf die Stadt am Rhein (S. 208). Oben: Decke des Kölner Doms; oben links: Dom bei Nacht; oben rechts: Eingang des Doms

10

WESTEND61/GETTY IMAGES ©

Oberes Mittelrheintal

Dörfer, Reben und Wälder am Fluss

Während der mächtige Rhein (S. 222) von Rüdesheim nach Koblenz fließt, erzeugt die einmalige Interaktion von Fels und Wasser eine magische Mischung aus Wildnis (schäumende Wasserwirbel, spektakuläre Klippen) und Kultiviertheit (fast senkrechte Weinberge), Mittelalter (Hügelburgen, Fachwerkweiler) und Neuzeit (Frachtkähne, Fähren, Passagierschiffe und Eisenbahnen). Zig Spazierwege führen durch Weinberge und Wälder. Boppard (S. 232), Rheintal

11

JÖRG GREUEL/GETTY IMAGES ©

Das Moseltal

Wein, glorreicher Wein!

Die Mosel (S. 238), einer der schönsten Flüsse Europas, schlängelt sich über 544 km von den Vogesen bis nach Koblenz. Zwischen der Römerstadt Trier mit ihrem reichen antiken Erbe und der Mündung in den Rhein wird die Mosel gesäumt von uralten Dörfern. Kühn klettern an schwindelerregend steilen Hängen Rebstockreihen in die Höhe, aus deren Traube junge und ambitionierte Winzer unvergessliche Rieslingweine zaubern.

12

Reiseplanung
Highlights

1989STUDIO/SHUTTERSTOCK ©

Schlösser & Burgen

Über die Jahrhunderte entstanden in Deutschland viele Schlösser und Burgen – ein Ergebnis des feudalen Flickenteppichs bis zur Gründung des deutschen Kaiserreichs (1871).

Füssen
Am Fuß der Alpen markiert die Stadt das Südende der Romantischen Straße.

Schloss Neuschwanstein
Deutschlands wohl berühmtestes Schloss (S. 128).

Potsdam
Die frühere Residenz der preußischen Könige ist das beliebteste Tagesziel ab Berlin.

Schloss & Park Sanssouci
Das Schloss von Friedrich II. nebst Parkanlage (S. 86).

Heidelberg
Deutschlands älteste Universitätsstadt hat viele große Schriftsteller und Intellektuelle inspiriert.

Schloss Heidelberg
Nachts sind die Ruinen (s. oben; S. 142) beleuchtet.

DAVID /500PX ©

Idyllische Kleinstädte

In Deutschlands Kleinstädten laden uralte Gassen, herrliche historische Kirchen und malerische Plätze mit Springbrunnen zum Bummeln ein.

Rothenburg ob der Tauber
Dieses bezaubernde Städtchen aus dem Mittelalter ist sich seines Charmes wohl bewusst.

Stadtmauer
Ein Spaziergang voller Eindrücke rund um den Ort (S. 204).

Romantisches Rheintal
Bildhübsche Ortschaften säumen Deutschlands größten Strom.

Bacharach
Eine tolle Aussicht bietet der Kirchturm (s. oben; S. 230).

Moseltal
Das Tal mit seinen pittoresken Ortschaften und Städtchen zählt zu Deutschlands ältesten Siedlungsgebieten.

Trier
Heimat des großartigen Hauptmarkts (S. 255).

Kirchen, Dome & Münster

Deutschlands Gotteshäuser sind oft auch architektonische Meisterwerke voller historischer und unbezahlbarer Kunstschätze.

MIKHAIL MARKOVSKIY/SHUTTERSTOCK ©

Köln
Nach seiner Gründung durch die Römer (38 v. Chr.) entwickelte sich Köln zum blühenden Handelszentrum.

Kölner Dom
Eine der schönsten Kirchen Deutschlands (S. 212).

Schwarzwald
Freiburgs mittelalterliche Altstadt ist ein märchenhafter Mix aus Giebelhäusern, Plätzen und Pflastergassen.

Freiburg im Breisgau
Besucher sind vom Münster (S. 152) beeindruckt.

München
Unter den architektonischen Juwelen von Bayerns Hauptstadt sind auch zahlreiche Kirchen.

Asamkirche
Herrliche spätbarocke Pracht (s. oben; S. 104).

Outdoor-Aktivitäten

Ob Radtouren, Bootstrips, Schwimmen, Skifahren, Sonnenbaden oder Naturerlebnisse: Deutschland lädt ganzjährig zu vielen Outdoor-Aktivitäten ein.

ANDREY_POPOV/SHUTTERSTOCK ©

Schwarzwald
Das Dunkel der namengebenden Nadelwälder ist so verlockend wie die berühmte Kirschtorte.

Triberg
Deutschlands höchste Wasserfälle (s. oben; S. 168).

Romantisches Rheintal
Der schönste Rheinabschnitt schlängelt sich spektakulär durch dieses fruchtbare Tal.

Koblenz
Ausgangspunkt für Rheinfahrten (S. 236).

Moseltal
Das liebliche Flusstal voller Felder und Wälder ist auch ein Paradies für Weinfans.

Bernkastel-Kues
Radeln entlang einer alten Bahntrasse (S. 252).

Reiseplanung
Auf einen Blick

PHILIP KOSCHEL/LOOK-FOTO/GETTY IMAGES ©

Aktivitäten

Egal ob bei Regen oder Sonnenschein, Deutschlands tolle, spektakuläre Natur ist leicht zugänglich und punktet mit Tausenden Kilometern gepflegter Wanderwege, Radwege, Skipisten und Wasserwege: Hier kann man sich beim Wandern im Schwarzwald in die Märchenwelt der Brüder Grimm einfühlen, in kristallklare Alpenseen springen, längs mächtiger Flüsse und Seeufer radeln und vor sagenhaften Bergen Pisten hinuntersausen, während in der Ferne alte Burgen grüßen. Deutschlands vielfältige, schöne Natur ist in jedem Fall eindrucksvoll.

Shoppen

Deutschland hat die ganze Palette: modische Streetwear in Berlin, Bio- und Bauernmärkte mit allem, was Land und Meer zu bieten haben, unabhängige Designer-Boutiquen, Retro-DDR-Läden, familiengeführte Kunsthandwerksateliers, Schreibwarenläden, Buchhandlungen und Geschäfte aller großen Ketten. Traditionelle Souvenirs sind zeitlos – wer kann schon Kuckucksuhren, Bierkrügen und Lederhosen widerstehen? Und dann sind da noch die regionaltypischen kulinarischen Spezialitäten, der Wein und BMW. Ja, einkaufen kann man überall in Deutschland sehr gut!

Essen

Die Franzosen mögen allgemein als Feinschmecker gelten, die italienische Küche mag fast jeder, griechisches Essen hat international Fans – „typisch deutsche" Gerichte jedoch galten lange als uninspiriert und bieder. Mittlerweile aber ist eine kulinarische Revolution im Gange. Überall im Land servieren Chefköche Gerichte mit lokalen und saisonalen Produkten und kreieren sogar gesundes Streetfood. Es gibt ausgezeichnete vegetarische und vegane Angebote, und Bio-Kost ist überall zu haben. Viele Weine können absolut mit französischen oder italienischen mithalten. Ein Urlaub an der Mosel kann so z. B. einen Ostfriesen in ganz eigene Gastro-Welten entführen.

Ausgehen & Nachtleben

Deutschland versteht sich aufs Feiern. Berlin hat sich diesbezüglich grenzenlose Freiheit auf die Fahne geschrieben; hier ist richtig, wer Nachtclubs, Electro und Techno mag. Rustikaler geht es in bayerischen Bierhallen und -gärten zu, Blaskapellen und Kellnerinnen in Dirndln inklusive. Was wiederum aber auch nicht heißt, dass man in München nicht abtanzen könnte ... In ländlichen Gebieten mag nicht allzu viel los sein, aber in den Großstädten warten jede Menge schicker Cocktailbars, muntere Kneipen und Dachterrassen, von denen man auf die Skyline blicken kann.

Unterhaltung

Prunkvolle Konzertsäle, in denen einst die größten Komponisten wie Beethoven, Brahms und Bach den Taktstock hoben, Theater mit Inszenierungen, die alle Grenzen sprengen, Lagerhäuser, die zu Ausstellungsräumen für alternative Kunst umfunktioniert wurden, und düstere, mit Plakaten ausgekleidete Jazzschuppen, wo es nach Mitternacht so richtig losgeht – das Unterhaltungsangebot ist faszinierend und vielseitig. Bei größeren Stätten muss man vorab (in der Regel möglichst online) reservieren, doch gibt's gelegentlich auch günstige Last-Minute-Tickets.

★ Top-Tipps Essen & Ausgehen

Esszimmer, München (S. 118)

Bratwursthäusle, Nürnberg (S. 194)

Restaurant Genuss-Atelier, Dresden (S. 181)

Prater, Berlin (S. 77)

Tantris, München (S. 118)

Zum Roten Ochsen, Dresden (S. 146)

Louisengarten, Dresden (S. 182)

Chinesischer Turm, München (S. 119)

Von links nach rechts: Mountainbiken (S. 158), Schwarzwald; Potsdamer Platz (S. 65), Berlin

Reiseplanung
Monat für Monat

Februar

Zu Karneval bzw. Fasching geht's vielerorts hoch her. Die Skiorte sind wegen der Schulferien besonders voll, was rechtzeitige Reservierungen ratsam macht.

☆ Internationale Filmfestspiele Berlin

Die zweiwöchige Berlinale zählt zu Europas renommiertesten Kinoevents: Filmstars, -regisseure und -kritiker stolzieren über den roten Teppich und glamouröse Partys steigen.

Karneval/Fasching

Die närrischen Wochen vor der bis Ostern andauernden Fastenzeit stehen im Zeichen von Feierwut, Prunksitzungen, Straßenumzügen und -festen. Extra wild wird's u. a. in Köln, Mainz und der Schwarzwaldregion.

März

Die Tage werden wieder länger, der Frühling kündigt sich an. An den Küsten kommt traditionell Grüner Hering auf den Tisch, während anderswo viele Gerichte mit Bärlauch serviert werden.

April

Osterhasen sind allgegenwärtig, während die erste Spargelernte endgültig das Frühjahr einläutet.

Maifest

Am Abend des 30. April wird das Winterende vor allem in den ländlichen Regionen mit dem Aufstellen bunt geschmückter Maibäume und jeder Menge Brauchtum gefeiert – natürlich inklusive Musik, Tanz und Festivitäten.

Mai

Einer der schönsten Monate des Jahres: Das oft warme und sonnige Wetter animiert zu ersten Biergarten-Besuchen. Schulferien und die gesetzlichen Feiertage werden

Oben: Münchner Oktoberfest (S. 98)

SERGEY KOHL/SHUTTERSTOCK ©

für (Kurz)urlaube und verlängerte Wochenenden genutzt, die Straßen sind voll und Unterkünfte vielerorts ausgebucht.

Karneval der Kulturen

Berlin im Multi-Kulti-Fieber: Partys, Ethno-Küche und eine coole Parade, bei der DJs, Künstler, Musiker und kunterbunt gekleidete Tänzer durch Kreuzbergs Straßen ziehen (S. 76).

Tag der Arbeit

Am 1. Mai finden mancherorts politische Kundgebungen und Demonstrationen (insbesondere für Arbeiterrechte) statt. Während es in Berlin früher oft gewalttätige Auseinandersetzungen mit der Polizei gab, begeht die Hauptstadt den Feiertag heute größtenteils friedlich in Form eines großen Straßenfests.

Muttertag

Am zweiten Maisonntag werden traditionell die Mütter geehrt – was den Blumen-, den Süßigkeiten- und den Grußkartenhandel sehr erfreut. Aber auch die Restaurantbesitzer – wer essen gehen möchte, sollte rechtzeitig reservieren!

Juni

Landesweit steigt die Zahl der Feste und Events, während Feinschmecker auf den Wochenmärkten nun im vollen Spektrum regionaler Frischwaren schwelgen. Auch sonst ist im Freien viel los, da die Abenddämmerung bis zur Sommersonnenwende erst gegen 21.30 Uhr einsetzt.

Vatertag

An Christi Himmelfahrt ziehen viele Männer – nicht alle sind Väter – mit Bollerwagen los und bechern kräftig, in aller Regel ohne weibliche Begleitung. Andere nutzen den Tag mit der Familie.

Christopher Street Day

Der CSD steigt in diversen Großstädten (vor allem in Berlin und Köln) und vereint

Oben: Christopher Street Day (S. 219)

Partygänger aller Art: Ob LGBTQ oder hetero, spielt dabei keine Rolle.

Juli

In den Bergen wie an den Küsten: Durch die Hauptreisezeit in den Sommerferien nehmen die Touristenzahlen überall stark zu und machen rechtzeitige Reservierungen ratsam. Die Gewässer erreichen Badetemperaturen.

August

Im heißesten Monat kommt es nachmittags oft zu Gewittern. Pfifferlinge und Beeren sprießen auch wild in den Wäldern (wer selbst sammeln möchte, sollte sich schlau machen, ob in der Gegend der Fuchsbandwurm verbreitet ist).

Weinfeste

Zur Weinlese steigen Weinfeste mit Verkostungen, Umzügen, Feuerwerk und Weinköniginnen-Wahlen. Zu den bekanntesten Events zählt der Dürkheimer Wurstmarkt (www.duerkheimer-wurstmarkt.de).

September

Oft super Wetter: sonnig, aber nicht zu heiß. Die Hauptreisezeit ist zwar vorbei, aber Wein- und Herbstfeste sorgen immer noch für viel Betrieb. Ende des Monats werden die Bäume langsam bunt.

Berlin-Marathon

Bei Deutschlands größtem Straßenmarathon wurden seit 1977 neun Weltrekorde aufgestellt. Besucher können die bis zu 50 000 Läufer anfeuern oder selbst mitrennen.

Erntedankfest

Insbesondere katholische Landgemeinden feiern die Ernte mit dekorierten Kirchenaltären, Prozessionen und Umzügen.

Oktoberfest

Münchens legendäres Bierfest (S. 98) beginnt etwa Mitte September.

Oktober

Wenn die Tage kürzer und kälter werden, beginnt die Saison für Handelsmessen, was sich in einigen Großstädten (z. B. Frankfurt, Köln, Berlin, Hamburg) auf Zimmerpreise und -verfügbarkeit auswirkt. In weniger stark besuchten Gebieten verkürzen einige Touristeninformationen, Museen und Sehenswürdigkeiten ihre Öffnungszeiten oder schließen komplett bis zum nächsten Frühjahr.

November

Manchmal trist und in puncto Outdoor-Aktivitäten eher etwas für Hartgesottene. Doch in dieser Zeit sind viele Sehenswürdigkeiten wenig besucht und es finden interessante Kulturevents statt.

Sankt-Martins-Tag

Am 11. November wird der hl. Martin (Bischof von Tours im 4. Jh.) für seine Menschlichkeit und Großzügigkeit geehrt: Oft wird jene berühmte Szene nachgestellt, in der Martin seinen Mantel zerteilt und die eine Hälfte einem frierenden Bettler geschenkt haben soll. Jetzt finden auch Laternenumzüge statt und die Martinsgans kommt auf den Tisch.

Dezember

Die Bräuche der Adventszeit versüßen die vier kalten, sonnenarmen Wochen vor Weihnachten. In den Skiorten beginnt langsam die Saison.

Nikolaustag

Am Abend des 5. Dezember hoffen Kinder auf die nächtliche Stiefelfüllung durch den Nikolaus. Wer nicht brav war, muss stattdessen mit der Rute von Knecht Ruprecht rechnen.

Weihnachtsmärkte

Den ganzen Dezember über erfreuen Weihnachtsmärkte wie der berühmte Nürnberger Christkindlesmarkt (S. 193) ihre Besucher mit Glühwein, Lebkuchen und Lichterglanz.

Silvester

Der Jahreswechsel mit Feuerwerk ist benannt nach Papst Silvester I., der Konstantin den Großen im 4. Jh. getauft haben soll.

Reiseplanung
Inspiration

YULIA GRIGORYEVA/SHUTTERSTOCK ©

Bücher

Grimms Märchen (1812) Die Märchen von Jakob und Wilhelm Grimm werden heute von Kindern auf der ganzen Welt gelesen.

Die Räuber (1781) von Friedrich Schiller und **Faust I** (1808) von Johann Wolfgang von Goethe gehören zu den bedeutendsten Werken der deutschen Literatur – mit ihnen sollte jeder einmal in Berührung gekommen sein, ob in der Schule oder im Theater.

Der geteilte Himmel (1963) In ihrer Erzählung beschreibt Christa Wolf die Entwicklungen in der frühen DDR. Später wurde diese Vorlage auch verfilmt. Der Film erhielt das Prädikat „Besonders wertvoll".

Filme

Das Boot (1981) Taucht in die klaustrophobische Welt des U-Boot-Krieges im Zweiten Weltkrieg ein.

Good Bye, Lenin! (2003) Dramatische Komödie über einen jungen Ostberliner, der seine kranke Mutter vor dem Wissen um den Fall der Mauer beschützen möchte.

Das Leben der Anderen (2006) Oscar-prämierter Film, der von der Allgegenwärtigkeit und der Zerstörungskraft der Stasi erzählt.

Babylon Berlin (2017) Opulente Dramaserie um einen Detektiv im Berlin der Weimarer Republik.

Musik

Der Ring des Nibelungen (1848–1874) Richard Wagners epischer Opernzyklus.

Die Dreigroschenoper (1928) Berühmtes Werk von Brecht und Weill.

99 Luftballons (1983) Nena schrieb mit diesem Lied internationale Popgeschichte. Auch die englische Version, ein Jahr später veröffentlicht, wurde zum Erfolg.

Wind of Change (1991) Mit dieser Rock-Hymne haben die Scorpions die Stimmung Ende der 1980er-Jahre perfekt eingefangen.

Sehnsucht (1994) Das Album, das der Industrial-Metallband Rammstein zum internationalen Durchbruch verhalf.

Oben: Auftritt von Rammstein

Reiserouten: 5 Tage

Der Osten

Mehr als 20 Jahre nach der Wiedervereinigung hat das frühere DDR-Staatsgebiet noch immer einen ganz eigenen Charakter. Die fünftägige Tour umfasst Berlin, Potsdam und das faszinierende Dresden. Man taucht in die Geschichte Ostdeutschlands ein und verfolgt die Entwicklung seit dem Mauerfall.

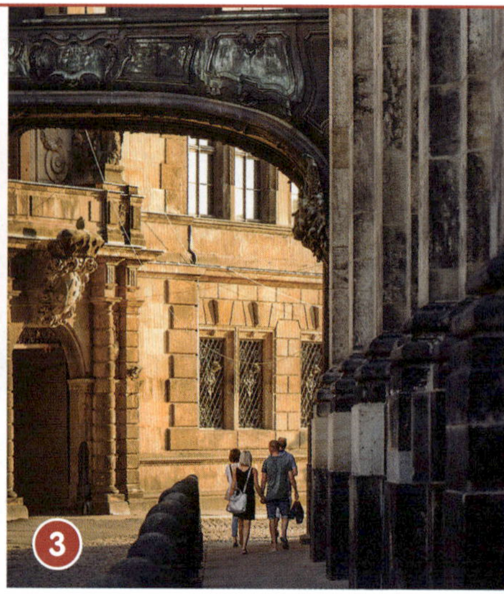

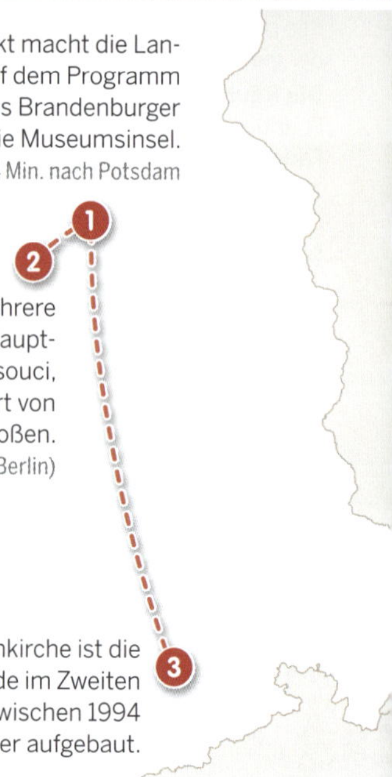

Berlin (S. 32) Den Auftakt macht die Landeshauptstadt Berlin. Auf dem Programm stehen der Reichstag, das Brandenburger Tor und die Museumsinsel.

S-Bahn 40 Min. oder Zug 24 Min. nach Potsdam

Potsdam (S. 82) Hier gibt es mehrere Schlösser und Parks, aber der Hauptbesuchermagnet ist Schloss Sanssouci, der private Rückzugsort von Friedrich dem Großen.

3–4½ Std. nach Dresden (aus Berlin)

Dresden (S. 170) Die Frauenkirche ist die größte Attraktion. Sie wurde im Zweiten Weltkrieg zerstört und zwischen 1994 und 2005 wieder aufgebaut.

Geschichte im Süden

Diese Route, die auch Kinder mögen, verbindet bekannte süddeutsche Sehenswürdigkeiten – historische Highlights inklusive. Der Trip lässt sich in fünf Tagen absolvieren, lädt aber auch zu ein paar Extra-Übernachtungen ein.

Rothenburg ob der Tauber (S. 196) Nur wenige deutsche Dörfer sind so malerisch wie dieses perfekt erhaltene mittelalterliche Wunderwerk.
🚌 1 Std. 20 Min. nach Nürnberg

Nürnberg (S. 184) Burgmauern, Dampfzüge, NS-Geschichte, handgemachtes Spielzeug: Was darf es zuerst sein?
🚌 1¼ Std. nach München

München (S. 94) Die Stadt punktet mit unzähligen Museen und vielen Biergärten. Nachdenklich macht Dachau außerhalb der Stadt.
🚌 2 Std. nach Füssen

Füssen (S. 134) Eine Besichtigung des märchenhaften Schlosses Neuschwanstein, des meistbesuchtem Bergschlosses Deutschlands, rundet den Trip ab.

Reiseplanung
10 Tage

An Rhein & Mosel entlang

An Deutschlands Westrand schlängeln sich Rhein und Mosel durch hügelige Weinregionen, vorbei an Burgen und malerischen Ortschaften mit langer Geschichte.

1 **Köln** (S. 208) Über 509 Stufen geht es hinauf zur Spitze des Südturms des Kölner Doms. Danach empfiehlt sich ein Besuch des Römisch-Germanischen Museums.
1 Sd. nach Koblenz

2 **Koblenz** (S. 235) Ein Bummel durch die hübsche, wiederaufgebaute Altstadt lohnt sich. Am Deutschen Eck fließen Mosel und Rhein zusammen.
½ Std. nach Bacharach

3 **Bacharach** (S. 230) Dies ist eines der malerischsten Dörfer am Rhein und auf jeden Fall einen Zwischenstopp wert.
50 Min. nach Rüdesheim

4 **Rüdesheim** (S. 228) Hier genießt man einen spektakulären Blick auf den Rhein und einige der besten Weine Deutschlands.
1½ Std. nach Cochem

5 **Cochem** (S. 248) Das Tor zum Moseltal ist ein beliebtes Schifffahrtsziel. Ein Besuch der Reichsburg aus dem 12. Jh. lohnt sich.
35 Minuten bis Traben

6 **Traben-Trarbach** (S. 249) In dem an der Mosel gelegenen Heilbad kann man Moselweine probieren und das Buddha-Museum besuchen.
1½ Std. nach Trier

7 **Trier** (S. 253) In der Welterbestadt Trier lassen sich die schönsten römischen Denkmäler Deutschlands besichtigen: die Kaiserthermen und ein Amphitheater im Stil des Kolosseums.

1

7

3

Reiseplanung
2 Wochen

Rundfahrt durch den Süden

Diese Rundfahrt durch Bayern und Baden-Württemberg punktet mit allen Highlights des Südens: romantischen Schlössern, leckerem Bier, historischen Stadtzentren und verschneiter Alpenkulisse.

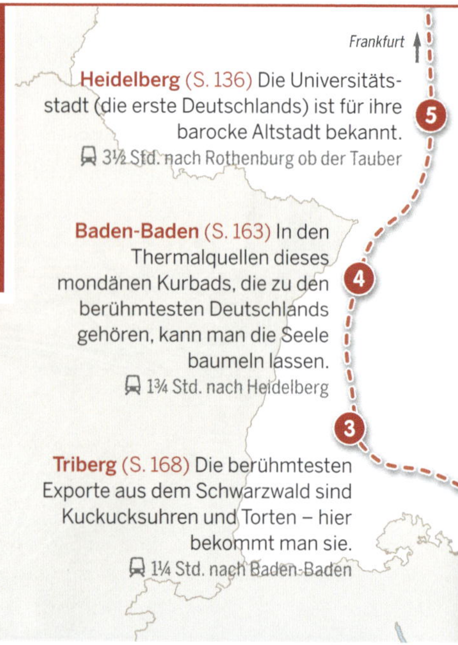

Heidelberg (S. 136) Die Universitätsstadt (die erste Deutschlands) ist für ihre barocke Altstadt bekannt.
3½ Std. nach Rothenburg ob der Tauber

Baden-Baden (S. 163) In den Thermalquellen dieses mondänen Kurbads, die zu den berühmtesten Deutschlands gehören, kann man die Seele baumeln lassen.
1¾ Std. nach Heidelberg

Triberg (S. 168) Die berühmtesten Exporte aus dem Schwarzwald sind Kuckucksuhren und Torten – hier bekommt man sie.
1¼ Std. nach Baden-Baden

Nürnberg (S. 184) Bedeutende Stätten des Zweiten Weltkriegs, handgefertigtes Spielzeug und eine lange Eisenbahngeschichte prägen die Stadt. Anschließend geht's zurück nach München.
🚆 1¼ Std. nach München

Rothenburg ob der Tauber (S. 196) Dieses fotogene Dorf beeindruckt mit seiner Bilderbucharchitektur und den Kopfsteinpflastergassen.
🚆 1 Std. 20 Min. nach Nürnberg

München (S. 94) In drei Tagen lassen sich der Marienplatz, die Residenz und die Pinakotheken, Münchens Weltklasse-Galerien, erkunden.
🚆 2 Std. nach Füssen

Füssen (S. 134) Wie all die anderen vielen Menschen hier erkundet man Neuschwanstein, das Märchenschloss schlechthin und Inspiration für das legendäre Disney-Schloss.
🚆 6 Std. nach Triberg

ROLF G WACKENBERG/SHUTTERSTOCK ©, NATALIE TEPPER/ROBERTHARDING/GETTY IMAGES ©

Mit Kindern reisen

WESTEND61/GETTY IMAGES ©

Attraktionen für Kids

Unter Deutschlands kinderfreundlichen Sehenswürdigkeiten sind mittelalterliche Städte, Dörfer mit Fachwerkhäusern, Wikingerschiffe und römische Ruinen am spannendsten. Auf Kids mit Faible für Märchen oder Ritter warten sagenumwobene Burgen und tolle Schlösser (u. a. Neuschwanstein) – etwa an der Romantischen Straße (S. 200) oder der Deutschen Märchenstraße, die z. B. Hameln (Rattenfänger), Bremen (Stadtmusikanten) und Orte, an denen sich die Brüder Grimm aufgehalten haben, einschließt.

Outdoor-Aktivitäten

Örtliche Touristeninformationen informieren über familienfreundliche Outdoor-Optionen (inkl. Wander- bzw. Spazierwege, die mit Kinderwagen benutzbar sind). Oft vermitteln sie auch einheimische Guides und veranstalten selbst Interessantes (Geocaching, Tierbeobachtungen, Naturwanderungen).

Die meisten Gewässer haben eine gute Wasserqualität. Genauere Infos lassen sich unter www.umweltbundesamt.de/wasserqualitaet-in-badegewaessern abrufen. Baden, Lagern und Grillen am Ufer sind jedoch an manchen Stellen verboten (vor allem in Naturschutzgebieten). Zum Angeln braucht man fast überall einen gültigen deutschen (Jugend-)Fischereischein bzw. Touristen-Fischereischein und die nicht übertragbare Gewässerbegehungskarte. Die Strände an Nord- bzw. Ostsee und den großen Binnenseen (z. B. Bodensee, Chiemsee) sind generell sauber. Oft gibt's Strandbäder mit Umkleiden, Spielplätzen, Flachwasserzonen, Tischtennisplatten und Restaurants. Stellenweise kann man Boote ausleihen. Immer die aktuellen Wetter- und Sturmwarnungen beachten (an der Nordsee zusätzlich den Tidenkalender)!

In vielen Skiorten bieten Skischulen Einzel- und Gruppenunterricht für Kinder. Meist gibt es noch andere Wintersportmöglichkeiten (z. B. Schlittenfahren, Winterwandern, Schneeschuh- oder Eislaufen).

PAU VEGA/SHUTTERSTOCK ©

Praktisch & Konkret

Kinderbetten In den meisten Hotels (vor allem der Mittel- und Spitzenklasse) auf Anfrage erhältlich – aber immer rechtzeitig reservieren! Kleinkinder dürfen vielerorts gratis im Zimmer der Eltern übernachten, sofern sie kein eigenes Bett brauchen.

Kindermenüs & -stühle In den meisten Restaurants vorhanden. Viele Lokale haben auch Malstifte vorrätig.

Kinderwagen & -sitze Pflicht für alle Kinder unter zwölf Jahren bzw. 150 cm Körpergröße; teilweise vor Ort ausleihbar (z. B. in Berlin oder Stuttgart nach Reservierung über https://mami-poppins.de/); Kindersitze können oft auch zusammen mit Mietwagen reserviert werden. Bei der Taxireservierung daran denken, einen Kindersitz mitzubestellen!

Zugfahren Kinder unter 15 Jahren reisen in Zügen kostenlos mit, sofern sie von einem Erziehungsberechtigten begleitet und beim Buchen mit auf dessen Ticket eingetragen werden. Für Kids unter sechs Jahren ist Bahnfahren immer kostenlos.

★ Top-Museen für Kinder

Schokoladenmuseum (Köln; S. 217)

Museum für Naturkunde (Berlin; S. 64)

Deutsches Museum (München; S. 113)

DB Museum (Nürnberg; S. 190)

Links: Schlittenfahren; rechts: Kölner Schokoladenmuseum (S. 217)

THANAKORN.P / SHUTTERSTOCK ©

BERLIN

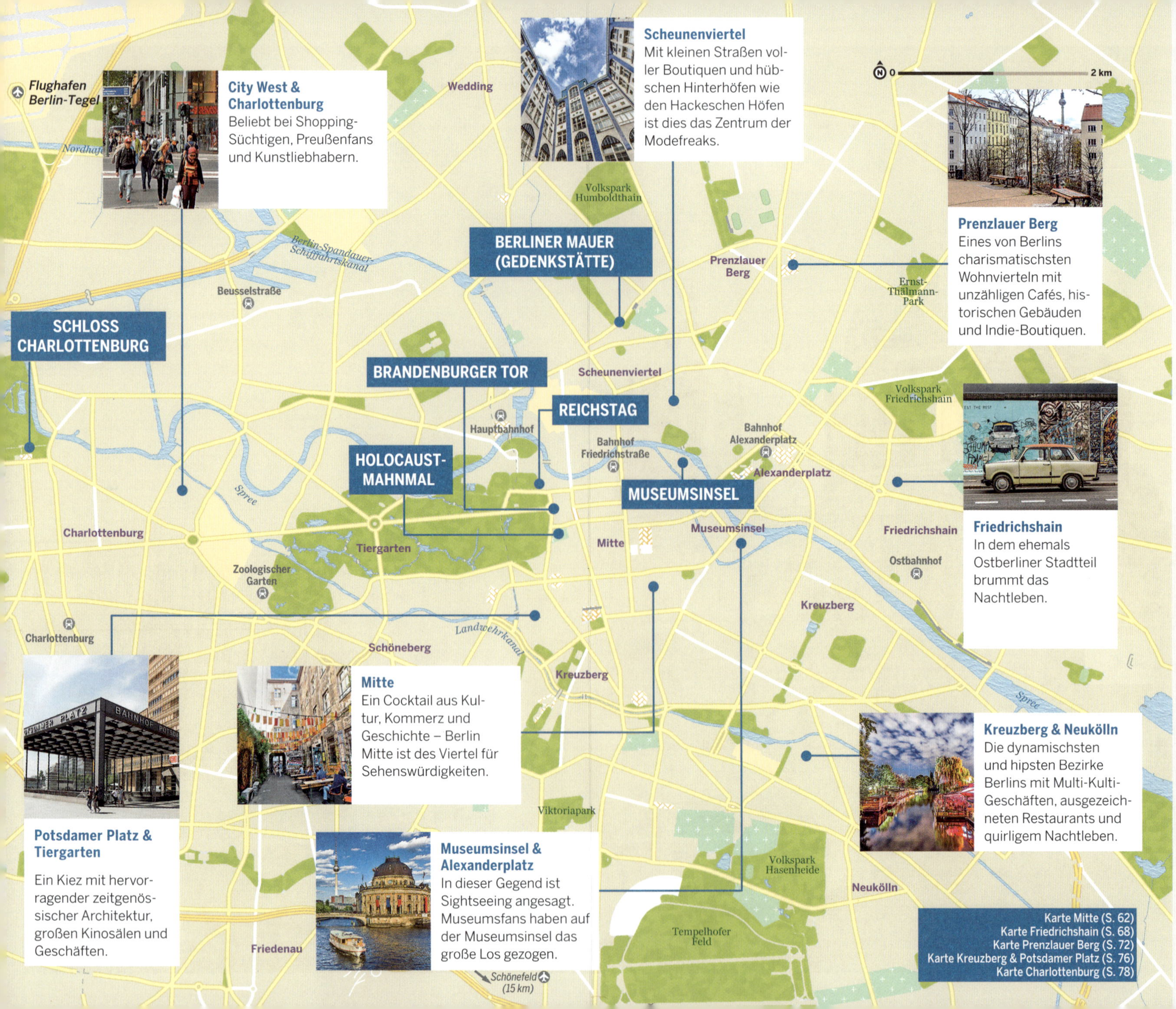

City West & Charlottenburg
Beliebt bei Shopping-Süchtigen, Preußenfans und Kunstliebhabern.

Scheunenviertel
Mit kleinen Straßen voller Boutiquen und hübschen Hinterhöfen wie den Hackeschen Höfen ist dies das Zentrum der Modefreaks.

Prenzlauer Berg
Eines von Berlins charismatischsten Wohnvierteln mit unzähligen Cafés, historischen Gebäuden und Indie-Boutiquen.

Friedrichshain
In dem ehemals Ostberliner Stadtteil brummt das Nachtleben.

Potsdamer Platz & Tiergarten
Ein Kiez mit hervorragender zeitgenössischer Architektur, großen Kinosälen und Geschäften.

Mitte
Ein Cocktail aus Kultur, Kommerz und Geschichte – Berlin Mitte ist das Viertel für Sehenswürdigkeiten.

Museumsinsel & Alexanderplatz
In dieser Gegend ist Sightseeing angesagt. Museumsfans haben auf der Museumsinsel das große Los gezogen.

Kreuzberg & Neukölln
Die dynamischsten und hipsten Bezirke Berlins mit Multi-Kulti-Geschäften, ausgezeichneten Restaurants und quirligem Nachtleben.

Karte Mitte (S. 62)
Karte Friedrichshain (S. 68)
Karte Prenzlauer Berg (S. 72)
Karte Kreuzberg & Potsdamer Platz (S. 76)
Karte Charlottenburg (S. 78)

In diesem Kapitel

Berlin

Berlin war Schauplatz einer Revolution, wurde in Schutt und Asche gebombt, in zwei Teile gerissen und wiedervereinigt – und das alles allein im letzten Jahrhundert. Genug der Geschichte. Berliner lieben es, sich zu amüsieren. Und dafür gibt's unzählige Möglichkeiten: von Bars bis hin zu Technotempeln, Biergärten, Cocktaillounges, Kabarettshows und Symphoniekonzerten. Berlin ist eine Brutstätte der Kreativität. Die Fülle an Möglichkeiten nach dem Fall der Mauer und der unbändige Wunsch nach Freiheit führen zu einer Kultur, in der vieles probiert wird und Ideen gedeihen. Intellektuelle, Arglose und alle dazwischen – jeder ist willkommen.

Berlin in zwei Tagen

Am ersten Tag geht's zunächst zum **Reichstag** (S. 36) und weiter gen Süden zum **Brandenburger Tor** (S. 38), Berlins berühmtestem Bauwerk. Etwas weiter südlich befinden sich das beeindruckende **Holocaust-Mahnmal** (S. 54) und der **Potsdamer Platz** (S. 65), das Herz der Stadt. Auch der **Checkpoint Charlie** (S. 60) liegt ganz in der Nähe. Den zweiten Tag könnte man dann auf der **Museumsinsel** (S. 48) verbringen und sich im **Pergamonmuseum** (S. 44), **Neuen Museum** (S. 45) und **Bode-Museum** (S. 47) die wunderbaren Schätze aus der Vergangenheit anschauen.

Berlin in vier Tagen

Am dritten Tag stehen die **Gedenkstätte Berliner Mauer** (S. 41) und der **Mauerpark** (S. 66) auf dem Programm. Anschließend besichtigt man das **Schloss Charlottenburg** (S. 68), bevor es weitergeht zum Shoppen auf den Kurfürstendamm. Tag vier beginnt mit dem Besuch des Jüdischen Museums (S. 67). Danach geht's zur **East Side Gallery** (S. 41), dem längsten, noch stehenden Mauerstück.

Vorherige Seite: Berliner Dom (S. 47) und DDR Museum (S. 64) an der Spree

Fernsehturm (S. 64)

Ankunft in Berlin

Flughafen Tegel Der TXL-Expressbus fährt zum Alexanderplatz (40 Min.) und der Bus X9 in die City West, 2,70 €; Taxi 20–25 €.

Flughafen Schönefeld Express-Züge fahren zweimal stündlich ins Zentrum (20–30 Min.), die S9 fährt alle 20 Minuten nach Friedrichshain und Prenzlauer Berg, 3,40 €; Taxi 40 €.

Hauptbahnhof S- und U-Bahn, Tram, Bus und Taxi fahren zum Hauptbahnhof.

Zentraler Omnibus Bahnhof (ZOB) Der Zentrale Busbahnhof liegt am Rand der City West. Die U-Bahnlinie U2 fährt ins Stadtzentrum, 2,80 €; Taxi 18 €.

Schlafen

In der Hauptsaison, rund um Feiertage und bei großen Messen empfiehlt es sich, im Voraus eine Unterkunft zu buchen.

Infos über die Stadtviertel, in denen man am besten übernachtet, stehen auf S. 81.

Reichstag

Der Ende des 19. Jhs. errichtete und seit 1999 wieder als Sitz des deutschen Parlaments fungierende Reichstag gehört zu den symbolträchtigsten Gebäuden Berlins.

Die Anfänge

Ausgebrannt, zerbombt, wieder aufgebaut, an der Grenze zwischen Ost und West, in Kunststoffbahnen gehüllt und schließlich von Norman Foster zu neuem Leben erweckt: „Turbulente Geschichte" reicht nicht aus, um zu beschreiben, was das berühmte Wahrzeichen erdulden musste. Das neobarocke Gebäude wurde 1894 fertiggestellt und sollte Sitz des Deutschen Reichstags sein. Diesen Zweck erfüllte es auch bis 1933, erlitt dann aber schwere Zerstörungen durch einen Brandanschlag des niederländischen Kommunisten Marinus van der Lubbe. Dieser schockierende Vorfall war für Hitler ein willkommener Anlass, die Republik fester in den Griff zu bekommen. 1945 war das Gebäude Hauptangriffsziel der Roten Armee, die die rote Fahne als Symbol des Siegs der Sowjets über die Nazis hissten.

Großartig für ...

☑ Nicht versäumen

Kostenlose Audioguides, deren Kommentare automatisch starten, informieren über das Gebäude, das Areal und die Arbeit des Parlaments.

MBBIRDY/GETTY IMAGES ©

Gut zu wissen

Karte S. 62; www.bundestag.de; Platz der Republik 1, Besucherzentrum, Scheidemannstraße; Fahrstuhl 8–24 Uhr, letzter Einlass 21.45 Uhr, Besucherzentrum April–Okt. 8–20 Uhr, Nov.–März 8–18 Uhr; 100, S Brandenburger Tor, Hauptbahnhof, U Brandenburger Tor, Bundestag GRATIS

Pause gefällig?

Für einen schnellen Imbiss ist der **Berlin Pavillon** (Karte S. 62; 030-2065 4737; www.berlin-pavillon.de; Scheidemannstraße 1; Gerichte 4,50–9 €; 8–21 Uhr) praktisch.

★ Top-Tipp

Die Besichtigung der Kuppel ist kostenlos, um aber auf jeden Fall hineinzukommen, sollte man sich das Ticket schon vor dem Besuch online bestellen. Besucher müssen einen Ausweis vorlegen.

Die Jahre des Kalten Krieges

Der Reichstag stand zwar in Westberlin, aber direkt an der Trennlinie zwischen Ost- und Westberlin, wo Anfang der 1960er-Jahre dann die Berliner Mauer gebaut wurde. Die westdeutsche Regierung saß sicher in Bonn, die prächtige Fassade verfiel. 1954 wurde die Kuppel des Baus abgesprengt; als Grund wurde die Entlastung des beschädigten Gebäudes angegeben. 1955 beschloss der Bundestag die Restaurierung. Sie erfolgte, wenngleich mit viel weniger Verzierungen.

Wiedervereinigung & Norman Foster

Fast ein Jahr nach dem Fall der Mauer fand die offizielle Wiedervereinigungsfeier symbolträchtig im Reichstag statt, der – wie später beschlossen wurde – wieder Sitz des Deutschen Bundestags werden sollte. Bevor Norman Foster mit den Wiederaufbauarbeiten begann, wurde der Reichstag 1995 von dem Künstler Christo spektakulär in Gewebebahnen gehüllt. In den nächsten vier Jahren wurde Fosters berühmte Glaskuppel auf dem Gebäude errichtet, die zum Highlight für Besucher wurde. Sie ist das markanteste Merkmal des Reichstags und mit dem Aufzug zu erreichen. Von hier hat man einen grandiosen Rundumblick über die Stadt und kann auch einen Blick in den darunter liegenden Plenarsaal werfen. Um ganz nach oben zu gelangen, folgt man der Rampe, die sich rund um eine mit Spiegeln verkleidete Säule hinaufwindet. Die Kuppel war ein neues Element, Fosters Auftrag lautete aber auch, Teile des Gebäudes zu erhalten. Ein Beispiel dafür sind die kyrillischen Graffiti, die sowjetische Soldaten 1945 hinterließen.

NOPPASIN WONGCHUM/SHUTTERSTOCK ©

Brandenburger Tor

In der Zeit des Kalten Kriegs war das Brandenburger Tor noch ein Symbol für die Teilung, heute steht es für die deutsche Wiedervereinigung und dient häufig als pittoreske Kulisse bei Festivals und Konzerten.

Großartig für …

☑ Nicht versäumen

Im Nordflügel des Tors befindet sich ein Raum, in dem man wunderbar in aller Ruhe über das Gesehene sinnieren kann.

Die Anfänge

Der von dem preußischen König Friedrich Wilhelm II. (1744–1797) beauftragte Architekt Carl Gotthard Langhans ließ sich für den Bau dieses eleganten Triumphbogens von der Akropolis in Athen inspirieren. Das Tor wurde 1791 im frühklassizistischen Stil aus Standstein als königliches Stadttor fertiggestellt und war ein würdiger Beginn des Boulevards „Unter den Linden" (dieser führte früher zum Palast der königlichen Familie Preußens). Gekrönt wird das Tor von der Quadriga, Johann Gottfried Schadows Darstellung der geflügelten Siegesgöttin Viktoria auf dem von vier Pferden gezogenen Streitwagen. Nachdem Napoleon die Preußen 1806 vernichtend geschlagen hatte, entführte er die Viktoria nach Paris und nahm sie dort in Geiselhaft, bis sie 1814 schließlich von dem couragier-

Das Tor mit Blick auf den Pariser Platz

Gut zu wissen

Brandenburger Tor; Karte S. 62; Pariser Platz; S Brandenburger Tor, U Brandenburger Tor

Pause gefällig?

Entlang des Boulevards „Unter den Linden" gibt es zahlreiche Cafés.

★ Top-Tipp

Abends wird das Tor wunderschön angestrahlt.

ten preußischen General Ernst von Pfuel befreit wurde.

Das Symbol des Kalten Krieges

Obwohl das Brandenburger Tor in einer stark beschossenen Gegend stand, hat es den Angriff der Roten Armee im Jahr 1945 überstanden, wenn auch beschädigt. Nach dem Krieg haben Ost- und Westberlin gemeinsam mit Ausbesserungsarbeiten begonnen. In den 1960er-Jahren wurde das Tor dann zum Symbol der geteilten Stadt (und des geteilten Kontinents), da es so nah an der Berliner Mauer, auf der Westseite, stand. In den 1970er- und 1980er-Jahren konnte man in Westberlin eine Aussichtsplattform vor dem Tor besteigen und einen Blick auf die sozialistische Utopie Ostberlins werfen. Am 12. Juni 1987 richtete Ronald Reagan im Kalten Krieg seinen berühmten Satz an die Sowjets: „Mr. Gorbachov – tear down this wall!" („Herr Gorbatschow – reißen Sie diese Mauer ein"). Zweieinhalb Jahre später waren es nicht die Russen, die Löcher in den verhassten Beton hauten, sondern die Ostberliner selbst.

Restaurierung

Zu Beginn des neuen Jahrtausends wurde das Brandenburger Tor restauriert und 2002 am zwölften Jahrestag der deutschen Wiedervereinigung in seiner alten Pracht wieder geöffnet. Es war nun für den Verkehr (der mehr Schaden am Bau angerichtet hat als der Zweite Weltkrieg) gesperrt. Heute ist der gepflasterte Bereich rund um das Tor den ganzen Tag über von Urlaubern belagert.

Pariser Platz

Das Brandenburger Tor wacht über den Pariser Platz. Der harmonisch proportionierte Platz ist jetzt wieder von Banken sowie von der amerikanischen, britischen und französischen Botschaft gesäumt, so wie auch in der Blütezeit im 19. Jh.

Mein Gott, hilf mir, diese tödliche Liebe zu überleben von Dimitri Vrubel

Die Berliner Mauer

29 Jahre lang war die Berliner Mauer das mächtigste Symbol des Kalten Krieges. Erstaunlicherweise ist von den Stahlbetonplatten im heutigen wiedervereinten Berlin kaum noch etwas übrig (der längste intakte Abschnitt ist die East Side Gallery).

Großartig für ...

☑ Nicht versäumen

Es gibt noch weitere versteckte Mauerteile in Berlin. In der Touristeninformation erfährt man, wo diese zu finden sind.

Der Bau

Am 13. August 1961 begannen ostdeutsche Soldaten und Polizisten, kilometerweise Stacheldraht zu ziehen, der später durch Betonplatten ersetzt wurde. Der Bau der Mauer war eine Maßnahme der DDR-Regierung, die stetige Bevölkerungsabwanderung seit der Gründung der DDR 1949 zu stoppen. Ca. 3,6 Mio. Menschen waren schon in den Westen gegangen, was die DDR an den Rand des wirtschaftlichen und politischen Ruins trieb.

Der Fall

Der Fall der Mauer 1989 kam so unerwartet wie ihr Bau. Wieder verlor die DDR ihre Bürger in Massen, diesmal über Ungarn und Österreich. Am 9. November 1989 verkündete der DDR-Regierungssprecher Günter Schabowski auf einer Pressekonferenz (versehentlich, wie sich später herausstell-

Gedenkstätte Berliner Mauer

MERTEN SNIJDERS/GETTY IMAGES ©

Gut zu wissen

Die in der Stadt versteckten Reste und Spuren der Mauer findet man mit Hilfe der Karte der Denkmallandschaft Berliner Mauer (www.berlin-wall-map.com).

Pause gefällig?

Nahe der Gedenkstätte befindet sich der berühmte Konnopke's Imbiss (S. 73).

★ Top-Tipp

Einen schönen Blick bietet die Aussichtsplattform des Dokumentationszentrums.

te), dass alle Reisebeschränkungen in den Westen aufgehoben werden. Auf die Frage wann, sagte er nur „unverzüglich". In wilder Partystimmung fanden die beiden Teile Berlins wieder zusammen.

1990 war die Mauer fast ganz verschwunden, einige Stücke wurden zertrümmert und an Touristen verhökert, andere kamen in Museen, Parks, Botschaften, Ausstellungen und Privatgärten auf der ganzen Welt.

Gedenkstätte Berliner Mauer

Die **Gedenkstätte** (Karte S. 72; ☎030-467 986 666; www.berliner-mauer-gedenkstaette.de; ⏱Besucher- & Dokumentationszentrum Di–So 10–18 Uhr, Open-Air-Ausstellung tgl. 8–22 Uhr; S Nordbahnhof, Eberswalder Straße) GRATIS erstreckt sich auf 1,4 km entlang der Bernauer Straße und umfasst ein Stück der Originalmauer, Reste von Grenzanlagen und Fluchttunneln, eine Kapelle und ein Denkmal. Multimediastationen, Tafeln, Ausgrabungen und ein Dokumentationszentrum erklären, wie die Grenzanlagen aussahen und was sie für die Menschen bedeuteten.

East Side Gallery

Der größte Teil der Mauer wurde schnell abgerissen. An der Mühlenstraße blieben aber parallel zur Spree 1,3 km stehen. Daraus wurde die **East Side Gallery** (Karte S. 68; www.eastsidegallery-berlin.de; ⏱24 Std.; U Warschauer Straße, S Ostbahnhof, Warschauer Straße) GRATIS, die heute weltweit größte Freiluftsammlung von Wandgemälden. Auf mehr als 100 Gemälden haben Künstler die Euphorie und den Optimismus der Ära in einer Mischung aus politischen Leitsätzen und künstlerischen Visionen festgehalten.

Die beliebtesten Motive sind Birgit Kinders *Test the Best* (ein Trabi bricht durch die Mauer), Dimitri Vrubels *Mein Gott, hilf mir, diese tödliche Liebe zu überleben* (oben links; Erich Honecker und Leonid Breschnew küssen sich) und Thierry Noirs Cartoon-Gesichter.

Die Berliner Mauer

Der Bau der Berliner Mauer war ein einzigartiges Ereignis in der Geschichte der Menschheit, nicht nur, weil sie eine Stadt physisch teilte, sondern auch, weil sie zur Grenzlinie zweier konkurrierender Ideologien und politischer Systeme wurde. Diese globale Bedeutung und das universelle Erbe faszinieren die Menschen bis heute, Jahrzehnte nach dem Fall der Mauer. Es existieren noch ein paar originale Mauersegmente und andere Spuren, die zusammen mit Museen und Gedenkstätten dazu beitragen, die Herausforderungen des Alltags in Berlin während des Kalten Krieges zu ergründen.

Im Folgenden werden die Top-Highlights vorgestellt, die Besuchern die diversen Aspekte der oftmals angespannten Jahrzehnte näherbringen. Idealer Startpunkt ist die **1 Gedenkstätte Berliner Mauer** mit einem Überblick, wie die innerstädtische Grenze aussah und was es hieß, in ihrem Schatten zu leben. Auf einem Abschnitt des ehemaligen Todesstreifens, auf dem sich heute der **2 Mauerpark** befindet, kann man über das Gelernte sinnieren, bevor es weitergeht zur berührenden Ausstellung im **3 Tränenpalast**, einem Grenzpavillon. Dem Freudentaumel über den Fall der Mauer kommt

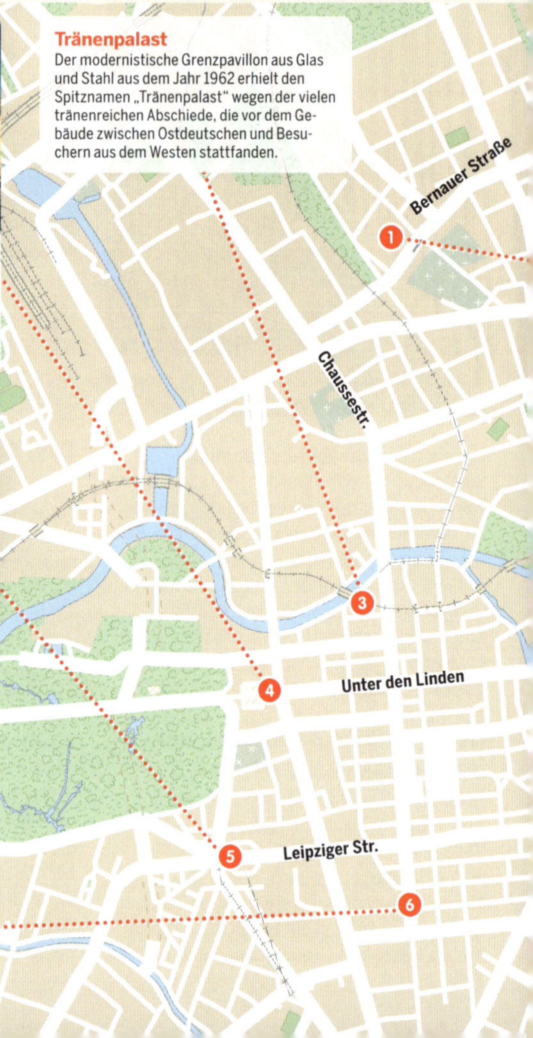

Tränenpalast
Der modernistische Grenzpavillon aus Glas und Stahl aus dem Jahr 1962 erhielt den Spitznamen „Tränenpalast“ wegen der vielen tränenreichen Abschiede, die vor dem Gebäude zwischen Ostdeutschen und Besuchern aus dem Westen stattfanden.

CANADASTOCK/SHUTTERSTOCK ©

Brandenburger Tor
Die Welt jubelte, als Ost- und Westberliner zusammen auf der Mauer vor dem Brandenburger Tor feierten. Das Tor ist heute das fotogene Symbol des wiedervereinten Deutschlands.

TAKASHI IMAGES/SHUTTERSTOCK ©

Potsdamer Platz
Nirgendwo war der Todesstreifen breiter als im ehemaligen Niemandsland um den Potsdamer Platz, wo in den 1990er-Jahren ein postmodernes Stadtquartier entstand. Ein kleines Stück der Mauer erinnert noch an die Teilung.

ANDERSPHOTO/SHUTTERSTOCK ©

Checkpoint Charlie
Nur Diplomaten und Ausländer durften den Grenzübergang benutzen. Wochen nach dem Mauerbau standen sich hier US- und Sowjetpanzer in einem der kritischsten Momente des Kalten Krieges gegenüber.

man am ❹ **Brandenburger Tor** auf die Spur. Dann kann man über die Wiederbelebung des ❺ **Potsdamer Platzes** staunen, der bis in die 1990er-Jahre eine Brache des Todesstreifens war. Die geopolitische Bedeutung der Mauer steht am ❻ **Checkpoint Charlie** im Fokus, dem bekannten Kontrollpunkt zwischen Ost und West im Kalten Krieg. Als Letztes geht's zur ❼ **East Side Gallery**, wo jeder sein Lieblingsgemälde finden wird.

Alle Orte sind mit öffentlichen Verkehrsmitteln und ein paar Metern zu Fuß erreichbar. Eine Fahrradtour eignet sich, um den Mauerverlauf durchs Zentrum zu begreifen.

KURZINFOS

Baubeginn: 13. August 1961

Fall der Mauer: 9. November 1989

Gesamtlänge: 155 km

Höhe: 3,6 m

Gewicht eines Mauersegments: 2,6 t

Anzahl der Wachtürme: 300

TORVAL MORK/SHUTTERSTOCK ©

Gedenkstätte Berliner Mauer

Ein 1,4 km langes Stück Berliner Mauer: Der Erinnerungsort an die Berliner Mauer und ihre Opfer verdeutlicht die Komplexität und die Brutalität der Grenzanlage.

Mauerpark

Der Park in einem umgestalteten Abschnitt des Todesstreifens ist bekannt für seinen Flohmarkt und die Karaoke-Darbietungen. An einem erhaltenen 30 m langen Mauerstück dürfen angehende Graffitikünstler legal sprayen.

LINKA A ODOM/GETTY IMAGES ©

East Side Gallery

Parallel zur Spree verläuft auf 1,3 km der längste Überrest der Mauer. Nach dem Mauerfall hielten über 100 internationale Künstler ihre Gefühle in Zusammenhang mit diesem historischen Moment in Mauergemälden fest.

EWAIS/SHUTTERSTOCK ©

Bode-Museum (S. 47)

Museumsinsel

Die Berliner Museumsinsel ist eine aus fünf Museen bestehende Schatztruhe. Präsentiert werden 600 000 Jahre Kunst, Artefakte und Architektur. Der Besuch der als UNESCO-Welterbe gelisteten Museumsinsel ist ein Muss für jeden, der Berlin besichtigt.

Großartig für ...

☑ **Nicht versäumen**

Von der Ebertbrücke bietet sich einem ein schöner Blick auf das Bode-Museum.

Pergamonmuseum

Das **Pergamonmuseum** (Karte S. 62; ☎030-266 424 242; www.smb.museum; Bodestraße 1–3; Erw./erm./Kind unter 18 Jahren 19/9,50 €/frei; ⏲Fr–Mi 10–18, Do 10–20 Uhr; 🚌100, 200, TXL, S Hackescher Markt, Friedrichstraße, U Friedrichstraße), ein palastartiger Bau mit drei Flügeln, öffnet das Tor in eine Welt der Antike. Hier wird eine grandiose Auswahl an klassischen Skulpturen und monumentaler Architektur aus Griechenland, Rom, Babylon und dem Nahen Osten präsentiert, darunter das leuchtend blaue Ischtar-Tor aus Babylon, das römische Markttor von Milet und der Kalifenpalast von Mschatta. Aufgrund von Restaurierungsarbeiten ist der namensgebende Pergamonaltar bis 2023 fürs Publikum nicht zugänglich. Für den Besuch dieses fantastischen Museums sollte man mindestens zwei Stunden einplanen

Im Pergamonmuseum

CLAUDIO DIVIZIA/SHUTTERSTOCK ©

Gut zu wissen

Wer alle fünf Museen besuchen möchte, sollte sich eine Drei-Tages-Karte (Erw./erm. 29/14,50 €) besorgen.

Pause gefällig?

In jedem der fünf Museen gibt es ein Café.

★ Top-Tipp

Eintrittskarten für das Neue Museum und das Pergamonmuseum bekommt man online unter www.smb.museum.

und sich unbedingt den kostenlosen, hervorragenden Audioguide besorgen.

Das Pergamonmuseum beherbergt drei Hauptsammlungen: die Antikensammlung, das Museum für Islamische Kunst und das Vorderasiatische Museum. Der vorübergehende Eingang führt zunächst ins Vorderasiatische Museum, d.h. in die Welt von Babylon während der Herrschaft von König Nebukadnezar II. Es ist unmöglich, beim Anblick des rekonstruierten Ischtar-Tors mit der Prozessionsstraße und der Fassade des Thronsaals des Königs nicht überwältigt zu sein. Die glasierten Ziegel lassen alles in leuchtendem Blau und Ocker erstrahlen. Die schreitenden Löwen, Pferde und Drachen symbolisieren die wichtigsten babylonischen Götter und wirken so plastisch, dass man sich die Jubelschreie und Fanfaren gut vorstellen kann.

Ein weiteres Highlight im Erdgeschoss ist das riesige Markttor von Milet (2. Jh.). Einst strömten Händler und Kunden durch das Tor, um auf den Marktplatz der römischen Handelsstadt zu gelangen. Diese Stadt, die sich in der heutigen Türkei befindet, stellte das Verbindungsglied zwischen Asien und Europa dar.

Neben dem Kalifenpalast ist auch das Aleppo-Zimmer aus dem 17. Jh. in der islamischen Abteilung im Obergeschoss eine Attraktion. In dem Haus mit diesem bunt gestrichenen Zimmer mit Holztäfelung lebte früher ein syrischer Händler und Christ. Wer genau hinschaut, wird zwischen all den Ornamenten Darstellungen des letzten Abendmahls und der Maria mit dem Jesuskind (geradeaus, rechts von der Tür) entdecken.

Neues Museum

David Chipperfield rekonstruierte das ausgebombte **Neue Museum** (Karte S. 62; ☎030-266 424 242; www.smb.museum; Bodestraße 1–3; Erw./erm./Kind unter 18 Jahren 12/6 €/frei; ⏲Fr–Mi 10–18, Do 10–20 Uhr;

100, 200, TXL, S Hackescher Markt, Friedrichstraße, U Friedrichstraße), der neuen Heimat der Königin Nofretete. Sie ist die absolute Attraktion des Ägyptischen Museums, in dem außerdem Mumien, Skulpturen und Sarkophage zu sehen sind. Der ganze Stolz des Museums für Vor- und Frühgeschichte im gleichen Gebäude sind die Trojanischen Altertümer, der Schädel eines Neandertalers und der 3000 Jahre alte „Berliner Goldhut", ein konisch geformter, goldener Hut. Zeit spart man als Besucher, wenn man sich für einen bestimmten Termin sein Ticket online kauft.

Altes Museum

Durch einen „Vorhang" geriffelter Säulen gelangt man in die vom Pantheon inspirierte Rotunde des prächtigen neoklassizistischen **Alten Museums** (Karte S. 62; 030-266 424 242; www.smb.museum; Am Lustgarten; Erw./erm./Kind unter 18 Jahren 10/5 €/frei; Di, Mi & Fr–So 10–18, Do 10–20 Uhr; 100, 200, TXL, S Friedrichstraße, Hackescher Markt, U Friedrichstraße) mit seiner ausgezeichneten Antikensammlung. In den Galerien unten beleuchten Skulpturen, Vasen, Grabreliefs und Schmuck verschiedene Aspekte des Lebens in der griechischen Antike, oben stehen dann die Etrusker und Römer im Mittelpunkt der Ausstellung. Publikumsmagneten sind u. a. die Bronzeskulptur des Betenden Knaben, römische Silbergefäße, ein „erotischer Raum" (Mindestalter 18 Jahre!) und Portraits von Caesar und Kleopatra.

Alte Nationalgalerie

Die an einen griechischen Tempel erinnernde **Alte Nationalgalerie** (Karte S. 62; 030-

Alte Nationalgalerie

266 424 242; www.smb.museum; Bodestraße 1–3; Erw./erm. 10/5 €; Di, Mi & Fr–So 10–18, Do 10–20 Uhr; 100, 200, TXL, S Hackescher Markt) zeigt auf drei Etagen europäische Kunst des 19. Jhs. Um eine Vorstellung der Kunstfertigkeit in dieser Zeit zu bekommen, sollte man besondere Aufmerksamkeit auf die Werke des Frauenschwarms Caspar David Friedrich legen sowie auf die heroischen, Preußen glorifizierenden Gemälde von Franz Krüger und Adolf Menzel. Ebenso aufschlussreich sind die gotischen Fantasien von Karl Friedrich Schinkel und die Werke der französischen und deutschen Impressionisten.

★ Demnächst

Der britische Architekt David Chipperfield errichtet gerade einen unterirdischen Gang namens Archäologische Promenade, die vier der fünf Museen verbinden wird.

JULIE WOODHOUSE/GETTY IMAGES ©

Bode-Museum

Das **Bode-Museum** (Karte S. 62; 030-266 424 242; www.smb.museum; Ecke Am Kupfergraben & Monbijoubrücke; Erw./erm./Kind unter 18 Jahren 12/6 €/frei; Di, Mi & Fr–So 10–18, Do 10–20 Uhr; S Hackescher Markt, Friedrichstraße) am Nordzipfel der Museumsinsel beherbergt eine umfangreiche Sammlung europäischer Skulpturen vom frühen Mittelalter bis ins 18. Jh., darunter befinden sich auch kostbare Meisterwerke von Tilman Riemenschneider, Donatello und Giovanni Pisano. In weiteren Räumen sind eine wertvolle Münzsammlung und byzantinische Kunst zu sehen, u. a. Sarkophage und Elfenbeinschnitzereien.

Berliner Dom

Der prunkvolle, majestätische **Berliner Dom** (Karte S. 62; Kartenverkauf 030-2026 9136; www.berlinerdom.de; Am Lustgarten; Erw./erm. 7/5 €; April–Sept. 9–20 Uhr, Okt.–März 9–19 Uhr; 100, 200, TXL, S Hackescher Markt) wurde 1905 als königliche Hofkirche im Stil der italienischen Renaissance erbaut und wird heute als Gotteshaus, Museum und Konzerthalle benutzt. Der Innenraum ist ein Traum aus Blattgold. Er beherbergt einen aufwendig aus Marmor und Onyx gestalteten Altar, eine Sauer-Orgel mit 7269 Pfeifen und meisterlich gearbeitete königliche Sarkophage. Der Aufstieg zur Galerie (es sind insgesamt 267 Stufen) wird mit einem herrlichen Blick über die Stadt belohnt.

Schon gewusst?

Die Museumsinsel ist das Produkt einer Modeerscheinung. Ende des 19. Jhs. machten die europäischen Königshäuser ihre Privatsammlungen der Öffentlichkeit zugänglich. Der Pariser Louvre und das British Museum in London stammen beide aus dieser Zeit. In Berlin folgten König Friedrich Wilhelm III. und seine Nachfolger diesem Beispiel.

Museumsinsel

HALBTAGESTOUR

Die geballte Masse an Kunstschätzen in diesen fünf Museen kann etwas einschüchternd sein, hier deshalb ein Zeit und Energie sparender Rundgang mit den Highlights, die man gesehen haben muss. Vier Stunden sind mindestens zu veranschlagen, für den Eintritt in alle Museen benötigt man ein Museumsinsel-Ticket.

Zuerst geht's ins Alte Museum, wo fast alle wichtigen antiken Götter versammelt sind und von der Statue ❶ **Betender Knabe**, dem Prunkstück der Antikensammlung, bewacht werden. Dann folgt das Neue Museum mit dem Star der ägyptischen Sammlung: Die ❷ **Büste der Königin Nofretete** steht oben an der Haupttreppe.

Sehenswert ist der bronzezeitliche ❸ **Berliner Goldhut** (Saal 305) eine Etage höher. Nun verlässt man das Neue Museum und geht am Ausgang nach links zum Pergamonmuseum. Der namensgebende Altar bleibt bis mindestens 2023 im Verborgenen. Als erstes großes Exponat sieht man das ❹ **Ischtar-Tor**. Ein Stockwerk höher gelangt man durch die Abteilung für Islamische Kunst vorbei an Teppichen, Gebetsnischen und der Fassade eines Kalifenpalasts ins ❺ **Aleppo-Zimmer**.

Ein Sprung hinüber in die Alte Nationalgalerie führt ins 19. Jh. und zu Gemälden von ❻ **Caspar David Friedrich** im 3. OG. Kostbare Skulpturen wie Schadows ❼ **Doppelstandbild der Prinzessinnen Luise und Friederike von Preußen** sind im 1. OG zu bewundern. Weiter geht's ins Bode-Museum, das man nach fünf Minuten erreicht. Im Foyer des Museums steht ein Reiterstandbild Friedrich Wilhelms, dahinter warten europäische Skulpturen. Keinesfalls verpassen sollte man die Werke von ❽ **Tilman Riemenschneider**.

KURZINFOS

Ältestes Objekt: 700 000 Jahre alter Faustkeil im Neuen Museum

Jüngstes Objekt: Stacheldraht von der Berliner Mauer im Neuen Museum

Ältestes Museum: Altes Museum, 1830

Beliebtestes Museum auf der Museumsinsel: Neues Museum (777 000 Besucher)

Besucher der Museumsinsel insgesamt (2017): 2,33 Mio.

Skulpturen von Tilman Riemenschneider (Bode-Museum)

Verblüffende Details und große Ausdruckskraft kennzeichnen die Holzskulpturen des spätgotischen Bildschnitzers Tilman Riemenschneider, beispielhaft zu sehen in seinem Werk *Die hl. Anna und ihre drei Ehemänner* von ca. 1510.

Büste der Königin Nofretete (Saal 210, Neues Museum)

Niemand kann dem Zauber der schönsten Frau Berlins widerstehen, der 3300 Jahre alten ägyptischen Königin Nofretete mit ihrem grazilen Hals und ihrer zeitlosen Schönheit – auch wenn sie ein Fältchen hat und ihr ein Auge fehlt.

Aleppo-Zimmer (Saal 16, Pergamonmuseum)

Ein Highlight im Museum für Islamische Kunst ist der Empfangssaal aus dem Haus eines christlichen Kaufmanns in Syrien. Die Holztäfelung (17. Jh.) vereint florale und geometrische Formen des Islams mit höfischen Szenen und christlichen Motiven.

Ischtar-Tor (Saal 9, Pergamonmuseum)

Es verschlägt einem die Sprache beim Anblick des 2600 Jahre alten Stadttors aus Babylon mit seinen hohen Mauern aus glasierten blauen Ziegeln und schmückenden Reliefs von ockerfarbenen Löwen, Stieren und Drachen, den babylonischen Göttern.

Gemälde von Caspar David Friedrich (Obergeschoss, Alte Nationalgalerie)

Caspar David Friedrich gilt als einer der bedeutendsten Künstler der Romantik. In seinen dunklen und melancholischen Landschaftsgemälden stellt er die Grenzen menschlichen Seins der Unendlichkeit der Natur gegenüber.

Doppelstandbild der Prinzessinnen Luise und Friederike von Preußen (1. OG, Alte Nationalgalerie)

Johann Gottfried Schadows Skulptur aus Marmor zeigt die Schwestern Luise und Friederike in einem Moment der Innigkeit und Nachdenklichkeit. Er schuf es 1795 auf dem Höhepunkt der neoklassizistischen Periode.

Berliner Goldhut (Saal 305, Neues Museum)

Bei dem meisterhaft gefertigten Berliner Goldhut aus der Bronzezeit handelt es sich um einen goldenen, ornamentverzierten Zeremonialhut, der dem Vorhersagen der besten Pflanz- und Erntezeiten gedient haben soll.

Betender Knabe (Saal 5, Altes Museum)

Publikumsmagnet im Alten Museum ist der Betende Knabe. Diese lebensgroße Bronzestatue eines nackten Jünglings spiegelt die Idealvorstellung körperlicher Vollkommenheit in der Antike wider und entstand um 300 v. Chr. auf Rhodos.

Schloss Charlottenburg

Das prächtige barocke Schloss ist der schönste der neun noch erhaltenen königlichen Paläste in Berlin. Zu dem Schloss, das dem Vorbild von Versailles nacheifert, gehört eine idyllische Parkanlage, ein Karpfenteich, von Rhododendron gesäumte Wege, zwei kleinere Paläste und ein Mausoleum.

Großartig für...

Gut zu wissen

Karte S. 78; 030-320 910; www.spsg.de; Spandauer Damm 10–22; variiert je nach Gebäude; M45, 109, 309, U Richard-Wagner-Platz, Sophie-Charlotte-Platz)

★ Top-Tipp

In jedem Schlossgebäude wird einzeln Eintritt verlangt, aber es gibt die Tageskarte charlottenburg+ (Erw./erm. 17/13 €).

Eines ist sicher: Die Kamera wird sich in das spätbarocke Juwel verlieben. Das Schloss selbst ist in dem für die Hohenzollern typischen pastellenen Gelb gehalten und mit anmutigen Säulen und geometrisch angeordneten Fenstern versehen. Ein verzierter Turm mit Kupferkuppel wacht über den Vorplatz und das Reiterstandbild des „Großen Kurfürsten" Friedrich Wilhelm. Für den Besuch braucht man mindestens drei Stunden.

Altes Schloss

Das Alte Schloss, nach den Architekten auch Nering-Eosander-Bau genannt, ist der zentrale und älteste Teil der Anlage. Davor steht Andreas Schlüters Reiterstatue des Großen Kurfürstens (1699). Die Gemächer von Friedrich I. und Sophie-Charlotte sind eine Extravaganz aus Stuck, Brokat und Prunk. Zu den Highlights gehören die Eichengalerie, ein holzvertäfelter Festsaal voller Familienporträts, der Ovale Saal mit Blick auf den Park, das Schlafgemach Friedrichs I. mit dem ersten echten Badezimmer in einem Barockschloss und die Eosander-Kapelle mit ihren Trompe-l'Oeil-Bögen. Die Leidenschaft des Königs für wertvolles Porzellan zeigt sich im Porzellankabinett mit seinen fast 3000 Exponaten aus China und Japan. Im Obergeschoss sind Gemälde, Vasen, Wandteppiche, Waffen, Porzellan, ein 2600-teiliges silbernes Tafelservice und andere Gegenstände, die für den Lebensstil preußischer Könige unabdingbar waren, zu sehen.

Neuer Flügel

Die schönsten Räume des Charlottenburger Schlosses befinden sich im Neuen Flügel. Der Stararchitekt Georg Wenzeslaus von Knobelsdorff entwarf 1746 die prächtigen

Mausoleum, Schlossgarten Charlottenburg

Privatgemächer Friedrichs des Großen (reg. 1740–1786). Herausragend sind der Weiße Saal, der Banquettsaal, die Goldene Galerie und die Gemälde von Watteau, Pesne und anderen französischen Meistern aus dem 18. Jh. Im gleichen Flügel sind auch die Gemächer von Königin Luise (1776–1810), der Gemahlin von König Friedrich Wilhelm III. Sie sind mit Kronleuchtern und Möbeln sowie handbemalten Seidentapeten ausgestattet.

Neuer Pavillon

Nach einer Italienreise beauftragte Friedrich Wilhelm III. (reg. 1797–1848) Karl Friedrich Schinkel mit dem Entwurf dieses Sommerhaus nach dem Vorbild einer Villa in Neapel.

☑ Nicht versäumen

Den Besuch des Schlosses kann man gut mit den umliegenden Museen verbinden.

Heute finden sich hier Werke von Malern aus der Schinkel-Ära wie Caspar David Friedrich und Eduard Gaertner sowie von dem Bildhauer Christian Daniel Rauch. Originale Biedermeiermöbel stehen im Erdgeschoss.

Schlossgarten

Der weitläufige Park hinter dem Schloss Charlottenburg ist teils formell französisch, teils wuchernd englisch und insgesamt ein idyllischer Tummelplatz. Zwischen schattigen Wegen, Blumenbeeten, Wiesen, Bäumen und einem Karpfenteich verstecken sich das düstere Mausoleum und das verspielte Belvedere. Ein wunderbarer Ort, um an einem sonnigen Nachmittag spazieren zu gehen, zu joggen oder zu faulenzen. Im Sommer bietet sich die Wiese für ein Picknick an.

Belvedere

Das kleine Schloss mit seiner markanten Kuppel entstand 1788 als Teehaus für Friedrich Wilhelm II. Hier pflegte er zu lesen, Musik zu hören und spirituelle Sitzungen mit Mitgliedern des Rosenkreuzerordens abzuhalten. Heute bildet das nach Plänen von Carl Gotthard Langhans errichtete Schloss des Spätrokoko die Kulisse für Prachtstücke der Königlichen Porzellan-Manufaktur KPM.

Mausoleum

Das neoklassizistische Mausoleum (1810; Bild links) steht im Schlosspark westlich des Karpfenteichs. Es entstand als Ruhestätte der Königin Luise, wurde aber zweimal erweitert, um Platz für weitere königliche Mitglieder zu schaffen, z. B. für Luises Gemahl Friedrich Wilhelm III. und für Kaiser Wilhelm I. und dessen Frau Augusta. Die reich verzierten Marmorsarkophage sind Meisterwerke der Kunst. Weitere Mitglieder der Königsfamilie ruhen in der Krypta (für die Öffentlichkeit nicht zugänglich).

Pause gefällig?

Die **Kleine Orangerie** (Karte S. 78; ☎030-322 2021; Hauptgerichte 6–15 €; ⌚Di–So 10–18 Uhr) befindet sich in der Nähe des Eingangs zum Schlosspark.

Holocaust-Mahnmal

Ein paar Schritte vom Brandenburger Tor entfernt befindet sich die riesige Gedenkstätte für die von den Nazis ermordeten Juden Europas. Hunderte Betonquader ragen hier aus dem Boden und lassen wohl niemanden unbeeindruckt.

Großartig für ...

☑ Nicht versäumen

Audioguides mit interessanten Infos sind im Ort der Information erhältlich.

Das Denkmal für die ermordeten Juden Europas, so der offizielle Name, wurde 2005 eingeweiht. Der Architekt Peter Eisenman errichtete 2711 an Särge erinnernde Betonstelen auf einem 19 000 m² großen, unebenen Gelände (Bild oben). Das Mahnmal hat keinen ausgewiesenen Ein- oder Ausgang. Das Labyrinth ist von allen Seiten frei zugänglich und jeder kann sich den Weg selbst suchen. Das Design ist absichtlich desorientierend ausgelegt, die Blöcke unterschiedlicher Höhe und die schmalen Gänge haben klaustrophobische Wirkung. Zu Stoßzeiten sitzen die Besucher auf den Blöcken und sinnieren über die Bedeutung des Mahnmals. Einige kritisieren, dass das Denkmal nicht auch andere von den Nazis ermordete Menschen wie Homosexuelle, Roma und Behinderte einbezieht. Für diese wurden jedoch andere Gedenkstätten errichtet.

Eingang zum Mahnmal vom Ort der Information.

SVEIN NORDRUM/GETTY IMAGES ©

Konzept & Konstruktion

Eine Holocaust-Gedenkstätte war lange Zeit angedacht. Die Idee entstand bereits in den 1980er-Jahren, aber erst 1994 wurde ein Wettbewerb für den Entwurf ausgeschrieben. Der den Zuschlag erhaltende Künstler sollte über ein Budget von 25 Mio. € verfügen. Die beiden Entwürfe, die in die engere Wahl kamen, wurden von Kanzler Kohl abgelehnt, und so wurde 1996 ein neuer Wettbewerb angesetzt. Im darauffolgenden Jahr erhielt der Entwurf des amerikanischen Architektens Peter Eisenman den Zuschlag. Sein ursprüngliches Konzept bestand allerdings aus 4000 Säulen. Der Bau begann 2003, die Eröffnung der Gedenkstätte fand im Mai 2005 statt. Es wird geschätzt, dass jährlich 3 Mio. Besucher durch die Gedenkstätte laufen, wodurch sie zur Top-Attraktion Berlins geworden ist.

Gut zu wissen

Karte S. 62; 030-2639 4336; www.stiftung-denkmal.de; Cora-Berliner-Straße 1; Audioguide 3 €; 24 Std.; S Brandenburger Tor, U Brandenburger Tor GRATIS

Pause gefällig?

Die Fahrt nach oben zum Panoramapunkt (S. 65) ist kostenpflichtig, aber das Café hat einen super Blick auf Mitte.

★ Top-Tipp

Nach Einbruch der Dunkelheit werden die Stelen dramatisch angestrahlt.

Ort der Information

Zusammenhänge erfährt man im unterirdischen Ort der Information. Die dortige Ausstellung stimmt wohl jeden nachdenklich. Der Eingang ist an der Ostseite des Mahnmals in der Nähe der Cora-Berliner-Straße.

Was gibt's in der Nähe?

Es grenzt schon an Ironie, dass sich der **Führerbunker** (Karte S. 62; Ecke In den Ministergärten & Gertrud-Kolmar-Straße; 24 Std.; S Brandenburger Tor, U Brandenburger Tor) nur ein paar Schritte südöstlich des Holocaust-Mahnmals befindet. Als Berlin in Flammen stand und sowjetische Panzer aufs Zentrum zurollten, beging Adolf Hitler hier am 30. April 1945 zusammen mit Eva Braun, die er kurz zuvor geehelicht hatte, Selbstmord. Ihre Leichen wurden nie gefunden. Heute ist an dieser Stelle an der Gertrud-Kolmar-Straße ein Parkplatz. Die düstere Vergangenheit ist nur anhand einer Infotafel (mit einem Plan des Bunkers sowie Konstruktions- und geschichtlichen Details) ersichtlich.

Strandbar an der Spree

JEAN-PIERRE LESCOURRET/GETTY IMAGES ©

Berliner Nachtleben

Zu Recht genießt Berlin seinen Ruf als eine der besten Party-Hauptstädte Europas. Die Stadt bietet zahllose Möglichkeiten, sich bei Cocktails, Wein oder Bier einen netten Abend zu machen.

Großartig für ...

☑ Nicht versäumen

Das Café am Neuen See (S. 77) gehört zu den besten Biergärten der Stadt.

Bars & Cafés

Berlin ist ein Paradies für Nachtschwärmer: Bars sind von Sonnenuntergang bis Sonnenaufgang gut besucht und in einigen Clubs tobt das Leben erst morgens um 4 Uhr so richtig. Da es noch nie eine Sperrstunde gab, entwickelte sich auch nicht die Tradition des Akkordtrinkens.

Alternativere Läden gibt's vor allem in Kreuzberg, Friedrichshain, Neukölln und aufstrebenden Bezirken wie Wedding (nördlich von Mitte) und Lichtenberg (hinter Friedrichshain). In Charlottenburg, Mitte und Prenzlauer Berg sind sie ruhiger und schließen früher. Einige Betreiber haben sich richtig ins Zeug gelegt, um ihrer Location ein ausgefallenes Design zu verpassen.

Die Trennlinie zwischen Café und Bar bzw. Kneipe verwischt zusehends, viele Lokale sind diesbezüglich je nach Ta-

Eine Cocktailbar in Berlin

BRUNO EHRS/GETTY IMAGES ©

geszeit recht flexibel. Alkohol ist aber so ziemlich den ganzen Tag lang erhältlich. Cocktailbars boomen in Berlin und Newcomer haben die „flüssige Kunst" deutlich verbessert. Die Bars sind oft elegante Romantikoasen mit gedämpfter Beleuchtung und leiser Musik im Hintergrund. Ein guter Cocktail kostet zwischen 10 und 15 €.

Zwar liegen die Getränkepreise noch unter denen in anderen Hauptstädten, sie sind aber in den letzten Jahren gestiegen.

Strandbars & Open-Air-Locations

Die Berliner sind ein sonnenhungriges Völkchen. Schon bei den ersten Sonnenstrahlen im Frühling werden Tische schneller rausgestellt, als man ein Bier zapfen kann. Die typischsten Orte für einen Drink unter freiem Himmel sind natürlich die Biergärten mit langen Tischen unter alten Kastanien, wo zum kühlen Blonden auch eine Bratwurst zu haben ist. 2002 wurde die erste Strandbar, die Strandbar Mitte, in bester Lage an der Spree aufgemacht. Viele andere Strandbars, die danach eröffnet wurden, mussten Neubauten weichen, was wiederum den neuesten Trend verstärkte: Dachbars.

Gut zu wissen

Normale Kneipen öffnen gegen 18 Uhr und schließen etwa um 1 oder 2 Uhr. Angesagte Locations und Cocktailbars machen frühestens um 20 oder 21 Uhr auf und schließen, wenn der letzte Gast gegangen ist. Clubs öffnen um 23 oder 24 Uhr, füllen sich aber erst um 1 oder 2 Uhr. Zwischen 4 und 6 Uhr steppt dann der Bär. (Viele Clubs haben nur freitags und samstags geöffnet).

Pause gefällig?

In den Berliner Biergärten und Dachbars gibt es auch Essbares.

★ Top-Tipp

Für den Besuch eines Berliner Clubs muss man sich meistens nicht aufbrezeln, Türsteher machen nur selten Probleme.

Clubbing

In den letzten 25 Jahren hat die Berliner Clubkultur die Stadt zu einem beliebten Reiseziel für Hedonisten gemacht. Bei über 200 Clubs sollte es kein Problem sein, einen zu finden, der einem gefällt. Electro-Sounds in allen ihren Varianten prägen nach wie vor das Berliner Nachtleben, aber auch Hip-Hop, Dancehall, Rock, Swing und Funk sind auf dem Vormarsch. Die schrillsten Clubs haben sich in Kraftwerken, Umspannwerken, verlassenen Wohnblocks und anderen umfunktionierten Lokalitäten angesiedelt. Die Szene ist in ständiger Bewegung, da erfahrene Clubbetreiber stetig nach neuen Herausforderungen suchen und eine jüngere Generation von Promotern die Szene mit neuen Ideen belebt.

Historische Highlights

Der Spaziergang geht durch Mitte, das historische Stadtzentrum, vorbei an den Hauptsehenswürdigkeiten. Hier sind die Geburtsstätte und das glamouröse Herz eines hochkarätigen Cocktails aus Kultur, Architektur und Kommerz.

Start Reichstag
Strecke 3,5 km
Dauer 3 Std.

Klassisches Foto des frühklassizistischen Brandenburger Tors.

2 Das **Brandenburger Tor** (S. 38) ist das einzige noch vorhandene Tor der Berliner Stadtmauer aus dem 18. Jh. Es wurde zum hoffnungsvollen Symbol der deutschen Wiedervereinigung.

3 **Unter den Linden** war schon im 18. Jh. Berlins Prachtstraße.

1 Der 1894 fertiggestellte **Reichstag** (S. 36) ist der historische Fixpunkt des Regierungsviertels. Die Glaskuppel stammt aus den 1990er-Jahren.

Pause gefällig? Einstein Unter den Linden (www.einstein-udl.com/en; Unter den Linden 42; Hauptgerichte 16–25 €; ⌚Mo–Fr 7–23, Sa & So 8–23 Uhr) ist ein guter Ort, um bei Kaffee und Kuchen Leute zu beobachten.

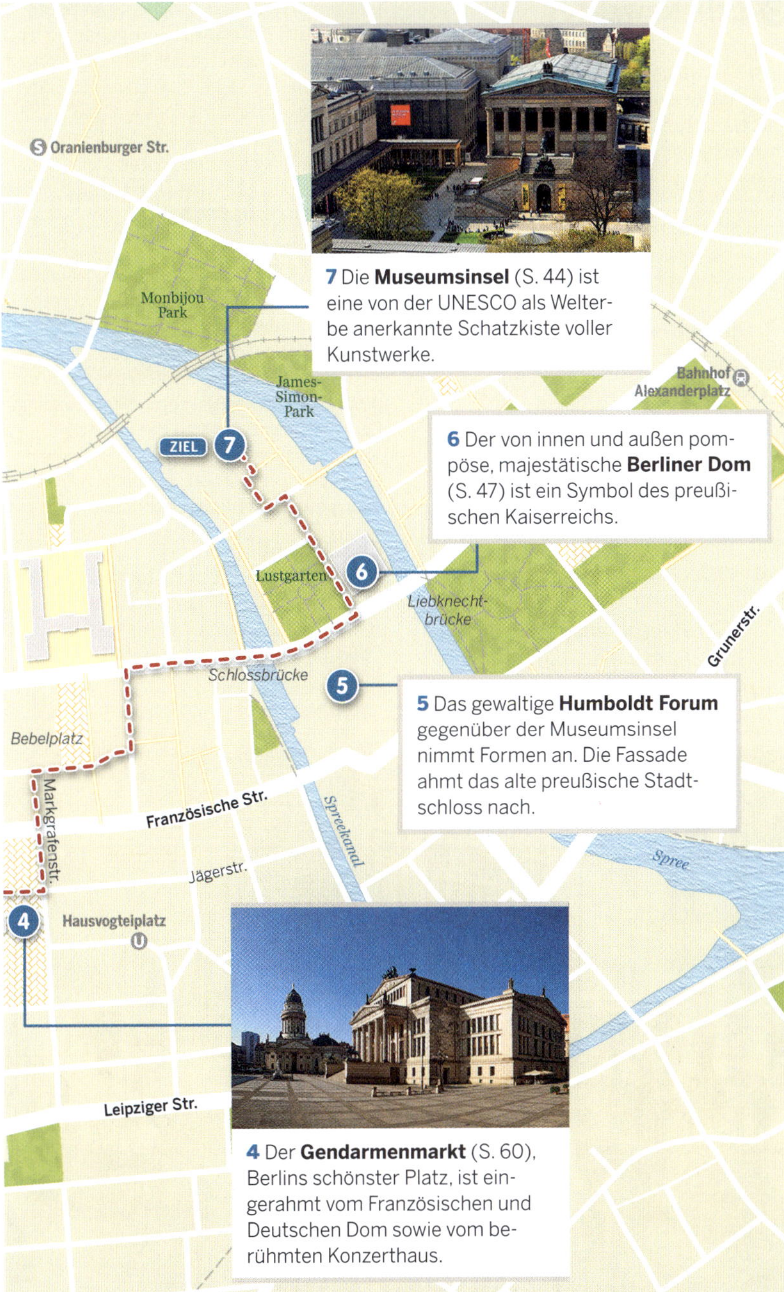

7 Die **Museumsinsel** (S. 44) ist eine von der UNESCO als Welterbe anerkannte Schatzkiste voller Kunstwerke.

6 Der von innen und außen pompöse, majestätische **Berliner Dom** (S. 47) ist ein Symbol des preußischen Kaiserreichs.

5 Das gewaltige **Humboldt Forum** gegenüber der Museumsinsel nimmt Formen an. Die Fassade ahmt das alte preußische Stadtschloss nach.

4 Der **Gendarmenmarkt** (S. 60), Berlins schönster Platz, ist eingerahmt vom Französischen und Deutschen Dom sowie vom berühmten Konzerthaus.

SEHENSWERTES

Berlin ist in zwölf Bezirke unterteilt (z. B. Mitte, Prenzlauer Berg, Kreuzberg), die wiederum in einzelne Kieze aufgeteilt sind. Hauptsehenswürdigkeiten wie das Brandenburger Tor und die Museumsinsel konzentrieren sich im gut zu Fuß zu erkundenden historischen Zentrum Mitte, von dem auch das modebewusste Scheunenviertel rund um den Hackeschen Markt nicht weit entfernt ist.

Unter den Linden

Deutsches Historisches Museum Museum

(Karte S. 62; ✆030-203 040; www.dhm.de; Unter den Linden 2; Erw./erm./Kind unter 18 Jahren inkl. I.M. Pei Bau 8/4 €/frei; ⏲10–18 Uhr; 🚌100, 200, U Hausvogteiplatz, S Hackescher Markt) Wer sich fragt, was die Deutschen in den letzten 1500 Jahren alles im Schilde führten, ist im barocken Zeughaus, dem ehemaligen preußischen Arsenal und dem heutigen Deutschen Historischen Museum, genau richtig. Im Obergeschoss liegt der Schwerpunkt auf der Zeit vom 6. Jh. bis zum Ende des Ersten Weltkriegs. Im Erdgeschoss wird das 20. Jh. bis in die ersten Jahre nach der deutschen Wiedervereinigung beleuchtet.

Friedrichstraße

Gendarmenmarkt Platz

(Karte S. 62; U Französische Straße, Stadtmitte) Der elegante Platz ist gesäumt vom Französischen und Deutschen Dom sowie vom **Konzerthaus** (✆030-203 092 333; www.konzerthaus.de; Gendarmenmarkt 2) mit dem von prächtigen Säulen geschmückten Eingang. Seinen Namen verdankt der Platz den „Gens d'Armes", einem preußischen Regiment aus dem 18. Jh., in dem aus Frankreich geflohene Hugenotten dienten.

Checkpoint Charlie Historische Stätte

(Karte S. 76; Ecke Zimmerstraße & Friedrichstraße; ⏲24 Std.; U Kochstraße) GRATIS Der Checkpoint Charlie war von 1961 bis 1990

Der Hauptgrenzübergang zwischen den beiden Berlins für Ausländer und Diplomaten.

Checkpoint Charlie

WAVE_MOVIES/SHUTTERSTOCK ©

der innerstädtische Hauptgrenzübergang für Ausländer und Diplomaten. Leider ist dieses wichtige Symbol des Kalten Krieges zu einer geschmacklosen Touristenfalle verkommen. Die kostenlose Freiluftausstellung, in der Meilensteine der Geschichte des Kalten Krieges dokumentiert werden, lohnt aber dennoch den Besuch.

Museum für Kommunikation Berlin — Museum

(Karte S. 76; ☎030-202 940; www.mfk-berlin.de; Leipziger Straße 16; Erw./erm./Kind unter 17 Jahren 6/3 €/frei; ⏲Di 9–20, Mi–Fr 9–17, Sa & So 10–8 Uhr; 🚌200, U Mohrenstraße, Stadtmitte) Drei freche Roboter begrüßen die Besucher in diesem eleganten, neobarocken Museum. Es bietet eine unterhaltsame Reise durch die Entwicklung der Kommunikationstechnologie – von Rauchsignalen bis zum Smartphone. Hier kann man Raritäten wie eine Blaue Mauritius und eines der ersten Telefone der Welt bewundern, altehrwürdige Kommunikationstechniken ausprobieren und sich über den Einfluss der Informationstechnologie auf unseren Alltag Gedanken machen.

Scheunenviertel

Hackesche Höfe — Historische Stätte

(Karte S. 62; ☎030-2809 8010; www.hackesche-hoefe.com; Eingang über Rosenthaler Straße 40/41 oder Sophienstraße 6; 🚋M1, S Hackescher Markt, U Weinmeisterstraße) Die Hackeschen Höfe sind das größte und berühmteste Hofensemble im Scheunenviertel. Die acht miteinander verbundenen Höfe entstanden 1907, wurden 1996 wiedereröffnet und bieten eine tolle Mischung aus Cafés, Galerien, Boutiquen und Unterhaltungseinrichtungen. Der Haupteingang an der Rosenthaler Straße führt zu Hof I mit schönen Jugendstilkacheln. Hof VII bildet den Übergang zu den romantischen Rosenhöfen mit tiefer liegendem Rosengarten und Balustraden.

Hamburger Bahnhof – Museum für Gegenwart — Museum

(Karte S. 62; ☎030-266 424 242; www.smb.museum; Invalidenstraße 50–51; Erw./erm. 14/7 €, am 1. Do des Monats 16–20 Uhr frei; ⏲Di, Mi & Fr 10–18, Do 10–20, Sa & So 11–18 Uhr; 🚋M5, M8, M10, S Hauptbahnhof, U Hauptbahnhof) Berlins Museum für zeitgenössische Kunst öffnete 1996 in einem alten Bahnhof. Das prachtvolle Gebäude ist wie eine Höhle Aladins gefüllt mit Gemälden, Installationen, Skulpturen und Videokunst. Wechselausstellungen umfassen sämtliche Kunstströmungen ab den 1950er-Jahren, von Konzeptkunst und Pop

Konzentrationslager Sachsenhausen

Das **KZ Sachsenhausen** (Gedenkstätte & Museum Sachsenhausen; ☎03301-200 200; www.stiftung-bg.de; Straße der Nationen 22, Oranienburg; ⏲Mitte März–Mitte Okt. 8.30–18 Uhr, Mitte Okt.–Mitte März 8.30–16.30 Uhr, Museen Mitte Okt.–Mitte März geschl.; P; S Oranienburg) GRATIS, ca. 35 km nördlich von Berlin, wurde von Gefangenen errichtet und 1936 als Modell für andere Konzentrationslager eröffnet. Bis 1945 wurden um die 200 000 Menschen hierher gebracht, vor allem politische Oppositionelle, Juden und Roma und nach 1939 Kriegsgefangene. Zehntausende starben durch Hunger, Erschöpfung, Krankheit, Kälte, medizinische Experimente und Hinrichtungen. Die Besichtigung der Gedenkstätte mit noch erhaltenen Gebäuden und Exponaten berührt wohl jeden.

Weitere Tausende erlagen den Strapazen des Todesmarschs im April 1945, als die Nazis das Lager während des Rückzugs vor der Roten Armee „evakuierten". Auf dem Weg vom S-Bahnhof Oranienburg zum Konzentrationslager (Ecke Straße der Einheit/Straße der Nationen) steht eine Gedenktafel für die Opfer.

Mitte

A
B
C
D
1
2
3
4
5
6
Alexanderufer
Invalidenstr.
Hannoversche Str.
Schlegelstr.
Tieckstr.
Chausseestr.
Novalisstr.
Torstr.
Oranienburger Tor
Linienstr.
Karte Prenzlauer Berg (S. 72)
Humboldthafen
Alexanderufer
REICHSTAG & REGIERUNGS-VIERTEL
Luisenstr.
Johannisstr.
Kalkscheunenstr.
Schumannstr.
Kapelleufer
Reinhardtstr.
Albrechtstr.
Bertolt-Brecht-Platz
Am Weidendamm
Marienstr.
Spreebogenpark
Konrad-Adenauer-Str.
Tiergartentunnel
Otto-von-Bismarck-Allee
Adele-Schreiber-Krieger-Str.
Friedrichstr.
Planckstr.
Bundestag
Schiffbauerdamm
Spree
Reichstagufer
Bahnhof Friedrichstr.
Friedrichstr.
Georgenstr.
Paul-Löbe-Allee
Reichstag
Platz der Republik
Platz der Republik Reichstag
21
Dorotheenstr
Friedrichstr.
Charlottenstr.
Scheidemannstr
Mittelstr.
24
MITTE
26
Platz des 18. März
Brandenburger Tor
Unter den Linden
5
Pariser Platz
Brandenburger Tor
25
Komische Oper
Berlin Tourist Info im Brandenburg Tor
Brandenburger Tor
Behrenstr.
Französische Str.
Holocaust-Mahnmal
Tiergarten
12
Mauerstr.
Glinkastr.
Jägerstr.
Hannah-Arendt-Str.
Wilhelmstr.
Ebertstr.
Taubenstr.
In den Ministergärten
22
Stadtmitte
Karte Kreuzberg & Potsdamer Platz (S. 76)
Mohrenstr.
15
11
14

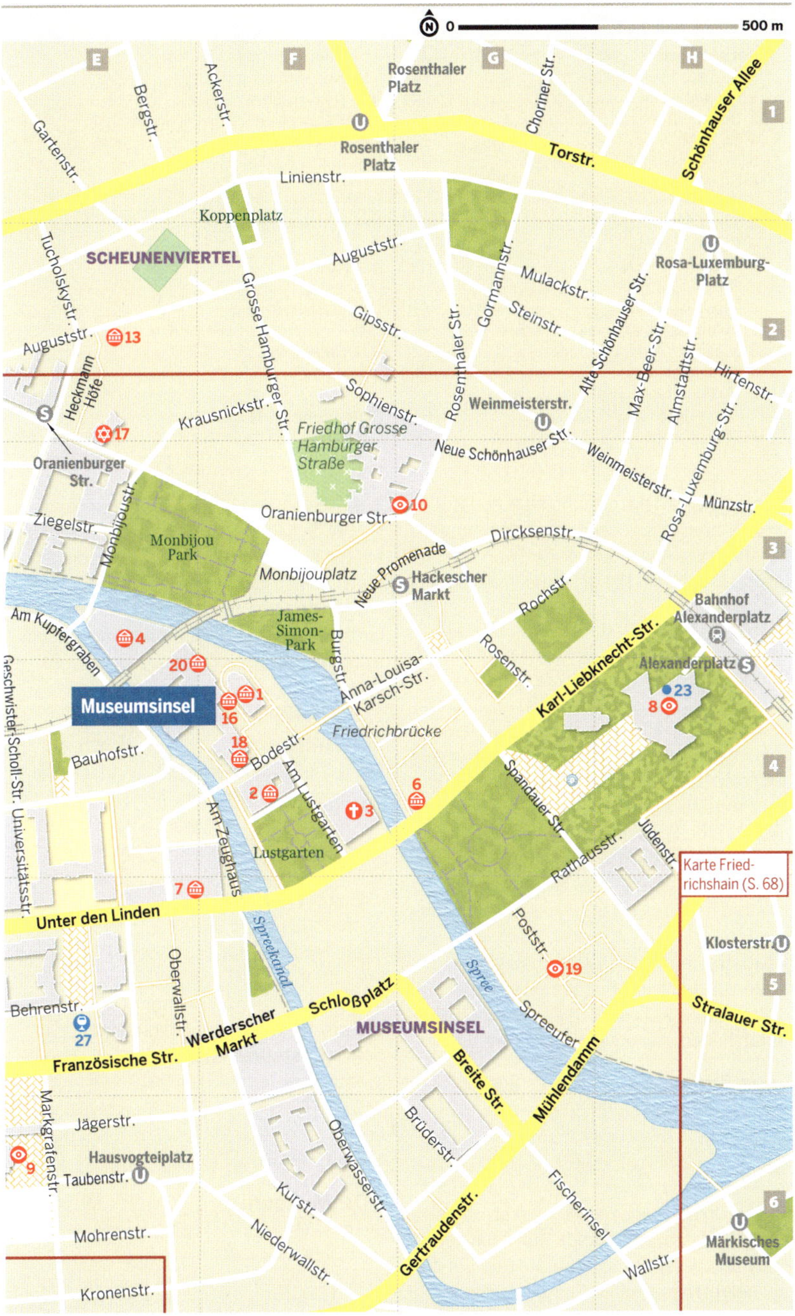
0
500 m
E
F
G
H
1
2
3
4
5
6
Rosenthaler Platz
Rosenthaler Platz
Bergstr.
Ackerstr.
Gartenstr.
Choriner Str.
Torstr.
Schönhauser Allee
Linienstr.
Koppenplatz
Tucholskystr.
SCHEUNENVIERTEL
Auguststr.
Rosa-Luxemburg-Platz
Mulackstr.
Gormannstr.
Steinstr.
Gipsstr.
Grosse Hamburger Str.
Auguststr.
13
Rosenthaler Str.
Alte Schönhauser Str.
Max-Beer-Str.
Almstadtstr.
Hirtenstr.
Heckmann Höfe
Sophienstr.
Weinmeisterstr.
Krausnickstr.
17
Friedhof Grosse Hamburger Straße
Neue Schönhauser Str.
Weinmeisterstr.
Oranienburger Str.
Rosa-Luxemburg-Str.
Münzstr.
10
Ziegelstr.
Monbijoustr.
Oranienburger Str.
Dircksenstr.
Monbijou Park
Neue Promenade
Monbijouplatz
Hackescher Markt
Rochstr.
Bahnhof Alexanderplatz
Am Kupfergraben
James-Simon-Park
Burgstr.
4
Rosenstr.
Karl-Liebknecht-Str.
Alexanderplatz
20
23
1
Anna-Louisa-Karsch-Str.
8
Museumsinsel
16
Geschwister-Scholl-Str.
Friedrichbrücke
18
Bodestr.
Bauhofstr.
Am Lustgarten
Spandauer Str.
6
2
3
Universitätsstr.
Am Zeughaus
Lustgarten
Rathausstr.
Jüdenstr.
Karte Friedrichshain (S. 68)
7
Unter den Linden
Poststr.
Spreekanal
Klosterstr.
Oberwallstr.
Spree
19
Behrenstr.
Schloßplatz
Spreeufer
Stralauer Str.
27
Werderscher Markt
MUSEUMSINSEL
Französische Str.
Breite Str.
Mühlendamm
Markgrafenstr.
Jägerstr.
Brüderstr.
Hausvogteiplatz
9
Taubenstr.
Oberwasserstr.
Kurstr.
Fischerinsel
Gertraudenstr.
Märkisches Museum
Mohrenstr.
Niederwallstr.
Wallstr.
Kronenstr.

Mitte

Sehenswertes

1 Alte Nationalgalerie F4
2 Altes Museum F4
3 Berliner Dom F4
4 Bode-Museum E3
5 Brandenburger Tor B5
6 DDR Museum G4
7 Deutsches Historisches Museum E5
8 Fernsehturm H4
9 Gendarmenmarkt E6
10 Hackesche Höfe G3
11 Hamburger Bahnhof – Museum für Gegenwart A1
12 Holocaust-Mahnmal B6
13 Jüdische Mädchenschule E2
14 Konzerthaus D6
15 Museum für Naturkunde B1
16 Museumsinsel F4
17 Neue Synagoge E2
18 Neues Museum F4
19 Nikolaiviertel G5
20 Pergamonmuseum E4
21 Reichstag A4
22 Führerbunker B6

Aktivitäten, Kurse & Touren

23 Fat Tire Tours Berlin H4

Essen

24 Berlin Pavillon A5
25 Cookies Cream D5
26 Einstein Unter den Linden C5
Pauly Saal .... (siehe 13)
Sphere .... (siehe 8)

Ausgehen & Nachtleben

27 Rooftop Terrace E5

Art bis zu Minimalismus und Fluxus, darunter bahnbrechende Werke von bedeutenden Künstlern wie Andy Warhol, Cy Twombly, Joseph Beuys und Robert Rauschenberg.

Museum für Naturkunde Museum

(Karte S. 62; 030-889 140 8591; www.naturkundemuseum.berlin; Invalidenstraße 43; Erw./erm. inkl. Audioguide 8/5 €; Di–Fr 9.30–18, Sa & So 10–18 Uhr; ; M5, M8, M10, 12, U Naturkundemuseum) Fossilien und Mineralien lassen das Herz nicht höher schlagen? O.k., aber wie wär's mit Tristan, dem T-Rex? Sein Skelett gehört zu den besterhaltenen der Welt und zusammen mit dem 12 m großen *Brachiosaurus branchai* ist er der Superstar im Jurassic Park des fesselnden Museums. Ansonsten kann man auch Knut, dem weltweit berühmtesten toten Eisbären, zuwinken, die zerbrechlichen Knochen eines seltenen Proto-Vogels *Archaeopteryx* bestaunen und herausfinden, warum ein Zebra Streifen hat.

Neue Synagoge Synagoge

(Karte S. 62; 030-8802 8300; www.centrumjudaicum.de; Oranienburger Straße 28–30; Erw./erm. 7/4,50 €, Audioguide 3 €; Mo–Fr 10–18, So 10–19 Uhr, Okt.–März Fr bis 15 & So bis 18 Uhr; M1, U Oranienburger Tor, S Oranienburger Straße) Die glänzende Goldkuppel der Neuen Synagoge ist das sichtbarste Symbol der neu belebten jüdischen Gemeinde Berlins. Das Original von 1866 war Deutschlands größte Synagoge, heute ist sie aber weniger ein Ort zum Beten (obwohl Gottesdienste stattfinden) als vielmehr ein Museum und eine Gedenkstätte namens Centrum Judaicum. Von April bis September kann man die Kuppel besteigen (Erw./erm. 3/2,50 €).

Alexanderplatz

Fernsehturm Wahrzeichen

(Karte S. 62; 030-247 575 875; www.tv-turm.de; Panoramastraße 1a; Erw./Kind 16,50/9,50 €, Online-Ticket ohne Wartezeit 21,50/12 €; März–Okt. 9–24 Uhr, Nov.–Feb. 10–24 Uhr, letzter Einlass 23.30 Uhr; 100, 200, TXL, U Alexanderplatz, S Alexanderplatz) Der Fernsehturm ist mit 368 m seit 1969 Deutschlands höchstes Bauwerk. Er gehört zu Berlin wie der Eiffelturm zu Paris. An klaren Tagen ist die Sicht von der 203 m hohen Aussichtsplattform (mit Bar) oder von dem 207 m hohen **Restaurant Sphere** (www.tv-turm.de/en/bar-restaurant; Hauptgerichte mittags 10,50–18 €, abends 12,50–28 €; 9–24 Uhr;) unschlagbar. Das Restaurant vollzieht pro Stunde eine 360-Grad-Drehung.

DDR Museum Museum

(Karte S. 62; 030-847 123 731; www.ddr-museum.de; Karl-Liebknecht-Straße 1; Erw./erm. 9,80/6 €; So–Fr 10–20, Sa 10–22 Uhr; 100,

200, TXL, S Hackescher Markt) Das nostalgische Museum wirft auf anschauliche und unterhaltsame Weise einen Blick hinter den eisernen Vorhang und auf das alltägliche Leben im sozialistischen Osten Deutschlands. Hier erfährt man, wie Kinder kollektiv den Umgang mit dem Töpfchen lernten, dass Ingenieure kaum mehr verdienten als Bauern und alle, so scheint es, in den FKK-Urlaub fuhren. Der Dauerbrenner unter den Ausstellungsstücken ist ein Trabi. Man kann sich hinters Steuer setzen und eine virtuelle Fahrt durch die Ostberliner Bezirke machen.

Potsdamer Platz & Tiergarten

Durch dieses neue, aus dem Boden gestampfte Viertel verlief einst die Mauer. Heute ist es ein Vorzeigeobjekt mit hervorragender zeitgenössischer Architektur, großen Kinosälen und Boutiquen. Kunstliebhaber sollten sich die Museen des Kulturforums nicht entgehen lassen, besonders die Gemäldegalerie direkt neben der grandiosen Berliner Philharmonie. Der grüne Tiergarten mit seinen verzweigten Wegen, Monumenten und versteckt gelegenen Biergärten ist der perfekte Ort für eine Pause.

Europas schnellster Aufzug rast wie ein Jo-Jo im rot geklinkerten, postmodernen Kollhof Tower zum **Panoramapunkt** (Karte S. 76; 030-2593 7080; www.panoramapunkt.de; Potsdamer Platz 1; Erw./erm. 7,50/6 €, ohne Wartezeit 11,50/9 €; April–Okt. 10–20 Uhr, Nov.–März 10–18 Uhr; M41, 200, S Potsdamer Platz, U Potsdamer Platz) rauf und wieder runter. Von der zweigeschossigen Aussichtsplattform in 100 m Höhe bietet sich ein toller Blick auf die Stadt. Anschließend kann man im Café im Stil der 1930er-Jahre einen Kaffee trinken, von der Terrasse den Sonnenuntergang genießen oder in der Ausstellung die wichtigsten Momente der Geschichte des Potsdamer Platzes nacherleben.

Tiergarten Park

(Straße des 17 Juni; 100, 200, S Potsdamer Platz, Brandenburger Tor, U Brandenburger Tor) Die Berliner Fürsten pflegten im weitläufigen Tiergarten Wildschweine und Fasane zu jagen, bis das Gebiet im 19. Jh. von dem Landschaftsarchitekten Peter Lenné umgestaltet wurde. Heute ist der Tiergarten einer der weltgrößten Stadtparks (Abb. S. 67) und als solcher beliebt bei Spaziergängern, Joggern, Picknickfans, Frisbeespielern und FKK-Sonnenanbetern sowie als Schwulentreffpunkt (vor allem um die Löwenbrücke).

Topographie des Terrors Museum

(Karte S. 76; 030-2545 0950; www.topographie.de; Niederkirchner Straße 8; 10–20 Uhr, Außenbereich bis Sonnenuntergang oder spätestens bis 20 Uhr); M41, S Potsdamer Platz, U Potsdamer Platz) GRATIS Genau dort, wo sich einst die gefürchtetsten Institutionen Nazi-Deutschlands (darunter das Gestapo-Hauptquartier und die SS-Kommandozentrale) befanden, zeigt die interessante Ausstellung chronologisch die Etappen von Terror und Verfolgung. Hier werden den Tätern Gesichter gegeben und es wird im Detail gezeigt, welche Auswirkungen diese brutalen Institutionen auf ganz Europa hatten. Eine zweite Ausstellung im Freien dokumentiert, wie sich das Leben für Berlin und ihre Bewohner veränderte, nachdem die Nazis die Stadt zu ihrer Hauptstadt gemacht haben.

Gemäldegalerie Galerie

(Karte S. 76; 030-266 424 242; www.smb.museum/gg; Matthäikirchplatz; Erw./erm./Kind unter 18 Jahren 14/7 €/frei; Di, Mi & Fr 10–18, Do 10–20, Sa & So 11–18 Uhr; ; M29, M48, M85, 200, S Potsdamer Platz, U Potsdamer Platz) Dieses Museum rangiert mit 1500 Gemälden unter den weltweit besten und umfassendsten Sammlungen europäischer Kunst des 13. bis 18. Jhs. Für den Besuch der 72 Galerien sollte man bequeme Schuhe tragen: Die Strecke vorbei an den Werken von Titian, Dürer, Hals, Vermeer, Gainsborough und vielen anderen alten Meistern ist fast 2 km lang. Unbedingt sehenswert ist der Rembrandt-Saal (Saal X).

Prenzlauer Berg

Prenzlauer Berg hat keine Top-Attraktionen zu bieten, das Sehenswerteste konzentriert sich im schönen Südteil rund um den Kollwitzplatz. In dem Viertel befindet sich auch die bedeutende Ausstellung über die Berliner Mauer, die Gedenkstätte Berliner Mau-

LGBTIQ+ Berlin

Generell umfasst das schwul-lesbische Berlin das gesamte Spektrum von Cafés, Bars und Kinos bis hin zu Saunen, Ausgehvierteln, Clubs mit Darkroom und Sexclubs. Überhaupt behandelt das schockresistente Stadtvolk Sex und Sexualität als etwas Alltägliches und es gibt nur wenige Gelüste, die nicht ungeniert und legal ausgelebt werden können. Wie auch andernorts haben schwule Männer mehr Möglichkeiten, sich zu amüsieren, aber auch Frauen kommen nicht zu kurz.

Blu (www.blu.fm) Kostenloses Print- und Online-Magazin mit Suchfunktion und topaktuellem Veranstaltungskalender.

L-Mag (www.l-mag.de) Das Magazin für Lesben erscheint alle zwei Monate.

Siegessäule (www.siegessaeule.de) Das kostenlose Wochenmagazin ist Berlins schwul-lesbische „Bibel".

Umzug am Christopher Street Day (S. 21)

SERGEY KOHL/SHUTTERSTOCK ©

er (S. 41). Sie verläuft auf dem ehemaligen Grenzstreifen über eine Strecke von 1,4 km zwischen Wedding und Prenzlauer Berg.

Mauerpark Park

(Karte S. 72; www.mauerpark.info; zw. Bernauer Straße, Schwedter Straße & Gleimstraße; M1, M10, 12, U Eberswalder Straße) Mit seinen mickrigen Bäumen und seinem ausgetretenen Rasen ist der Mauerpark nicht gerade der Inbegriff einer grünen Oase, zumal er in Zeiten des Kalten Krieges Teil des Todesstreifens war (ein kleiner Teil der Berliner Mauer steht hier noch). Dass der Park dennoch bei Berlinern und Besuchern derart beliebt ist, liegt neben der geheimnisvollen, relaxten Atmosphäre auch am gut besuchten Sonntagsflohmarkt mit Karaoke-Darbietungen.

Friedrichshain

Der stadtbekannte Partybezirk hat auch eine seriöse Seite zu bieten, vor allem wenn es um Überbleibsel aus der DDR-Ära geht, wie z. B. die East Side Gallery (S. 41) und die **Karl-Marx-Allee** (Karte S. 68; U Strausberger Platz, Weberwiese, Frankfurter Tor) GRATIS. Sehenswürdigkeiten liegen im ganzen Bezirk verstreut und sind am besten mit öffentlichen Verkehrsmitteln zu erreichen.

Volkspark Friedrichshain Park

(Karte S. 72; begrenzt durch Am Friedrichshain, Friedenstraße, Danziger Straße & Landsberger Allee; 24 Std.; 142, 200, 21, M4, M5, M6, M8, M10, U Schillingstraße) Berlins ältester Park bietet seit 1840 Erholung vom Großstadtleben. Die Hügel kamen aber erst in den 1940er-Jahren hinzu, als der Schutt des Krieges hier angehäuft wurde. So entstanden zwei „Berge" – der höhere ist der **Mont Klamott** GRATIS mit 78 m. Neben Rasenflächen zum Relaxen sorgen Tennisplätze, eine Halfpipe für Skater, ein paar Biergärten und ein Freiluftkino für Unterhaltung.

Computerspielemuseum Museum

(Karte S. 68; 030-6098 8577; www.computerspielemuseum.de; Karl-Marx-Allee 93a; Erw./erm. 9/6 €, nach 18 Uhr 7/5 €; 10–20 Uhr; 240, 347, U Weberwiese) Egal, ob man nun mit Nimrod, Pac-Man, World of Warcraft oder ganz ohne Computerspiele aufgewachsen ist: Dieses gut kuratierte Museum fasziniert alle Besucher mit einer Reise durch die Geschichte der Computerspiele und setzt nebenbei deren Entwicklung in den richtigen historischen und kulturellen Kontext. Die bunte, spannende Ausstellung umfasst viele interaktive Stationen und natürlich Hunderte von Originalstücken, darunter ein sehr seltener Pong-Automat von 1972 und sein abgefahrener moderner Cousin, die „PainStation" (wer spielen will, muss mindestens 18 Jahre alt sein).

SVETLANA TURCHENICK/SHUTTERSTOCK ©

Tiergarten (S. 65)

Kreuzberg & Neukölln

In Kreuzberg und Neukölln gibt's die farbenfrohesten Ecken Berlins mit unkonventionellem, globalem Dorfflair, bunter Restaurant-, Bar- und Nachtlebenszene sowie unabhängigen Boutiquen.

Jüdisches Museum Museum

(Karte S. 76; 030-2599 3300; www.jmberlin.de; Lindenstraße 9–14; Erw./erm. 8/3 €, Audioguide 3 €; 10–20 Uhr; U Hallesches Tor, Kochstraße) In dem signifikanten, von dem amerikanisch-polnischen Architekten Daniel Libeskind entworfenen Gebäude bietet das Jüdische Museum eine chronologische Aufzeichnung über 2000 Jahre jüdischen Lebens in Deutschland mit allen Höhen und Tiefen. Die Ausstellung führt gekonnt durch die wichtigsten Epochen, vom Mittelalter über die Aufklärung bis zum Wiedererwachen der jüdischen Gemeinde nach 1990. Hier erfahren Besucher alles über jüdische kulturelle Einflüsse, Feiertagstraditionen, den schwierigen Weg zur Gleichstellung, bedeutende Persönlichkeiten (wie Moses Mendelssohn und Levi Strauss) und die Schicksale einfacher Menschen.

Tempelhofer Feld Park

(www.gruen-berlin.de/tempelhoferfeld; Eingang über Oderstraße, Tempelhofer Damm oder Columbiadamm; Sonnenaufgang–Sonnenuntergang; ; U Paradestraße, Boddinstraße, Leinestraße, Tempelhof, S Tempelhof) GRATIS Der Flughafen Tempelhof, der die Berliner Luftbrücke 1948 und 1949 so glorreich meisterte, ist heute eine der größten städtischen Grünanlagen weltweit. Auf den ehemaligen Start- und Landebahnen dieses nichtkommerziellen Open-Air-Abenteuerspielplatzes tummeln sich Radfahrer, Inlineskater und Kitesurfer. Geboten werden auch ein Biergarten namens **Luftgarten** (0152 2255 9174; www.luftgarten-berlin.de; Eingang Columbiadamm; April–Okt. 11–24 Uhr oder länger, je nach Wetter; U Boddinstraße), Grillbereiche, ein Fahrradverleih, ein witziger Minigolfplatz, ein Skatepark, ein Klassenzimmer im Freien, Kunstinstallationen und Urban-Gardening-Projekte. Mehr als zwei Dutzend Infotafeln informieren über den historischen Hintergrund.

Friedrichshain

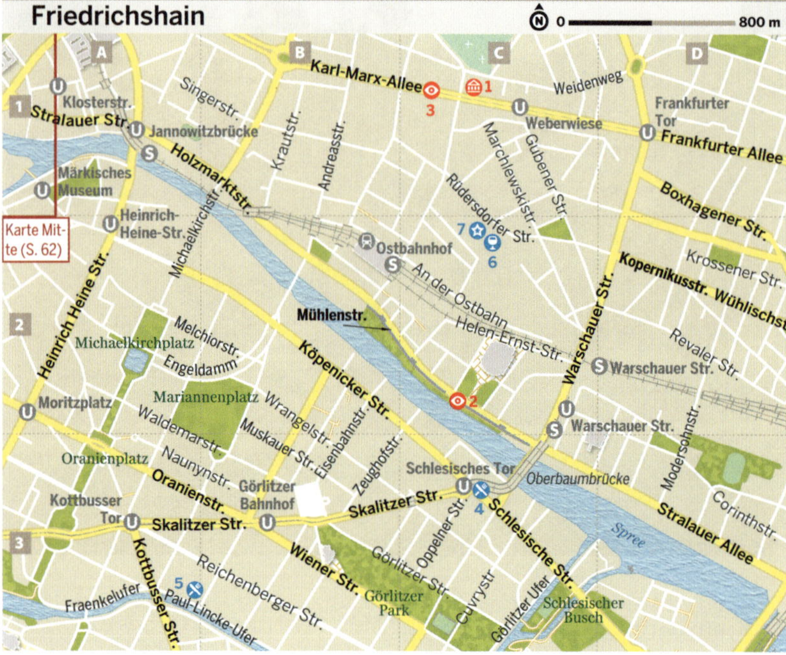

Schöneberg

Schöneberg hat zwar keine Top-Sehenswürdigkeiten, dafür aber ein paar lohnende Nischen-Museen.

Museum der Unerhörten Dinge — Museum

(030-781 4932, 0175 410 9120; www.museumderunerhoertendinge.de; Crellestraße 5–6; Mi–Fr 15–19 Uhr; U Kleistpark, S Julius-Leber-Brücke) GRATIS „Jeder Gegenstand erzählt eine Geschichte" könnte das Motto dieser verrückten Sammlung von Kuriositäten lauten. Im Museum der Unerhörten Dinge knabbert Wahnsinn an der Psyche des Besuchers, wenn er versucht, die Bedeutung der Schweizerischen Kuhfladenverehrer oder von Goethes Steinrose herauszufinden. Es könnte alles eine bewusstseinsverändernde Parodie oder eine komplette Ironie-Übung des Gründers Roland Albrecht sein. Eins ist jedoch sicher: Dies ist eine ganz andere Art des Museumsbesuchs.

Schwules Museum — Museum

(Karte S. 76; 030-6959 9050; www.schwulesmuseum.de; Lützowstraße 73; Erw./erm. 7,50/4 €; Mo, Mi, Fr & So 14–18, Do bis 20, Sa bis 19 Uhr; M29, U Nollendorfplatz, Kurfürstenstraße) Das gemeinnützige Museum in einer alten Druckerei ist eine der größten und bedeutendsten Einrichtungen zur LGBTIQ-Kultur weltweit mit Schwerpunkt auf Berlin und Deutschland. Geboten werden Wechselausstellungen über Ikonen der Schwulenszene, Künstler, Genderfragen und historische Themen ebenso wie Filmvorführungen und spannende Diskussionen.

Charlottenburg

Charlottenburg, das schillernde Herz Westberlins während des Kalten Krieges, ist das Paradies für Einkaufswütige, Preußenfans und Kunstliebhaber. Die Hauptattraktion ist das Schloss Charlottenburg (S. 50) mit seinem Park und den angrenzenden Museen. Etwa 3,5 km südöstlich des Schlosses

Friedrichshain

Sehenswertes
1 Computerspielemuseum C1
2 East Side Gallery C2
3 Karl-Marx-Allee C1

Essen
4 Burgermeister C3
5 Cocolo Ramenbar A3

Ausgehen & Nachtleben
6 Berghain/Panorama Bar C2

Unterhaltung
7 Kantine am Berghain C2

liegt das Gebiet der City West rund um den Bahnhof Zoologischer Garten. Die Gegend ist geprägt von Berlins größtem Shopping-Boulevard, dem Kurfürstendamm. In diesem Viertel mit gesetzten, gut betuchten Bewohnern locken nach Einbruch der Dunkelheit zahllose gute Restaurants und Bars Einheimische und Urlauber an, die in einem der vielen Hotels in Charlottenburg übernachten.

Kaiser-Wilhelm-Gedächtniskirche Kirche

(Karte S. 78; 030-218 5023; www.gedaechtniskirche.com; Breitscheidplatz; Kirche 9–19 Uhr, Gedenkhalle Mo–Fr 10–18, Sa 10–17.30, So 12–17.30 Uhr; 100, 200, U Zoologischer Garten, Kurfürstendamm, S Zoologischer Garten) GRATIS Nach dem alliierten Luftangriff 1943 blieb nur die Hülle des Westturms dieser neoromanischen Kirche stehen. Das heutige Mahnmal für den Frieden erhebt sich würdevoll mitten im tosenden Verkehr. Historische Aufnahmen in der Gedenkhalle am Fuß des Turms lassen die frühere Pracht der 1895 errichteten Kirche erahnen. Das achteckige Gotteshaus entstand 1961 neben der Kirchenruine. Es wirkt vor allem durch seine leuchtend mitternachtsblauen Glaswände und die riesige „schwebende" Jesusfigur.

Story of Berlin Museum

(Karte S. 78; 030-8872 0100; www.story-of-berlin.de; Kurfürstendamm 207–208, X9, X10, 109, 110, M19, M29, TXL, U Uhlandstraße) Das fesselnde Museum teilt 800 Jahre Berliner Geschichte – von der Gründung 1237 bis zum Fall der Mauer – in kleine interessante Häppchen auf. Zurzeit ist das Museum aufgrund von Umbauarbeiten geschlossen. Nach der Wiedereröffnung soll die neue Ausstellung an gleicher Stelle im „Fürst", voraussichtlich im unterirdischen Atombunker, präsentiert werden.

Zoo Berlin Zoo

(Karte S. 78; 030-254 010; www.zoo-berlin.de; Hardenbergplatz 8; Erw./Kind 15,50/8 €, mit Aquarium 21/10,50 €; April–Sept. 9–18.30 Uhr, März & Okt. 9–18 Uhr, Nov.–Feb. 9–16.30 Uhr; 100, 200, S Zoologischer Garten, U Zoologischer Garten, Kurfürstendamm) Berlins Zoo hält gleich drei Rekorde: Er ist Deutschlands ältester (seit 1844), artenreichster und beliebtester Tierpark. Publikumslieblinge sind momentan zwei Bambus futternde Pandas, eine Leihgabe aus China. Zur Menagerie gehören fast 20 000 Tiere aus 1500 Spezies, darunter Orang-Utans, Koalas, Nashörner, Giraffen und Pinguine. Fütterungen finden den ganzen Tag über statt – die Zeiten stehen auf der Website und sind am Kartenhäuschen angeschlagen.

AKTIVITÄTEN

Berlins größter Reiz liegt unbestritten in dem urbanen Charisma der Stadt. Wer genug vom Sightseeing und Feiern hat, dem bieten sich genügend andere Gelegenheiten, um Dampf abzulassen. Beliebter Zeitvertreib im Sommer ist Schwimmen, Radeln und Joggen, in den kälteren Monaten kann man sich unter die Einheimischen mischen und beim Sportschauen mitfiebern.

GEFÜHRTE TOUREN

Geführte Touren sind genial, um einen ersten kurzen Einblick von Berlin zu bekommen. Viele Anbieter freuen sich, Gästen zu Fuß, per Bus, Boot oder Fahrrad die Stadt zu zeigen. Wer nur wenig Zeit hat, sollte die

Die besten Berlin-Blogs

Es ist kein Geheimnis, dass Berlin eine schnelllebige Stadt ist und so ist es nur natürlich, dass sich auch die Gastroszene mit Lichtgeschwindigkeit verändert. Glücklicherweise behalten ein paar engagierte Freunde des guten Essens das Ganze im Auge und berichten in ihren Blogs über Neueröffnungen und neue Trends.

Mit Vergnügen (www.mitvergnuegen.com) Moderne, abwechlsungsreiche Website mit Artikeln zu den Themen Leben (u. a. Buchtipps und Interviews), Food (Berichte zu Events, Neueröffnungen und mehr), Stadt (darunter Touren und Vorstellungen von Firmen), Guides (mit vielen Location-Tipps) und Podcasts. Eine Städtekarte samt Suchfunktion ist ebenfalls vorhanden.

Berlin Ick Liebe Dir (www.berlin-ick-liebe-dir.de) Der Schwerpunkt dieses Berliner Blogs & Stadtmagazins liegt auf dem Thema Essen und Restaurants. Daneben gibt's aber auch Berichte zu allerlei Interessantem wie etwa zu Events, Kinos und Coworking Spaces.

GastroInferno (www.gastroinferno.com) Blog einer Berlinerin mit den Kategorien Products (z. B. Gewürze, Sirup, Kochbücher), Places (Restaurantberichte) und Stories (u. a. Rezepte).

CeeCee (www.ceecee.cc) Stylischer Blog über Angesagtes und weniger Angesagtes in Berlins Gourmet- und Kulturszene.

Sehenswürdigkeiten auf einer Bustour an sich vorbeirauschen lassen. Neben den traditionellen zwei- oder dreistündigen Fahrten sind auch Hop-on-Hop-off-Touren im Angebot. Die Busse der Linie 100 und 200 fahren ebenfalls an den Hauptsehenswürdigkeiten vorbei – zum Preis eines normalen BVG-Tickets. In Hotellobbys oder in der Touristeninformation sind Flyer erhältlich.

Wer es geruhsamer angehen lassen möchte, sollte sich für einen geführten Stadtspaziergang entscheiden. Alle Veranstalter bieten Einführungstouren zu den wichtigsten und nicht ganz so wichtigen Sehenswürdigkeiten sowie Thementouren (z. B. Drittes Reich, Kalter Krieg, Sachsenhausen, Potsdam) an.

New Berlin Tours (www.newberlintours.com; geführte Touren Erw./erm. ab 15/13 €; kostenlose Tour auf Trinkgeldbasis 11 Uhr) teilweise auch Touren auf Englisch.

Alternative Berlin Tours (0162 819 8264; www.alternativeberlin.com; Tour 12–35 €) Anbieter von englischsprachigen Touren; private deutschsprachige Touren auf Anfrage.

Wer etwas mehr sehen möchte, sollte einen der folgenden Veranstalter, die alle ähnliche Touren anbieten, in Betracht ziehen.

Berlin on Bike (Karte S. 72; 030-4373 9999; www.berlinonbike.de; Knaackstraße 97, Kulturbrauerei, Hof 4; Tour inkl. Fahrrad Erw./erm. 24–32/20–28 €, Fahrradverleih 10 €/24 Std.; Mitte März–Mitte Nov. 8–20 Uhr, Mitte Nov.–Mitte März Mo–Sa 10–16 Uhr; M1, U Eberswalder Straße) Touren mit dem Fahrrad oder zu Fuß.

Fat Tire Tours Berlin (Karte S. 62; 030-2404 7991; www.fattiretours.com/berlin; Panoramastraße 1a; Erw./erm./unter 12 Jahren inkl. Fahrrad ab 28/26/14 €; S Alexanderplatz, U Alexanderplatz)

Eine Dampferfahrt auf den Kanälen und Flüssen ist bei schönem Wetter die gemächlichste Art, die Stadt zu besichtigen. Nachstehend die Anbieter:

Reederei Riedel (030-6796 1470; www.reederei-riedel.de; Tour ab 14 €; März–Okt.)

Stern und Kreisschiffahrt (030-536 3600; www.sternundkreis.de; Tour ab 13,50 €; März–Dez.).

Es gibt auch allerhand faszinierende Nischen-Touren wie etwa den Bowie Walk mit **Berlin Musictours** (0172 424 2037; www.musictours-berlin.com; Bowie Berlin Walk 19 €; englischsprachige Touren April–Okt. Sa & So 12 Uhr, Nov.–März 11.30 Uhr; deutschsprachige Touren auf Anfrage) oder eine nachhaltige Berlin-Tour mit **Green Me** (www.greenmeberlin.com; Tour 25–50 €/Pers., private Touren auf Anfrage) deutsch- und englischsprachige Touren.

SHOPPEN

Berlin ist eine tolle Shoppingstadt und damit meinen wir nicht die großen Einkaufszentren und Ladenketten. Zum Individualismus der Berliner passen kleine Boutiquen im Kiez und geschäftige Märkte, die es zu erkunden lohnt.

KaDeWe Kaufhaus

(Karte S. 78; 030-212 10; www.kadewe.de; Tauentzienstraße 21–24; Mo–Do 10–20, Fr 10–21, Sa 9.30–20 Uhr; U Wittenbergplatz) Das KaDeWe, eines der größten Kaufhäuser Europas, gibt es seit 1907. Sein Sortiment ist so riesig, dass eine piratenmäßige Attacke die beste Art ist, hier Beute zu machen. Bei wenig Zeit lohnt auf jeden Fall der Besuch der legendären Lebensmittelabteilung im 6. Stock. Der Name ist übrigens die Abkürzung für *Kaufhaus des Westens*.

LP12 Mall of Berlin Einkaufszentrum

(Karte S. 76; www.mallofberlin.de; Leipziger Platz 12; Mo–Sa 10–21 Uhr; ; 200, U Potsdamer Platz, S Potsdamer Platz) Die glitzernde Einkaufspassage ist maßgeschneidert für qualitätsbewusste Liebhaber von Einkaufszentren. Mehr als 270 Boutiquen wetteifern um Kunden, darunter auch die Flagship-Stores von Karl Lagerfeld, Hugo Boss, Liebeskind, Marc Cain, Muji und anderen Topmarken. Aber auch die normalen Einzelhandelsketten wie Mango und H&M sind vertreten. Im Erdgeschoss und im 2. OG gibt es kostenlose Handy-Ladestationen.

Bikini Berlin Einkaufszentrum

(Karte S. 78; 030-5549 6455; www.bikiniberlin.de; Budapester Straße 38–50; Boutiquen Mo–Sa 10–20 Uhr, Gebäude Mo–Sa 9–21, Dachterrasse tgl. 9–22 Uhr; ; 100, 200, U Zoologischer Garten, S Zoologischer Garten) Deutschlands erste Konzeptmall öffnete 2014 in einem für die 1950er-Jahre architektonisch typischen Gebäude. Den Spitznamen „Bikini" verdankt der Bau seinem Design: Einst teilte ein von Säulen eingefasstes Luftgeschoss im zweiten Stockwerk das Gebäude in einen oberen und einen unteren Bereich. Das Zwischengeschoss ist jetzt keusch von einer Glasfassade bedeckt. Die drei Stockwerke beherbergen großstädtische Indie-Boutiquen, „Pop-Up-Boxen", die temporär angemietet werden können – genau das Richtige für Newcomer –, und einen internationalen Food-Market.

Berlin rockt

Seit den 1990er-Jahren hat die Berliner Club-Kultur einen fast schon mythenhaften Status, was zur Anziehungskraft der Hauptstadt beigetragen hat. Hier wurden Trends und Sounds ausgebrütet sowie Karrieren von international bekannten DJs wie Paul van Dyk, Ricardo Villalobos, Ellen Allien und Paul Kalkbrenner gestartet. In den über 200 Clubs der Stadt wird ohne Sperrstunde die Nacht zum Tag.

Was die Berliner Szene von anderen Partystädten unterscheidet, ist der Schwerpunkt auf unabhängigen, nicht zum Mainstream gehörenden Nischen-Locations. Diese werden von Besitzern oder Verbänden betrieben, die einen eher kreativen als kommerziellen Hintergrund haben. Das gemeinsame Ziel ist die Förderung einer vielfältigen, offenen und progressiven Clubkultur, nicht aber die Gewinnmaximierung. Das zeigt sich auch an den Einlasskriterien, die ein Gleichgewicht in puncto Alter, Geschlecht und Gesinnung anstreben.

TOMML/GETTY IMAGES ©

FLOHMÄRKTE

Flohmärkte sind so etwas wie urbane Archäologie: Wer sich durch den aussortierten Krempel anderer Leute wühlt, braucht Geduld und Glück, aber was ist es für ein

Kick, wenn man plötzlich auf einen kleinen Schatz stößt! Berlin hält da viele Fundgruben bereit; das ganze Jahr über und bei jedem Wetter werden am Wochenende (meist sonntags) die Stände auf Flohmärkten aufgebaut. Viele werden von jungen Berliner Designern als Testmarkt für Mode und Schmuck benutzt. Am bekanntesten ist der wöchentliche **Flohmarkt am Mauerpark** (Karte S. 72; www.flohmarktimmauerpark.de; Bernauer Straße 63–64; So 9–18 Uhr; M1, M10, 12, U Eberswalder Straße) in Prenzlauer Berg, der sich gut mit dem Besuch des nahen **Trödelmarkts Arkonaplatz** (Karte S. 72; www.troedelmarkt-arkonaplatz.de; Arkonaplatz; So 10–16 Uhr; M1, M10, U Bernauer Straße) kombinieren lässt.

ESSEN

Berlins Restaurantszene wächst rasant und reift wie ein guter Barolo. Aber es gibt natürlich auch noch die traditionelle Berliner Hausmannskost, von Würstchen bis zu gegrillter Schweinshaxe. Der Zustrom von experimentierfreudigen Chefköchen aus aller Welt macht Essengehen in der Hauptstadt zu einer köstlichen und spannenden Erfahrung.

Mitte

Katz Orange International €€

(Karte S. 72; 030-983 208 430; www.katzorange.com; Bergstraße 22; Hauptgerichte 17–24 €; 18–23 Uhr; M8, U Rosenthaler Platz) Vom Bauernhof direkt auf den Tisch, stylisches Country-Flair und erstklassige Cocktails – das Katz Orange steckt kulinarisch alle anderen Restaurants in die Tasche. Umwerfend ist z. B. das zwölf Stunden lang gegarte Duroc-Schwein (Spitzname „Candy on Bone"). Die ehemalige Brauerei erinnert an eine Burg und ist sehr stimmungsvoll, vor allem im Sommer, wenn die Terrasse geöffnet ist.

Ki-Nova International €€

(Karte S. 76; 030-2546 4860; www.ki-nova.de; Potsdamer Straße 2; Hauptgerichte 9–17 €;

Prenzlauer Berg

Sehenswertes
1 Gedenkstätte Berliner Mauer A2
2 Mauerpark B2
3 Mont Klamott D3
4 Volkspark Friedrichshain D3

Aktivitäten, Kurse & Touren
5 Berlin on Bike C2

Shoppen
6 Flohmarkt im Mauerpark B2
7 Trödelmarkt Arkonaplatz B2

Essen
8 Katz Orange A3
9 Konnopke's Imbiss C2

Ausgehen & Nachtleben
10 Prater Garten C2
11 Weinerei Forum B3

Mo–Fr 11.30–23, Sa 13–23, So 13–21 Uhr; ; 200, U Potsdamer Platz, S Potsdamer Platz) Der Name dieses vor allem mittags beliebten Restaurants weist auf das Konzept hin: „Ki" ist Japanisch und bedeutet Energie, „nova" ist Lateinisch für neu. „Neue Energie" bedeutet in diesem Fall gesundheitsorientierte Häppchen aus globalem und regionalem Superfood von Grünkohl bis Cranberrys. Das moderne Interieur sorgt mit schweren Holztischen, einem schwarz gefliesten Tresen, Filmplakaten und deckenhohen Fenstern für urbane Gemütlichkeit.

Cookies Cream Vegetarisch €€€
(Karte S. 62; 030-2749 2940; www.cookies cream.com; Behrenstraße 55; Hauptgerichte 25 €, 3-/4-Gänge-Menü 49/59 €; Di–Sa 18–24 Uhr; ; U Französische Straße) Das seit Langem beliebte Lokal wurde 2017 zu seinem zehnten Jahrestag als erstes vegetarisches Restaurant Berlins in die Michelin-Liga aufgenommen. Der Industrie-Look und die versteckte Lage sind ebenso ungewöhnlich wie die Kompositionen des Chefkochs Stephan Hentschel. Den Eingang erreicht man über die Lieferantenzufahrt des Westin Grand Hotel (vorbei an einem Kronleuchter, dann klingeln).

Pauly Saal Deutsch €€€
(Karte S. 62; 030-3300 6070; www.paulysaal.com; Auguststraße 11–13; 3-/4-Gänge-Mittagsmenü 69/85 €, 7-Gänge-Abendmenü 115 €; Di–Sa 12–14 & 18–21.30 Uhr, Bar bis 2.30 Uhr; M1, S Oranienburger Straße, U Oranienburger Tor) Erst übernahm Arne Anker in der Küche mit saisonalen Zutaten aus der Region das Kommando, dann kam ein Michelin-Stern. Es werden nur mehrgängige Menüs serviert – auch mittags. Das Restaurant selbst ist einfach umwerfend: Es befindet sich in einer mit ausgefallenen Kunstgegenständen geschmückten Turnhalle der ehemaligen **Jüdischen Mädchenschule** (Karte S. 62; www.maedchenschule.org; Auguststraße 11–13; wechselnde Öffnungszeiten) GRATIS in einem Bauhaus-Gebäude.

Prenzlauer Berg

Konnopke's Imbiss Deutsch €
(Karte S. 72; 030-442 7765; www.konnopke-imbiss.de; Schönhauser Allee 44a; Wurst 1,60–2,90 €; Mo–Fr 10–20, Sa 12–20 Uhr; M1, M10, M13, U Eberswalder Straße) Wer hier eine Wurst ergattern will, muss notgedrungen Schlange stehen. Die berühmte Imbissbude steht seit 1930 hier unter der U-Bahn-Überführung, hat inzwischen aber einen beheizten Pavillon. Die „geheime" Sauce auf der klassischen Currywurst kommt in vier Schärfegraden daher, von himmlisch bis höllisch.

Kreuzberg & Friedrichshain

Burgermeister Burger €
(Karte S. 68; 030-2388 3840; www.burger-meister.de; Oberbaumstraße 8; Burger 3,50–4,80 €; Mo–Fr 11–3, Sa 12–4, So 12–3 Uhr; U Schlesisches Tor) Es ist grün, reich verziert, ein Jahrhundert alt und … es war einmal ein Toilettenhäuschen. Jetzt ist es eine Burgerbude unter den Gleisen der hier überirdisch fahrenden U-Bahn. Die dicken Rindfleischpatties (unbedingt den Meisterburger mit

Röstzwiebeln, Bacon und Barbecuesauce probieren) liegen zwischen einem Brötchen aus Briocheteig und werden mit Käsefritten serviert. Anstellen lohnt sich.

CocoloRamenbar Japanisch €

(Karte S. 68; ☎030-9833 9073; www.kuchi.de; Paul-Lincke-Ufer 39–40; Suppen 9–12 €; ⏰Mo–Sa 12–23 📶; Ⓤ Kottbusser Tor) Die besten japanischen Suppen Berlins gibt's in diesem nett von Laternen beleuchteten Lokal am Kanal. In der herzhaften Schweinebrühe schwimmen hausgemachte Nudeln und frisches Gemüse, die Toppings reichen von Ei bis Wakame. Das feurige Wintergericht ist auch im Sommer ein guter Imbiss, den man am besten auf der Terrasse mit Blick auf den Kanal genießt.

Schöneberg

Cafe Einstein Stammhaus Österreichisch €€€

(Karte S. 76; ☎030-2639 1917; www.cafeeinstein.com; Kurfürstenstraße 58; Frühstück 7–15 €, Hauptgerichte abends 19–32 €; ⏰8–24 Uhr; Ⓤ Nollendorfplatz) Das ehemalige Zuhause des Stummfilmstars Henny Porten ist heute das Wohnzimmer im Wiener Caféhausstil wohlhabender, eleganter Menschen, die hier morgens bei einer Tasse Kaffee ihre Zeitung lesen oder abends ein Wiener Schnitzel verspeisen. Das „Einstein Frühstück" ist zu jeder Tageszeit eine Spitzenwahl (es wird bis 18 Uhr serviert). Marmorne Tischplatten, riesige Spiegel und hohe Stuckdecken tragen zu dem gediegenen Ambiente bei.

Charlottenburg

Benedict Frühstück €€

(☎030-994 040 997; www.benedict-breakfast.de; Uhlandstraße 49; Frühstück 7,50–18 €; ⏰24 Std.; 📶; Ⓤ Spichernstraße) Egal, ob es nun morgens vier oder nachmittags vier Uhr ist, wer Appetit auf Blaubeer-Pancakes oder Eier Benedikt hat, ist hier genau richtig. In diesem peppigen Restaurant gibt's Frühstück – und nur Frühstück! – und das rund um die Uhr. Die Portionen sind

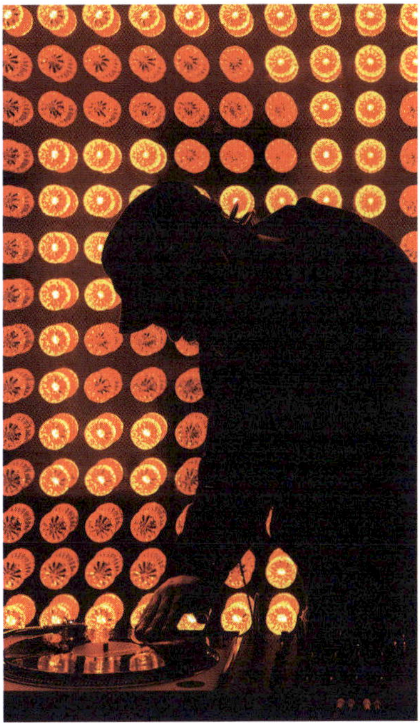

Von links: Schwimmen in der Spree; Nachtclub in Friedrichshain; Strandbar; DJ

Kreuzberg & Potsdamer Platz

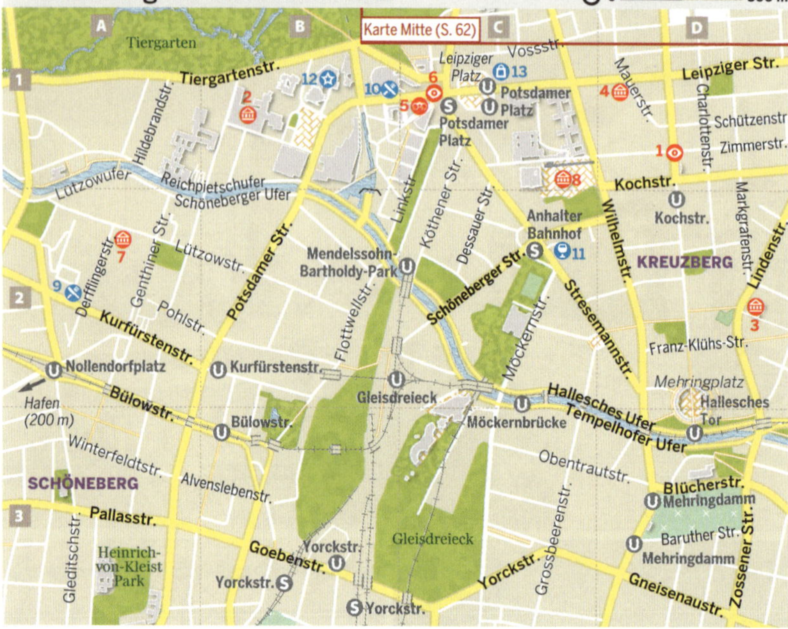

so riesig wie die Auswahl der Speisen aus aller Welt, von klassischem deutschem Frühstück über amerikanisches Steak mit Eiern bis hin zu nordafrikanischem Schakschuka.

Good Friends — Chinesisch €€

(Karte S. 78; ☎030-313 2659; www.goodfriends-berlin.de; Kantstraße 30; 2-Gänge-Mittagsmenü wochentags 7–7,70 €, Hauptgerichte abends 8–21 €; ⌚12–1 Uhr; Ⓢ Savignyplatz) Das Good Friends gilt weithin als Berlins bestes China-Restaurant mit Kantonküche. Die Enten, die im Fenster hängen, sind nur der Vorgeschmack zu einer Speisekarte, deren Länge selbst Konfuzius konfus machen würde. Zudem gibt es eine separate Speisekarte mit authentischen Gerichten nach Hausfrauenart. Wem gedämpfte Hühnerfüße doch etwas zu fragwürdig erscheinen, der kann immer noch auf Schweinefleisch süß-sauer oder gebratenen Reis mit Shrimps zurückgreifen.

AUSGEHEN & NACHTLEBEN

Von Cocktail- und Concept-Bars über Craft-Bier-Kneipen bis zu Rooftop-Lounges – die nächste Loaction ist nie weit entfernt.

Mitte

Rooftop Terrace — Bar

(Karte S. 62; ☎030-460 6090; www.roccofortehotels.com; Behrenstraße 37, Hotel de Rome; ⌚Mai–Sept. Mo–Fr 15–23, Sa & So 12–23 Uhr, je nach Wetter; 📶; 🚌100, 200, TXL, Ⓤ Hausvogteiplatz) In der Dachbar des exklusiven **Hotel de Rome** herrscht ein gedämpftes, kultiviertes Ambiente. Von hier oben sieht man den Fernsehturm, Sehenswürdigkeiten und die Baustellen entlang der Straße Unter den Linden. Es ist ein cooler Ort, wo man einen Kaffee, eine hausgemachte Ingwer-Limo oder einen Sundowner mit Snacks genießt.

Solar Lounge — Bar

(Karte S. 76; ☎0163 765 2700; www.solar-berlin.de; Stresemannstraße 76; ⌚So–Do 18–2, Fr

Kreuzberg & Potsdamer Platz

Sehenswertes
1 Checkpoint Charlie ... D1
2 Gemäldegalerie ... B1
3 Jüdisches Museum ... D2
4 Museum für Kommunikation Berlin ... D1
5 Panoramapunkt ... C1
6 Potsdamer Platz ... C1
7 Schwules Museum ... A2
8 Topographie des Terrors ... C1

Essen
9 Cafe Einstein Stammhaus ... A2
10 Ki-Nova ... B1

Ausgehen & Nachtleben
11 Solar Lounge ... C2

Unterhaltung
12 Berliner Philharmoniker ... B1

Shoppen
13 LP12 Mall of Berlin ... C1

& Sa 18–3 Uhr; S Anhalter Bahnhof) In der gläsernen Skylounge im 17. Stock über einem vornehmen Restaurant ist der Blick auf die Lichter der Stadt wirklich eindrucksvoll. Gedämpftes Licht, weiche schwarze Ledersofas und ein atemberaubendes Panorama schaffen ein schönes Ambiente für einen Sundowner oder ein Date. Die Fahrt im gläsernen Fahrstuhl lohnt allein schon den Besuch. Der Eingang befindet sich hinter der Autowerkstatt Pit Stop.

Café am Neuen See Biergarten
(Karte S. 78; ☎030-254 4930; www.cafeamneuensee.de; Lichtensteinallee 2; ⏲Restaurant Mo–Fr 9–23 Uhr, Biergarten 12 Uhr–open end, Sa & So 11 Uhr–open end; 👪; 🚌200, U Zoologischer Garten, S Zoologischer Garten, Tiergarten) Das Restaurant an einem idyllischen See im Tiergarten ist dank des üppigen Frühstücks und der saisonalen Küche das ganze Jahr über ein beliebter Treffpunkt. Am schönsten ist es aber im Sommer, dann lädt der Biergarten zu einem Mini-Urlaub mit kaltem Bier und einer Bretzel oder Pizza ein. Anschließend kann man eine Paddeltour auf dem See machen. Einen Kinderspielplatz gibt's auch.

Prenzlauer Berg & Friedrichshain

Berghain/Panorama Bar Club
(Karte S. 68; www.berghain.de; Am Wriezener Bahnhof; ⏲Fr–Mo; S Ostbahnhof) Das Labyrinth eines ehemaligen Kraftwerks ist die Domäne von Weltklasse-DJs und Bass-Junkies. In der großen Turbinenhalle (Berghain) dominieren minimale Techno-Beats, in der Panorama Bar ein Stockwerk höher ist House angesagt. Lange Schlangen, strenge Türsteher, keine Kameras. Termine für Konzerte unter der Woche und Record-Release-Partys im Berghain und in der benachbarten **Kantine am Berghain** (unterschiedlicher Eintritt; ⏲wechselnde Öffnungszeiten) stehen auf der Website.

Prater Biergarten
(Karte S. 72; ☎030-448 5688; www.pratergarten.de; Kastanienallee 7–9; Snacks 2,50–7,50 €; ⏲April–Sept. 12 Uhr–open end, je nach Wetter; 👪; 🚋M1, 12, U Eberswalder Straße) In Berlins ältestem Biergarten wird seit 1837 Bier getrunken, und es ist noch immer ein charismatischer Ort für ein vor Ort gebrautes Prater Pilsner unter alten Kastanien (Selbstbedienung). Kinder können auf einem kleinen Spielplatz herumtoben.

Weinerei Forum Weinbar
(Karte S. 72; ☎030-440 6983; www.weinerei.com; Fehrbelliner Straße 57; ⏲10–24 Uhr; 📶; 🚋M1, U Rosenthaler Platz) Nach 20 Uhr wird aus diesem Café im Stil eines Wohnzimmers eine Weinbar, die nach dem Prinzip der Ehrlichkeit funktioniert. Die Gäste „leihen" sich für 2 € ein Weinglas, schenken sich nach Belieben ein und bezahlen am Ende nach eigenem Gutdünken. Fairness ist Trumpf, damit dieses fantastische Modell überleben kann.

Kreuzberg & Neukölln

Griessmühle Club
(www.griessmuehle.de; Sonnenallee 221; ⏲Club Fr & Sa ab 22 Uhr; S Sonnenallee) Die

Charlottenburg

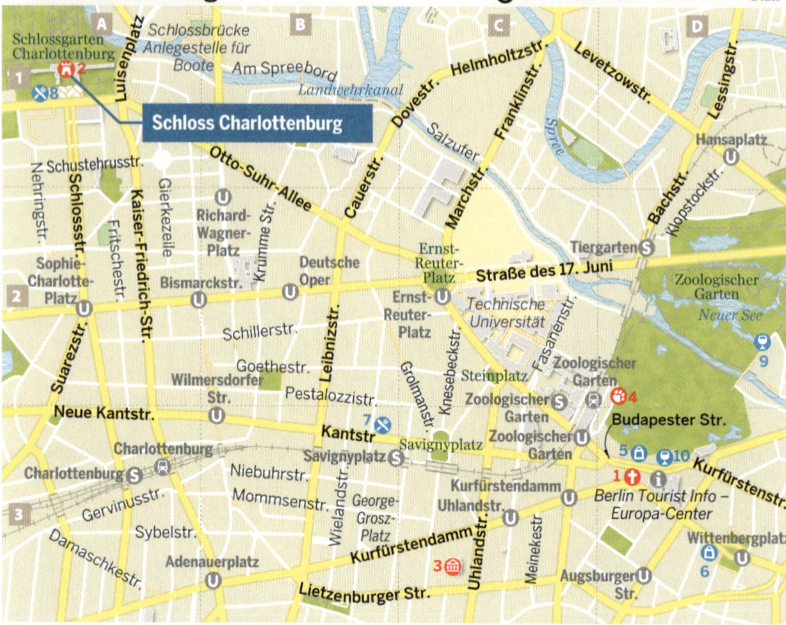

Griessmühle an einem herrlichen Kanal in Neukölln ist ein weitläufiges In- und Outdoor-Gelände. In dem unkonventionellen Garten gibt's Baumhäuser und Blumenbeete, dazwischen stehen Trabis. Das Projekt des ZMF-Kunstkollektivs lockt freakige Electro-Fans mit ganz unterschiedlichen Events. Es stehen nicht nur Partys und Konzerte, sondern auch ein monatlich stattfindender Flohmarkt, Filmabende und Ping-Pong-Partys auf dem Programm.

Klunkerkranich Bar

(www.klunkerkranich.de; Karl-Marx-Straße 66; 16–2 Uhr; ; U Rathaus Neukölln) In den Sommermonaten sind Stimmung, Aussicht und Sound die Trumpfkarten dieser Mischung aus Club, Garten und Bar auf dem Parkhausdach des Einkaufszentrums Neukölln Arcaden. Ein toller Ort, um bei Sonnenuntergang bei einem Drink und den Sounds lokaler DJs oder Bands zu chillen. Für das leibliche Wohl ist ebenfalls gesorgt. Auf der Website stehen die ständig neuen Ideen der Betreiber (Lust auf einen Gärtnerei-Workshop?).

Schöneberg & Charlottenburg

Monkey Bar Bar

(Karte S. 78; 030-120 221 210; www.monkeybarberlin.de; Budapester Straße 40; 12–2 Uhr; ; 100, 200, S Zoologischer Garten, U Zoologischer Garten) Der hippe „Großstadtdschungel" im 10. OG des 25hours Hotel Bikini Berlin bietet einen grandiosen Blick über die Stadt und den Berliner Zoo. Auf der Getränkekarte stehen exotische Drinks (hervorragender Mai Tai!) und ginlastige Cocktails. Wer einen kühlen Sundowner auf der großartigen Terrasse genießen will, sollte früh erscheinen. Freitags bis sonntags stehen ab 16 Uhr DJs am Plattenteller.

Möve im Felsenkeller Kneipe

(030-781 3447; Akazienstraße 2; Mo–Sa 16–1 Uhr; U Eisenacher Straße) Die holzlastige altberliner Kneipe ist seit den 1920er-

Charlottenburg

Sehenswertes
1 Kaiser-Wilhelm-Gedächtniskirche D3
2 Schloss Charlottenburg A1
3 Story of Berlin C3
4 Zoo Berlin D2

Shoppen
5 Bikini Berlin D3
6 KaDeWe D3

Essen
7 Good Friends B3
8 Kleine Orangerie A1

Ausgehen & Nachtleben
9 Café am Neuen See D2
10 Monkey Bar D3

Jahren ein Künstlertreff. Hier hat Jeffrey Eugenides (die Treppen hinauf, am runden Tisch in der Ecke) seinen Bestseller *Middlesex* geschrieben. An der Decke der sagenumwobenen Kneipe baumelt eine ausgestopfte Möwe. Es gibt acht verschiedene Biere vom Fass.

Hafen Bar

(Karte S. 76; 030-211 4118; www.hafen-berlin.de; Motzstraße 19; 19–4 Uhr; U Nollendorfplatz) Dieser „Hafen" ist seit etwa einem Vierteljahrhundert ein netter Ort zum Anlegen. Und es ist noch immer eine gute Location, in der man die Nacht mit Tanzen, Themenpartys, Trinken und Flirten zubringen kann.

UNTERHALTUNG

Die quicklebendige und innovative Berliner Kulturszene ist eine der abwechslungsreichsten der deutschsprachigen Welt. Mit drei öffentlich finanzierten Opernhäusern, fünf großen Orchestern – darunter die weltberühmten **Berliner Philharmoniker** (Karte S. 76; Tickets 030-2548 8999; www.berliner-philharmoniker.de; Herbert-von-Karajan-Straße 1; Tickets 21–290 €; M29, M48, M85, 200, S Potsdamer Platz, U Potsdamer Platz) –, unzähligen Theatern, Kinos, Varietés und Konzerthallen bietet Berlin jede Menge Unterhaltung.

PRAKTISCHE INFORMATIONEN

Visit Berlin (www.visitberlin.de), die Berliner Touristenbehörde, unterhält fünf Touristeninformationen, Infoschalter an den Flughäfen und ein **Call-Center** (030-2500 2333; Mo–Fr 9–18 Uhr) mit Personal, das allgemeine Fragen beantwortet und Hotels und Tickets bucht.

Alexanderplatz (030-250 025; Lobby Park Inn, Alexanderplatz 7; Mo–Sa 7–21, So 8–18 Uhr; 100, 200, TXL, U Alexanderplatz, S Alexanderplatz)

Brandenburger Tor (Karte S. 62; 030-250 023; Pariser Platz, Brandenburger Tor, Südflügel; April–Okt. 9.30–19 Uhr, Nov.–März 9.30–18 Uhr; S Brandenburger Tor, U Brandenburger Tor)

Zentraler Omnibusbahnhof (ZOB) (Masurenallee 4–6; Mo, Fr & Sa 8–20, Di–Do & So 8–16 Uhr; S Messe Nord/ICC)

Europa-Center (Karte S. 78; 030-2500 2333; Tauentzienstraße 9, Europa-Center, EG; Mo–Sa 10–20 Uhr; 100, 200, U Kurfürstendamm, Zoologischer Garten, S Zoologischer Garten)

Hauptbahnhof (030-250 025; Hauptbahnhof, Eingang Europaplatz, EG; 8–22 Uhr; S Hauptbahnhof, Hauptbahnhof)

AN- & WEITERREISE

BUS

Es ist einfach, erschwinglich und beliebt, mit dem Bus nach Berlin zu reisen. Die Busse sind bequem, sauber und klimatisiert, einige haben kostenloses WLAN an Bord und verkaufen Snacks und alkoholfreie Getränke.

Flixbus (www.flixbus.de) hat einen Großteil der Konkurrenz geschluckt und ist zusammen mit **Eurolines** (www.eurolines.de) – zumindest im Moment – der Hauptanbieter. Eine praktische Suchmaschine für Fernbusse ist www.busliniensuche.de.

FLUGZEUG

Bis zur Fertigstellung des Flughafens Berlin Brandenburg (nach langjähriger Verspätung ist die Eröffnung für 2020 geplant) werden der **Flughafen Tegel** (TXL; www.berlin-airport.de; Flughafen Tegel), etwa 8 km nordwestlich des Stadtzentrums, und der **Flughafen Schönefeld** (SXF; www.berlin-airport.de; Airport-Express, RE7 & RB14, S9, S45), etwa 24 km südöstlich, angeflogen.

ZUG

Berlin ist über das Netz der **Deutschen Bahn** (01806 99 66 33; www.bahn.de) gut mit anderen Zielen in Deutschland und beliebten Zielen in Europa verbunden, u. a. Prag, Warschau und Amsterdam.

Knotenpunkt für Fernzüge ist der Hauptbahnhof, einige Züge legen in Spandau, am Ostbahnhof, Gesundbrunnen und Südkreuz einen Zwischenstopp ein.

Flixbus, Europas größtes Fernbusunternehmen, hat jetzt auch Flixtrain (www.flixtrain.de) ins Leben gerufen. Seit August 2017 verkehren die quietschgrünen Züge zwischen Berlin und Stuttgart mit Stopps u. a. in Frankfurt und Heidelberg. Die Preise sind in der Regel viel niedriger als die der Deutschen Bahn. Die Züge fahren an mehreren Berliner Bahnhöfen ab, darunter Hauptbahnhof, Ostbahnhof und Bahnhof Zoo.

UNTERWEGS VOR ORT

ZUM/VOM FLUGHAFEN

TEGEL

Der TXL-Expressbus fährt zum Alexanderplatz (40 Min.) und der Bus X9 in die City West (z. B. Bahnhof Zoo, 20 Min), 2,80 €; Taxi 25 €.

SCHÖNEFELD

Flughafen-Express-Züge (RB14 oder RE7) fahren zweimal stündlich ins Zentrum (30 Min.), die S9 startet alle 20 Minuten nach Friedrichshain und Prenzlauer Berg, 3,40 €; ein Taxi ins Stadtzentrum kostet 45 bis 50 €.

ÖFFENTLICHE VERKEHRSMITTEL

Berlins weitreichendes öffentliches Verkehrsnetz untersteht der BVG und besteht aus U-Bahnen, S-Bahnen, Bussen und Straßenbahnen. Umfassende Infos und praktische Fahrplanauskünfte gibt's unter www.bvg.de.

Für die meisten Fahrten in Berlin reicht ein AB-Ticket (2,80 €), das zwei Stunden mit Umsteigen in die Fahrtrichtung gültig ist. Wer mehr als zwei Fahrten an einem Tag plant, sollte sich eine Tageskarte (7 €) kaufen.

U-BAHN

Die U-Bahn ist das schnellste Verkehrsmittel. Sie fährt von 4 bis 0.30 Uhr, freitags, samstags und feiertags die ganze Nacht. Nachtbusse verkehren von Sonntag bis Donnerstag alle 30 Minuten.

S-BAHN

Die S-Bahn fährt nicht ganz so häufig wie die U-Bahn, hat aber weniger Haltestellen, weshalb sie für längere Strecken besser geeignet ist. Die Betriebszeiten entsprechen denen der U-Bahn.

BUS & STRASSENBAHNEN

Busse sind langsam, aber ideal für preiswertes Sightseeing. In der Zeit von 4.30 bis 0.30 Uhr verkehren sie häufig, Nachtbusse verkehren halbstündlich. MetroBusse (z. B. M1, M2) fahren rund um die Uhr.

Straßenbahnen fahren fast ausschließlich in den Ostbezirken; MetroTrams (z. B. M1, M2) verkehren rund um die Uhr.

TAXI

Taxis können auf der Straße per Handzeichen angehalten werden. Altnerativ können sie auch telefonisch (030-20 20 20) oder über eine App bestellt werden. In der Stadt gibt's überall Taxistände.

Wo übernachten?

Berlin bietet unzählige Übernachtungsmöglichkeiten: In einer ehemaligen Bank, auf einem Boot, in einer Fabrik, im Haus einer Stummfilmdiva oder in einem „fliegenden Bett". Zu ausgefallen? Jede internationale Hotelkette hat einen Ableger in der Stadt.

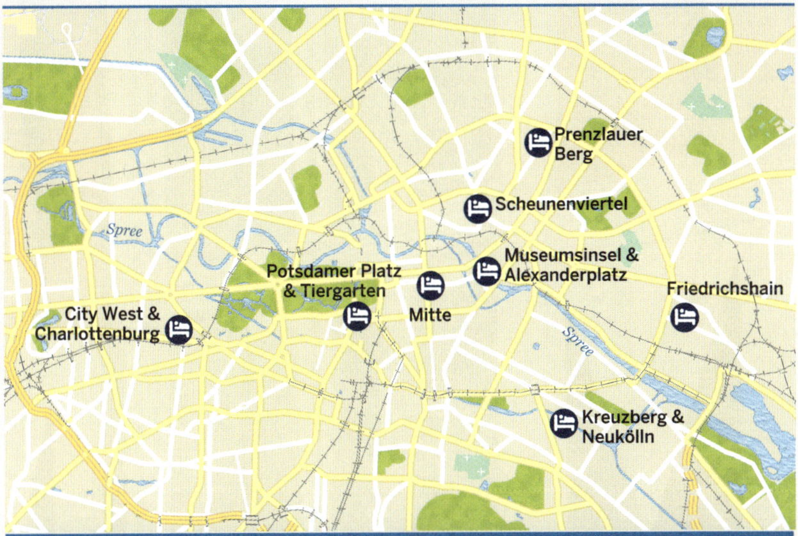

Bezirk	Atmosphäre
Mitte	Nahe der wichtigsten Sehenswürdigkeiten; sehr gute Verkehrsanbindung; Top-Hotels und -Restaurants; touristisch und teuer.
Museumsinsel & Alexanderplatz	Zentral mit vielen Sehenswürdigkeiten; gute Verkehrsanbindung; Mainstream-Shopping; große und kleine Hotels; kein Nachtleben.
Potsdamer Platz & Tiergarten	Innovative Architektur; Spitzenklassehotels; Top-Museen; dicht am Tiergarten; begrenztes Restaurantangebot; kein Nachtleben.
Scheunenviertel	Hipster-Viertel; trendig, historisch, zentral; Boutiquehotels; unabhängige Boutiquen; viele Cafés; Street Art; teuer und verkehrsreich.
City West & Charlottenburg	Super zum Shoppen; stylische Bars und Spitzenrestaurants; Unterkünfte mit gutem Preis-Leistungs-Verhältnis; historische B & Bs; weit entfernt von Hauptsehenswürdigkeiten; kaum Nachtleben.
Kreuzberg & Neukölln	Künstler-, Underground- und Multikulti-Party-Viertel; für Kneipentouren und Clubbing; tolle Restaurantszene; Street Art; schmuddelig, laut, verkehrsreich; weit weg von den Hauptsehenswürdigkeiten.
Friedrichshain	Studenten- und Familienviertel; Nachtleben; Sehenswertes aus der Zeit des Kalten Kriegs; teils schlechte Anbindung; wenige Bleiben.
Prenzlauer Berg	Sauberes Wohnviertel; muntere Café- und Restaurantszene; unabhängige Boutiquen; kaum Nachtleben; kaum Sehenswürdigkeiten.

UGIS RIBA / SHUTTERSTOCK ©

POTSDAM

In diesem Kapitel

Potsdam

Die Hauptstadt von Brandenburg liegt nur ca. 25 km südwestlich von Berlin-Mitte an der Havel. Auch dank guter S-Bahn-Verbindung ist der frühere preußische Königssitz das beliebteste Tagesziel ab Berlin: Die Hauptattraktion sind hier das Schloss Sanssouci und der gleichnamige Park, die 1990 als UNESCO-Weltkulturerbe aufgenommen wurden.

Neben seiner grandiosen Privatresidenz bescherte Friedrich II. der Stadt noch allerlei andere Paläste und Parks, die im Zweiten Weltkrieg wie durch ein Wunder kaum beschädigt wurden.

Potsdam in einem Tag

Wer nur einen Tag in Potsdam verbringen will oder kann, konzentriert sich am besten auf die grandiosen Schlösser bzw. Paläste: **Schloss Sanssouci** (S. 86) prunkt auch mit seiner Parkanlage. Auf **Schloss Cecilienhof** (S. 90) wurde 1945 das Potsdamer Abkommen zum Nachkriegsdeutschland verabschiedet. Und das benachbarte **Marmorpalais** (S. 90) ist für seine herrlichen Säle aus dem namengebenden Gestein berühmt.

Potsdam in zwei Tagen

Bei zwei Tagen Zeit empfehlen sich weitere Stationen in Preußens einstiger Königsresidenz: Das toll rekonstruierte **Stadtschloss** (S. 90), heute der Brandenburger Landtag, kann bei einer Führung (1 Std.) besichtigt werden. Das **Holländische Viertel** (S. 90) und die **Russische Kolonie** (Alexandrowka; S. 90) laden zum Bummeln ein. Vergleichsweise weniger bekannt ist die triste **Gedenkstätte Leistikowstraße** (KGB-Gefängnis; S. 91).

Vorherige Seite: Typisches rotes Backsteinhaus im Holländischen Viertel (S. 90)
UGIS RIBA/SHUTTERSTOCK ©

An- & Weiterreise

Regionalzüge Ab Berlin Hauptbahnhof oder Zoologischer Garten nach **Potsdam-Charlottenhof** und **Potsdam-Sanssouci** (jeweils 30 Min.).
S-Bahn S7 ab Berlin-Mitte nach Potsdam Hauptbahnhof (40 Min.).
Beide Optionen erfordern ein BVG-Ticket für die Tarifzone ABC (einfache Strecke 3,40 €).

Schlafen

Potsdam wird oft per Tagestrip von Berlin aus besucht. Vor Ort laden aber auch ein paar sehr charmante Privathotels (Nettopreise jeweils zzgl. 19 % Mehrwertsteuer und 5 % Übernachtungssteuer) zum Übernachten ein.

Neues Palais, Park Sanssouci

Schloss & Park Sanssouci

Das Schloss Sanssouci und der Park Sanssouci (erb. 18. bis 19. Jh.) sind Potsdams Hauptattraktionen. Auf dem riesigen Gelände hat man die Qual der Wahl in puncto Sehenswürdigkeiten, darunter befinden sich auch mehrere Sommerpaläste.

Großartig für ...

☑ Nicht versäumen

Ein Highlight für sich sind schöne Parkspaziergänge zwischen den Palastbesuchen.

Schloss Sanssouci

Georg Wenzeslaus von Knobelsdorff entwarf 1747 für Friedrich II. den berühmten **Sommerpalast** (Karte S. 92; Erw./erm. inkl. Führung od. Audioguide 12/8 €; ⏲April–Okt. Di–So 10–17.30 Uhr, Nov.–März bis 16.30 Uhr; 🚌614, 650, 695). Nahe dem Grabmal des Königs erhebt sich der Rokoko-Bau oberhalb von Weinterrassen. Der Zugang ist zeitlich festgelegt und begrenzt – Besichtigungsgarantie gibt's nur bei rechtzeitiger Online-Ticketbuchung oder mit einer Führung der Potsdamer Touristeninformation.

Bei den Führungen mit Audioguide warten diverse Highlights: Im Konzertsaal, umgeben von verspieltem Dekor mit gemeißelten Weinreben, Trauben und Spinnennetzen (samt achtbeiniger Bewohner), spielte der König einst selbst die Flöte. In der lauschigen Bibliothek mit vergoldetem Sonnen-

Schloss Sanssouci

© STIFTUNG PREUSSISCHE SCHLÖSSER UND GÄRTEN BERLIN-BRANDENBURG/ PHOTOGRAPHER: LEO SEIDEL

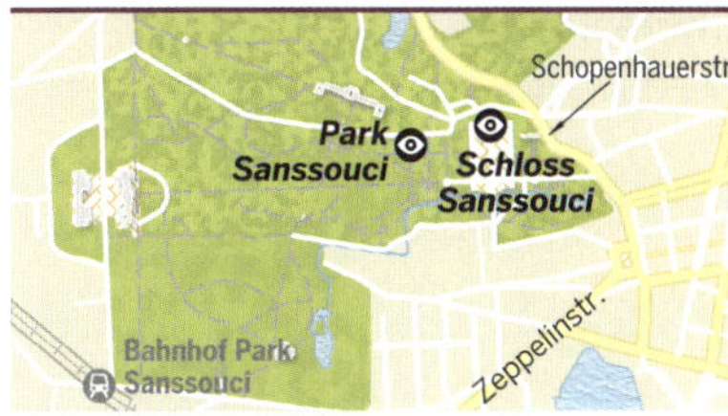

Gut zu wissen

Karte S. 92; ☎0331-969 4200; www.spsg.de; Kombi-Tagespass für alle Schlösser & Gärten Erw./erm. 19/14 €

Pause gefällig?

Als Alternative zu einem Picknick im Park empfiehlt sich das **Drachenhaus** (Karte S. 92; ☎0331-505 3808; www.drachenhaus.de; Maulbeerallee 4; Hauptgerichte 10–25 €; ⏲April–Okt. tgl. 11–19 Uhr, Nov., Dez. & März Di–So 12–18 Uhr, Jan. & Feb. Sa & So 12–18 Uhr)

★ Top-Tipp

Tickets fürs Schloss Sanssouci am besten online buchen, um nicht (eventuell vergebens) auf Einlass warten zu müssen. Für alle Potsdamer Schlösser gibt's auch Kombi-Tagespässe (online 21 €).

fresko an der Decke sinnierte der Alte Fritz zwischen 2000 Wälzern mit Ledereinband, bei denen das Themenspektrum von griechischer Poesie bis hin zu philosophischen Werken Voltaires (ein Freund des Königs) reichte. Ebenso grandios ist der elegante Marmorsaal aus weißem Carrara-Marmor, der das Pantheon in Rom zum Vorbild hat.

Beim Verlassen des Schlosses fällt der Blick auf den fernen Ruinenberg. Diese „klassischen Ruinen" sind aber nicht echt, sondern nur ein funktionsloses Zierelement, das sich Friedrich II. selbst ausdachte.

Neues Palais

Als letzten seiner Potsdamer Paläste errichtete Friedrich II. das **Neue Palais** (Karte S. 92; Am Neuen Palais; Erw./erm. inkl. Führung od. Audioguide 8/6 €; ⏲April–Okt. Mi–Mo 10–17.30 Uhr, Nov.–März bis 16.30 Uhr; 🚌605, 606, 695, Ⓢ Potsdam Charlottenhof) mit Ausmaßen, die beeindrucken sollten, und einer zentralen Kuppel. Reihen von Sandsteinfiguren säumen die prachtvolle Fassade und den Rand des Dachs. Das opulente Innere mit Deckenfresken, vergoldeten Stuckelementen und großartig gedrechselten Möbeln zeugt von der hohen Kunstfertigkeit der Handwerker des 18. Jhs. Aufwendige Vertäfelungen, fantasievolle Stofftapeten und Gemälde (z. B. von Antoine Pesne) zieren darüber hinaus die Wände.

Der Bau des Palasts dauerte nur sechs Jahre, was die unverminderte Leistungsfähigkeit Preußens nach dem Siebenjährigen Krieg (1756–1763) bewies. Der König wohnte hier aber nur selten: Er bevorzugte das schlichtere Schloss Sanssouci und nutzte das Neue Palais vor allem für repräsentative Zwecke. Wilhelm II., der letzte deutsche Kaiser, residierte darin jedoch bis 1918.

Chinesisches Haus

Das **Chinesische Haus** (Karte S. 92; Am Grünen Gitter; Erw./erm. 4/3 €; ⌚Mai–Okt. Di–So 10–17.30 Uhr; 🚌605, 606, 🚋91) mit kleeblattförmigem Grundriss zeugt davon, dass der Stil des Fernen Ostens im 18. Jh. in Mode war. Die Fassade ist ein beliebtes Fotomotiv: Zwischen den palmenförmigen Säulen tummeln sich exotisch gekleidete Figuren, die tanzen, musizieren und Tee trinken. Das Innere beherbergt eine Porzellansammlung mit Stücken aus China und Meißen.

Bildergalerie

Als Deutschlands ältestes königliches Museum zeigt die **Bildergalerie** (Karte S. 92; Im Park Sanssouci 4; Erw./erm. 6/5 €; ⌚Mai–Okt. Di–So 10–17.30 Uhr; 🚌650, 695) eine wertvolle Sammlung alter Meister (u. a. Werke von Peter Paul Rubens und Caravaggios *Der ungläubige Thomas*).

Die hauptsächlich großformatigen Gemälde bedecken praktisch die kompletten Wände. Gleichsam eindrucksvoll ist der längliche Innensaal mit gemusterten Marmorböden unter einem vergoldeten Tonnengewölbe.

Neue Kammern

Die **Neuen Kammern** (Karte S. 92; Park Sanssouci; Erw./erm. inkl. Führung od. Audioguide 6/5 €; ⌚April–Okt. Di–So 10–17.30 Uhr; 🚌614, 650, 695) dienten ursprünglich als Orangerie und später als Gästehaus. Das Innere im Rokoko-Stil prunkt opulent, vor allem die Ovidgalerie, die ein großer Festsaal mit vergoldeten Reliefs und Spiegeln nach französischem Vorbild ist. Das Venus-Deckenfresko und roter Jaspis an den Wänden lassen den Jaspissaal ebenso prachtvoll wirken.

Römische Bäder, Park Charlottenhof

Die Grablegen des Alten Fritz

Friedrich II. mochte Sanssouci so sehr, dass er genaue Anweisungen bezüglich seiner letzten Ruhestätte gab: Er verfügte, neben seinen geliebten Hunden auf der obersten Weinterrasse vor dem Schloss begraben zu werden. Doch sein Neffe und Nachfolger missachtete dies ungeniert: In der nahegelegenen Garnisonkirche bestattete Friedrich Wilhelm II. den Alten Fritz neben dessen Vater, dem „Soldatenkönig" Friedrich Wilhelm I. Im Zweiten Weltkrieg wurden die beiden Königssärge von deutschen Soldaten in Sicherheit gebracht; 1952 gelangten sie schließlich von Marburg in die Kapelle der süddeutschen Stammburg der Hohenzollern. Erst nach der Wiedervereinigung wurde der letzte Wille Friedrichs II. erfüllt: 1991 erfolgte seine Beisetzung an genau der Stelle, die er 250 Jahre vorher bestimmt hatte. Eine schlichte Steinplatte markiert sein Grab.

★ Top-Tipp

Der Zugang zum Park Sanssouci (⌚ tgl. Sonnenaufgang–Sonnenuntergang) ist gratis. Am besten aber nicht montags herkommen, da dann die meisten Bauten geschlossen sind.

Rund um Schloss & Park Sanssouci

Hermann Sello und Peter Joseph Lenné entwarfen für Friedrich Wilhelm IV. den **Park Charlottenhof** (Geschwister-Scholl-Str. 34a; S Bahnhof Potsdam-Charlottenhof) GRATIS. Dessen Gelände grenzt unmerklich an den Park Sanssouci, verzeichnet aber viel weniger Besucher. Die Bauten hier reflektieren Friedrich Wilhelms Faible für Italien: **Schloss Charlottenhof** (Führung Erw./erm. 6/5 €; ⌚ Führungen Mai–Okt. Di–So 10–17.30 Uhr; 🚌 605, 606, 610, X5, 🚋 91, 94, 98) ist z. B. einer römischen Villa nachempfunden. Der Entwurf dafür stammte von Karl Friedrich Schinkel, der mit seinem Schüler Ludwig Persius auch die **Römischen Bäder** (s. Bild links; Erw./erm. 5/4 €; ⌚ Mai–Okt. Di–So 10–17.30 Uhr) konzipierte. Diese sind in Wirklichkeit eine romantisch wirkende Gebäudegruppe, die einen italienischen Landsitz aus dem 15. Jh. imitiert und über Pergolen bzw. Arkaden verfügt.

An- & Weiterreise

Regionalzüge Ab Berlin Hauptbahnhof und Zoologischer Garten nach Potsdam Hauptbahnhof (S. 93), teils auch weiter nach Potsdam-Charlottenhof und Sanssouci.
S-Bahn S7 ab Berlin-Mitte.
Bus Ab Potsdam Hauptbahnhof direkt zum Schloss Sanssouci (Linie 614 und 695).

✕ Pause gefällig?

Mövenpick Restaurant „Zur Historischen Mühle" (Karte S. 92; ☎ 0331-281 493; www.moevenpick-restaurants.com; Zur Historischen Mühle 2, Potsdam; Hauptgerichte 11–20 €; ⌚ 8–22 Uhr; P; 🚌 614, 650, 695) Internationale Küche plus Biergarten und Kinderspielplatz.

SEHENSWERTES

Altstadt

Ein Großteil der Potsdamer Altstadt fiel Bombenangriffen im Zweiten Weltkrieg und dann der sozialistischen Stadtplanung zum Opfer. Was übrig blieb, ist heute schön restauriert und lädt zum Bummeln ein. Ein Wahrzeichen ist das **Brandenburger Tor** (Karte S. 92; Luisenplatz; 606, 631, 91) im Barockstil: Dieser Triumphbogen wurde errichtet, um an den Sieg Friedrichs des Großen im Siebenjährigen Krieg (1763) zu erinnern. Durch das Tor geht's zur Fußgängerzone entlang der Brandenburger Straße, die Potsdams meiste Läden auf sich konzentriert und zum Holländischen Viertel führt.

Holländisches Viertel Stadtviertel
(Karte S. 92; www.hollaendischesviertel.net; Mittelstr.; 606, 631) Das schmucke Areal mit 134 Giebelhäusern aus rotem Backstein entstand um 1730 als neue Heimat für niederländische Arbeiter, die Friedrich Wilhelm I. nach Potsdam eingeladen hatte. Es ist komplett restauriert und wirkt sehr malerisch (vor allem entlang der Mittelstraße). Überall warten Galerien, Boutiquen, Cafés und Restaurants. Weiter oben an der Friedrich-Ebert-Straße steht das reich verzierte Nauener Tor von 1755.

Potsdamer Stadtschloss Historisches Gebäude
(Brandenburger Landtag; Karte S. 92; 0331-966 1260; www.stadtschloss-potsdam.org; Alter Markt; meist Mo–Fr 8–18 Uhr; 631, 93, 98) GRATIS Der Nachbau des preußischen Stadtschlosses aus dem 18. Jh. ist eins von Potsdams jüngsten Wahrzeichen. Das ursprüngliche Gebäude wurde 1945 durch Fliegerbomben schwer beschädigt und dann 1960 von DDR-Stadtplanern abgerissen. Nach dem Wiederaufbau erhielt hier 2014 der Brandenburger Landtag seinen neuen Sitz. Haupteingang zum Komplex ist das Fortunaportal, bei dessen Rekonstruktion auch ein paar Originalteile verwendet wurden. Teile des Schlosses können besichtigt werden, z. B. die Dachterrasse und das von Knobelsdorff entworfene Treppenhaus.

Neuer Garten

Nördlich der Altstadt säumt der Neue Garten das geschwungene Westufer des Heiligen Sees. Die natürlich gestaltete Anlage im englischen Stil verzeichnet deutlich weniger Besucher als der Park Sanssouci (S. 89). Man kann hier prima relaxen, während verschiedene Paläste und andere Bauten für kulturelle Abwechslung sorgen.

Marmorpalais Palast
(Karte S. 92; 0331-969 4550; www.spsg.de; Im Neuen Garten 10; Führung Erw./erm. 6/5 €; Mai–Okt. Di–So 10–17.30 Uhr, April Sa & So 10–17.30 Uhr, Nov.–März Sa & So bis 16 Uhr; 603) Der Name ist Programm: Bunter Marmor ziert die Böden, Wände, Decken und Kamine des Palais am Heiligen See. Carl von Gontard entwarf den frühklassizistischen Bau 1792 als Sommerpalast für Friedrich Wilhelm II. Am schönsten sind der Konzertsaal nach dem Vorbild eines antiken Tempels und das Orientalische Kabinett (Obergeschoss) im Stil eines osmanischen Zelts.

Schloss Cecilienhof Palast
(Karte S. 92; 0331-969 4200; www.spsg.de; Im Neuen Garten 11; Konferenzsaal Erw./erm. 8/6 €, kaiserliche Gemächer 6/5 €; April–Okt. Di–So 10–17.30 Uhr, Nov.–März bis 16.30 Uhr; 603) Der Palast im Stil eines englischen Landsitzes war das letzte Schlossbauprojekt des Hauses Hohenzollern: Kaiser Wilhelm II. ließ ihn von 1913 bis 1917 für seinen Sohn Kronprinz Wilhelm und dessen Frau Cecilie anlegen. Die Privatgemächer des Paars kann man bei einer Führung besichtigen. Am bekanntesten ist das Schloss als Schauplatz der Potsdamer Konferenz (1945), bei der Stalin, Truman und Churchill (bzw. dessen Nachfolger Clement Attlee) über Deutschlands Nachkriegsschicksal verhandelten. Das Ergebnis der Konferenz führte schließlich zum Kalten Krieg.

Alexandrowka & Pfingstberg

Nördlich der Altstadt erstreckt sich Potsdam hinauf zum Pfingstberg, vorbei an der Russischen Kolonie, einer russisch-orthodoxen Kirche und einem jüdischen Friedhof.

Alexandrowka Stadtviertel

(Karte S. 92; ☎0331-817 0203; www.alexandrowka.de; Russische Kolonie; Museum Erw./erm. 3,50/3 €, Kinder unter 14 Jahren frei; ⏲Museum April–Okt. Do–Di 10–18 Uhr, März Fr–So 10–18 Uhr; P; 🚌92, 96) Die Alexandrowka, die Russische Kolonie, ist eins von Potsdams außergewöhnlichsten Vierteln: Im Jahr 1827 siedelte Friedrich Wilhelm III. hier Angehörige eines russischen Soldatenchors zu Ehren seines guten Freundes, des Zaren Alexander I., an. In den blockhausartigen Gebäuden mit Gärten und Obstbäumen leben bis heute Nachfahren der ersten Bewohner. Vor Ort informiert ein kleines Museum mit Gartencafé über die Geschichte der Kolonie.

Belvedere auf dem Pfingstberg Palast

(Karte S. 92; ☎0331-2005 7930; www.pfingstberg.de; Pfingstberg; Erw./erm. 4,50/3,50 €, Audioguide 1 €; ⏲April–Okt. tgl. 10–18 Uhr, März & Nov. Sa & So bis 16 Uhr, Pomonatempel Ostern–Okt. Sa. & So 14–17 Uhr; P; 🚌92, 96) Friedrich Wilhelm IV. gab den Palast im Villen-Stil der italienischen Renaissance in Auftrag. Über Wendeltreppen geht's hinauf zu zwei Türmen mit super Aussicht auf Potsdam und Umgebung. Eine Ausstellung informiert über die Geschichte der Anlage und über den Pomonatempel von 1801. Dieser war der erste Auftrag des Architekten Karl Friedrich Schinkel, der damals 19 Jahre alt war.

Gedenkstätte Leistikowstraße (KGB-Gefängnis) Gedenkstätte

(Karte S. 92; ☎0331-201 1540; www.leistikowstrasse-sbg.de; Leistikowstr. 1; ⏲Di–So 13–17 Uhr; 🚌92) GRATIS Die Gedenkstätte ist ein finsteres Relikt aus dem Kalten Krieg: Einst war sie das zentrale Untersuchungsgefängnis der sowjetischen Militär-Spionageabwehr und wird darum auch „KGB-Gefängnis" genannt. Wirkliche oder angebliche Delikte aller Art (z.B. Spionage, Fahnenflucht, Befehlsverweigerung, NS-Mittäterschaft) konnten Menschen hinter Gitter bringen. Die Ausstellung beleuchtet die Schicksale einzelner Häftlinge anhand von Briefen, Dokumenten, Fotos, persönlichen Besitztümern und Interviews.

Geburtsort des europäischen Kinos

Echte Kinofans wissen, dass Potsdam nicht nur für seine Schlösser bekannt ist, sondern auch als Geburtsort der europäischen Filmindustrie: Ca. 4 km westlich vom Zentrum wurden hier 1912 im Vorort Babelsberg die UFA-Studios gegründet. Diese drehten schon wenige Jahre später Klassiker wie *Metropolis* (1927) oder *Der Blaue Engel* (1930). In der DDR wurden sie als DEFA (Deutsche Filmakademie) weitergeführt. Seit der Wiedervereinigung hat sie als Studio Babelsberg diverse internationale Blockbuster (mit-) produziert, u.a. *Inglourious Basterds* (2009), *Grand Budapest Hotel* (2014) und *Die Tribute von Panem* (2012).

Der Potsdamer Filmindustrie kann man sich auf zweierlei Arten nähern: In der Stadt selbst beherbergen barocke königlich-preußische Stallungen das **Filmmuseum Potsdam** (Karte S. 92; ☎0331-271 8112; www.filmmuseum-potsdam.de; Breite Str. 1a; Erw./erm. 5/4 €; ⏲Di–So 10–18 Uhr; 🚌631, 🚌93, 98). Beim Bummel durch die deutsche Filmgeschichte liegt der Schwerpunkt auf der DEFA-Zeit. In Babelsberg grenzt an das eigentliche Studiogelände der **Filmpark Babelsberg** (☎0331-721 2750; www.filmpark-babelsberg.de; Großbeerenstr. 200; Erw./erm./Kind unter 17 Jahren 22/18/15 €; ⏲April–Sept. mind. 10–17/18 Uhr, Öffnungszeiten variieren; P; 🚌601, 690, S Potsdam Hauptbahnhof, Babelsberg). Dieser Vergnügungspark mit Kino-Thema veranstaltet auch viele Shows und Führungen hinter den Kulissen.

Filmmuseum Potsdam

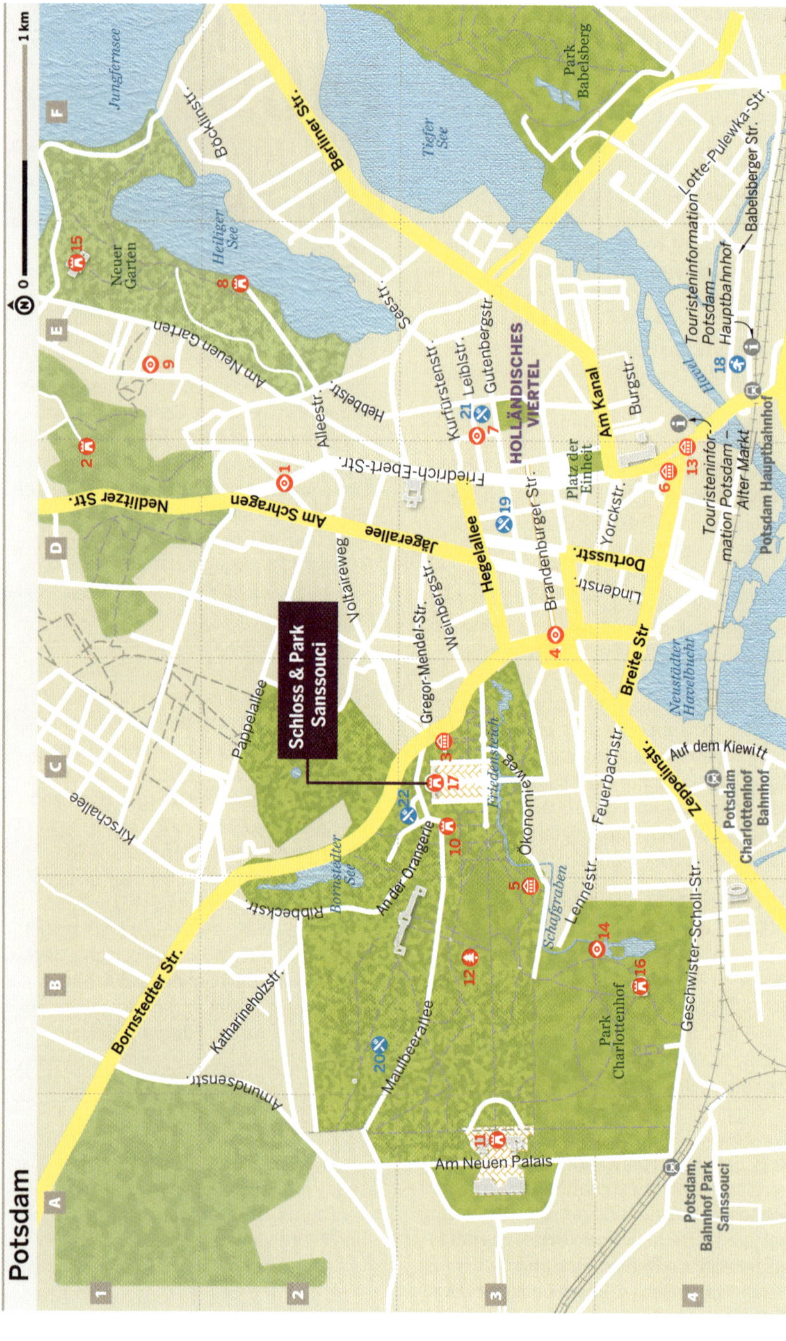

Potsdam
0
1 km
A
B
C
D
E
F
1
2
3
4
Jungfernsee
Böcklinstr.
Berliner Str.
Tiefer See
Park Babelsberg
Heiliger See
Neuer Garten
15
8
9
2
Am Neuen Garten
Seestr.
Hebbelstr.
Alleestr.
Kurfürstenstr.
Leiblstr.
Gutenbergstr.
21
7
HOLLÄNDISCHES VIERTEL
Am Kanal
Burgstr.
Lotte-Pulewka-Str.
Babelsberger Str.
Touristeninformation Potsdam – Hauptbahnhof
18
Havel
Friedrich-Ebert-Str.
1
Nedlitzer Str.
Am Schragen
Jägerallee
Hegelallee
19
Platz der Einheit
Yorckstr.
6
13
Touristeninformation Potsdam – Alter Markt
Potsdam Hauptbahnhof
Voltaireweg
Gregor-Mendel-Str.
Weinbergstr.
Brandenburger Str.
Dortustr.
Lindenstr.
4
Breite Str
Neustädter Havelbucht
Schloss & Park Sanssouci
Pappelallee
Kirschallee
22
17
3
Friedensteich
Ökonomieweg
Feuerbachstr.
Zeppelinstr.
Auf dem Kiewitt
Potsdam Charlottenhof Bahnhof
10
An der Orangerie
Bornstedter See
Ribbeckstr.
5
Schafgraben
Lennéstr.
Geschwister-Scholl-Str.
14
16
Park Charlottenhof
12
Bornstedter Str.
Katharineholzstr.
20
Maulbeerallee
Amundsenstr.
11
Am Neuen Palais
Potsdam, Bahnhof Park Sanssouci

Potsdam

Sehenswertes

1 Alexandrowka ... D2
2 Belvedere auf dem Pfingstberg ... D1
3 Bildergalerie ... C3
4 Brandenburger Tor ... D3
5 Chinesisches Haus ... B3
6 Filmmuseum Potsdam ... D4
7 Holländisches Viertel ... E3
8 Marmorpalais ... E2
9 Gedenkstätte Leistikowstraße (KGB-Gefängnis) ... E1
10 Neue Kammern ... C3
11 Neues Palais ... A3
12 Park Sanssouci ... B3
13 Potsdamer Stadtschloss ... D4
14 Römische Bäder ... B4
15 Schloss Cecilienhof ... E1
16 Schloss Charlottenhof ... B4
17 Schloss Sanssouci ... C3

Aktivitäten, Kurse & Touren

18 Potsdam per Pedales ... E4

Essen

19 Brasserie zu Gutenberg ... D3
20 Drachenhaus ... B2
21 Maison Charlotte ... E3
22 Mövenpick Restaurant „Zur Historischen Mühle" ... C3

GEFÜHRTE TOUREN

Potsdam per Pedales Radfahren

(Karte S. 92; ☎0331-8871 9917; www.potsdam-per-pedales.de; Babelsberger Str. 10; Erw./erm. Fahrrad pro Tag ab 12/10 €, E-Bike 25/20 €; ⏲April–Okt. Mo–Fr 7–19, Sa & So ab 9.30 Uhr, Nov.–März Mo–Fr 8–19, So ab 9.30 Uhr; S Potsdam Hauptbahnhof) Ausleihbare Räder, geführte Radtouren und Ausflüge auf eigene Faust.

ESSEN

In der Altstadt (vor allem im Holländischen Viertel, S. 90) gibt's tolle Lokale. Für Cafés und Fastfood empfiehlt sich die Fußgängerzone in der Brandenburger Straße. Abends ist in der Innenstadt jedoch fast nichts los.

Brasserie zu Gutenberg Französisch €€

(Karte S. 92; ☎0331-7403 6878; www.brasserie-zu-gutenberg.de; Jägerstr. 10; Hauptgerichte 9–28 €; ⏲12–24 Uhr; 🚌604, 609, 638, 🚋92, 96) Die Brasserie ist mit dunklen Holztischen und Sitzbänken eingerichtet und eignet sich gut für Herzhaftes, z. B. Steak vom Lavagrill oder Coq au Vin mit einem Glas Bordeaux. Für den kleinen Hunger gibt's Flammkuchen, Crêpes und *croques monsieurs* (mit Käse überbackene Schinken-Sandwiches).

Maison Charlotte Französisch €€€

(Karte S. 92; ☎0331-280 5450; www.maison-charlotte.de; Mittelstr. 20; Flammkuchen 8,50–14,50 €, Hauptgerichte 24,50–25,50 €, 3-/4-gängige Menüs 44/53 €; ⏲12–23 Uhr; 🚌604, 609, 638, 🚋92, 96) Ob Flammkuchen, bretonische Fischsuppe, mehrgängige Menüs oder Tagesgerichte (7,50 € inkl. einem Glas Wein): Das Bistro im Holländischen Viertel huldigt der französischen Landküche. Im Sommer draußen auf der Terrasse essen!

PRAKTISCHE INFORMATIONEN

Touristeninformation Potsdam (Karte S. 92; ☎0331-2755 8899; www.potsdamtourismus.de) Am **Bahnhof** (⏲Mo–Sa 9.30–18, So bis 15 Uhr) und am **Alten Markt** (Karte S. 92; Humboldtstr. 1–2; ⏲ganzjährig Mo–Sa 9.30–18 Uhr, So bis 15 Uhr; 🚌605, 631, 650) vertreten.

Da die meisten Urlauber Potsdam nur als Tagestrip ab Berlin besuchen, ist die Stadt abends – außer im Sommer – oft recht ruhig.

AN- & WEITERREISE

Ab Berlin Hauptbahnhof und Zoologischer Garten fahren Regionalzüge zum Potsdamer Hauptbahnhof (ca. 25 Min.), manche auch weiter nach Potsdam-Charlottenhof und Potsdam-Sanssouci, die näher am Park Sanssouci (S. 89) liegen. Ab Berlin-Mitte fährt die S-Bahn S7 nach Potsdam (ca. 40 Min.). Beides Mal braucht man ein BVG-Ticket für die Tarifzone ABC (einfache Strecke 3,40 €).

In Potsdam verkehren Stadtbusse und Straßenbahnen. Direkt vor dem Hauptbahnhof starten Busse zum Sanssouci (Linie 614 und 695).

MÜNCHEN

In diesem Kapitel

München

München ist die Heimat von Anzug- wie Lederhosenträgern, von mediterranen Straßencafés und mitteleuropäischen Bierhallen, von ambitionierter Kunst und Hightech-Industrie – kurz: eine Erfolgsgeschichte, die ihre Widersprüche voll auslebt.

Das zu Fuß erkundbare Zentrum besitzt kleinstädtisches Flair, birgt aber Attraktionen von Weltklasse: Galerien und Museen, Zeugnisse der Bayerischen Monarchie, eine Vorstadt voller Erinnerungen an die Olympischen Spiele und so manche Stätte, die zum Nachdenken anregt. Man sollte aber nicht nur die Sehenswürdigkeiten der Vergangenheit ausreichend würdigen, sondern sich auch ins pralle Stadtleben stürzen.

München in zwei Tagen

Der erste Tag beginnt mit einem Frühstück auf dem **Viktualienmarkt** (S. 108), bevor es über den **Marienplatz** (S. 104) hinüber zur **Residenz** (S. 100) mit ihrer Herrscherpracht geht. Nach einer Erholungspause im Englischen Garten bewundert man am Nachmittag technische Leistungen im **Deutsches Museum** (S. 113). Den Abend verbringt man in einer typischen Münchner Bierhalle. Der gesamte zweite Tag ist den erstklassigen Museum und Galerien im Kunstareal gewidmet.

München in vier Tagen

Der dritte Tag beginnt mit einem Besuch der **BMW Welt** (S. 111) und des **BMW Museums** (S. 111), anschließend fährt man hinauf auf den **Olympiaturm** (S. 111) im **Olympiapark** (S. 111). Am Nachmittag fährt man nach **Nymphenburg** (S. 110), um eines der schönsten bayerischen Schlösser zu bewundern. Der Tag endet in einem der herrlichen Biergärten der Stadt. Am vierten Tag unternimmt man mit der S-Bahn Ausflüge nach Starnberg und Dachau.

Vorherige Seite: Blick über die Dächer der Stadt
TAIS POLICANTI/GETTY IMAGES ©

An- & Weiterreise

Flughafen München „Franz Josef Strauß" Münchens Flughafen liegt ungefähr 30 km nordöstlich der Stadt.

Hauptbahnhof Münchens Hauptbahnhof liegt am westlichen Rand des Stadtzentrums und ist ein wichtiger Knotenpunkt des regionalen, nationalen und internationalen Bahnverkehrs.

Zentraler Omnibusbahnhof München Der ZOB liegt direkt an der Stammstrecke der S-Bahn und ist daher gut aus allen Ecken der Stadt zu erreichen.

Schlafen

München bietet die ganze Bandbreite von Unterkunftsoptionen, die man in einer Metropole dieser Größe erwartet. Luxushotel liegen im Zentrum, Mittelklassehotels in der Nähe des Hauptbahnhofs. Die Zimmerpreise sind in der Regel höher als im übrigen Bayern und schießen während des Oktoberfests durch die Decke. Mittelklassequartiere sind hier jedoch immer noch billiger als in anderen großen europäischen Städten.

„Oans, zwoa, g'suffa“ ... in einem typischen Bierzelt

Oktoberfest

Das berühmteste Bierfest der Welt (Mitte Sept.–Anf. Okt.) lässt sich nur in Superlativen beschreiben: Es ist das größte, meistbesuchte und am längsten bestehende ... um nur einige zu nennen. Jedes Jahr strömen ca. 6 Mio. Gerstensaftfans zu Münchens wildester Party.

Großartig für ...

☑ Nicht versäumen

Dem Anlass entsprechend kleiden: bayerische Lederhosen (für Männer) oder Dirndl (für Frauen) – beides kann man auch ausleihen.

Die Anfänge des Oktoberfests

Alles begann mit einer aufwendigen Hochzeitsfeier, aus der sich im Lauf der Zeit das größte kollektive Zechgelage der Welt entwickelte. Als im Oktober 1810 der bayerische Kronprinz und künftige König Ludwig I. die Prinzessin Therese von Sachsen-Hildburghausen heiratete, veranstaltete das neuvermählte Paar eine riesige Sause vor den Stadttoren samt Pferderennen. Im nächsten Jahr gierten Ludwigs feierlustige Untertanen nach mehr. Das Fest wurde verlängert und wegen des besseren Wetters in den September vorgezogen. Im Verlauf der Jahre wurden die Pferderennen aus dem Programm gestrichen und manchmal musste das Volksfest auch abgesagt werden, doch die Institution des Oktoberfests überlebte alle Wirren.

NIKADA/GETTY IMAGES ©

Dirndl, Lederhosen & Wiesnbier

Fast zwei Jahrhunderte später lockt das 16-tägige Event mehr als 6 Mio. Besucher pro Jahr an, die hier Spaß oder auch ein zünftiges Zechgelage erleben wollen. Zu dieser Gelegenheit wird ein besonders starkes, bernsteinfarbenes Bier, das Wiesnbier gebraut. Und so manche Münchner kommen in Lederhosen oder Dirndl zur Arbeit, um gleich nach Büroschluss auf die Wiesn zu eilen. Ein Eintritt wird nicht erhoben, jedoch kosten die meisten Attraktionen Bares.

Oktoberfesttraditionen

Auf der Theresienwiese (kurz Wiesn), 15 Gehminuten vom Hauptbahnhof entfernt, wird eine temporäre Stadt aus Bierzelten, Vergnügungsstätten und Fahrgeschäften aufgebaut, sodass man nach dem einen oder anderen Bier seinen Spaß auf dem Jahrmarkt haben kann. Los geht's traditionell mit dem Einzug der Wiesnwirte und Braureien um 11 Uhr am ersten Tag des Volksfests. Der Umzug beginnt an der Sonnenstraße und zieht über die Schwanthalerstraße auf das Festgelände. Um 12 Uhr steht der Oberbürgermeister vor den durstigen Massen auf der Theresienwiese und schlägt zeremoniell einen hölzernen Zapfhahn in ein Bierfass. Wenn das Bier strömt, verkündet der Oberbürgermeister: „O'zapft is! Auf eine friedliche Wiesn!" Der nächste Tag erinnert an die Eröffnung Olympischer Spiele, wenn das Münchner Kindl (eine Frau zu Pferde) einen Trachtenumzug mit Teilnehmern aus aller Welt anführt.

Alles über bayerisches Bier und das größte Gelage der Welt erfährt man im beliebten **Bier- und Oktoberfestmuseum** (Karte S. 106; www.bier-und-oktoberfestmuseum.de; Sterneckerstraße 2; Erw./erm. 4/2,50 €; Di–Sa 13–18 Uhr; Isartor, S Isartor). Auf vier Etagen findet man alte Braukessel, historische Fotos und einige der frühesten Oktoberfestinsignien. Das Bürgerhaus aus dem 14. Jh. besitzt ein paar schöne mittelalterliche Details, darunter Deckenbemalungen und eine Küche mit offenem Herdfeuer.

Gut zu wissen

Oktoberfest (www.oktoberfest.de) Die Theresienwiese hat eine U-Bahn-Haltestelle gleichen Namens (Linie U4/U5).

Pause gefällig?

Eine mitgebrachte Brotzeit spart Kosten – Essen ist wie Bier auf der Wiesn teuer.

★ Top-Tipp

Die Hotels sind schnell ausgebucht und die Preise schießen in die Höhe. Es ist also ratsam, so früh wie möglich zu reservieren, am besten ein Jahr im Voraus. Alternativ bucht man ein Zimmer in einem nahe gelegenen bayerischen Ort und nimmt von dort den Zug.

Residenz

Die Residenz, der Herrschersitz der bayerischen Wittelsbacher von 1508 bis zum Ende des Ersten Weltkriegs, ist Münchens Topattraktion. Das Residenzmuseum nimmt ungefähr die Hälfte der Anlage ein – für einen Besuch sollte man rund zwei Stunden einplanen.

Großartig für ...

Gut zu wissen

Karte S. 106; www.residenz-muenchen.de; Max-Joseph-Platz 3; variiert je nach Attraktion; U Odeonsplatz

★ Top-Tipp

Im Winterhalbjahr sollte man die Residenz nachmittags besuchen, wenn auch das Cuvilliés-Theater geöffnet ist.

Residenzmuseum

Die Besichtigungstour durch das **Residenzmuseum** (Karte S. 106; ☎089-290 671; Residenzstr. 1; Erw./erm./Kind unter 18 Jahren 7/6 €/frei; ⌚April–Mitte Okt. 9–18 Uhr, Mitte Okt.–März 10–17 Uhr, letzter Einlass 1 Std. vor Schließung) beginnt im Grottenhof mit dem wundervollen Perseusbrunnen, auf dem Perseus das abgeschlagene Haupt der Medusa hält. Gleich daneben befindet sich das berühmte Antiquarium, ein mit Fresken geschmückter Saal, der für die riesige Antikensammlung der Wittelsbacher errichtet wurde. Der Saal gilt weithin als der schönste Renaissanceraum nördlich der Alpen.

Im Obergeschoss liegen die Kurfürstenzimmer mit einigen eindrucksvollen italienischen Porträts und einem Korridor, den zwei Dutzend italienische Landschaftsbilder des romantischen Malers Carl Rottmann zieren. Ebenfalls oben liegen die von François de Cuvilliés gestalteten Reichen Zimmer, eine Folge von sechs Räumen, die von den führenden Stuckateuren und Freskenmalern des Rokoko gestaltet wurden – definitiv ein Glanzlicht des Museums. Mehr Rokoko bietet die Ahnengalerie, in der die Porträts von 121 bayerischen Herrschern chronologisch aufgereiht sind.

Die für den Herrscher und seine Familie reservierte Hofkapelle ist imposant, aber nicht so denkwürdig wie die Reiche Kapelle mit ihrer Decke in Blau und Gold, ihren Marmorintarsien und der Orgel aus dem 16. Jh. Diese Kapelle war unter den Wittelsbachern, der Herrscherdynastie, die die Residenz von 1385 bis 1918 bewohnte, für Angehörige des Hofs reserviert. Die zu den schönsten süddeutschen Barock-Interieurs zählenden Steinzimmer, die Gemächer des Kaisers bei

Antiquarium

Aufenthalten in München, sind mit ihrem bunten Marmor und kostbaren Wandbehängen ebenfalls unbedingt sehenswert.

Schatzkammer der Residenz

Die **Schatzkammer** (Erw./erm./Kind unter 18 Jahren 7/6 €/frei; ⌚April–Mitte Okt. 9–18 Uhr, Mitte Okt.–März 10–17 Uhr, letzter Einlass 1 Std. vor Schließung) zeigt alten juwelenbesetzten Schmuck in Hülle und Fülle, von goldenen Zahnstochern bis zu Schwertern, Elfenbeinminiaturen und goldverzierten Kosmetikkästen. Die rund 1250 unglaublich schönen und exquisiten Ausstellungsstücke bestehen aus allen erdenklichen kostbaren Materialien, darunter Nashornhorn, Lapislazuli, Kristall, Koralle und Bernstein.

★ Top-Tipp

Vier riesige Bronzelöwen bewachen den Eingang der Residenz; sie tragen einen Schild, an dessen unteren Rand ein Gesicht – halb Mensch, halb Tier – zu sehen ist. Wer einen Augenblick wartet, weiß warum dessen Nase glänzt: Viele Passanten reiben sie – schließlich soll das Reichtum und Glück bringen.

NAVINTAR/SHUTTERSTOCK ©

Cuvilliés-Theater

Auf Geheiß von Kurfürst Maximilian III. Joseph schuf François de Cuvilliés eines der schönsten europäischen **Rokokotheater** (Erw./erm./Kind unter 18 Jahren 3,50/2,50 €/frei; ⌚April–Juli & Mitte Sept.–Mitte Okt. Mo–Sa 14–18, So 9–18 Uhr, Aug.–Mitte Sept. tgl. 9–18 Uhr, Nov.–März Mo–Sa 14–17, So 10–17 Uhr; Nationaltheater). Berühmtheit erlangte es als Premierenstätte von Mozarts Oper *Idomeneo*. Nach der Restaurierung Mitte der 2000er-Jahre erstrahlt das Theater, in dem hochkarätige Konzerte und Opernaufführungen stattfinden, wieder in alter Pracht. Zugang hat man nur zum Auditorium. Vom Parterre aus kann man die mit Rokoko-Verzierungen reich geschmückten vier Logenränge bewundern.

Hofgarten

Büroangestellte, die in der Mittagspause etwas Sonne tanken, stylishe Mütter mit Kinderwagen, Senioren auf Fahrrädern, eine Schar plaudernder Nonnen – alles strömt in den **Hofgarten** (Karte S. 106). Die Renaissance-Anlage mit Springbrunnen, leuchtenden Blumenbeeten, von Linden gesäumten Wegen und etlichen Sitzbänken grent nördlich an die Residenz an. In ihrem Zentrum steht der Dianatempel, ein auffälliger zwölfeckiger Pavillon, der der römischen Göttin der Jagd geweiht ist. Der Eingang zum Garten befindet sich am Odeonsplatz.

Pause gefällig?

Das **Cafe Luitpold** (Karte S. 106; www.cafe-luitpold.de; Briennerstraße 11; Hauptgerichte 10–19 €; ⌚Mo 8–19, Di–Sa bis 23, So 9–19 Uhr; 📶; U Odeonsplatz) ist eine der besten Adressen im Münchner Zentrum für ein kleines Mittagessen.

SEHENSWERTES

Münchens größte Sehenswürdigkeiten konzentrieren sich rund um die Altstadt. Das wichtigste Museumsviertel befindet sich gleich nördlich der Residenz. Man braucht aber schon ein, zwei Tage mehr, wenn man auch das Bohemeviertel Schwabing, den riesigen Englischen Garten und das trendige Haidhausen im Osten erkunden will. Nordwestlich der Altstadt liegen das kosmopolitische Neuhausen, der Olympiapark und ein weiteres Münchner Highlight, Schloss Nymphenburg.

Altstadt

Asamkirche Kirche

(Karte S. 106; Sendlinger Straße 32; 9–18 Uhr; Sendlinger Tor, U Sendlinger Tor) Die 1746 errichtete spätbarocke Asamkirche ist zwar winzig, dafür aber eine echte Schatzkammer. Ihre Schöpfer, die Brüder Cosmas Damian und Egid Quirin Asam investierten ihr ganzes Talent, um jeden Quadratzentimeter der Wand mit vergoldeten Girlanden, frommen Cherubim, falschem Marmor und übergroßen Spiralsäulen zu verzieren.

Münchner Stadtmuseum Museum

(Karte S. 106; www.muenchner-stadtmuseum.de; St.-Jakobs-Platz 1; Erw./erm./Kind 7/3,50 €/frei, Audioguide frei; Di–So 10–18 Uhr; S Marienplatz, U Marienplatz) Die für Münchens 850. Geburtstag im Jahr 2008 installierte Ausstellung „Typisch München", die das ganze große Gebäude einnimmt, erzählt einfallsreich, ausführlich und bezaubernd die Geschichte der Stadt. Die Exponate in den einzelnen Abteilungen stehen für bedeutsame Münchner Ereignisse, Begleitbroschüre und/oder Audioguide erläutern die Story dahinter – so wird die lange, wechselvolle Geschichte Münchens leicht verdaulich und themenorientiert aufbereitet.

Marienplatz Platz

(Karte S. 106; S Marienplatz, U Marienplatz) Der Marienplatz ist Zentrum, Herz und Seele der Altstadt, ein beliebter Treff mit viel Persönlichkeit auf kleinem Raum. In der Mitte steht die **Mariensäule**, die 1638 zur Feier des Sieges über die Schweden während des Dreißigjährigen Krieges errichtet wurde. Der Platz ist der geschäftigste Ort in ganz München, über den vom frühen Morgen bis

Innenansicht der Asamkirche

spät in die Nacht die Menschen strömen. Viele Stadtspaziergänge starten hier.

Neues Rathaus Historisches Gebäude

(Karte S. 106; Marienplatz; S Marienplatz, U Marienplatz) Die rußgeschwärzte Fassade des neugotischen Neuen Rathauses ist mit grotesken Wasserspeiern, Statuen und der Figur eines Drachens verziert. Im Erdgeschoss befindet sich die Touristeninformation. Um sich die bayerische Landeshauptstadt von oben aus anzusehen, ohne dabei außer Atem zu geraten, geht es mit dem Aufzug auf den 85 m hohen Rathausturm.

Altes Rathaus Historisches Gebäude

(Karte S. 106; Marienplatz; S Marienplatz, U Marienplatz) Das Alte Rathaus nimmt die östliche Seite des Marienplatzes ein. Der erste mittelalterliche Bau fiel 1460 einem Blitzschlag zum Opfer, der nachfolgende Entwurf des durch die Frauenkirche berühmt gewordenen Architekten Jörg von Halspach wurde im Zweiten Weltkrieg durch Bombenangriffe zerstört, aber weitgehend originalgetreu wiederaufgebaut. Am 9. November 1938 hielt Joseph Goebbels hier eine hasserfüllte Rede, die den Auftakt der deutschlandweiten Reichspogromnacht bildete.

Frauenkirche Kirche

(Karte S. 106; www.muenchner-dom.de; Frauenplatz 1; Sommer 7.30–20.30 Uhr, Winter bis 20 Uhr; S Marienplatz) Das zwischen 1468 und 1488 erbaute Wahrzeichen ist das spirituelle Herz Münchens und die größte Kirche der Stadt. Die von zwiebelförmigen Hauben bekrönten Zwillingstürme – mit 99 m erreichen sie Wolkenkratzerhöhe – überragen die gesamte Altstadt. Der Südturm kann bestiegen werden, ist seit mehreren Jahren aber wegen Sanierungsarbeiten gesperrt.

Jüdisches Museum Museum

(Karte S. 106; www.juedisches-museum-muenchen.de; St.-Jakobs-Platz 16; Erw./Kind 6/3 €; Di–So 10–18 Uhr; Sendlinger Tor, U Sendlinger Tor) Die Aufarbeitung der Nazivergangenheit wurde in München lange eher nachrangig behandelt. Umso mehr wurde die Eröffnung des Jüdischen Museums im

KZ-Gedenkstätte Dachau

Die **KZ-Gedenkstätte Dachau** (08131-669 970; www.kz-gedenkstaette-dachau.de; Peter-Roth-Straße 2a, Dachau; 9–17 Uhr) GRATIS war das erste Konzentrationslager der Nazis. Es wurde im März 1933 von Heinrich Himmler zur Internierung politischer Gefangener errichtet. Mehr als 200 000 Menschen waren hier gefangen, mindestens 43 000 kamen zu Tode. Heute ist das Lager eine beklemmende Gedenkstätte.

Der Besuch beginnt mit dem Besucherzentrum, in dem ein Buchladen, ein Café und ein Buchungsschalter für untergebracht sind. Hier ist auch ein Audioguide (4 €) erhältlich. Führungen (3,50 €; 2½ Std.) starten um 11 und 13 Uhr (Juli–Sept. So auch um 12.15 Uhr).

Man betritt die Anlage durch das Jourhaus, das einst der einzige Eingang war. Darüber steht in gusseisernen Lettern die zynische Parole „Arbeit macht frei". Im Museum am südlichen Ende des Lagers wird fünfmal täglich ein Dokumentarfilm gezeigt, der nach der Befreiung des Lagers entstandenes Bildmaterial enthält und erläutert, welche Verbrechen hier geschahen. Zu beiden Seiten des Filmraums schildert die Ausstellung die entsetzliche Geschichte des Lagers, das von einem noch halbwegs geordneten Gefängnis für Andersdenkende und Kriminelle zu einem schrecklich überfüllten, von Typhus heimgesuchten KZ wurde. Im April 1945 wurde es von der US-Armee befreit.

Das Tor des Jourhauses

SERGIO MENDOZA HOCHMANN/GETTY IMAGES ©

Münchner Altstadt
0
500 m
Englischer Garten
Eisbach
Hofgarten
Residenz
MAXVORSTADT
LEHEL
Maximiliansplatz
Lenbachplatz
Promenadeplatz
Karolinenplatz
Königsplatz
Karlsplatz
Odeonsplatz
Universität
Geschwister-Scholl-Platz
Professor-Huber-Platz
Alter Botanischer Garten
Theresienstr.
Ludwigstr.
Von-der-Tann-Str.
Prinzregentenstr.
Franz-Josef-Str-Ring
Karl-Scharnagl-Ring
Oskar-von-Miller-Ring
Brienner Str.
Sonnenstr.
Max-Joseph-Str.
Barer Str.
Arcisstr.
Luisenstr.
Hessstr.
Schellingstr.
Amalienstr.
Türkenstr.
Kaulbachstr.
Königinstr.
Schönfeldstr.
Galeriestr.
Hofgartenstr.
Marstallplatz
Theatinerstr.
Salvatorstr.
Prannerstr.
Jägerstr.
Ottostr.
Karlstr.
Sophienstr.
Himbselstr.

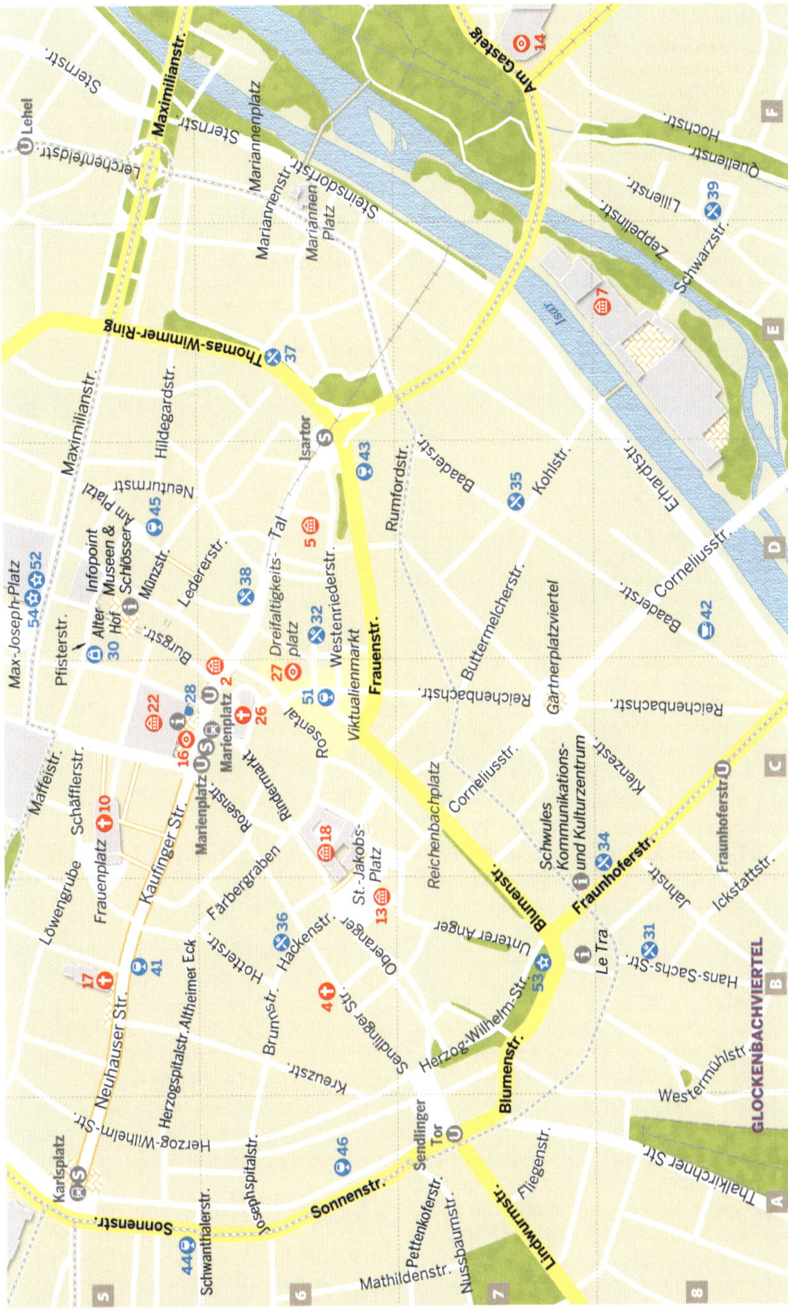
Lehel
Sternstr.
Maximilianstr.
Lerchenfeldstr.
Sternstr.
Mariannenplatz
Mariannenstr.
Mariannen Platz
Steinsdorfstr.
Am Gasteig
14
Thomas-Wimmer-Ring
37
Maximilianstr.
Hildegardstr.
Isartor
43
Rumfordstr.
Baaderstr.
35
Kohlstr.
Erhardtstr.
7
Isar
Zeppelinstr.
Lilienstr.
39
Schwarzstr.
Hochstr.
Quellenstr.
Max-Joseph-Platz
54
52
Pfisterstr.
Alter Hof
30
Infopoint Museen & Schlösser
Am Platzl
45
Neuturmstr.
Münzstr.
Ledererstr.
38
Burgstr.
Dreifaltigkeitsplatz
27
Tal
5
32
Westenriederstr.
Viktualienmarkt
Frauenstr.
Buttermelcherstr.
Gärtnerplatzviertel
Corneliusstr.
Baaderstr.
42
22
28
2
16
Marienplatz
26
51
Rosental
Reichenbachstr.
Reichenbachstr.
Maffeistr.
Schäfflerstr.
10
Frauenplatz
Kaufinger Str.
Marienplatz
Rosenstr.
Rindermarkt
18
St.-Jakobs-Platz
Reichenbachplatz
Corneliusstr.
Schwules Kommunikations- und Kulturzentrum
Klenzestr.
Fraunhoferstr.
Löwengrube
Färbergraben
13
Oberanger
Blumenstr.
34
Fraunhoferstr.
Jahnstr.
Ickstattstr.
17
41
Neuhauser Str.
Altheimer Eck
Hotterstr.
36
Hackenstr.
Unterer Anger
53
Le Tra
31
Hans-Sachs-Str.
Herzogspitalstr.
Brunnstr.
4
Sendlinger Str.
Herzog-Wilhelm-Str.
Blumenstr.
Kreuzstr.
Westermühlstr.
GLOCKENBACHVIERTEL
Herzog-Wilhelm-Str.
Karlsplatz
Josephspitalstr.
46
Sendlinger Tor
Fliegenstr.
Thalkirchner Str.
Sonnenstr.
Sonnenstr.
44
Schwanthalerstr.
Pettenkoferstr.
Nussbaumstr.
Mathildenstr.
Lindwurmstr.
A
B
C
D
E
F
5
6
7
8

Münchner Altstadt

Sehenswertes

1	Alte Pinakothek	B2
2	Altes Rathaus	C6
3	Antikensammlungen	A3
4	Asamkirche	B6
5	Bier- & Oktoberfestmuseum	D6
6	Cuvilliés-Theater	D4
7	Deutsches Museum	E8
8	Englischer Garten	F2
9	Feldherrnhalle	C4
10	Frauenkirche	C5
11	Glyptothek	A2
12	Hofgarten	D4
13	Jüdisches Museum	B6
14	Kulturzentrum Gasteig	F7
15	Lenbachhaus, Städtische Galerie im	A2
16	Marienplatz	C5
	Mariensäule	(siehe 16)
17	Michaelskirche	B5
18	Münchner Stadtmuseum	C6
19	Münchner Residenz	D4
20	Museum Brandhorst	C2
21	Neue Pinakothek	B1
22	Neues Rathaus	C5
23	Pinakothek der Moderne	B2
24	Residenzmuseum	D4
25	Schatzkammer der Residenz	D4
	Spielzeugmuseum	(siehe 2)
26	St. Peter	C6
27	Viktualienmarkt	C6

Aktivitäten, Kurse & Touren

28	New Europe München	C5
29	Eisbachwelle	F3

Shoppen

30	Manufactum	D5

Essen

31	Bamyan	B8
32	Bratwurstherzl	D6
33	Cafe Luitpold	C4
34	Fraunhofer	C8
35	Königsquelle	D7
36	Prinz Myshkin	B6
37	Vegelangelo	E6
38	Weißes Brauhaus	D6
39	Wirtshaus in der Au	F8

Ausgehen & Nachtleben

40	Alter Simpl	C1
41	Augustiner-Großgaststätte	B5
42	Baader Café	D8
43	Braunauer Hof	D6
44	Harry Klein	A5
45	Hofbräuhaus	D5
46	MilchundBar	A6
47	Pacha	B4
48	Park-Cafe	A4
49	Rote Sonne	B4
50	Schumann's Bar	D3
51	Viktualienmarkt	C6

Unterhaltung

52	Bayerische Staatsoper	D5
53	Münchner Marionettentheater	B7
	Münchner Philharmoniker	(siehe 14)
54	Nationaltheater	D5

Jahr 2007 als ein Meilenstein gefeiert. Die Dauerausstellung vermittelt einen Einblick in die Geschichte, das Leben und die Kultur der jüdischen Gemeinde Münchens. Auch der Holocaust wird behandelt, der Schwerpunkt liegt jedoch deutlich auf der zeitgenössischen jüdischen Kultur.

St. Peter — Kirche

(Karte S. 106; Rindermarkt 1; Eintritt in die Kirche frei, Turm Erw./Kind 3/2 €; Turm Mo–Fr 9–18.30, Sa & So ab 10 Uhr, Winter jeweils bis 17.30 Uhr; U Marienplatz, S Marienplatz) 306 Stufen trennen einen vom besten Blick auf Münchens Zentrum, dem Blick vom 92 m hohen Turm der Peterskirche, der vielleicht schon gegen 1150 geweihten, ältesten Kirche im Stadtzentrum. Überdies hütet sie Kunstwerke aus vielen Jahrhunderten. Einen näheren Blick lohnen der gotische St.-Martins-Altar, das barocke Deckenfresko von Johann Baptist Zimmermann und die Rokokoskulpturen von Ignaz Günther.

Michaelskirche — Kirche

(Karte S. 106; www.st-michael-muenchen.de; Kaufingerstraße 52; Krypta 2 €; Krypta Mo–Do 9.30–16.30, Fr ab 10, Sa & So bis 14.30 Uhr; Karlsplatz, S Karlsplatz, U Karlsplatz) Die Jesuitenkirche steht ruhig und würdevoll inmitten der Einkaufsmeile Kaufingerstraße. Für die Fans von Ludwig II. ist sie ein Pilgerziel. In ihrer Krypta findet sich die letzte Ruhestätte des Märchenkönigs, dessen bescheidenes Grab meistens in einem Meer aus Blumen ertrinkt.

Viktualienmarkt — Markt

(Karte S. 106; Mo–Fr & Sa vormittags; U Marienplatz, S Marienplatz) Frisches Obst und Gemüse, Käsespezialitäten, bergeweise

Oliven, Schinken und Marmelade, Pfifferlingen und Trüffel – der Viktualienmarkt ist zweifelsohne einer der besten Feinschmeckermärkte in Mitteleuropa.

Feldherrnhalle Historisches Gebäude

(Karte S. 106; Residenzstraße 1; Ⓤ Odeonsplatz) Die Feldherrnhalle, von Friedrich von Gärtners nach dem Vorbild der Loggia dei Lanzi in Florenz erbaut, schließt den Odeonsplatz nach Süden in ab. Das Gebäude würdigt die bayerische Armee; zwei Statuen zeigen General Johann T'Serclaes von Tilly, der die Schweden im Dreißigjährigen Krieg aus München vertrieb, und Generalfeldmarschalls Karl Philipp von Wrede, der das bayerische Heer in den Napoleonischen Kriegen anführte.

Am 9. November 1923 stoppte die Polizei an der Feldherrnhalle den Hitlerputsch, Hitlers erster Versuch, die Weimarer Republik zu stürzen. Bei einem Schusswechsel starben 20 Personen, darunter 16 Nazis. Eine in das Pflaster an der Ostseite des Platzes eingelassene Tafel gedenkt der Polizisten, die bei dem Vorfall getötet wurden.

Maxvorstadt & Englischer Garten

Alte Pinakothek Museum

(Karte S. 106; ☎ 089-238 0516; www.pinakothek.de; Barer Straße 27; Erw./erm./Kind 7/5 €/frei, So 1 €, Audioguide 4,50 €; ⏲ Di 10–20, Mi–So bis 18 Uhr; Pinakotheken, Pinakotheken) Münchens größtes Museum alter Meister bietet Werke aller bedeutenden Maler des 14. bis 18. Jhs. Leo von Klenze entwarf das klassizistische Tempelgebäude, das auch jene beeindruckt, die einen Rembrandt nicht von einem Rubens unterscheiden können. Der Schwerpunkt der weltberühmten Sammlung liegt auf der deutschen Malerei.

Pinakothek der Moderne Museum

(Karte S. 106; ☎ 089-2380 5360; www.pinakothek.de; Barer Straße 40; Erw./erm. 10/7 €, So 1 €; ⏲ Di, Mi & Fr–So 10–18, Do bis 20 Uhr; Pinakotheken, Pinakotheken) Deutschlands größtes Museum moderner Kunst vereint vier bedeutende Sammlungen unter einem Dach: die Kunst des 20. Jhs., das Kunstgewerbe vom 19. Jh. bis zur Gegenwart, die Grafiksammlung und das Architekturmuseum. Das Museum residiert in einem spektakulären Gebäude von Stephan Braunfels. Den Mittelpunkt bildet die über vier Etagen reichende Rotunde mit einer augenförmigen Lichtkuppel, durch die weiches Naturlicht die weißen Galerien erhellt.

Museum Brandhorst Galerie

(Karte S. 106; www.museum-brandhorst.de; Theresienstraße 35a; Erw./erm./Kind 7/5 €/frei, So 1 €; ⏲ Di, Mi & Fr–So 10–18, Do bis 20 Uhr; Maxvorstadt/Sammlung Brandhorst, Pinakotheken) Das große, kühne und angemessen abstrakte Gebäude (Abb. S. 118) ist komplett mit vielfarbigen Keramikstäben verkleidet. Die Wände, Böden und manchmal sogar die Decken bieten Platz für die avantgardistischste und provokanteste Kunst vor Ort. Der Schwerpunkt der Sammlung sind die Werke von Cy Twombly und Andy Warhol, dessen Porträts von bekannten Persönlichkeiten des 20. Jhs. vielleicht die Hauptattraktion sind.

Englischer Garten Park

(Karte S. 106; Ⓤ Universität) Der ausgedehnte Englische Garten zählt zu den größten Stadtparks Europas und kann es an Umfang mit dem Londoner Hyde Park und dem New Yorker Central Park aufnehmen. Der Garten ist eine beliebte Spielwiese für Einheimische wie Touristen. Die Anlage, die sich von der Prinzregentenstraße ungefähr 5 km nach Norden erstreckt, wurde 1789 von Kurfürst Karl Theodor in Auftrag gegeben und von Benjamin Thompson entworfen, einem aus Massachusetts stammenden Physiker, der ein Jahr zum bayerischen Kriegsminister aufgestiegen war.

Neue Pinakothek Museum

(Karte S. 106; ☎ 089-2380 5195; www.pinakothek.de; Barer Straße 29; Pinakotheken, Pinakotheken) Die Neue Pinakothek beherbergt eine bedeutende Sammlung von Gemälden und Skulpturen des 19. und frühen 20. Jhs. Neben deutschen sind auch alle berühmten Künstler aus dem europäischen Ausland vertreten, u. a. van Gogh und alle namhaften französischen Impressionisten. Für um-

Eisbachwelle

Die wohl letzte Sportart, die man in München erwarten würde, ist das Surfen – bis man an der südlichen Spitze des Englischen Gartens an der Prinzregentenstraße Wagehälse in Neopren-Anzügen erblickt, die die **künstlich geschaffene Eisbachwelle** (Karte S. 106; www.eisbachwelle.de; Prinzregentenstraße; 🚋Nationalmuseum/Haus der Kunst) reiten. Es ist nur eine einzige Welle, aber eine richtig gute. Vor einem Jahrzehnt versuchte die Parkverwaltung, den Wassersportlern den Hahn abzudrehen, aber eine erfolgreiche Kampagne der Surfer ließ die Pläne wieder in der Schublade verschwinden.

Surfen auf dem Eisbach

POLINA SHESTAKOVA/SHUTTERSTOCK ©

fangreiche Sanierungsmaßnahmen bleibt die Neue Pinakothek bis 2025 geschlossen; ausgewählte Werke der Sammlung sind in dieser Zeit in der Alten Pinakothek und in der Sammlung Schack zu sehen.

Glyptothek Museum

(Karte S. 106; www.antike-am-koenigsplatz.mwn.de; Königsplatz 3; 🚌Königsplatz, Ⓤ Königsplatz) Wer sich für klassische Kunst oder auch nur für den Anblick nackter Männer ohne Nasen – oder ein anderes hervorstehendes Körperteil – begeistert, ist in der Glyptothek (wegen Renovierung bis 2020 geschl.) genau richtig. Das Museum, eines der ältesten in München, ist ein Fest der antiken griechischen und römischen Skulptur und eröffnet mit den Werken, die König Ludwig I. zwischen 1806 und 1830 zusammentrug, einen überraschend unverstellten Blick auf die antike Welt. Die **Antikensammlungen** mit Kleinkunst aus dem Mittelmeerraum ist von der Schließung nicht betroffen (Königsplatz 1; Erw./Kind 6 €/frei, So 1 €; ⌚Di & Do–So 10–17, Mi bis 20 Uhr).

Städtische Galerie im Lenbachhaus Museum

(Karte S. 106; ☎089-2333 2000; www.lenbachhaus.de; Luisenstraße 33; Erw./erm. inkl. Audioguide 10/5 €; ⌚Di 10–20, Mi–So bis 18 Uhr; 🚌Königsplatz, Ⓤ Königsplatz) In dieser prächtigen Galerie mit dem eindrucksvollen Erweiterungsbau des berühmten Architekten Sir Norman Foster kann man die bunt bewegten Bilder von Kandinsky, Franz Marc, Paul Klee und anderen Mitgliedern der avantgardistischen Künstlergruppe „Der Blaue Reiter" bewundern. Diese wurde 1911 in München gegründet.

Südlich der Altstadt

Deutsches Museum – Verkehrszentrum Museum

(Karte S. 114; www.deutsches-museum.de/verkehrszentrum; Am Bavariapark 5; Erw./erm. 7/3 €; ⌚9–17 Uhr; Ⓤ Theresienwiese) Das Verkehrszentrum ist eine Hommage an das obsessive bayerische Interesse für Verkehr und Transport. Das Museum erkundet die einfallsreichen Ideen, die die Menschheit entwickelte, um Güter und Menschen zu befördern. Von den frühesten Automobilen über berühmte Rennwagen bis zu Hochgeschwindigkeitszügen bietet die Sammlung eine virtuelle Reise durch die Geschichte des Transportwesens.

Olympiapark

Schloss Nymphenburg Schloss

(Karte S. 114; www.schloss-nymphenburg.de; Schloss Erw./erm. 6/5 €, alle Stätten 11,50/9 €; ⌚April–Mitte Okt. 9–18 Uhr, Mitte Okt.–März 10–16 Uhr; 🚋Schloss Nymphenburg) Das hochherrschaftliche Sommerschloss mit seinem weitläufigen Park liegt rund 5 km nordwestlich der Altstadt. Der Bau der Anlage begann 1664 mit einer Villa für die Kurfürstin Adelheid von Savoyen, sie wurde in

KUNERTUS/SHUTTERSTOCK ©

BMW Welt

den nächsten Jahren zur Sommerresidenz der bayerischen Kurfürsten und Könige erweitert. Franz von Bayern, das heutige Oberhaupt des Hauses Wittelsbach, bewohnt hier immer noch ein Apartment.

BMW Welt Bauwerk

(Karte S. 114; ☎089-125 016 001; www.bmw-welt.de; Am Olympiapark 1; Führungen Erw./Kind 7/5 €; ⏲Mo–Sa 7.30–24, So ab 9 Uhr; Ⓤ Olympiazentrum) GRATIS Neben dem Olympiapark erhebt sich ein eindrucksvoller Doppelkegel aus Glas und Stahl unter dem an eine dunkle Wolke erinnernden Dach von der Größe eines Flugzeugsträgers. Mehr noch als Architekturfans wird die BMW Welt aber jeden Autofreak begeistern. Sie ist nicht nur ein prestigeträchtiges Abholzentrum, sondern beherbergt auch die neuesten BMW-Modelle und eine Ausstellung, die die Geschichte des Unternehmens würdigt.

Olympiapark Sportgelände

(Karte S. 114; www.olympiapark.de; Stadionführungen Erw./erm. 8/6 €; ⏲Stadionführungen April–Okt., Zeiten variieren; Ⓤ Olympiazentrum) Das Gebiet nördlich der Stadt, einst Aufmarschplatz der Soldaten und 1909 der Landeplatz des ersten Zeppelins der Welt, wurde in den 1960er-Jahren zum Olympiapark umgestaltet. Die Anlagen für die Olympischen Sommerspiele von 1972 wirken insgesamt recht klein und kompakt.

Von der Spitze des 290 m hohen **Olympiaturms** (Erw./Kind 9/6 €; ⏲9–24 Tagen) hat man an klaren Tagen München zu seinen Füßen und erblickt in der Ferne die atemberaubende Silhouette der Alpen.

BMW Museum Museum

(Karte S. 114; www.bmw-welt.de; Am Olympiapark 2; Erw./Kind 10/7 €; ⏲Di–So 10–18 Uhr; Ⓤ Olympiazentrum) Das silberne, schüsselförmige Museum umfasst sieben „Themenhäuser", die die Entwicklung der BMW-Produktlinie behandeln und auch Abteilungen zu Motorrädern und zum Motorrennsport enthalten. Auch wer eine Zylinderkopfdichtung nicht von einer Kurbelwelle unterscheiden kann, wird von der Innengestaltung mit ihrem kurvenbetonten Retro-Flair, futuristischen Brücken, Plätzen und von hinten illuminierten Wandschirmen begeistert sein.

Starnberger See

Am glitzernden Starnberger See, rund 25 km südwestlich von München gelegen, tummelten sich einst die Mitglieder des bayerischen Königshauses. Heute ist er eine leicht erreichbare Erholungsstätte für alle, die dem Gewimmel in der bayerischen Hauptstadt entgehen wollen.

Die wohlhabende Stadt Starnberg am nördlichen Ende ist das Tor zum See. Ihr mangelt es jedoch ein wenig an Charme, weshalb die meisten Besucher gleich zu anderen Orten und Stätten am Seeufer weiterfahren. Der Bahnhof ist nur Schritte vom Ufer entfernt, wo man die Kais der Ausflugsschiffe, Tretbootverleihe und viele Spaziergänger antrifft. Westlich des Starnberger Sees erstrecken sich noch der Ammersee und – deutlich kleiner – der Pilsensee, der Wörthsee und der Weßlinger See. Die Region zieht natürlich Wassersportfans an, besitzt aber auch zahlreiche geschichtsträchtige Stätten für jene, die die Vergangenheit erkunden wollen.

Starnberger See im Winter
SUSAZOOM/SHUTTERSTOCK ©

AKTIVITÄTEN

Zeltdach-Tour Spaziergang

(Karte S. 114; Erw./erm. 43/33 €; April–Okt. 14.30 Uhr) Wer Lust auf eine Kraxeltour in luftiger Höhe hat, es aber nicht in die Alpen schafft, begibt sich einfach zum Olympiastadion und schließt sich dort einer Kletterpartie auf dem Dach an. So kann man die berühmte Seilnetzkonstruktion aus Stahl und Plexiglas aus der Nähe sehen. Wie in den Bergen klettert man mit Seilen und Haken gesichert unter den wachsamen Augen eines erfahrenen Guides, der einen dabei noch mit faszinierenden Details zur Architektur und Konstruktion des Stadions versorgt.

GEFÜHRTE TOUREN

BMW Group Werkführung geführte Tour

(Karte S. 114; 089-125 016 001; www.bmw-welt.com; Erw./Kind 9/6 €; Mo–Fr 14 & 18 Uhr, Tickets online erhältlich; U Petuelring) Wer sich für Autos begeistert, sollte sich eine Führung durch das topmoderne BMW-Stammwerk nicht entgehen lassen. Bei den zweieinhalbstündigen Führungen sieht man den gesamten Produktionsprozess. Man sollte die Führung, vor allem im Sommer, weit im Voraus buchen.

Radius Tours & Fahrradverleih geführte Tour

(Karte S. 114; 089-543 487 7740; www.radiustours.com; Arnulfstraße 3, Hauptbahnhof; 8.30–20 Uhr; Hauptbahnhof, U Hauptbahnhof, S Hauptbahnhof) Zu den unterhaltsamen und informativen Ausflügen zählen die Tour „Bier und Schmankerl“ (3 Std., 36 €) und eine dreistündige Fahrradtour (29,50 €) sowie die auf Englisch angebotenen Spaziergänge „Discover Munich“ (2 Std., 15 €) und Third Reich in Munich (2½ Std., 17,50 €). Das Unternehmen veranstaltet auch beliebte Exkursionen nach Neuschwanstein, Salzburg und Dachau und betreibt einen Fahrradverleih mit Hunderten von Rädern (14,50 €/Tag).

New Europe Munich Stadtspaziergang

(Karte S. 106; www.neweuropetours.eu; Führungen 10, 10.45 & 14 Uhr; S Marienplatz, U Marienplatz) Die kostenlosen englischsprachigen Stadtspaziergänge starten am Marienplatz und klappern in drei Stunden Münchens zentral gelegene Sehenswürdigkeiten ab. Die gut informierten und lustigen Guides lassen es sich nicht anmerken, dass sie unter dem Druck stehen, am Ende der Führung möglichst viel Trinkgeld zu bekommen. Das Unternehmen veranstaltet auch Touren nach Dachau (24 €) und Neuschwanstein (40 €).

Vespa Munich Geführte Tour
(Karte S. 114; 0151-517 251 69; www.vespamunich.com; Dom-Pedro-Straße 26; ganztägige Tour 59 €; Büro tgl. 10–14 Uhr, Abholung 9–18 Uhr; Leonrodplatz) Man bucht vorab, holt sich seine Vespa und düst den ganzen Tag durch München, geleitet vom zur Verfügung gestellten GPS. Die Tour ist der neueste Spaß, um München zu erleben. Wenn da nur nicht die Autobahnen wären ...!

Stadtbuslinie 100 Bus
(Karte S. 114; www.mvv-muenchen.de) Die normalen Stadtbusse der Linie 100 passieren auf der Fahrt vom Hauptbahnhof zum Ostbahnhof 21 Sehenswürdigkeiten, darunter die Residenz und die Pinakotheken.

SHOPPEN

Munich Readery Bücher
(Karte S. 114; www.readery.de; Augustenstraße 104; Mo–Fr 11–20, Sa 10–18 Uhr; U Theresienstraße) Mit der größten Sammlung gebrauchter englischsprachiger Bücher in ganz Deutschland ist die Readery der richtige Ort für alle, die in Bayern englischsprachige Ferienlektüre suchen. Wahrscheinlich ist sie sogar das einzige derartige Antiquariat zwischen Paris und Prag. Dazu gibt's Events wie Autorenlesungen und einen monatlichen Buchclub. Einzelheiten stehen auf der Website.

Holareidulijö Kleidung
(Karte S. 114; www.holareidulijoe.com; Schellingstraße 81; Mai–Sept. Di–Fr 12–18.30, Sa 10–13 Uhr, Okt.–April Do & Fr 14–18, Sa 11–13 Uhr; Schellingstraße) Dieser Secondhand-Trachtenladen mit Jodelnamen lohnt einen Blick. Übrigens: In gebrauchten Lederhosen ist die Gefahr geringer, sich wundzuscheuern.

Porzellanmanufaktur Nymphenburg Keramiken
(Karte S. 114; 089-1791 970; www.nymphenburg.com; Nördliches Schlossrondell 8; Mo–

München mit Kindern

München bietet jede Menge Aktivitäten, die den Nachwuchs bei Laune halten.

Deutsches Museum (Karte S. 106; 089-217 9333; www.deutsches-museum.de; Museumsinsel 1; Erw./Kind 12/4 €; 9–17 Uhr; Deutsches Museum) Das interaktive „Kinderreich" ist ideal für Kinder zwischen drei und acht Jahren.

Tierpark Hellabrunn (089-625 080; www.tierpark-hellabrunn.de; Tierparkstraße 30; Erw./Kind 15/6 €; April–Sept. 9–18 Uhr, Okt.–März bis 17 Uhr; 52 ab Marienplatz, Tiroler Platz, U Thalkirchen) Zicklein zu streicheln, ist für kleine Kinder ein unvergessliches Erlebnis.

SeaLife (Karte S. 114; www.visitsealife.com; Willi-Daume-Platz 1; Erw./Kind 17,95/14,50 €; Mo–Fr 10–17, Sa & So bis 18 Uhr; S Olympiazentrum) Diese neue Attraktion im Olympiapark entführt Groß und Klein in die Unterwasserwelt (S. 111).

Paläontologisches Museum (Karte S. 114; www.palmuc.de; Richard-Wagner-Straße 10; Mo–Do 8–16, Fr bis 14 Uhr; Königsplatz, U Königsplatz) GRATIS Dino-Fans kommen hier auf ihre Kosten.

Museum Mensch und Natur (Karte S. 114; www.mmn-muenchen.de; Schloss Nymphenburg; Erw./Kind 3,50/2,50 €; Di, Mi & Fr 9–17, Do bis 20, Sa & So 10–18 Uhr; Schloss Nymphenburg) Hoffnungsvolle Nachwuchsforscher finden hier viel Staunenswertes.

Spielzeugmuseum (Karte S. 106; www.toymuseum.de; Marienplatz 15; Erw./Kind 4/1 €; 10–17.30 Uhr; S Marienplatz, U Marienplatz) Kinder werden ihren Spaß haben, auch wenn sie hier nicht alles anfassen dürfen.

Münchner Marionettentheater (Karte S. 106; 089-265 712; www.muema-theater.de; Blumenstraße 32; Mo, Mi & Fr 15 Uhr, Sa 20 Uhr; Müllerstraße) Die niedlichen Marionettenvorstellungen haben schon Generationen von Kindern begeistert.

Münchner Zentrum

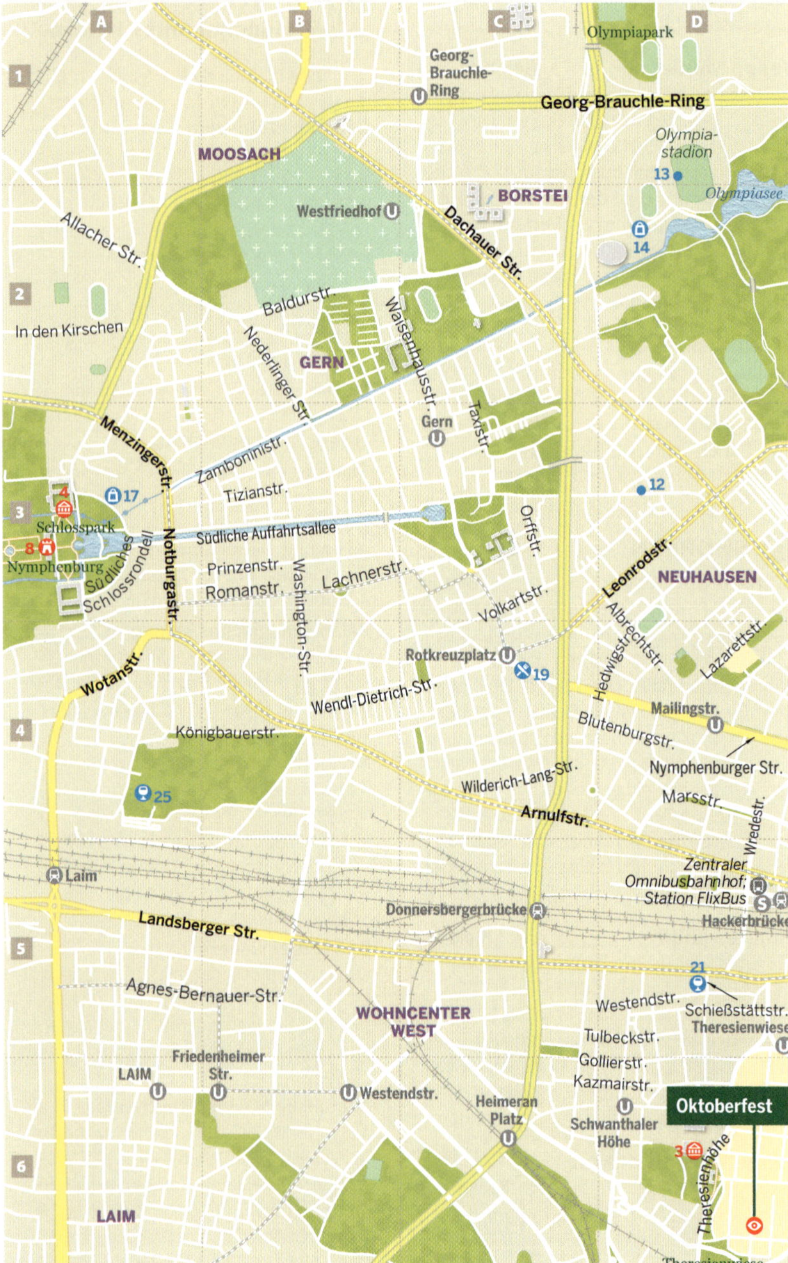

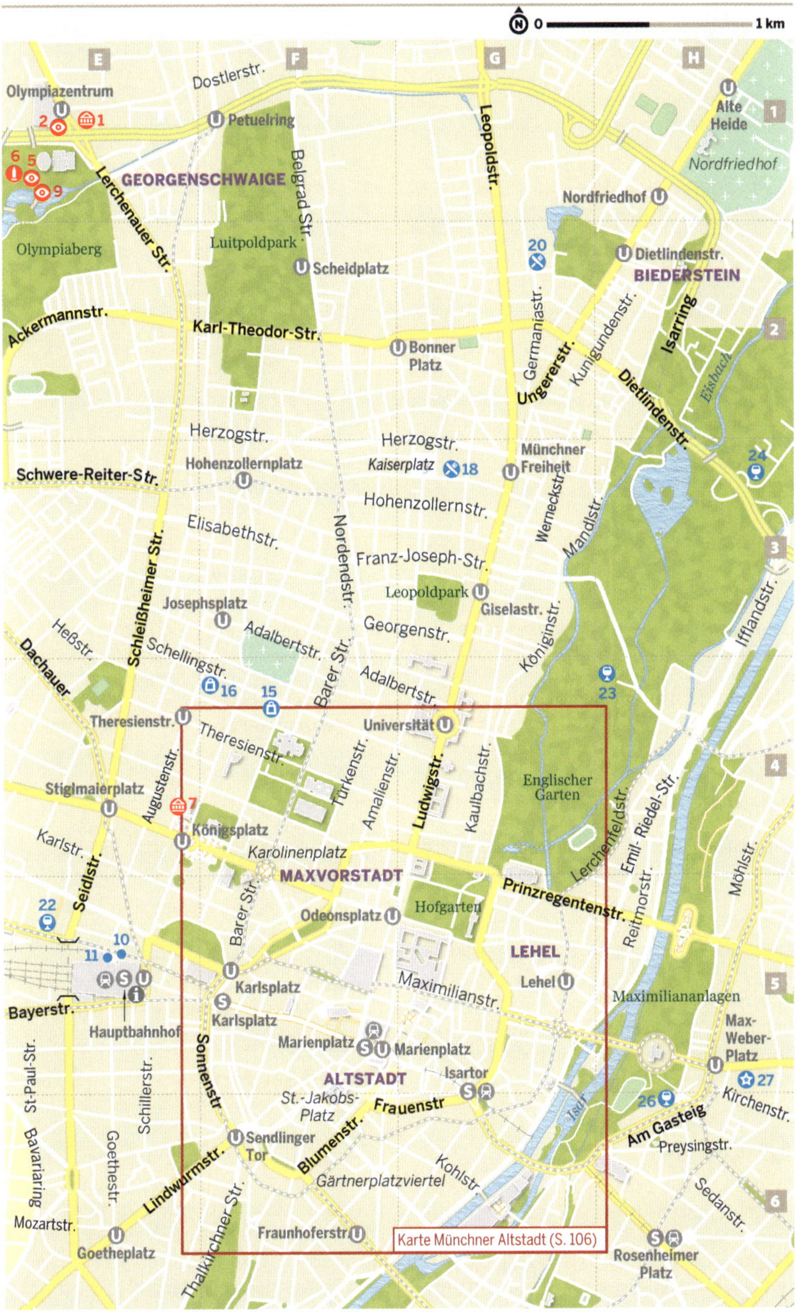

0
1 km
E
F
G
H
1
2
3
4
5
6
Olympiazentrum
Dostlerstr.
Petuelring
Leopoldstr.
Alte Heide
Nordfriedhof
GEORGENSCHWAIGE
Lerchenauer Str.
Belgrad Str.
Nordfriedhof
Olympiaberg
Luitpoldpark
Scheidplatz
Dietlindenstr.
BIEDERSTEIN
Ackermannstr.
Karl-Theodor-Str.
Bonner Platz
Germaniastr.
Ungererstr.
Kunigundenstr.
Isarring
Dietlindenstr.
Eisbach
Herzogstr.
Herzogstr.
Münchner Freiheit
Hohenzollernplatz
Kaiserplatz
Schwere-Reiter-Str.
Hohenzollernstr.
Wernekstr.
Mandlstr.
Elisabethstr.
Nordendstr.
Franz-Joseph-Str.
Schleißheimer Str.
Leopoldpark
Giselastr.
Josephsplatz
Adalbertstr.
Georgenstr.
Königinstr.
Ifflandstr.
Heßstr.
Schellingstr.
Barer Str.
Dachauer
Adalbertstr.
Theresienstr.
Theresienstr.
Universität
Englischer Garten
Augustenstr.
Türkenstr.
Amalienstr.
Ludwigstr.
Kaulbachstr.
Stiglmaierplatz
Lerchenfeldstr.
Emil-Riedel-Str.
Königsplatz
Karlstr.
Karolinenplatz
MAXVORSTADT
Seidlstr.
Prinzregentenstr.
Möhlstr.
Odeonsplatz
Hofgarten
Barer Str.
Reitmorstr.
LEHEL
Karlsplatz
Maximilianstr.
Lehel
Maximiliananlagen
Bayerstr.
Hauptbahnhof
Karlsplatz
Marienplatz
Marienplatz
Max-Weber-Platz
Sonnenstr.
ALTSTADT
Isartor
St.-Paul-Str.
Schillerstr.
St.-Jakobs-Platz
Frauenstr.
Kirchenstr.
Isar
Am Gasteig
Sendlinger Tor
Blumenstr.
Preysingstr.
Bavariaring
Goethestr.
Lindwurmstr.
Gärtnerplatzviertel
Kohlstr.
Sedanstr.
Mozartstr.
Thalkirchner Str.
Fraunhoferstr.
Karte Münchner Altstadt (S. 106)
Goetheplatz
Rosenheimer Platz
1
2
5
6
9
7
10
11
15
16
18
20
22
23
24
26
27

Münchner Zentrum

Fr 10–17 Uhr; Schloss Nymphenburg) Für die traditionellen und zeitgenössischen Porzellanmeisterwerke aus der königlichen Manufaktur werden stolze Preise aufgerufen.

Flohmarkt im Olympiapark Markt
(Karte S. 114; Olympiapark; Fr & Sa 7–16 Uhr; Olympiapark West) Der große Flohmarkt vor dem Olympiastadion findet an den meisten Freitagen und Samstagen statt.

Manufactum Haushaltswaren
(Karte S. 106; www.manufactum.de; Dienerstraße 12; Mo–Sa 9.30–19 Uhr; S Marienplatz, Marienplatz) Liebhaber hochwertigen Designs sollten diesen Laden besuchen. Hier findet man Haushaltsgegenstände, die ein Leben lang halten, Retrospielzeug, Bauhaus-Lampen und altmodisches Büromaterial. Das Warenangebot verändert sich von Saison zu Saison.

ESSEN

München besitzt die vielleicht spannendste Restaurantszene in Süddeutschland. Die besten Münchner Restaurants setzen auf frische regionale, saisonale und Bio-Zutaten. Auch in puncto internationaler Küche ist die bayerische Hauptstadt die beste Adresse zwischen Wien und Paris, was besonders für italienische, afghanische, vietnamesische und türkische Gerichte gilt. Und Vegetarier finden in München viel mehr als nur Nudeln und Salate.

Bratwurstherzl Fränkisch €
(Karte S. 106; Dreifaltigkeitsplatz 1; Hauptgerichte 7–12 €; Mo–Sa 10–23 Uhr; S Marienplatz, U Marienplatz) Gemütliche Holztäfelung und ein altes Ziegelgewölbe bestimmen das Flair in dieser Altmünchner Schenke mit Schwerpunkt auf fränkischer Küche. Die hausgemachten Bio-Bratwürstchen werden perfekt auf dem offenen Buchenholzfeuer gegrillt und auf herzförmigen Zinnplatten serviert. Dazu passt perfekt ein kaltes Bier der Brauerei Hacker-Pschorr.

Eiscafé Sarcletti Gelato €
(Karte S. 114; www.sarcletti.de; Nymphenburger Straße 155; Mitte Mai–Aug. 9–23.30 Uhr, Sept.–Mitte Mai kürzere Öffnungszeiten; U Rotkreuzplatz) Eiscreme-Junkies versorgen sich bei dieser Münchner Institution bereits seit 1879 mit Eis. Man hat die Wahl zwischen mehr als 50 leckeren Sorten, von Vanille über Buttermilch bis Mango.

Fraunhofer Bayerisch €€
(Karte S. 106; ☎089-266 460; www.fraunhofer theater.de; Fraunhoferstraße 9; Hauptgerichte 5–20 €; ⏱16.30–1 Uhr; ✎; 🚋Müllerstraße) Mit knarrenden Parkettböden, Stuckdecken, Holztäfelung und keiner Spur davon, dass die letzten hundert Jahre stattgefunden haben, ist dieser sehr stimmungsvolle Gasthof ideal, um die Region mit Messer und Gabel zu erkunden. Die Speisekarte bietet eine saisonal angepasste Liste beliebter süddeutscher Gerichte, aber auch mindestens ein Dutzend vegetarischer Optionen und gelegentlich auch ein paar exotische Zutaten. Nur Barzahlung.

Prinz Myshkin Vegetarisch €€
(Karte S. 106; ☎089-265 596; www.prinz myshkin.com; Hackenstraße 2; Hauptgerichte 9–20 €; ⏱11–23 Uhr; ✎; Ⓢ Marienplatz, Ⓤ Marienplatz) Dieses Restaurant beweist, dass die vegetarische Küche das Zeitalter der Sandalen, Bärte und monotonen Linsengerichte hinter sich gelassen hat. Münchens bestes fleischlos kochendes Restaurant residiert auf dem Gelände einer ehemaligen Brauerei in einem glänzend weißen, eingewölbten Raum. Hier laben sich gesundheitsbewusste Genießer an einfallsreichen Gerichten wie Curry-Orangen-Karottensuppe, überraschend guten Currys und „Wellness-Desserts".

Weißes Brauhaus Bayerisch €€
(Karte S. 106; ☎089-290 1380; www.weisses -brauhaus.de; Tal 7; Hauptgerichte 7–20 €; ⏱8–0.30 Uhr; Ⓢ Marienplatz, Ⓤ Marienplatz) Abends herrscht in der typischen Münchner Bierhalle rotgesichtige Bierseligkeit mit Alpenjodlern und Blasmusik. Die Weißwurst ist hier das Maß aller Dinge, am besten vor 12 Uhr genossen mit einem unübertroffenen Schneider-Weißbier. Das Lokal ist verständlicherweise sehr beliebt; wer nach 19 Uhr kommen will, sollte reservieren.

Cochinchina Asiatisch €€
(Karte S. 114; ☎089-3898 9577; www.cochin china.de; Kaiserstraße 28; Hauptgerichte rund 20 €; ⏱11.30–14.30 & 18–24 Uhr; 📶; Ⓤ Münchner Freiheit) Das kosmopolitische asiatische Fusion-Restaurant, das einen alten Namen für das südliche Vietnam trägt, ist der beste Ort in München, um vietnamesisch und chinesisch zu essen. Die Speisen werden in einem dunklen, spektakulär exotischen Raum mit einigen Farbtupfern in Gestalt chinesischer Vasen und Lampen serviert. Die traditionelle Pho-Suppe ist die beste in Süddeutschland.

Königsquelle Europäisch €€
(Karte S. 106; ☎089-220 071; www.koenigsquelle.com; Baaderplatz 2; Hauptgerichte 10–27 €; ⏱So–Fr 17–1, Sa ab 19 Uhr; 🚋Isartor, 🚆Isartor, Ⓢ Isartor) Diese holzgetäfelte Münchner Institution ist beliebt dank aufmerksamem Service, kundig zubereiteter Gerichte und der gut bestückten Theke aus dunklem Holz. Die Bar bietet, gestapelt hinter der Theke, das wohl beste Sortiment an Malt-Whiskys in der bayerischen Hauptstadt. Die mit etwas Mühe zu entziffernde handgeschriebene Speisekarte hängt in luftiger Höhe; auf ihr steht alles von Schnitzel über Linguine und Ziegenkäse bis Cannelloni.

Vegelangelo Vegetarisch €€
(Karte S. 106; ☎089-2880 6836; www.vegel angelo.de; Thomas-Wimmer-Ring 16; Hauptgerichte 13–19 €, Menü 22–34 €; ⏱Di–Do 12–14, Mo–Sa 18 Uhr–Open End; ✎; 🚋Isartor, Ⓢ Isartor) Indischer Krimskrams, das Klavier und der kleine Gründerzeit-Kamin lenken kaum von den hervorragenden fleischlosen Gerichten dieses kleinen vegetarischen Lokals ab, die es auf Wunsch auch vegan gibt. Eine Reservierung ist erforderlich. Freitags und samstags gibt's nur Menüs. Das Mitbringen von Kinderwagen ist verboten, Leitungswasser wird nicht serviert, aber eine Bezahlung in Bitcoins akzeptiert.

Bamyan Afghanisch €€
(Karte S. 106; www.bamyan.de; Hans-Sachs-Straße 3; Hauptgerichte 9,50–20 €; ⏱17–24 Uhr; 🚋Müllerstraße) Die Begriffe „Happy Hour", „Cocktail" und „coole Atmosphäre" wollen normalerweise nicht so recht zur Vorstellung von einem afghanischem Restaurant passen, aber genau diese Verbindung findet sich in diesem exotischen Lokal. Benannt ist

es nach den Buddhastatuen, die 2001 von den Taliban zerstört wurden. Die preisgekrönten zentralasiatischen Suppen, Kebabs, Reis- und Lammgerichte sowie großen Salate werden an handgearbeiteten Tischen serviert, die mit dekorativen Metallintarsien verziert sind.

Wirtshaus in der Au Bayerisch **€€**

(Karte S. 106; ☎089-448 1400; www.wirtshausinderau.de; Lilienstraße 51; Hauptgerichte 10–22 €; ⏲Mo–Fr 17–24, Sa & So ab 10 Uhr; 🚊Deutsches Museum) Das Motto dieser bayerischen Schenke lautet schlicht: „Bier und Knödel seit 1901". Tatsächlich sind die altehrwürdigen Knödel auch die hiesige Spezialität. (Die Schenke bietet sogar einen Knödelkochkurs an.) Der geräumige Schankbereich ist in einer ehemaligen Brauerei untergebracht und hat massive Fliesenböden und eine hohe Decke. Während im Winter das Kaminfeuer knistert, füllt sich mit den ersten warmen Sonnenstrahlen im Frühling der Biergarten.

Tantris International **€€€**

(Karte S. 114; ☎089-361 9590; www.tantris.de; Johann-Fichte-Straße 7; Menü ab 100 €; ⏲Okt.–Dez. Di–Fr 12–15 & 18.30–24, Sa bis 1 Uhr, Jan.–Sept. Di geschl.; 📶; Ⓤ Dietlindenstraße) Tantris bedeutet „Streben nach Vollkommenheit" – und diese wird hier, in einem der berühmtesten Restaurants in Deutschland, nahezu erreicht. Die Innengestaltung ist typisch für die 1970er-Jahre in Dunkelrot, Mattschwarz und einem leuchtenden Gelb gehalten. Das Essen ist hervorragend, die Bedienung effizient und unaufdringlich und der Weinkeller der vielleicht beste in ganz Deutschland. Reservierung unabdingbar.

Esszimmer Mediterran **€€€**

(Karte S. 114; ☎089-358 991 814; www.bmw-welt.com; BMW Welt, Am Olympiapark 1; 4-/5-Gänge-Menü 130/145 €; ⏲Di–Sa 19–23 Uhr; ❄📶; Ⓤ Olympiazentrum) Bobby Bräuer, der Chefkoch des Gourmetrestaurants in der BMW Welt, brauchte nur zwei Jahre, um seinen ersten Michelin-Stern zu gewinnen. Das Münchner Spitzenrestaurant ist der richtige Ort für hochklassige französische und mediterrane Gerichte, die in einem trendigen dunklen, furnierten Speisesaal über den BMW-Modellen der Serie i8 und 7 serviert werden.

Von links: Lebkuchen-Souvenirs; Museum Brandhorst (S. 109); Chinesischer Turm; Hofbräuhaus

KATJEN/SHUTTERSTOCK ©

CHRISTIAN BEIRLE GONZÁLEZ/GETTY IMAGES ©

AUSGEHEN & NACHTLEBEN

Mit seinen vielen feuchtfröhlichen Bierhallen, schicken Hotellounges und Biergärten unter dem Blätterdach von Kastanien ist München ein toller Ort zum Ausgehen. Auch die Clubszene ist munter und wird in Deutschland noch allenfalls von jener in Berlin getoppt. Gleichgültig ob Disco oder Dancehall, House oder Punk, Techno oder Punk-Folk, jeder findet hier seine Musik. Die Türsteher sind streng und der Grundpreis kann in größeren Locations bei rund 15 € liegen. Wer jung aussieht, braucht zum Reinkommen seinen Personalausweis. Die Dinge kommen erst ab 1 Uhr so richtig in Schwung.

Hofbräuhaus Bierhalle

(Karte S. 106; 089-2901 36100; www.hofbraeuhaus.de; Am Platzl 9; 9–23.30 Uhr; Kammerspiele, S Marienplatz, U Marienplatz) Auch München-Besucher, die kein Bier mögen, sollten das Mutterschiff aller Bierhallen zumindest einmal gesehen haben. In dieser großen Touristenattraktion kann man an ganz unterschiedlichen Plätzen seine Maß stemmen: im von Rosskastanien beschatteten Garten, in der Haupthalle neben der Blaskapelle, an den Tischen gegenüber den riesigen Tafeln oder auch in der einen oder anderen ruhigeren Ecke.

Augustiner Bräustuben Bierhalle

(Karte S. 114; 089-507 047; www.braeustuben.de; Landsberger Straße 19; 10–24 Uhr; Holzapfelstraße) Nähert man sich dieser traditionellen Bierhalle innerhalb der Brauerei Augustiner-Bräu, hängt bei entsprechender Windrichtung der bittersüße Hopfengeruch in der Luft. Die bayerische Kost ist hervorragend, besonders die Schweinshaxe. Wegen der Lage ist die Stimmung hier abends etwas authentischer als in den Bierhallen der Innenstadt, weil weniger Touristen die langen Tische bevölkern.

Chinesischer Turm Biergarten

(Karte S. 114; 089-383 8730; www.chinaturm.de; Englischer Garten 3; bei schönem Wetter ab 10 Uhr; Chinesischer Turm, Tivolistraße) Dieser grandios im Englischen Garten gelegene Biergarten ist Münchens ältester (seit 1791). Fotos knipsende Touristen und lässige Münchner, Familien beim Picknick

PANORAMIC IMAGES/GETTY IMAGES ©

TRABANTOS/SHUTTERSTOCK ©

Allianz Arena

> *In dem futuristischen Stadion spielt eine der besten deutschen Fußballmannschaften.*

und Geschäftsleute lassen sich rund um die hölzerne Pagode (s. Abb. S. 119) ihr Bier schmecken, begleitet von einer zurückhaltend agierenden Blaskapelle.

Schumann's Bar Bar

(Karte S. 106; ☎089-229 060; www.schumanns.de; Odeonsplatz 6–7; ⏲Mo–Fr 8–3, Sa & So 18–3 Uhr; SOdeonsplatz) Das urban-raffinierte Schumann's bereichert Münchens Nachtleben mit fantasievollen Drinks und einer eindrucksvollen Cocktail-Auswahl. Werktags kann man hier auch gut frühstücken. Nur Barzahlung.

Alter Simpl Kneipe

(Karte S. 106; ☎089-272 3083; www.altersimpl.de; Türkenstraße 57; ⏲So–Do 11–3, Fr & Sa bis 4 Uhr; 🚊Schellingstraße) Schon Thomas Mann und Hermann Hesse hoben in dieser abgewetzten, holzgetäfelten Kneipe ihren Humpen. Auch heute noch herrscht hier eine literarisch anmutende Atmosphäre, in der man sich gut mit einem dicken Wälzer zu ein paar irischen Ales niederlassen kann. Der Name bezieht sich auf die Satirezeitschrift *Simplicissimus*.

Pacha Club

(Karte S. 106; www.pacha-muenchen.de; Maximiliansplatz 5; ⏲Do 20–6, Fr & Sa 23–6 Uhr; 🚊Lenbachplatz) Der Club mit dem Kirschen-Logo gehört zu einer Reihe von Clubs am Maximiliansplatz 5 und ist einer der angesagtesten der Stadt. Die DJs legen bis zum Morgen auf.

Harry Klein Club

(Karte S. 106; ☎089-4028 7400; www.harryklein club.de; Sonnenstraße 8; ⏲Mi 23–5, Do bis 6, Fr & Sa bis 7 Uhr; 🚊Karlsplatz, SKarlsplatz, UKarlsplatz) Die goldverzierte Passage abseits der Sonnenstraße führt zu einem der besten Electro-Clubs der Welt. Geboten wird eine erstaunliche Mixtur aus elektronischem Sound und Bildern – Videokunst wird live wie bei Kraftwerk auf die Wände projiziert, um den Effekt der Musik zu verstärken.

MilchundBar Club

(Karte S. 106; www.milchundbar.de; Sonnenstraße 27; Mo–Do 22–7, Fr & Sa 22–9 Uhr; Sendlinger Tor, U Sendlinger Tor) Eine der angesagtesten Adressen im Stadtzentrum für all diejenigen, die die Zeit zwischen Abendessen und Frühstück werktags mit einer bunten Mischung aus Nostalgie-Hits und am Wochenende mit Top-DJs verbringen möchten.

Augustiner Keller Biergarten

(Karte S. 114; www.augustinerkeller.de; Arnulfstraße 52; Biergarten 11–24 Uhr; ; Hopfenstraße) Jedes Jahr ist, beginnend mit den ersten warmen Tagen im Frühjahr, Bierseligkeit unter den Lichterketten des grünen Biergartens angesagt. Die alten Kastanien über den rund 5000 Plätzen sind so groß, dass sie bei Regen Schutz bieten, ansonsten kann man seinen Maßkrug auch im Bierkeller stemmen. Es gibt einen kleinen Spielplatz. Ca. 500 m westlich vom Hauptbahnhof.

Rote Sonne Club

(Karte S. 106; www.rote-sonne.com; Maximiliansplatz 5; Do–Sa ab 23 Uhr; Lenbachplatz) Der Club, benannt nach dem 1970 erschienenen Münchner Kultfilm mit Uschi Obermaier, ist ein feuriges Nirvana für Fans elektronischer Musik. DJs aus aller Welt sorgen dafür, dass sich die Leute auf dem Dancefloor bis in die Morgenstunden richtig ausleben.

Baader Café Café

(Karte S. 106; Baaderstraße 47; So–Do 9.30–1, Fr & Sa bis 2 Uhr; ; Fraunhoferstraße) Von Frauen im Minirock bis zu Männern im Tweedjacket – das seit Mitte der 1980er-Jahre bestehende, literarisch angehauchte Café lockt Besucher aller Art an. Diese nippen tagsüber an ihrem Kaffee und abends an Cocktails. Das Lokal ist meistens gut besucht, sogar mittwochmorgens im Winter. Britische Gäste schätzen es wegen des authentischen englischen Frühstücks.

Top Ten: Münchner Bierhallen & -gärten

Augustiner Bräustuben (S. 119) Augustiner von der Quelle: der Kneipe in der Brauerei.

Augustiner-Großgaststätte (Karte S. 106; 089-2318 3257; www.augustiner-restaurant.com; Neuhauser Straße 27; Mo–Sa 9–24, So ab 10 Uhr) Traditionelle Bierhalle.

Hofbräuhaus (S. 119) Die wohl bekannteste Bierhalle der Welt.

Hofbräukeller (Karte S. 114; 089-459 9250; www.hofbraeukeller.de; Wiener Platz; 10–24 Uhr; Wiener Platz) Eine weniger touristische Lokalität.

Braunauer Hof (Karte S. 106; www.wirtshaus-im-braunauer-hof.de; Frauenstraße 42; Mo–Sa 10–24, So bis 22 Uhr; Isartor, S Isartor) Dieser Biertempel am Rand der Altstadt besitzt hinten einen idyllischen Biergarten.

Hirschau (Karte S. 114; www.hirschau-muenchen.de; Gysslingstraße 15; Mo–Fr 12–23, Sa & So ab 11 Uhr; U Dietlindenstraße) Riesiger Biergarten im Englischen Garten.

Hirschgarten (Karte S. 114; www.hirschgarten.de; Hirschgarten 1; 11.30–1 Uhr; Kriemhildenstraße, S Laim) Hier haben bis zu 8000 Gäste Platz.

Chinesischer Turm (S. 119) Im Schatten der Pagode kann man bestes Münchner Bier genießen.

Park-Café (Karte S. 106; www.parkcafe089.de; Sophienstraße 7; Mo–Do 11–1, Fr bis 2, Sa 10–2, So 10–24 Uhr; Lenbachplatz) Weniger touristischer Biergarten im Alten Botanischen Garten.

Viktualienmarkt (Karte S. 106; Viktualienmarkt 6; Mo–Sa 8–20 Uhr; U Marienplatz, S Marienplatz) Beliebtes, von Marktständen umgebenes Freiluftlokal.

Waldwirtschaft Großhesselohe (089-7499 4030; www.waldwirtschaft.de; Georg-Kalb-Straße 3; 10–22.30 Uhr; ; Großhesselohe/Isartalbahnhof.) Ländliche Atmosphäre und erstklassiges Bier am Münchner Stadtrand.

München für LGBTIQ+

Die Szene ist klein, verglichen mit jener in Berlin oder Köln. Nichtsdestotrotz ist München weltoffen und Traveller gleichgültig welcher sexuellen Orientierung sind in der bayerischen Hauptstadt willkommen. Es gibt viele Websites für Schwule und Lesben, u. a. www.gay-web.de und (für Frauen) www.lesarion.de. Das **Schwule Kommunikations- und Kulturzentrum** (Karte S. 106; ☎089-856 346 400; www.subonline.org; Müllerstraße 14; ⌚Mo–Do 19–23, Fr bis 24, Sa 20–1, 1. u. 3. So im Monat 15–23 Uhr; 🚊Müllerstraße) in der Innenstadt hat Infos; Lesben können sich auch an **Le Tra** (Karte S. 106; ☎089-725 4272; www.letra.de; Angertorstraße 3; ⌚Mo & Mi 14.30–17 Uhr; 🚊Müllerstraße) wenden.

BIRGIT KORBER/EYEEM/GETTY IMAGES ©

UNTERHALTUNG

Münchens Unterhaltungsangebot ist lebendig und facettenreich, wenn auch nicht besonders schrill. Man kann mit der High Society in der Oper sitzen, mit dem Jungvolk in einem Indie-Club abhängen, sich einen Film unter dem Sternenhimmel anschauen oder in der futuristischen Allianz Arena Müller, Neuer & Co. bewundern.

FC Bayern München — Fußball

(☎089-6993 1333; www.fcbayern.de; Allianz Arena, Werner-Heisenberg-Allee 25, Fröttmaning; U Fröttmaning) Deutschlands erfolgreichste Fußballmannschaft trägt ihre Heimspiele in der eindrucksvollen Allianz Arena (s. Abb. S. 120) aus. Eintrittskarten kann man online kaufen, sind aber schwer zu ergattern.

Bayerische Staatsoper — Oper

(Karte S. 106; ☎089-2185 1025; www.staatsoper.de; Max-Joseph-Platz 2; 🚊Nationaltheater) Die Bayerische Staatsoper, eines der führenden Häuser der Welt, spielt vor ausverkauften Rängen im **Nationaltheater** in der Residenz und legt den Schwerpunkt auf Mozart, Richard Strauss und Wagner. Im Sommer ist sie Veranstalterin der prestigeträchtigen **Opernfestspiele** (www.muenchner-opern-festspiele.de; ⌚Juli). Ihr Hausorchester ist das Bayerische Staatsorchester, Münchens ältestes Orchester, das bis auf das Jahr 1523 zurückgeht.

Münchner Philharmoniker — Klassische Musik

(Karte S. 106; ☎089-480 985 500; www.mphil.de; Rosenheimer Straße 5; 🚊Am Gasteig) Münchens bedeutendstes Sinfonieorchester spielt regelmäßig im **Kulturzentrum am Gasteig** (Karte S. 106; ☎Tickets 089-548 181 81; www.gasteig.de; Rosenheimer Straße 5; 🚊Am Gasteig). Die Konzerte sind meistens schnell ausverkauft – man sollte also rechtzeitig Tickets buchen.

Jazzclub Unterfahrt im Einstein — Livemusik

(Karte S. 114; ☎089-448 2794; www.unterfahrt.de; Einsteinstraße 42; ⌚19.30–1 Uhr; U Max-Weber-Platz) In dem alteingesessenen, intimen Club mit gemischtem Publikum gibt's Jazz aller Art – von Bebop bis zu avantgardistischen Experimenten. Die Open-Jam-Session am Sonntag ist legendär.

PRAKTISCHE INFORMATIONEN

Infopoint Museen & Schlösser in Bayern (Karte S. 106; ☎089-2101 4050; www.infopoint-museen-bayern.de; Alter Hof 1; ⌚Mo–Sa 10–18 Uhr; U Marienplatz, S Marienplatz)

Die **Touristeninformation** unterhält Filialen u. a. am **Hauptbahnhof** (Karte S. 114; ☎089-21 800; www.muenchen.de; Bahnhofplatz 2; ⌚Mo–Sa 9–20, So 10–18 Uhr; 🚊Hauptbahnhof, U Hauptbahnhof, S Hauptbahnhof) und am **Marienplatz** (Karte S. 106; ☎089-2339 6500; www.muen

chen.de; Marienplatz 2; ⌚Mo–Sa 9.30–19.30, So 10–18 Uhr; U Marienplatz, S Marienplatz).

CITY TOUR CARD

Die **Münchner City Tour Card** (www.citytourcard-muenchen.com; 1/3 Tage 12,90/21,90 €) gilt für alle öffentlichen Verkehrsmittel im Innenraum (Münchner Stadtzonen 1 bis 4, auf den Netzplänen weiß markiert) und gewährt Rabatte von 10 bis 50 % auf mehr als 80 Attraktionen, Führungen und Theater, darunter die Residenz, das BMW Museum und das Bier- & Oktoberfestmuseum. Die Karte ist in einigen Hotels, bei den Touristeninformationen, den Verkaufsstellen des Münchner Verkehrs- und Tarifverbunds (MVV) und an den Automaten der U-Bahn, S-Bahn und DB erhältlich.

AN- & WEITERREISE

BUS

Die meisten Fernbusse bedienen den **Zentralen Omnibusbahnhof** (ZOB; Karte S. 114; www.muenchen-zob.de; Arnulfstraße 21; S Hackerbrücke) neben dem S-Bahn-Station Hackerbrücke. Hier befinden sich ein Eurolines/Touring-Büro, ein Supermarkt und diverse Restaurants im 1. Stock; die Busse fahren im Erdgeschoss ab.

Die meisten Busfahrten ab dem ZOB bietet heute **Flixbus** (Karte S. 114; ☎030 300 137 300; www.flixbus.com; Zentraler Omnibusbahnhof, Arnulfstraße 21) an; das Unternehmen steuert zahlreiche Ziele im In- und Ausland an.

FLUGZEUG

Der **Flughafen München „Franz Josef Strauß“** (MUC; ☎089-975 00; www.munich-airport.de) steht deutschlandweit bei internationalen und Inlandsflügen an zweiter Stelle hinter Frankfurt am Main.

ZUG

Die Zugverbindungen von München zu Zielen in Bayern sind ausgezeichnet, und es gibt auch zahllose Verbindungen zu entfernteren Städten in Deutschland und ganz Europa. Alle Züge enden und starten am Hauptbahnhof.

Zugverbindungen ab München:

Berlin 150 €, 5¼ Std., stündl.

Köln 147 €, 4½ Std., stündl.

Nationaltheater (S. 122)

Nürnberg 40–60 €, 1 Std., 2-mal stündl.

Stuttgart 60 €, 2⅓ Std., häufig

UNTERWEGS VOR ORT

VOM/ZUM FLUGHAFEN

Der **Flughafen München** ist mit dem Hauptbahnhof durch die S-Bahn (S1 & S8) verbunden. Die Fahrt kostet 10,80 €, und dauert rund 40 Minuten; die Züge fahren nahezu rund um die Uhr alle 20 Minuten. Der Lufthansa Airport Bus pendelt zwischen 5.15 und 19.55 Uhr alle 20 Minuten zwischen dem Flughafen und der Arnulfstraße neben dem Hauptbahnhof. Die Fahrt dauert rund 45 Minuten und kostet 10,50 € (hin & zurück 17 €). Ein Taxi vom Flughafen München zur Altstadt kostet zwischen 50 und 70 €.

ÖFFENTLICHE VERKEHRSMITTEL

Münchens effizienter Öffentlicher Personennahverkehr umfasst Bus, Tram, U-Bahn und S-Bahn. Die einzelnen Verkehrsunternehmen sind im Münchner Verkehrs- und Tarifverbund MVV (www.mvv-muenchen.de) zusammengeschlossen, der Büros in den U-Bahnhöfen Marienplatz, Hauptbahnhof, Sendlinger Tor, Ostbahnhof und Poccistraße unterhält. Das Personal verteilt kostenlose Netz- und Fahrpläne, verkauft Fahrkarten und beantwortet Fragen. Die U- und S-Bahnen fahren fast rund um die Uhr mit einer kurzen Pause zwischen 2 und 4 Uhr nachts. Im Stadtzentrum sind Nachtbusse und Trams unterwegs.

S-Bahn Am besten geeignet für Fahrten in die Vororte und für schnelle Verbindungen auf der 11 km langen Stammstrecke (auf der alle Linien zwischen Pasing und Ostbahnhof fahren).

U-Bahn Am besten für mittlere Distanzen von einem Teil des Stadtzentrums in ein anderes.

Bus Am besten für kurze Strecken im Stadtzentrum. Für Touristen besonders interessant ist die Linie 100 zwischen Ostbahnhof und Hauptbahnhof.

Tram (Straßenbahn) Am besten für kurze Fahrten zwischen verschiedenen Teilen des Stadtzentrums. Die Straßenbahnen sind in der Regel schneller als Busse.

TICKETS & PREISE

Das Münchner Stadtgebiet ist in vier Tarifzonen unterteilt; die meisten für Besucher interessanten Stätten (abgesehen von Dachau und dem Flughafen) liegen bequem in der weißen Zone des Innenraums.

Einzelfahrten kosten 2,90 €. Kinder zwischen 6 und 14 zahlen unabhängig von der Länge der Strecke einheitlich 1,40 €. Tageskarten kosten 6,70 € für Einzelpersonen und 12,80 € für Gruppen von bis zu fünf Personen, die zusammen unterwegs sind. Die Wochenkarte IsarCard gibt es ab 15,40 €. Die Fahrradmitnahme kostet 3 €, ist aber nur bei U- und S-Bahnen und dort nicht im Berufsverkehr (6–9 & 16–18 Uhr) möglich.

Die Busfahrer verkaufen Einzelfahrscheine und Tageskarten, Tickets für die U- und S-Bahn sowie andere Karten sind nur an den Automaten auf den Bahnhöfen sowie in MVV-Verkaufsstellen erhältlich. Die Tickets für die Tram löst man an den Automaten in den Zügen. Die meisten Tickets müssen auf dem Bahnsteig oder bei Bussen und Straßenbahnen an Bord entwertet werden. Schwarzfahrer droht eine Geldbuße von 40 €.

Wo übernachten?

Luxushotels liegen im Stadtzentrum, Mittelklassehotels in der Nähe des Hauptbahnhofs. Die Zimmerpreise sind in der Regel hoch und schießen während des Oktoberfests durch die Decke. Mittelklasseunterkünfte sind hier jedoch immer noch billiger als in anderen großen europäischen Städten.

Viertel	Flair
Altstadt & Residenz	Zentral, in der Nähe aller Sehenswürdigkeiten und der besten Restaurants. Keine Notwendigkeit, viel auf öffentliche Verkehrsmittel zurückgreifen zu müssen. Es sind oft viele Touristengruppen vor Ort. Sehr hohe Preise.
Haidhausen & Lehel	Das geruhsame Viertel mit ruhigem Flair ist nur ein kurzes Stück von der Altstadt entfernt. Keine große Auswahl an Unterkünften.
Maxvorstadt	Unmittelbarer Zugang zum Kunstareal, zur Altstadt ist es nur ein kurzes Stück. Es gibt aber kaum Unterkünfte.
Nymphenburg, Neuhausen & Olympiapark	In der Nähe einiger der größten Attraktionen der Stadt und in der Regel günstiger als in der Innenstadt. Allerdings ist man hier sehr stark auf öffentliche Verkehrsmittel angewiesen.
Schwabing & Englischer Garten	Elegantes, aber lebhaftes Viertel nur einen Katzensprung von der Ruhe im Englischen Garten entfernt. In einigen Gegenden im studentischen Süden des Viertels kann es rund um die Uhr ziemlich laut sein.

SCHLOSS NEUSCHWANSTEIN

In diesem Kapitel

Schloss Neuschwanstein

Vor allem aus München lockt das märchenhafte Neuschwanstein ganzjährig viele Tagesausflügler ans Südende der Romantischen Straße. Der von Ludwig II. in Auftrag gegebene Bau zählt zu Deutschlands schönsten und beliebtesten Sehenswürdigkeiten. Im Sommer ist hier extrem viel los – wer es im Juli und August besuchen will, sollte deshalb frühmorgens kommen. Alternativ besucht man Neuschwanstein und das weniger bekannte Schloss Hohenschwangau (Ludwigs Kinderstube) einfach außerhalb der absoluten Spitzenzeiten. Danach ist das touristische Füssen in der Nähe noch einen halben Erkundungstag wert.

An- & Weiterreise

Bahnhof Füssen Dieser Bahnhof liegt den Schlössern am nächsten und bietet Verbindungen ab/nach München. Dort fährt der erste Zug täglich um 4.48 Uhr ab und erreicht Füssen um 6.49 Uhr (28,40 €); man muss allerdings in Kaufbeuren umsteigen. Den restlichen Tag über besteht jedoch direkte Bahnverbindung (alle 2 Std.).

Busbahnhof Hohenschwangau Erschließt Neuschwanstein und die Umgebung und wird von den RVO-Buslinien 78 und 73 ab dem Bahnhof Füssen angesteuert (min. 1-mal stündl.).

Schlafen

Die Unterkünfte der Gegend haben ein überraschend gutes Preis-Leistungs-Verhältnis. Die Touristeninformation (S. 135) vermittelt auch günstige Privatzimmer (teils nur 30 €/Pers.).

Vorherige Seite: Schloss Neuschwanstein (S. 130)

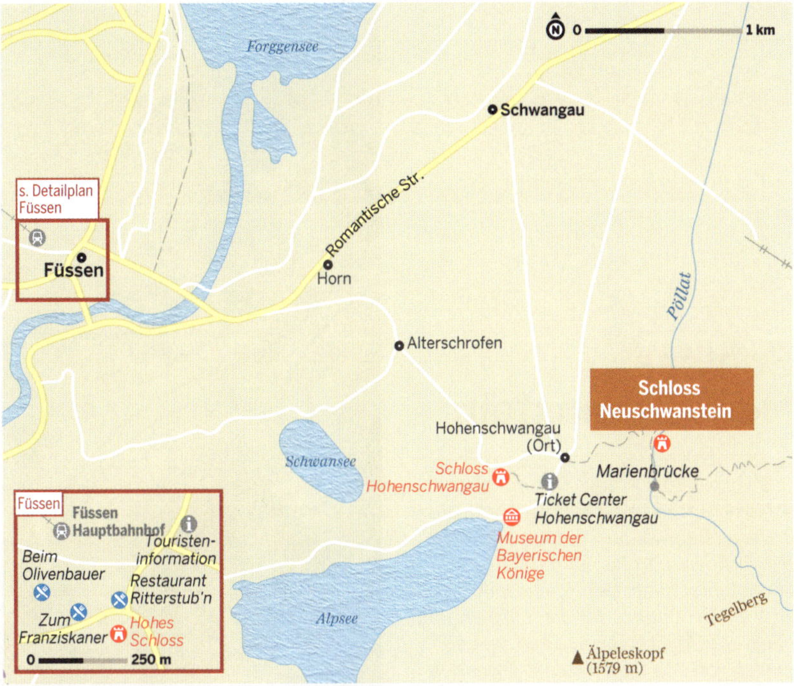

Thronsaal (S. 132), Schloss Neuschwanstein

4 m hoher Kronleuchter, Thronsaal (S. 132)

Schloss Neuschwanstein

Das Vorbild für Disneys Dornröschenschloss ragt wie eine Fata Morgana aus Bayerns Bergwäldern empor. Ludwig II. entwarf den märchenhaften Bau höchstpersönlich: Der König wollte hier eine Art Großbühne für die Inszenierung deutscher Mythen erschaffen, wobei er sich von den Opern seines Freundes Richard Wagner inspirieren ließ.

Großartig für ...

Gut zu wissen

Tickets 08362-930 830; www.neuschwanstein.de; Erw./erm./Kind 13/12 €/frei; inkl. Hohenschwangau Erw./erm. 25/23 €/frei; April–Mitte Okt. 9–18 Uhr, Mitte Okt.–März 10–16 Uhr)

★ Top-Tipp

Tickets für Schloss Neuschwanstein (s. S. 133) am besten online buchen, um nicht – eventuell vergebens – auf Einlass warten zu müssen. Optional gibt die Bayerische Schlösserverwaltung auch Verbundkarten inklusive Schloss Hohenschwangau aus.

Architektur

Die Errichtung Neuschwansteins nach dem Vorbild eines mittelalterlichen Märchenschlosses begann 1869. Von Anfang an war das grau-weiße Granitwunder ein Anachronismus: Als Ludwig starb (1886) ragten in New York City bereits die ersten Hochhäuser empor. Trotz der altmodischen Architektur hatte das Schloss Hightech-Einrichtungen (z. B. Heißluft-Zentralheizung, fließendes Wasser). Wie viele andere Großprojekte Ludwigs wurde es nie ganz fertig. Der König investierte hohe Summen in den Bau, hielt sich hier aber nur 170 Tage lang auf.

Inneneinrichtung

Einige Innenräume wurden vollendet, etwa Ludwigs Tristan-und-Isolde-Schlafzimmer, in dem ein Himmelbett mit „Kathedralendach" im gotischen Stil steht. Ebenfalls fertig wurden die künstliche Grotte, eine kitschige Anspielung auf *Tannhäuser*, und der **Thronsaal** (Bild S. 130) mit dem Mosaikboden aus über 2 Mio. Steinen. Das Gemälde gegenüber der Thronplattform zeigt eine nie umgesetzte Schlossvision Ludwigs. Am eindrucksvollsten ist der **Sängersaal** mit *Tannhäuser*-Fresken.

Schloss Hohenschwangau

Ludwig II. wuchs in diesem sonnengelben Schloss auf und verbrachte hier später einige Sommer. Sein Vater Maximilian II. hatte den neugotischen Komplex auf den Ruinen einer Ritterburg aus dem 12. Jh. errichtet. Hohenschwangau wirkt weniger pompös und viel „bewohnter" als Neuschwanstein: Alle Einrichtungsgegenstände sind benutzte Originale. Nach dem Tod seines Vaters

Schloss Hohenschwangau

versah Ludwig die Schlafzimmerdecke mit aufgemalten Sternen, die von versteckten Öllampen beleuchtet wurden.

Tickets & geführte Touren

Der Zugang zu Neuschwanstein und Hohenschwangau ist begrenzt, nur per Führung (ca. 35 Min.; zuerst Hohenschwangau) möglich und an eine Uhrzeit gebunden. Auch bei Online-Reservierung werden alle Tickets vom **Ticket-Center** (☎08362-930 830; www.hohenschwangau.de; Alpenseestr. 12; ⏲April–Mitte Okt. 7.30–17 Uhr, Mitte Okt.–März 8.30–15 Uhr) unterhalb der Schlösser ausgegeben.

☑ Nicht versäumen

Das hervorragende Museum der Bayerischen Könige (S. 134) liegt einen kurzen Fußmarsch vom Ticket Center entfernt.

MESPILIA/SHUTTERSTOCK ©

Zwischen den Führungen bleibt Zeit für den steilen Fußmarsch (30–40 Min.) von Schloss zu Schloss. Alle Münchner Tourveranstalter bieten Tagestrips an.

Ludwig II., der Märchenkönig

Ludwig II. lebte für Architektur, Musik und Heldenepen. Doch seine Eltern Maximilian II. und Marie taten die Interessen ihres Sohnes als Träumereien ab. Entsprechend hatte Ludwig eine freudlose Kindheit. Mit 18 Jahren wurde er 1864 selbst König und übte sein Amt anfangs enthusiastisch aus.

Doch Bayerns Tage als souveräner Staat waren gezählt: Nach Gründung des deutschen Kaiserreichs (1871) wurde auch Ludwig II. ein Marionettenkönig. Er zog sich zurück, betrank sich oft und lauschte Konzerten und Opern. Zudem entwarf er Baupläne für Schlösser und war fatalerweiser besessen von prachtvollen Großprojekten.

Entgegen der landläufigen Meinung ruinierte Ludwig statt der Staatskasse nur sein Privatvermögen. Dennoch hatte das Staatskabinett im Jahr 1886 genug vom Schuldenberg und irrationalen Verhalten des Königs: Dieser müsse „beaufsichtigt“ werden.

Minister und Verwandte arrangierten eilig ein psychiatrisches Gutachten, das Ludwig als unzurechnungsfähig einstufte (wie auch schon seinen Bruder). Er wurde entmündigt, abgesetzt und im Juni 1886 nach Schloss Berg am Starnberger See verbracht. Ein paar Tage danach brachen er und der Psychiater Bernhard von Gudden zu einem Abendspaziergang auf. Im Flachwasser fand man beide Männer ertrunken auf.

Die Umstände sind ungeklärt: Der Polizeibericht enthält Widersprüche, was Verschwörungstheorien nährt. Noch im selben Sommer öffnete die Nachlassverwaltung Neuschwanstein für Besucher, um die Bauschulden zu reduzieren. So wurde Ludwig II. posthum zur Basis der Tourismusindustrie.

✕ Essen

Mehrere Restaurants säumen die Straße zwischen dem Ticket Center und den Schlössern.

Füssen

Neuschwanstein und Hohenschwangau zählen zu Süddeutschlands bedeutendsten Sehenswürdigkeiten. Nahe den beiden Märchenschlössern markiert Füssen das Südende der Romantischen Straße. Die touristische Stadt am Fuß der Alpen ist selbst einen halben Erkundungstag wert. Ein weiterer Grund für einen Aufenthalt ist die Möglichkeit, der Besucherinvasion zu entfliehen: Von Füssen aus sind leicht zu meisternde Wanderwege mit Alpenblick sehr schnell erreichbar.

SEHENSWERTES

Museum der Bayerischen Könige Museum

(www.museumderbayerischenkoenige.de; Alpseestr. 27; Erw./Kind 11 €/frei; 9–17 Uhr) Nach der Schlösserbesichtigung streben die meisten Besucher gleich zur Bushaltestelle, zu ihrem Tourbus oder zum nächsten Biergarten. Dabei ignorieren sie oft dieses sehenswerte Museum in einem früheren Hotel, das ca. 400 m hinter dem Ticket Center der Schlösser am Seeufer steht. Der architektonisch eindrucksvolle Bau ist den extra Fußmarsch wert: Die Sammlung liefert viele historische Hintergrundinfos zu Bayerns einstigen Königen.

Durch große Fenster fällt der Blick der Besucher auf die Alpen und den wunderschönen See mit prima Möglichkeiten für ein Picknick. Die Aussicht ist beinahe so faszinierend wie der ausgestellte Wittelsbacher-Pomp (u. a. der berühmte blau-goldene Mantel Ludwigs II.).

Der Eintritt beinhaltet einen Audioguide mit ausführlichen Erklärungen.

Hohes Schloss Schloss, Kunstgalerie

(Magnusplatz 10; Erw./erm. 6 €/4 €; Galerien April–Okt. Di–So 11–17 Uhr, Nov.–März Fr–So 13–16 Uhr) Füssens kleine Altstadt wird dominiert vom spätgotischen Hohen Schloss (Bild s. unten), das einst die Sommerresidenz der Augsburger Fürstbischöfe war. Die Staatsgalerie im Nordflügel zeigt regionale Malerei und Bildhauerei vom 15. bis zum 16. Jh. Bei der Städtischen Gemäldegalerie im Untergeschoss liegt der Schwerpunkt auf dem 19. Jh.

Hohes Schloss

Der Innenhof von 1499 ist ein Meisterwerk in Sachen Illusionsarchitektur: Erst genaues Hinschauen offenbart, dass die Dreidimensionalität der Giebel, Erker und Fenster sehr gewieft vorgetäuscht ist.

ESSEN

Beim Olivenbauer Österreichisch, Italienisch $$

(☎08362-6250; www.beim-olivenbauer.de; Ottostr. 7; Hauptgerichte 8–19 €; ⏱11.30–ca. 22 Uhr) Dieses Lokal vereint Tirol und Italien mit dem Allgäu. Der witzige Innenraum ist ein kunterbunter Mix aus dorischen Säulen, allerlei ländlichem Nippes und zusammengewürfeltem Mobiliar. Zum Essen (z. B. Pizza, Maultaschen) gibt's hier österreichischen Wein und bayrisches Bier.

Zum Franziskaner Bayerisch $$

(Kemptener Str. 1; Hauptgerichte 6,50–19 €; ⏱11.30–22 Uhr) Die Spezialitäten des beliebten Restaurants sind Schweinshaxe und Schnitzel in diversen Varianten. Für Vegetarier gibt's u. a. Kässpätzle und Salate. Bei gutem Wetter empfehlen sich die Außentische neben der „Fußwaschungs-Statue".

Restaurant Ritterstub'n Deutsch $$

(☎08362-7759; www.restaurant-ritterstuben.de; Ritterstr. 4; Hauptgerichte 10–18,50 €; ⏱Di–So 11.30–14 & 17.30–22 Uhr) Das gesellige Restaurant mit gutem Preis-Leistungs-Verhältnis serviert Salate, Snacks, Mittagsgerichte, Fisch, Schnitzel und glutenfreie Optionen. Die separate Kinderkarte ist nett gestaltet. Angesichts des üppigen und leckeren Essens ist hungrigen Wanderern das leicht kitschige Ritterdekor wohl recht egal.

PRAKTISCHE INFORMATIONEN

Touristeninformation Füssen (☎08362-938 50; www.fuessen.de; Kaiser-Maximilian-Platz; ⏱Mo–Fr 9–17, Sa 9.30–13.30 Uhr) Sehr professionelle und freundliche Mitarbeiter, die alle Fragen zu den Schlössern beantworten.

AN- & WEITERREISE

Wer die beiden Schlösser als Tagestrip von München aus besuchen will, bricht idealerweise sehr früh auf. Der erste Zug verlässt München täglich um 4.48 Uhr und erreicht Füssen um 6.49 Uhr (28,40 €); hierbei ist Umsteigen in Kaufbeuren erforderlich. Den restlichen Tag über besteht jedoch direkte Bahnverbindung (alle 2 Std.).

Ansonsten ist Füssen auch mit Fernbussen von **Flixbus** (www.flixbus.de) und dem **Romantische Straße Bus** (www.romantischestrasse.de/bus-bahn/romantische-strasse-bus) erreichbar.

UNTERWEGS VOR ORT

Die RVO-Buslinien 78 und 73 (www.rvo-bus.de) rollen vom Füssener Bahnhof aus zu den Schlössern (hin & zurück 4,40 €, 8 Min., mind. stündl.). Tickets gibt's jeweils direkt beim Fahrer.

Alternativ warten Taxis vor dem Bahnhof (einfache Strecke zu den Schlössern ca. 12 €).

WESTEND61 / GETTY IMAGES ©

HEIDELBERG

In diesem Kapitel

Heidelberg

Wälder umgeben Deutschlands älteste und berühmteste Universitätsstadt, 93 km südlich von Frankfurt am Main. Berühmt ist Heidelberg für die barocke Altstadt, ihre weltoffene, studentische Atmosphäre, die schöne Lage am Neckar und die stimmungsvolle Schlossruine auf dem Hügel. All dies lockt jährlich 11,8 Mio. Besucher nach Heidelberg. Sie treten damit in die Fußstapfen der Romantiker des späten 18. und frühen 19. Jhs., darunter kein Geringerer als Johann Wolfgang von Goethe. Auch der britische Maler William Turner liebte die Stadt, die ihn zu einigen seiner bedeutendsten Landschaftsbildern inspirierte.

Heidelberg in einem Tag

Heidelberg lässt sich leicht an einem Tag erkunden. Der Gang durch die Altstadt startet am **Marktplatz** (S. 140), wo die Touristeninformation Material zu Spaziergängen bereithält. Man kann sich aber auch einfach so durch die Straßen und Gassen treiben lassen. Einen umfassenden Einblick in die Lokalgeschichte bietet das **Kurpfälzische Museum** (S. 144). Und vom **Philosophenweg** (S. 144) genießt man die wundervolle Aussicht auf die Stadt und das **Schloss** (S. 142), dessen Besuch ein unverzichtbares Highlight ist.

Unterwegs vor Ort

Mit öffentlichen Verkehrsmitteln kommt man in Heidelberg problemlos herum – einen Liniennetzplan erhält man in der Touristeninformation. Die Straßenbahnen und Busse betreibt Rhein-Neckar-Verkehr; das Unternehmen gehört zum Verkehrsverbund Rhein-Neckar (VRN; www.vrn.de). Einzelfahrscheine kosten 1,70 €. Das Tagesticket gibt es für bis zu fünf Personen (1 Pers. 7 €, pro jede weitere Pers. 2,70 € mehr), das Drei-Tage-Ticket kostet 16,60 € pro Person. Fahrkarten gibt's an den Automaten an den Straßenbahnhaltestellen und beim Busfahrer.

Vorherige Seiten: Schloss (S. 140) und Blick über die Stadt

An- & Weiterreise

Hauptbahnhof Alle Nahverkehrs- und Fernzüge halten am Hauptbahnhof.

Flughafen Frankfurt am Main Der nächstgelegene Flughafen befindet sich in Frankfurt am Main und ist mit dem regelmäßig verkehrenden Lufthansa Express Shuttle zu erreichen.

Schlafen

Da Heidelberg bei Touristen aus aller Herren Länder so beliebt ist, kann es Probleme bereiten, ein freies Bett zu finden. Es ist das ganze Jahr ratsam, vorab zu buchen, vor allem aber im Sommer und in der Weihnachtszeit.

Alte Brücke (Karl-Theodor-Brücke)

Die Altstadt

Das Highlight eines Heidelberg-Besuchs ist ein Bummel durch die gut erhaltene Altstadt, die mit ihren roten Häuserdächern architektonisch bemerkenswert einheitlich ist. Das im 18. Jh. fast vollständig neu erbaute Ensemble überstand den Zweiten Weltkrieg nahezu unbeschadet.

Großartig für ...

☑ Nicht versäumen

Die Alte Aula neben dem Universitätsmuseum ist ein wundervoller Neorenaissance-Saal, dessen reiche Verzierung von 1886 stammt.

Marktplatz

Der **Marktplatz** (Karte S. 145) ist der Mittelpunkt des Straßenlebens in der Altstadt. Der **Herkulesbrunnen** – der Heros thront auf der Säule – befindet sich an der Stelle, wo im Mittelalter Kleinkriminelle am Pranger standen: mitten auf dem Platz.

Heiliggeistkirche

Für einen Blick aus der Vogelperspektive erklimmt man die 208 Stufen bis zur Turmspitze von Heidelbergs famoser **Heiliggeistkirche** (Karte S. 145; ☎06221-980 30; www.ekihd.de; Marktplatz; Kirchenführung (nach Vereinbarung) 5 €/Pers., Turm Spende erwünscht; ⏱Kirche Mo–Sa 11–17, So ab 12.30 Uhr, Turm tgl. geöffnet). Die gotische Kirche wurde von 1344 bis 1441 erbaut. Zwischen 1706 und 1936 wurde sie von Katholiken und Reformierten gemeinsam genutzt,

Graffiti, Studentenkarzer

ATLANTIDE PHOTOTRAVEL/GETTY IMAGES ©

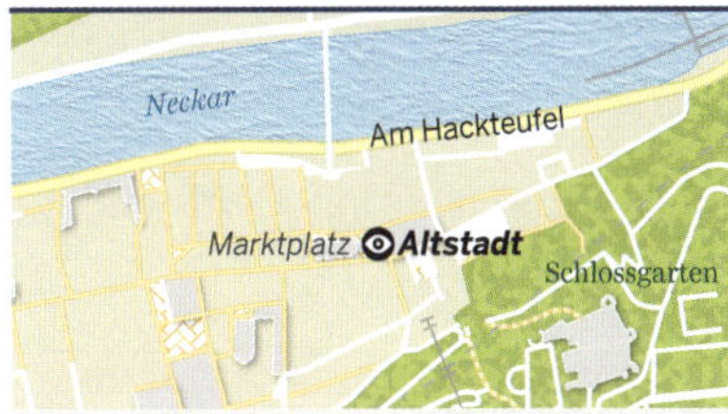

Gut zu wissen

Die Altstadt hat ihre eigene S-Bahn-Station (Altstadt).

Pause gefällig?

Die Schenke Zum Roten Ochsen (S. 146) liegt am östlichen Ende der Altstadt.

★ Top-Tipp

Passionierte Museumsbesucher sollten sich in der Touristeninformation (S. 147) die Heidelberg Card (1/2/4 Tage 13/15/17 €) besorgen.

heute gehört sie der Evangelischen Landeskirche.

Studentenkarzer

Zwischen 1823 und 1914 wurden Studenten für Vergehen wie öffentliche Trunkenheit, lautes nächtliches Singen, Freilassen der städtischen Schweine oder Duellieren mindestens 24 Stunden in den **Studentenkarzer** (Karte S. 145; ☎06221-541 2813; www.uni-heidelberg.de; Auginergasse 2; Erw./Kind inkl. Universitätsmuseum 3/2,50 €; ⊙April–Aug. 10–18 Uhr, Sept. & Okt. So–Fr 10–16, Sa bis 18 Uhr, Nov.–März Mo–Sa 10–16 Uhr) gesperrt. Wenn man sich die einfallsreichen Wandgraffiti (Abb. oben) anschaut, fanden manche den Aufenthalt lustig. Die Delinquenten wurden hinausgelassen, um Vorlesungen zu hören oder Prüfungen zu absolvieren. In bestimmten Kreisen galt der Aufenthalt im Karzer als Initiationsritus.

Universitätsmuseum

Das **Universitätsmuseum** (Karte S. 145; www.uni-heidelberg.de; Grabengasse 1; Erw./Kind inkl. Studentenkarzer 3/2,50 €; ⊙April–Aug. Di–So 10–18 Uhr, Sept. & Okt. Di–Fr 10–16, Sa bis 18 Uhr, Nov.–März Di–Sa 10–16 Uhr) im Gebäude der Alten Universität zeigt Gemälde, Porträts, Dokumente und Fotos zur Geschichte der Hochschule. Audioguides können kostenlos an der Kasse ausgeliehen oder auf der Website des Museums heruntergeladen werden.

Alte Brücke

Heidelbergs 200 m lange **Alte Brücke** (Karl-Theodor-Brücke; Karte S. 145) von 1786 verbindet die Altstadt mit der rechten Uferseite und dem Schlangenweg, der in vielen Kurven hinauf zum Philosophenweg führt (Abb. oben links). Sehenswert ist die Messingskulptur eines Affen, der einen Spiegel hält; man findet sie neben dem von Türmen bekrönten Brückentor zur Altstadt. Die lustige Skulptur von 1979 ersetzt ein Original aus dem 17. Jh., das 1689 im Pfälzischen Erbfolgekrieg zerstört worden war.

Schloss Heidelberg

Heidelberger Schloss

Hoch über der Altstadt bietet das Heidelbergs Renaissance-Schloss einen romantischen Anblick – ganz besonders nachts, wenn man vom anderen Ufer des Neckars zu der angestrahlten Ruine schaut. Es ist einer der idyllischsten Orte Deutschlands und zugleich Zeugnis einer wechselvollen Vergangenheit.

Großartig für ...

☑ **Nicht versäumen**

Im Café neben dem Großen Fass kann man sich ein Glas Wein genehmigen.

Die Pfalzgrafen, marodierende Schweden und Franzosen, Reformatoren, Blitzschläge – das Renaissanceschloss hat viel erlebt. Seine turbulente Geschichte, seine abgeschiedene Schönheit und der damalige Zeitgeist machten es vor 200 Jahren zu einem Bezugspunkt der deutschen Romantik. Zu den berühmtesten Schlossbesuchern zählten Goethe und Mark Twain.

Attraktionen

Der zentrale **Schlosshof** ist von prachtvollen Gebäuden im Stil der Gotik und Renaissance umgeben. Lebensgroße Skulpturen von Königen und Kaisern schmücken die auffälligste Fassade der Anlage, die zum **Friedrichsbau** gehört; an der Vorderseite erblickt man ein hebräisches Zitat aus Psalm 118. Spektakulär ist der weite Blick über den Neckar und die Dächer der Altstadt.

Bergbahn (Standseilbahn)

WOODY ALEC/SHUTTERSTOCK ©

Gut zu wissen

Karte S. 145; 06221-658 880; www.schloss-heidelberg.de; Schlosshof 1; Erw./erm. inkl. Bergbahn 8/4 €, Führung 5/2,50 €, Audioguide 5 €; Gelände 24 Std., Schloss 8–18 Uhr, Führungen April–Okt. Mo–Fr stündl. 11–16, Sa & So 10–16 Uhr, Nov.–März Mo–Fr 11, 12, 14 & 16, Sa & So stündl. 11–16 Uhr.

Pause gefällig?

Neben dem Großen Fass gibt es ein Café, man kann aber auch im Schlossgarten picknicken.

★ Top-Tipp

Wer im Sommer abends kommt, spart das Eintrittsgeld.

Mit einem Fassungsvermögen von 219 000 l ist das Große **Fass** das größte Weinfass der Welt. Es wurde aus 130 Eichenstämmen gefertigt. Mark Twain schrieb, es sei „so groß wie ein Landhaus“ und beklagte, dass es leer sei: Man könne es als Tanzboden oder auch als ein riesiges Butterfass nutzen.

Das überraschend interessante **Deutsche Apotheken-Museum** abseits des Schlosshofs zeichnet die Geschichte der westlichen Pharmakologie nach, in der Deutschland eine entscheidende Rolle spielte. Zu den Exponaten zählen Apotheken aus dem frühen 17. Jh. und aus der Napoleonischen Zeit.

Der **Schlossgarten** mit seinen Rasenflächen und Blumenbeeten am Hügelhang südlich und östlich des Schlosses ist ein schöner Ort für einen Spaziergang.

Besuch

Eintrittskarten sind nur zwischen 8 und 17.30 Uhr erforderlich – danach kann man kostenlos auf dem Gelände herumspazieren. Das nicht sonderlich faszinierende Innere kann man nur im Rahmen einer Führung sehen. Mit Ausnahme des Museums ist das gesamte Schloss auch für Rollstuhlfahrer zugänglich, allerdings wegen des Kopfsteinpflasters nicht besonders gut.

An- & Weiterreise

Der Komplex aus rotem Sandstein thront rund 80 m über der Altstadt – um ihn zu erreichen, marschiert man entweder den steilen, kopfsteingepflasterten Burgweg hinauf (rund 10 Min.) oder nimmt die 1890 eröffnete Bergbahn (Abb. oben). Diese fährt alle zehn Minuten von der Haltestelle Kornmarkt. Die Eintrittskarten zum Schloss beinhalten auch die Fahrt mit der Bergbahn.

SEHENSWERTES

Heidelbergs Altstadt erstreckt sich vom linken (südlichen) Neckarufer vom Bismarckplatz ostwärts bis zum Schlosshang. Die rund 1800 m lange Hauptstraße zieht sich in Ost-West-Richtung durch die Altstadt. Sie verläuft rund 200 m südlich des Neckars und führt vorbei an einer Reihe malerischer Plätze, die oft mit historischen oder modernen Springbrunnen geschmückt sind. Einen herrlichen Blick auf die Stadt hat man vom nördlichen (rechten) Neckarufer in Neuenheim.

Kurpfälzisches Museum Museum

(Karte S. 145; www.museum-heidelberg.de; Hauptstraße 97; Erw./Kinder bis 16 Jahren Di–Sa 3 €/frei, So 1,80 €/frei; ⏲Di–So 10–18 Uhr) Das städtische Museum zeichnet die ereignisreiche Geschichte der Stadt nach. Aus der römischen Zeit finden sich z. B. Holzbalken einer im 3. Jh. erbauten Brücke. In die Urgeschichte führt die Replik eines 600 000 Jahre alten Kieferknochens des *Homo heidelbergensis*, der im Jahr 1907 rund 18 km südöstlich gefunden wurde (das Original wird im Paläontologischen Institut der Universität aufbewahrt). Das Museum zeigt hauptsächlich Gemälde und Skulpturen vom späten 15. bis zum 20. Jh., die von Künstlern aus der Region geschaffen wurden.

Jesuitenkirche Kirche

(Karte S. 145; www.stadtkirche-heidelberg.de; Schulgasse 4; Eintritt Kirche frei, Schatzkammer Erw./Kind 3/2,50 €; ⏲Kirche Mai–Sept. 9.30–18 Uhr, Okt.–April bis 17 Uhr, Schatzkammer Juni–Okt. Di–Sa 10–17, So ab 13 Uhr, Nov.–Mai nur Sa & So) Die schöne spätbarocke Jesuitenkirche aus rotem Sandstein dominiert einen hübschen Platz unmittelbar östlich des Universitätsplatzes. Regelmäßig finden in dem ganz in Weiß gehaltenen Innenraum Konzerte statt. Die Schatzkammer zeigt kostbare religiöse Artefakte.

Philosophenweg Spazierweg

(nördliches Neckarufer) Der 2,5 km lange Philosophenweg führt an Denkmälern, Türmen, Ruinen, einem Biergarten und einer riesigen, 1935 von den Nazis errichteten Thingstätte vorbei. Vom Weg hat man einen herrlichen Blick auf das Heidelberger Schloss, besonders bei Sonnenuntergang, wenn ein rötlicher Schimmer über der Stadt liegt. Am leichtesten erreicht man den Weg über die Alte Brücke (S. 141) und den steilen Schlangenweg.

AKTIVITÄTEN

Solarschiff Kreuzfahrt

(Karte S. 145; www.hdsolarschiff.com; Alte Brücke; Erw./Kinder bis 13 Jahren 9/3,50 €; ⏲April & Okt. Di–So 11.30, 13, 15 & 16.30 Uhr, Mai–Sept. Di–So 10, 11.30, 13, 15, 16.30 & 18 Uhr) Eine der beschaulichsten Möglichkeiten, Heidelbergs Charme zu erliegen, ist eine Fahrt auf dem Fluss. Das Solarschiff fährt geräuschlos; während der 50-minütigen Kreuzfahrt hört man außer den Hintergrundinfos nur das Wasser und die fernen Geräusche der Stadt.

GEFÜHRTE TOUREN

Altstadtrundgang der Touristeninformation Stadtspaziergang

(Karte S. 145; www.heidelberg-marketing.de; Erw./erm. 9/7 €; ⏲Führungen April–Okt. tgl. 10.30, zusätzl. Fr 18 & Sa 14.30 Uhr, Nov.–März Fr 14.30 & Sa 10.30 Uhr) Die Touristeninformation (S. 147) veranstaltet diverse Führungen, darunter ein 90-minütiger Altstadtrundgang, der am Neckarmünzplatz startet.

ESSEN

In der Altstadt, und hier vor allem rund um Steingasse und Untere Straße, finden sich jede Menge Restaurants, Cafés, Kneipen und Biergärten. Gemütliche, von Heidelbergern besuchte Restaurants verstecken sich in den Seitenstraßen südlich der Hauptstraße und westlich des Kornmarkts.

Viele Heidelberger Traditionskneipen sind auch stimmungsvolle Orte, in denen traditionelle deutsche Küche angeboten wird.

Joe Molese Diner €

(Karte S. 145; www.joemolese.com; Steingasse 16a; Gerichte 5–12 €; ⏲12–23 Uhr) Die

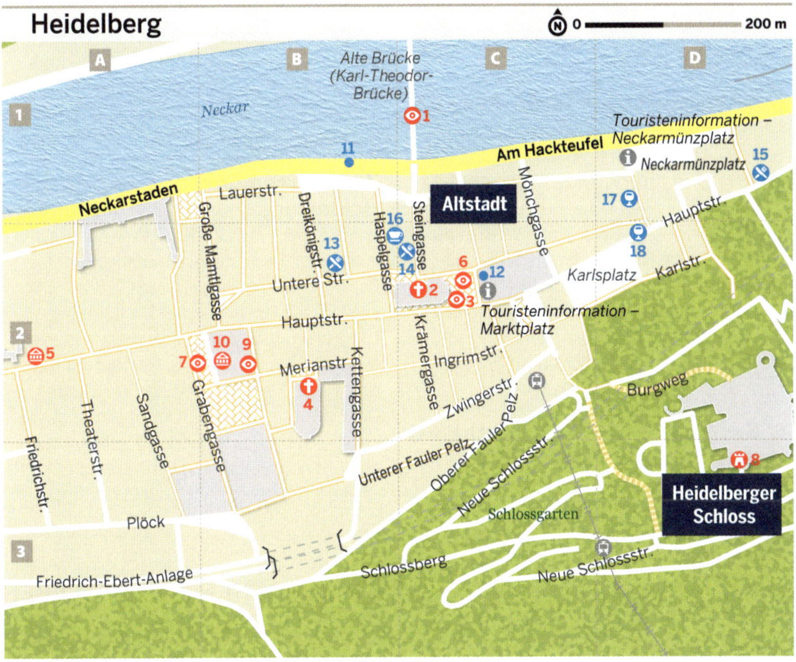

Heidelberg

Sehenswertes

1 Alte Brücke C1
2 Heiliggeistkirche C2
3 Herkulesbrunnen C2
4 Jesuitenkirche B2
5 Kurpfälzisches Museum A2
6 Marktplatz C2
7 Ruprecht-Karls-Universität A2
8 Schloss Heidelberg D3
9 Studentenkarzer B2
10 Universitätsmuseum B2

Aktivitäten, Kurse & Touren

11 Solarschiff B1
12 Altstadtrundgang C2

Essen

13 Café Weinstube Burkardt B2
14 Joe Molese C2
15 Zur Herrenmühle Heidelberg D1

Ausgehen & Nachtleben

16 Chocolaterie Yilliy B2
17 KulturBrauerei D1
18 Zum Roten Ochsen D2

Spezialität des Diners sind Sandwichs, auf denen sich z. B. Pastrami, Tomaten und eine Honig-Senf-Vinaigrette, Brie, Rukola und Trüffelöl oder Wildlachs, Zitronensaft und Olivenöl finden. Außerdem gibt es fantastische Salate, Hähnchenschenkel, Burger und Hühnerflügel. Mit den in schwarzweißem Schachbrettmuster gefliesten Böden und den roten Wänden wirkt das Lokal wie ein stilvolles New Yorker Deli. Nur Barzahlung.

Schnitzelbank Deutsch **€€**

(☎06221-211 89; www.schnitzelbank-heidelberg.de; Bauamtsgasse 7; Hauptgerichte 15–22 €; ⏲Mo–Fr 17–1, Sa & So ab 11.30 Uhr) Die kleine, oft brechend volle, aber dennoch gemütliche Weinschenke bietet (ausschließlich regionale) Weine und deutsche Küche. Man sitzt auf hölzernen Werkbänken, die noch aus der Zeit stammen, als dies eine Küferei war. Das Lokal ist nach diesen Bänken benannt und nicht nach dem Fleischgericht (obwohl Kalbs- und Schweineschnitzel auch auf der Karte stehen).

Café Weinstube Burkardt Café €€
(Karte S. 145; 06221-166 620; www.facebook.com/cafeburkardt; Untere Straße 27; Hauptgerichte 12–23,50 €; Mo–Do 18–23, Fr–So 12–24 Uhr) Das charmante Lokal hat ein hervorragendes Sortiment von offenen Weinen aus der Region. Die Küche liefert erstklassige Gerichte, z. B. Risotto mit Spargel und Pilzen oder Lammragout mit Aprikosen. Der Hof grenzt an das Haus, in dem Friedrich Ebert, der erste Reichspräsident der Weimarer Republik, geboren wurde.

'S' Kastanie Europäisch €€€
(06221-728 0343; www.restaurant-s-kastanie.de; Elisabethenweg 1; 2-Gänge-Mittagsmenü 12 €, 3-/4-/5-Gänge-Abendmenü 43/46,50/58 €, Hauptgerichte 17–29,50 €; Mi–Fr 12–14.30 & 18–22, Sa 17–23, So 11.30–20 Uhr;) Von der Aussichtsterrasse eines ehemaligen, 1904 erbauten Jagdschlosses mit Buntglas und Holzvertäfelung hat man einen herrlichen Blick auf den Fluss. Nahe dem Schloss serviert Chefkoch Sven Schönig so erstaunliche Kreationen wie Oktopus-Carpaccio mit gegrillter Wassermelone und Blumenkohl-Mousse oder zartes Ziegenkäse-Soufflé mit Wildknoblauchsauce. Es gibt auch Angebote für Vegetarier und Veganer.

Zur Herrenmühle Heidelberg Deutsch €€€
(Karte S. 145; 06221-602 909; www.herrenmuehle.net; Hauptstraße 239; Hauptgerichte 28,50–36 €, 3-/4-Gänge-Menüs 62/68 €; Mo–Sa 18–21.30, So 12–16 & 18–21.30 Uhr) Eine 1690 erbaute Kornmühle wurde in dieses elegante, hochkultivierte Restaurant mit raffinierter ländlicher Küche verwandelt. Die Gerichte, darunter Dorade mit Safrankruste, Baby-Spinat und Kartoffelschaum, genießt man unter den schweren, 300 Jahre alten Holzbalken im Schein der flackernden Kerzen. Reservierung erforderlich.

AUSGEHEN & NACHTLEBEN

Zum Roten Ochsen Kneipe
(Karte S. 145; www.roterochsen.de; Hauptstraße 217; Mo–Sa 17–24 Uhr) Hinter einer roten

Marktplatz (S. 140)

Fassade mit blaugrauen Fensterläden verbirgt sich Heidelbergs geschichtsträchtigste Studentenkneipe. An den mit dunklem Holz verkleideten Wänden hängen Schwarz-Weiß-Fotos von Studentenverbindungen, eingeschnitzte Namen zieren die Tische. Neben deutschen Geistesgrößen hoben hier u. a. auch Mark Twain, John Wayne und Marilyn Monroe das Glas. Ab 19.30 Uhr haut ein Pianist in die Tasten und viele Gäste stimmen mit ein.

KulturBrauerei Kleinbrauerei
(Karte S. 145; www.heidelberger-kulturbrauerei.de; Leyergasse 6; ⌚11.30–23 Uhr) Die Braustube mit Holzboden, Stühlen aus einem spanischen Kloster, schwarzen Kandelabern und einem bezaubernden Biergarten ist ein stimmungsvoller Ort, um die Hausbiere und regionalen Gerichte wie hausgemachte Würstchen mit Frischkäse, Rettich und Schwarzbrot zu genießen.

Chocolaterie Yilliy Café
(Karte S. 145; www.chocolaterie-heidelberg.de; Haspelgasse 7; ⌚10–20 Uhr) Besonders an kühlen Tagen kann man sich wunderbar mit der Spezialität des Hauses, einer herrlichen heißen Schokolade mit Haselnuss-, Cointreau-, Chili- oder Praline-Aroma, aufwärmen. Der luftige Raum hat eine entspannte Wohnzimmeratmosphäre. Es gibt einen Büchertausch, ein Klavier, regelmäßig Livemusik und Wechselausstellungen.

✪ UNTERHALTUNG

Die quirlige Kulturszene der Stadt hat Konzerte, Filmvorführungen, Tanz- und Theatervorstellungen zu bieten. Karten kauft man online oder bei **Zigaretten Grimm** (☎06221-209 09; www.duerninger.de; Sophienstraße 11; ⌚Mo–Fr 9–19, Sa 10–17 Uhr).

Karlstorbahnhof Kulturzentrum
(☎06221-978 911; www.karlstorbahnhof.de; Am Karlstor 1; ⌚Sept.–Juli) Im geliebten Kulturzentrum im alten Karlstorbahnhof gibt's ein Kino, das anspruchsvolle Filme in Originalsprache zeigt, Theater-, Kabarett- und Comedy-Vorstellungen, einen Club sowie diverse Konzerte. Das Zentrum befindet sich 100 m östlich des Karlstors, des hohen Steintors am östlichen Ende der Altstadt.

ℹ PRAKTISCHE INFORMATIONEN

Mit der Heidelberg Card (1/2/4 Tage 17/19/21 €) kann man die öffentlichen Verkehrsmittel unbegrenzt nutzen, hat kostenlosen Eintritt zum Schloss (inkl. Nutzung der Bergbahn) und erhält u. a. Rabatte in Museen und bei geführten Touren. Eine zwei Tage gültige Familienkarten für zwei Erwachsene und bis zu drei Kinder kostet 40 €. Die Karten gibt's in den Touristeninformationen:

Touristeninformation – Hauptbahnhof (☎06221-5844 444; www.heidelberg-marketing.de; Willy-Brandt-Platz 1; ⌚April–Okt. Mo–Sa 9–19, So 10–18 Uhr, Nov.–März Mo–Sa 9–18 Uhr)

Touristeninformation – Marktplatz (Karte S. 145; Marktplatz 10; ⌚Mo–Fr 8–17 Uhr)

Touristeninformation – Neckarmünzplatz (Karte S. 145; ☎06221-5840 244; Obere Neckarstraße 31; ⌚April–Okt. Mo–Sa 9–18, So 10–17 Uhr, Nov.–März Mo–Sa 10–17 Uhr) Unten am Fluss am Neckarmünzplatz.

ℹ AN- & WEITERREISE

BUS

Am schnellsten erreicht man den Flughafen Frankfurt a. M. mit dem **Lufthansa Express Shuttle** (☎06152-976 9099; www.frankfurt-airport-shuttles.de; Crowne Plaza Hotel, Kurfürsten-Anlage 1-3; einfache Strecke 25 €; ⌚5–21.15 Uhr). Der Bus fährt alle 90 Minuten; die Fahrt dauert eine Stunde.

ZUG

Vom **Hauptbahnhof** (Willy-Brandt-Platz) 3 km westlich des Schlosses fahren bis zu drei Züge stündlich nach Frankfurt am Main (19,90–29,90 €, 1–1½ Std.) und Stuttgart (23,90–39,90 €, 40–60 Min.) sowie S-Bahnen nach Mannheim (5,80 €, 30 Min., häufig) und Speyer (10,90 €, 50 Min., alle 30 Min.). In Mannheim hat man Anschluss zu den Orten an der Deutschen Weinstraße.

STEFFEN EGLY / GETTY IMAGES ©

SCHWARZWALD

In diesem Kapitel

Schwarzwald

Die Heimat der Kuckucksuhr ist nach dem dunkelgrünen und etwas finsteren Baldachin der hiesigen Nadelbäume benannt. Das Mittelgebirge mit seinen tiefen Tälern, Flüssen und Seen reicht vom schicken Kurort Baden-Baden bis zur Schweizer Grenze sowie vom Rhein bis fast zum Bodensee.

Für Wanderer ist der Schwarzwald ein Paradies: Einen kurzen Fußmarsch von den größeren Ortschaften entfernt, lockt hier ländliche Idylle mit traditionellen Bauernhöfen, liebenswerten Milchkühen und dichten Wäldern.

Der Schwarzwald in zwei Tagen

Hautnah erlebt man den Schwarzwald auf Schusters Rappen. Lokale Touristeninformationen und der Online-Tourplaner des Schwarzwaldvereins e. V. (www.wanderservice-schwarzwald.de) helfen Wanderern bei der Routenplanung.

Bei wenig Zeit empfiehlt sich eine Fahrt von Baden-Baden (Norden) nach **Freiburg im Breisgau** (Süden), wo sich das berühmte **Münster** (S. 152) erhebt. Baden-Badens Heilquellen (S. 154) werden seit Jahrhunderten für ihre wohltuende Wirkung geschätzt – heute z. B. nach Touren auf den vielen **Wanderwegen** (S. 156).

Der Schwarzwald in einer Woche

Echte Naturliebhaber sollten die weite und wunderschöne Heimat des Schwarzwaldvereins e. V. (www.schwarzwaldverein.de) mindestens eine Woche lang erkunden: Beliebte Wanderwege führen hier selbst durch die entlegensten Ecken – vorbei an Ortschaften wie Schiltach, Triberg oder Gutach. Zu den Highlights zählen auch das Murgtal, der Titisee und der **Feldbergsteig** (1493 m; S. 159).

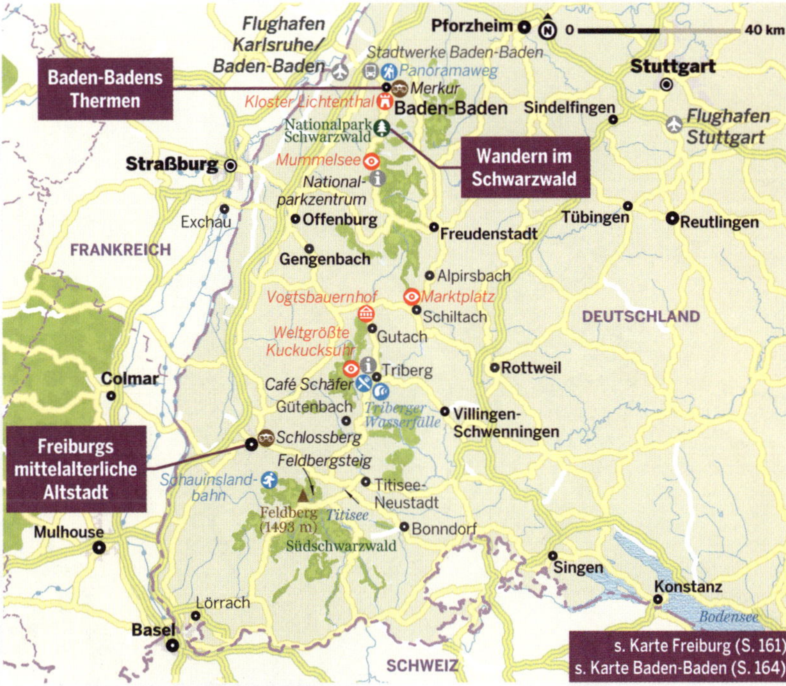

An- & Weiterreise

Flughafen Karlsruhe/Baden-Baden Wickelt vor allem Billigflüge ab; liegt 15 km außerhalb von Baden-Baden.
Flughafen Stuttgart Die Drehscheibe von Eurowings wird u. a. auch von Zürich und Wien aus angeflogen; liegt 13 km südlich der Landeshauptstadt.
Hauptbahnhof Freiburg im Breisgau Größter regionaler Bahnhof mit Nahverkehrs-, Inlands- und Auslandsverbindungen.

Schlafen

In der Freiburger Altstadt gibt's viele charmante Hotels (im Sommer rechtzeitig reservieren!). Die **Touristeninformation** (S. 162) bucht gegen eine geringe Gebühr (3 €) Zimmer und führt ein Verzeichnis mit preiswerten Privatpensionen.
Baden-Baden hat zahlreiche, aber meist teure und exklusive Hotels. Die **Touristeninformation** (S. 165) bucht Unterkünfte und verlangt hierfür 10 % des Zimmerpreises.

Historisches Kaufhaus, Münsterplatz

Freiburgs mittelalterliche Altstadt

Die sonnige und fröhliche Universitätsstadt Freiburg im Breisgau liegt am Fuß der Berghänge und Weinberge des Südschwarzwalds. Das mittelalterliche Zentrum ist ein märchenhafter Mix aus Giebelhäusern, Pflastergassen und Plätzen, auf denen im Sommer Straßencafés zum Verweilen einladen.

Großartig für ...

☑ Nicht versäumen

Schöne Pflastermosaike zieren viele Straßen und Gassen der Freiburger Altstadt.

Freiburger Münster

Der Münsterplatz (Marktplatz; Abb. oben) wird dominiert vom ca. 1200 bis 1513 erbauten **Münster** (Karte S. 161; www.freiburgermuenster.info; Turm Erw./Kinder bis 12 Jahren 4/1 €; ⏲Kirche Mo–Sa 10–17, So 13–19 Uhr, Turm Mo–Sa 9.30–16.45, So 13–17 Uhr) mit seinen filigranen Türmchen, neckischen Wasserspeiern und dem prachtvollen Portal. Die herrlichen Buntglasfenster wurden größtenteils von mittelalterlichen Zünften finanziert. Den Hochaltar ziert ein meisterhaftes Triptychon des Dürer-Schützlings Hans Baldung Grien. Oberhalb des viereckigen Fundaments wird der besteigbare Turm achteckig und läuft dann in einer Spitze (116 m) aus; von oben reicht die Sicht an klaren Tagen bis zu den französischen Vogesen.

Martinstor

CONSSUELLA/SHUTTERSTOCK ©

Nahe dem Hauptportal ist in Bodennähe eine Art Messlatte in den Stein geritzt: Mit deren Hilfe konnten mittelalterliche Brotkäufer einst selbst überprüfen, ob erworbene Laibe das übliche Maß hatten.

Augustinermuseum

Das großartige **Museum** (Karte S. 161; ☎0761-201 2501; www.freiburg.de; Augustinerplatz 1; Erw./erm. 7/5 €, Kind frei; ⌚Di–So 10–17) in einem früheren, geschmackvoll umgebauten Kloster zeigt Kunst vom Mittelalter bis zum 19. Jh. Der besonders eindrucksvolle Skulpturensaal (Erdgeschoss) prunkt mit Bildhauerei aus Mittelalter und Renaissance (z. B. von Hans Baldung Grien oder Lucas Cranach dem Älteren). Im Obergeschoss können Wasserspeier auf Augenhöhe betrachtet werden.

Gut zu wissen

Das Freiburger Münster kann während der Messen (genaue Zeiten an der Info im Innern) nicht besichtigt werden.

Pause gefällig?

Das Café am Kreuzgang des Augustinermuseums punktet mit netter Klosteratmosphäre.

★ Top-Tipp

Alle Freiburger Museen können mit einem Kombiticket (7 €) besucht werden.

Historisches Kaufhaus

Auf der Südseite des Münsters findet man das **Historische Kaufhaus** (Abb. oben) mit einem Bogengang und kunterbunt geschindelten Ecktürmchen. Der rote Backsteinbau wurde im frühen 16. Jh. als Markthalle eröffnet. Die Wappen an den Erkern und die vier Figuren oberhalb des Balkons – Maximilian I., Philipp der Schöne, Karl V. und Ferdinand I. – symbolisieren Freiburgs einstige Loyalität zum Haus Habsburg.

Stadttore

Freiburg hat zwei erhaltene Stadttore aus dem Mittelalter: das **Martinstor** über der Kaiser-Joseph-Straße (Karte S. 161) und das imposante **Schwabentor** am Schwabenring (Karte S. 161) aus dem 13. Jh. Durch Letzteres rattern Straßenbahnen; geziert wird es von einem Wandbild, das den Hl. Georg beim Töten des Drachens zeigt.

Caracalla Spa

Baden-Badens Thermen

Mit altmodischem Luxus und heilsamem Wasser hat Baden-Baden im Lauf der Jahre schon allerlei Adlige, Reiche und Prominente angelockt – darunter z. B. Obama, Bismarck, Victoria Beckham und Königin Victoria von England.

Großartig für ...

☑ **Nicht versäumen**

Baden-Badens viele Spazierwege führen z. B. zum Schloss Hohenbaden, dessen ältesten Teile aus dem frühen 12. Jh. stammen (einfache Strecke 3 km).

Friedrichsbad

Hüllenloses Aalen im Thermalwasser des **Friedrichsbads** (Karte S. 164; ☎07221-275 920; www.carasana.de; Römerplatz 1; 25 €/3 Std., inkl. Massage mit Seife & Bürste 37 €; ⏲9–22 Uhr, letzter Einlass 20 Uhr) verheißt einen Körper der Venus und einen Teint der Kleopatra. Der mondäne Wellness-Palast aus dem 19. Jh. wird von Marmor und Mosaiken geziert. Das exklusive Badevergnügen kombiniert römische Badekultur mit irischen Heißluftbädern – man kann saunieren oder sich mit Peelings, Wechsel- und Tauchbädern verwöhnen lassen. Dabei vergisst man Mark Twain zufolge „nach zehn Minuten die Zeit und nach 20 Minuten die Welt."

Caracalla Therme

Die moderne, mit großer Glasfront versehene **Caracalla Therme** (Karte S. 164;

Friedrichsbad

JWACKENHUT/GETTY IMAGES ©

Gut zu wissen

Buslinie 205 verkehrt zwischen Bahnhof und Flughafen (Mo–Fr stündl., Sa & So seltener).

Pause gefällig?

Die Weinstube im Baldreit (S. 165) zählt zu den besten Restaurants der Stadt.

★ Top-Tipp

Das duftet! In der Gönneranlage im Süden der Stadt blühen von April bis Oktober rund 10 000 Rosenstöcke.

(07221-275 940; www.carasana.de; Römerplatz 11; 2/3 Std. 16/19 €, Tagesticket 23 €; 8–22 Uhr, letzter Einlass 20.30 Uhr) nutzt Baden-Badens Mineralwasser auf vielerlei Arten: Neben Innen- und Außenbecken mit Massagedüsen und Sprudelliegen gibt's hier auch Strömungskanäle und künstliche Badegrotten. Die Saunalandschaft umfasst das gesamte Spektrum, vom 47 °C warmen Dampfbad über die rustikale, 85 °C heiße Wald-Sauna bis hin zur mörderisch heißen Feuersauna mit 95 °C.

Trinkhalle

Oberhalb eines gepflegten Parks wurde 1839 diese schmucke klassizistische **Wandelhalle** (Karte S. 164; Kaiserallee 3; tgl. geöffnet) als Erweiterung des Kurhauses (S. 164) errichtet. Historische Fresken mit Szenen aus regionalen Legenden zieren den 90 m langen Säulengang. Leider ist das Heilwasser des Trinkbrunnens, das von der Mineralquelle des Friedrichsbads gespeist wird, derzeit nicht trinkbar; ob und wann Baden-Badens Elixier für ewige Jugend wieder genossen werden kann, war zum Zeitpunkt der Recherchen unbekannt.

Rund um die Thermen

Baden-Badens grandioses **Spielcasino** (Karte S. 164; 07221-302 40; www.casino-baden-baden.de; Kaiserallee 1; Eintritt/Führung 5/7 €; So–Do 14–2, Fr & Sa bis 3.30 Uhr, Führungen April–Okt. 9.30–11.45 Uhr, Nov.–März 10–11.30 Uhr) kann mit der vergoldeten Pracht von Versailles konkurrieren. Marlene Dietrich bezeichnete es einst als „schönstes Casino der Welt." Für Männer besteht Jackett- und Krawattenpflicht. Wer nicht zocken, sonder nur die Opulenz des Baus bewundern will, kann an Führungen (40 Min.) teilnehmen.

Unter demselben Dach befinden sich auch das extrem stilvolle Restaurant The Grill und die Nobeldisco Bernstein, auf deren Tanzfläche sich viele Reiche und Schöne tummeln.

Walking the Westweg (p161)

Wandern im Schwarzwald

Die Einheimischen sind sich sicher: Die vielen Wanderwege sind das eigentliche Highlight des Schwarzwalds: Die gut markierten Routen führen teils weitab vom Touristentrubel kreuz und quer durch das Mittelgebirge zu ein paar der malerischsten Ecken der Region.

Großartig für ...

🛈 Gut zu wissen

Wanderhose vergessen? Auch in kleineren Orten gibt es mitunter Outdoor-Läden mit hochwertigem Equipment.

★ Top-Tipp

Der Schwarzwaldverein e. V. stellt gratis und online einen Tourenplaner mit Karte (www.wanderservice-schwarzwald.de) zur Verfügung.

JUERGEN WACKENHUT/SHUTTERSTOCK ©

Wer seine Wanderschuhe schnüren will, kann sich in den Touristeninformationen der einzelnen Ortschaften oft mit Kartenmaterial und gedruckten Wanderführern versorgen; manche vermitteln auch Guides. Eine weitere gute Anlaufstelle ist der Schwarzwaldverein e. V. (www.schwarzwaldverein.de), der die Wanderwege (insgesamt ca. 24 000 km) und die MTB-Trails der Region hegt und pflegt. Die gut markierten Routen führen selbst in die entlegensten Ecken. Der Verein gibt eigene Karten und Wanderführer heraus. Zudem vermittelt er über 500 qualifizierte Guides und organisiert Gepäckshuttles.

Das Beschilderungssystem der Wanderwege ist leicht verständlich: Anhand von Diamant-Symbolen in verschiedenen Farben lassen sich Fernrouten (rot, blau-rot oder weiß-rot), Regionalrouten (blau) und Lokalrouten (gelb) voneinander unterscheiden. Richtungspfeile und Wegweiser an Knotenpunkten tun ihr Übriges.

Es folgen ein paar unserer Lieblingsstrecken, von leicht zu meisternden Halbtagsausflügen bis hin zu Fernwanderwegen.

Panoramaweg

Der 40 km lange Höhenwanderweg entlang eines Bergkamms bietet die schönsten Aussichten auf Baden-Baden und den nördlichen Schwarzwald. Dabei schlängelt er sich an Wasserfällen, Obstplantagen und Waldgebieten vorbei. Wer nicht die ganze Route absolvieren will, kann sie leicht in Einzeletappen (5–7 km) aufteilen.

Gütenbach–Simonswälder Tal

22 km südlich von Triberg beginnt im kleinen Gütenbach eine der schönsten Halbtagswanderungen (13 km) des Schwarzwalds:

Wutachschlucht

Zunächst geht's entlang eines Waldwegs zum Balzer Herrgott, einer in einen Baumstamm eingewachsene steinerne Christusfigur. Danach führt der Pfad hinunter ins Simonswälder Tal – die mit dichtem Nadelwald bewachsene Hänge wirken hier wie ein Vorhang. Beim Rückweg gen Norden folgt man der Teichschlucht, in der ein Bach durch Wälder mit Steilwänden und moosbewachsenen Felsbrocken plätschert. Flussaufwärts kommt wieder Gütenbach in Sicht.

Westweg

Etwas für Abenteuerlustige: Dieser berühmte Fernwanderweg (roter Diamant, 280 km; Details unter www.westweg.de)

☑ Nicht versäumen

Top für Wanderer: In der Region gibt's mehr als 70 offizielle Campingplätze.

GERHARD HAGEN/500PX ©

verbindet Pforzheim im Nordschwarzwald mit Basel. Zu den Highlights zählen das steile Murgtal, der Titisee und der Feldberg.

Wutachschlucht

Bei Bonndorf nahe der Schweizer Grenze (ca. 15 km östlich des Schluchsees) hat die reißende Wutach diese wilde Schlucht in den Fels gegraben (www.wutachschlucht.de). In einem einzigartigen Mikroklima zwischen fast senkrechten Steilwänden leben Orchideen, Farne, Eidechsen und seltene Schmetterlinge. All das erlebt man am besten auf dem 14 km langen Pfad von der Schattenmühle zur Wutachmühle.

Feldbergsteig

Der Feldberg (1493 m) ist der höchste Berg des Schwarzwalds. Um ihn herum führt dieser Wanderweg (12 km), der unterwegs ein Naturschutzgebiet mit Gämsen und Wildblumen durchquert. An klaren Tagen genießt man einen herrlichen Blick auf die Alpen. Im Winter können Teile der Route auf Schneeschuhen erkundet werden.

Martinskapelle

Die leichte und malerische Rundwanderung (10 km) beginnt an der Martinskapelle 11 km südwestlich von Triberg. Durch Wälder schlängelt sich der Pfad zum Aussichtsturm auf dem Brend (1149 m), wo bei klarer Sicht der Feldberg, die Vogesen und die Alpen im Blickfeld liegen. Zurück geht es über das Brendhäusle und Rosseck.

Und sonst?

Der 2014 ausgewiesene Nationalpark Schwarzwald (S. 169) eignet sich ideal für allerlei Outdoor-Aktivitäten. Seine großartige Landschaft steht streng unter Schutz. Als erste Anlaufstelle für Besucher empfiehlt sich das Infozentrum in Ruhestein.

Pause gefällig?

Die Website des Schwarzwaldvereins e. V. (www.schwarzwaldverein.de) führt über 100 Picknickplätze auf.

Freiburg im Breisgau

Die sonnige und fröhliche Universitätsstadt Freiburg im Breisgau liegt am Fuß der Berghänge und Weinberge des Südschwarzwalds. Das mittelalterliche Zentrum ist ein märchenhafter Mix aus Giebelhäusern, Pflastergassen und Plätzen, auf denen im Sommer Straßencafés zum Verweilen einladen. Feierwütige Studenten bringen Würze ins Nachtleben.

Mit 2000 Sonnenstunden pro Jahr ist Freiburg die wärmste Stadt Deutschlands. So kann es durchaus vorkommen, dass hier unter weiß blühenden Bäumen in den Biergärten an den Bächle schon gebechert wird, während in nahen Schwarzwalddörfern noch Schnee liegt. Die Sonne macht Freiburg obendrein zum Vorreiter in puncto Solarstrom. Aber auch sonst ist das Umweltbewusstsein der Freiburger sehr ausgeprägt.

◉ SEHENSWERTES

Schlossberg Aussichtspunkt

(Schlossbergring; Seilbahn einfache Strecke/hin & zurück 3,30/5,50 €; ⏲März–Okt. tgl. 9–22 Uhr, Nov.–Feb. Di geschl.) Der kleine bewaldete Schlossberg dominiert die Stadt. Gegenüber vom Schwabentor (S. 153) führt ein Fußweg durch lichte Wälder hinauf zum Gipfel. Bequemer erreicht man diesen mit der kürzlich restaurierten Schlossbergbahn. Ambitionierte Wanderer gelangen von hier aus u. a. nach St. Peter (17 km) und Kandel (25 km).

Der eiswaffelförmige Aussichtsturm ganz oben bietet einen tollen Blick auf Freiburg: Vor den dunklen Hängen des Schwarzwalds ragt der Münsterturm hoch aus dem Meer roter Giebeldächer empor.

Rathausplatz Platz

(Karte S. 161) Rund um den Springbrunnen auf dem schönsten Platz der Stadt relaxen die Freiburger in Cafés. Unter schattigen Kastanien bieten sich hier schöne Fotomotive: das blutrote Alte Rathaus (Sitz der Touristeninformation; S. 162) aus dem 16. Jh., das Neue Rathaus aus dem 19. Jh. mit seinen Stufengiebeln und die mittelalterliche Martinskirche mit moderner Inneneinrichtung.

Archäologisches Museum Museum

(Karte S. 161; ☎0761-201 2574; www.freiburg.de; Rotteckring 5; Erw./erm. 7/5 €; ⏲Di–So 10–17 Uhr) Dieses Museum befindet sich im neugotischen Colombischlössle aus rotem Sandstein. Vom Eingangsbereich mit Marmorsäulen und Oberlicht führt eine Treppe mit schmiedeeisernem Geländer hinauf zur Sammlung, die u. a. keltische Grabbeigaben, römische Artefakte und Statuetten aus der Steinzeit umfasst.

Museum für Stadtgeschichte Museum

(Karte S. 161; ☎0761-201 2515; Münsterplatz 30; Erw./erm. 3/2 €; ⏲Di–So 10–17 Uhr) Östlich des Historischen Kaufhauses (S. 153) steht das barocke Stadthaus des Bildhauers Christian Wentzinger. Darin befindet sich heute das Stadtmuseum, das Freiburgs vielfältige Geschichte mit vielen Ausstellungsstücken beleuchtet. Über der Innentreppe mit schmiedeeisernem Geländer prunkt ein komplexes Deckenfresko.

Museum für Neue Kunst Kunstgalerie

(Karte S. 161; ☎0761-201 2583; Marienstr. 10; Erw./erm. 7/5 €; ⏲Di–So 10–17 Uhr) Gegenüber der Altstadt liegt jenseits des Gewerbekanals diese Galerie mit Schwerpunkt auf expressionistischer und abstrakter Kunst des 20. Jhs. Gezeigt werden u. a. bewegende Werke von Oskar Kokoschka und Otto Dix.

Haus zum Walfisch Gebäude

(Karte S. 161; Franziskanerstr.) Zwei schelmische Wasserspeier zieren den spätgotischen Erker des herrlich extravaganten Hauses.

ESSEN

In der Altstadt findet man viele Cafés, Weinstuben, Brauereikneipen und Restaurants (oft mit Straßenterrassen). Günstiges Essen gibt's rund um das Martinstor (S. 153) und die Kartäuserstraße.

Freiburg im Breisgau

Freiburg im Breisgau

Sehenswertes

1 Archäologisches Museum B1
2 Augustinermuseum C2
Colombischlössle .... (siehe 1)
3 Freiburger Münster C2
4 Haus zum Walfisch C1
5 Historisches Kaufhaus C2
6 Martinstor B2
7 Museum für Neue Kunst C3
8 Museum für Stadtgeschichte C2
9 Rathausplatz B2
10 Schwabentor C3

Essen

11 Edo's Hummus Küche C2
12 Kreuzblume D2
13 Markthalle B2
14 Wolfshöhle D2

Markthalle Markthalle €

(Karte S. 161; www.markthalle-freiburg.de; Martinsgasse 235; kleine Gerichte 4–8 €; Mo–Do 8–20, Fr & Sa bis 24 Uhr) Die Stände der historischen Markthalle (alias Fressgässle) servieren Essen aus aller Welt – darunter Currys, Sushi, Austern und Antipasti.

Edo's Hummus Küche Vegetarisch €

(Karte S. 161; http://edoshummus.com; Grünwälderstrasse 10 ; kleine Gerichte 2,50–8,50 €; Mo–Do 11.30–21, Fr & Sa bis 22 Uhr;) Zahlreiche Mittagsgäste laben sich hier an leckerem selbstgemachtem Hummus mit warmem Fladenbrot, an Linsen, Falafel oder Salat aus Ackerbohnen. Der einfachste Hummus-Teller (4,90 €) macht bereits ordentlich satt.

Kreuzblume International €€€

(Karte S. 161; 0761-311 94; www.hotel-kreuzblume.de; Konviktstrasse 31; Hauptgerichte 18–35 €, 3-Gänge-Menü 45,50 €; Mi–So 18–23 Uhr;) Das winzige Lokal an einer Gasse mit vielen Blumenkästen spricht Feinschmecker an: Die vielen Gerichte mit

Von links: Kuckucksuhren; Frau mit traditionellem Bollenhut im Schwarzwälder Freilichtmuseum Vogtsbauernhof (S. 167); Schiltach (S. 167)

fröhlich-sonnigem Charakter kombinieren kreativ und sehr schmackhaft erlesene Zutaten. Wie wäre es z. B. mit einer gebratenen Entenbrust und Wildkräutersalat oder einer Selleriesuppe mit Äpfeln und Maronen. Schickes Schwarz-Weiß-Dekor und eine clevere Hintergrundbeleuchtung erzeugen das passende Ambiente. Der tolle Service verdient ein Extralob.

Wolfshöhle Mediterran **€€€**

(Karte S. 161; ☎0761-303 03; www.wolfshoehle-freiburg.de; Konviktstr. 8; Hauptgerichte 23–48 €, 3-Gänge-Menü mittags/abends 35/65 €; ⏱Di–Sa 12–14 & 18–21.30 Uhr) Die Freilufttische der Wolfshöhle stehen auf einem hübschen Platz und sind an Sommerabenden sehr beliebt. Modern und perfekt zubereitete, appetitlich angerichtete Köstlichkeiten entführen die Gäste auf kulinarische Reisen durch den ganzen Mittelmeerraum. So serviert das Lokal z. B. Artischocken nach Jerusalemer Art (mit Haselnüssen und schwarzen Trüffel) oder Wolfsbarsch mit Safran und Venusmuscheln. Für den Einstieg empfiehlt sich das dreigängige Mittagsmenü.

PRAKTISCHE INFORMATIONEN

Die **Touristeninformation Freiburg** (Karte S. 161; ☎0761-388 1880; www.visit.freiburg.de; Rathausplatz 2–4; ⏱Juni–Sept. Mo–Fr 8–20, Sa 9.30–17, So 10.30–15.30 Uhr, Okt.–Mai Mo–Fr 8–18, Sa 9.30–14.30, So 10–12 Uhr) verkauft die **WelcomeKarte** (Gültigkeit 3 Tage; Erw./Kind unter 15 Jahren 26/16 €). Diese gilt für alle Nahverkehrsmittel wie auch für die **Schauinslandbahn** (www.schauinslandbahn.de; Schauinslandstraße, Oberried; Erw./Kind einfache Strecke 9,50/6,50 €, hin & zurück 13/8,50 €; ⏱Okt.–Juni 9–17 Uhr, Juli–Sept. bis 18 Uhr).

AN- & WEITERREISE

BUS

Der Flughafenbus pendelt stündlich zwischen Freiburgs Busbahnhof und dem **EuroAirport**. Er ist ca. eine Stunde unterwegs.

Die Regionalbusse und -züge von SüdbadenBus (www.suedbadenbus.de) und 18 anderen im Regio-Verkehrsverbund Freiburg (www.rvf.de) zusammengefassten Unternehmen erschlie-

MATT MUNRO/LONELY PLANET ©

ßen den ganzen südlichen Schwarzwald. Für das gemeinschaftliche Netz sind Einzeltickets (1/2/3 Zonen 2,30/4/5,70 €) und Regio24-Tickets (Gültigkeit 24 Std.; 1/2–5 Pers. für 1 Zone 6,40/12,80 €, gesamtes Netz 12,80/25,60 €) erhältlich. Am Freiburger **Hauptbahnhof** starten Regionalbusse.

FLUGZEUG

Mit Basel (Schweiz) und Mulhouse (Frankreich) teilt sich Freiburg den **EuroAirport** (BSL; www.euroairport.com), der 71 km weiter südwestlich auf französischem Staatsgebiet liegt. Von Freiburg aus erreicht man diesen über die Autobahn A5 und per **Flughafenbus** (☎0761-500 500; www.freiburger-reisedienst.de; einfache Strecke/hin & zurück 23/46 €). Die Billiggesellschaft easyJet verbindet den EuroAirport u. a. mit Inlandszielen (Berlin, Dresden und Hamburg) und mit Wien.

ZUG

Freiburg liegt an der Rheintalstrecke, der Hauptachse zwischen Mannheim und Basel. Vom **Hauptbahnhof** fahren regelmäßige Züge z. B. nach Basel (19,10–26,60 €, 45 Min.), Baden-Baden (23,70–40 €, 45–90 Min.) und Breisach (5,70 €, 26 Min., min. stündl.).

ℹ UNTERWEGS VOR ORT

Die VAG (www.vag-freiburg.de) betreibt Freiburgs Stadtbusse und -bahnen. Alle Fahrten innerhalb des Stadtgebiets kosten pauschal den Tarif für eine Zone. Entsprechende Tickets gibt's per (Bord-)Automat sowie direkt bei den Busfahrern.

Baden-Baden

Umgeben von bewaldeten Bergen prunkt dieser altehrwürdige Kurort mit prachtvoller Säulenarchitektur und turmbesetzten Hangvillen im verspielten Jugendstil.

Wie die hiesigen Freiluftcafés und schicken Boutiquen versprühen die makellosen Parkflächen am Ufer der Oos einen Hauch französisches Savoir-vivre. Das „Baden" im Namen verdankt die Stadt ihren tempelartigen Thermalbädern, die zusammen mit dem mondänen Spielcasino (S. 155) zur gleichsam historischen, attraktiven und zeitlosen Nobel-Atmosphäre beitragen.

Baden-Baden

Sehenswertes
1 Casino A2
2 Florentinerberg B1
3 Kurhaus A2
4 Museum Frieder Burda A3
5 Neues Schloss B1
6 Paradies am Annaberg D2
7 Römische Badruinen B1
8 Staatliche Kunsthalle A3
9 Stiftskirche B2
10 Trinkhalle A2

Aktivitäten, Kurse & Touren
11 Caracalla Therme C1
12 Friedrichsbad B1

Essen
13 Café König B2
14 Nigrum B2
15 Weinstube im Baldreit B2

SEHENSWERTES

Museum Frieder Burda Kunstgalerie

(Karte S. 164; ☎07221-398 980; www.museum-frieder-burda.de; Lichtentaler Allee 8b; Erw./erm. 14/11 €; ⏲Di–So 10–18 Uhr, Führungen Sa & So 11 & 15 Uhr) Eine Skulptur von Joan Miró steht vor dieser Kunstgalerie, deren innovatives Gebäude von Richard Meier entworfen wurde. In kurzen Gratisführungen erfährt man mehr über die hochkarätige Sammlung moderner und zeitgenössischer Meisterwerke, zu der Originale von Picasso, Gerhard Richter und Jackson Pollock gehören.

Ergänzend kommen Wechselausstellungen hinzu, in deren Rahmen u. a. die Licht- und Raumvisionen des US-Amerikaners James Turrell, Kreationen der deutschen Expressionistengruppe Die Brücke oder die so farbenfrohen wie modernen Gemälde der Inderin Bharti Kher vorgestellt wurden.

Kurhaus Gebäude

(Karte S. 164; www.kurhaus-baden-baden.de; Kaiserallee 1) Das Kurhaus aus der Belle

Époque thront oberhalb gepflegter Parkflächen. Korinthische Säulen und ein Fries mit mythischen Greifen zieren die schmucke Fassade. Eine Kastanienallee mit Boutiquen auf beiden Seiten führt von hier aus zur Kaiserallee.

Römische Badruinen Ruinen

(Karte S. 164; Römerplatz; Erw./Kind 2,50/1 €; Mitte März–Mitte Nov. 11–12 & 15–16 Uhr) Die Heilkraft von Baden-Badens Thermalquellen erkannten erstmals die schönheitsbewussten Römer, die hier die Stadt Aquae Aureliae gründeten. Deren antike Bäderanlage (2000 Jahre alt) zählt zu den ältesten und am besten erhaltenen in ganz Deutschland. Für die Besichtigung gibt's Audioguides.

Staatliche Kunsthalle Kunstgalerie

(Karte S. 164; 07221-3007 6400; www.kunsthalle-baden-baden.de; Lichtentaler Allee 8a; Erw./erm./Kinder bis 8 Jahren 7/5 €/frei; Di–So 10–18 Uhr) Die Galerie unmittelbar neben dem Museum Frieder Burda bildet mit ihrem klassizistischen Gebäude einen Gegenpol zu diesem. Unter Oberlichtern zeigt sie Wechselausstellungen mit zeitgenössischer Kunst – in der Vergangenheit z. B. Werke des Nigerianers Emeka Ogboh zur Flüchtlingsthematik oder die extrem experimentellen Installationen von Liang Shuo aus China.

Stiftskirche Kirche

(Karte S. 164; Marktplatz; 8–18 Uhr) GRATIS Das Prunkstück des gepflasterten Marktplatzes ist diese rosafarbene Kirche, die Romanik und Spätgotik mit ein wenig Barock vereint. Die Fundamente beherbergen ein paar Überreste der früheren römischen Bäder. Am frühen Nachmittag verwandelt das durch die Buntglasfenster dringende Sonnenlicht das Hauptschiff in ein buntes Kaleidoskop.

Kloster Lichtenthal Kloster

(Karte S. 151; Lichtentaler Allee) Die **Lichtentaler Allee** endet an diesem Zisterzienserkloster von 1245. Die Abteikirche ist Grablege von mehreren Generationen badischer Markgrafen aus der Zeit des Heiligen Römischen Reiches Deutscher Nation.

ESSEN

Café König Café €

(Karte S. 164; Lichtentaler Str. 12; Kuchen 3,50–5 €, Mittagsgerichte 11–19 €; 8.30–18.30 Uhr) Unter den Gästen des altehrwürdigen und beliebten Cafés waren einst auch Liszt und Tolstoi: Seit über 250 Jahren gibt's hier die besten Kuchen, Torten und (Trüffel-) Pralinen der Stadt. Im Angebot sind z. B. Schwarzwälder Kirschtorte mit viel Schlagsahne, Törtchen mit frischen Beeren und ein supersaftiger Nusskuchen. Da fällt die Entscheidung wahrlich nicht leicht.

Weinstube im Baldreit Deutsch €€

(Karte S. 164; 07221-231 36; Küferstr. 3; Hauptgerichte 12,50–19 €; Di–Sa 17–22 Uhr) Zu der gut versteckten Weinstube geht's durch mehrere Pflastergassen. Doch das Suchen lohnt sich: Unter Gewölbedecken wird hier badisch-elsässische Küche (z. B. Flammkuchen mit Schwarzwälder Schinken, Roquefort und Birnen) kompetent mit regionalen Weinen kombiniert. In der warmen Jahreszeit stehen zusätzlich Tische im efeubewachsenen Innenhof.

Nigrum Gastronomie €€€

(Karte S. 164; 07221-397 9008; www.restaurant-nigrum.de; Baldreitstr. 1; 3-/5-/8-Gänge-Menü 66/88/122 €; Di–Sa 18–24 Uhr) Das glamouröse Restaurant mit Michelin-Sterne-Potenzial hat ein dunkel-verführerisches Ambiente mit vielen goldfarbenen Akzenten. Die moderne Saisonküche aus erstklassigen Zutaten wird kompetent zubereitet und äußerst appetitlich und mit viel Flair serviert. Die Verkostungsmenüs – ob nun mit zart geschmorten Bäckchen vom iberischen Schwein oder mit Lachs-Confit und Tintenfisch – enttäuschen nie.

PRAKTISCHE INFORMATIONEN

Touristeninformation Baden-Baden (Hauptbüro; 07221-275 200; www.baden-baden.com; Schwarzwaldstr. 52, an der B500; Mo–Sa 9–17) Die Touristeninfo, die auch Tickets für Events verkauft, befindet sich 2 km nordwestlich vom

Stille Höhen

Rund um Baden-Baden finden sich schöne (und meist recht ruhige) Aussichtspunkte bzw. -wege:

Neues Schloss (Karte S. 164; Schlossstr.) Von dem stattlichen Adelssitz aus dem 15. Jh. blickt man über die Dächer der Stadt hinweg auf die dunklen Nadelbaumhänge des Schwarzwalds.

Merkur (Standseilbahn einfache Strecke/hin & zurück 2/4 €; ⏲10–22 Uhr) Der hoch über Baden-Baden thronende Berg lädt zum Wandern und Picknicken ein; er ist per pedes und Standseilbahn zu erreichen.

Florentinerberg (Karte S. 164; Höllengasse) Terrassierte Parkanlage mit steilem Gefälle und schönem Stadtblick; ganz unten liegen römische Badruinen.

Paradies am Annaberg (Karte S. 164) Italienisch angehauchter Landschaftsgarten mit Wasserfällen und weitem Waldblick.

Panoramaweg Die rund 40 km lange Wanderroute führt von Baden-Baden in die malerischsten Ecken des Nordschwarzwalds.

Neues Schloss

Stadtzentrum; wer von der A 5 aus Richtung Nordwesten in die Stadt fährt, kommt automatisch hier vorbei.

Touristeninformation Baden-Baden (Ableger; Karte S. 164; Kaiserallee 3; ⏲Mo–So 10–18 Uhr; 📶) Eine weitere Filiale befindet sich in der Trinkhalle (S. 155).

AN- & WEITERREISE

Baden-Baden liegt nahe der A 5 von Frankfurt nach Basel und ist nördlicher Startpunkt der kurvigen Schwarzwaldhochstrasse (B 500).

Regionalbusse zu Zielen im Schwarzwald starten und enden am **Busbahnhof** (Ooser Bahnhofstr.) direkt neben dem Hauptbahnhof.

Der **Flughafen Karlsruhe/Baden-Baden** (Baden Airpark; ☎07229-662 000; www.badenairpark.de) liegt 15 km westlich von Baden-Baden; Eurowings fliegt von hier nach Berlin.

Baden-Baden liegt an der Bahnstrecke von Mannheim nach Basel. Züge fahren vom **Hauptbahnhof** (Ooser Bahnhofstr.) z. B. nach Karlsruhe (11–16 €, 15–30 Min., 2-mal stündl.) und Freiburg im Breisgau (23,70–40 €, 45–90 Min., 2-mal stündl.).

UNTERWEGS VOR ORT

Die **Stadtwerke Baden-Baden** (www.stadtwerke-baden-baden.de; Waldseestrasse 24) betreiben die Stadtbusse (Einzelfahrt 2 €, Tagesticket für 1/2–5 Pers. 6,60/10,90 €). Zwischen Bahnhof und Leopoldsplatz verkehrt u. a. die Linie 201 (alle 10 Min.);die Linie 205 verbindet den Bahnhof mit dem Flughafen (S. 166; Mo–Fr ca. stündl., Sa & So seltener).

Gutach

In einem südlichen Seitental des Kinzigtals liegt das verschlafene Gutach am Fuß von dicht bewaldeten Hügeln. Charakteristisch für den kleinen Ort sind große Schwarzwälder Bauernhöfe mit geschindelten Walmdächern und vielen bunten Geranien im Sommer. In ländlicher Atmosphäre kann man hier prima wandern, radeln und Familienurlaube verbringen.

Gutach gilt übrigens als Geburtsort des traditionellen Bollenhuts, der bis heute typisch für Schwarzwälder Frauentrachten ist.

Entlang des Gutachtals führt die B 33 durch das Dorf und gen Süden nach Triberg (13,5 km). Vom nahe gelegenen Hausach fahren regelmäßig Züge zu Zielen wie Gengenbach (4,30 €, 18 Min.) oder Triberg (6,70 €, 21 Min.).

Schwarzwälder Freilichtmuseum Vogtsbauernhof Museum

(☎07831-935 60; www.vogtsbauernhof.org; Wählerbrücke 1, Gutach; Erw./erm./Kind/Fam. 10/9/5.50/28 €; ⏲Ende März–Anfang Nov. 9–18 Uhr, Aug. bis 19 Uhr, letzter Einlass 1 Std. vor Schließung) Herzstück des Freilichtmuseums ist der einst autarke Vogtsbauernhof von 1612, der sich bis heute an seinem ursprünglichen Standort befindet. Die anderen historischen Gehöfte drum herum wurden anderswo im Schwarzwald abgebaut und mittels alter Handwerkstechniken (z. B. Täfeln, Reeteindeckung) akribisch vor Ort rekonstruiert. Ergebnis ist ein authentisches und lebendiges Museumsdorf, das alte Schwarzwälder Traditionen für Besucher bewahrt.

Bei einer Besichtigung (optional per Gratisführung; tgl. 14.30 Uhr) gibt's z. B. kaminlose Rauchküchen oder Scheunen voller Pferdewagen und Hornschlitten zu entdecken. Der Hippenseppenhof von 1599 hat eine eigene Kapelle und ein riesiges Walmdach; zum Bau des Hauses wurden rund 400 Baumstämme benötigt. Museumshandwerker in traditioneller Kluft erklären ihre jeweiligen Tätigkeiten (z. B. Schafschur, Butterherstellung) und führen diese regelmäßig vor. Und kleine Besucher freuen sich auch über die zutraulichen Bauernhoftiere, die auch gestreichelt werden können.

Das Museum liegt 4,5 km nördlich von Gutach an der B 33.

Schiltach

Das mittelalterliche Schiltach am Fuß bewaldeter Hügel wirkt ungemein malerisch: Die akribisch restaurierten Fachwerkhäuser (s. Abb. S. 163) gehörten einst Gerbern, Flößern und Kaufleuten. Im Sommer werden sie von einem roten Geranienmeer geziert.

Bis zum 19. Jh. war die Forstwirtschaft der Haupterwerbszweig des Dorfs: Am Zusammenfluss von Kinzig und Schiltach entstanden hier früher riesige Holzflöße, die teils sogar bis in die Niederlande

Die schönsten Straßen durch den Schwarzwald

Der Weg ist das Ziel – das Auto ist ideal, um die schönsten und entlegensten Winkel des Schwarzwalds zu erkunden:

Schwarzwaldhochstraße (www.schwarzwaldhochstrasse.de) Folgt der kurvigen B 500 von Baden-Baden nach Freudenstadt (60 km); unterwegs schaut man aus großer Höhe weit auf Wälder, die Vogesen und Seen wie den Mummelsee.

Badische Weinstraße (www.deutsche-weinstrasse.de) Schlängelt sich zwischen Baden-Baden im Norden und Lörrach im Süden (160 km) durch mehrere Weinbaugebiete: Ortenau (Rotwein), Kaiserstuhl-Tuniberg (Pinot Noir) und Markgräflerland (Weißwein).

Schwarzwald-Tälerstraße Windet sich zwischen Rastatt und Alpirsbach (100 km) durch das Murg- und Kinzigtal, vorbei an bewaldeten Hängen und Ortschaften mit Fachwerkhäusern.

Deutsche Uhrenstraße (www.deutscheuhrenstrasse.de) 320 km lange Rundroute ab Villingen-Schwenningen, die den Spuren der Schwarzwälder (Kuckucks-)Uhrenmacherei z. B. in Furtwangen und Triberg folgt.

Grüne Straße (www.gruenestrasse.de) Führt vom Schwarzwald über das Rheintal zu den französischen Vogesen (160 km); zu den Stationen gehören Kirchzarten, Freiburg, Breisach, Colmar und Münster.

Weltgrößte Kuckucksuhr

verschifft wurden. In den Weiden an den Flussufern stelzen heute Graureiher umher, während Kinder an sonnigen Sommertagen im flachen Wasser planschen.

Touristeninformation Schiltach (☎07836-5850; www.schiltach.de; Marktplatz 6; ⏲Mo–Do 9–12 & 14–16, Fr 9–12 Uhr) In der Touristeninfo im Rathaus gibt's Gratis-WLAN und Hilfe bei der Suche einer Unterkunft. Gleich gegenüber informiert ein emailliertes Schild über lokale Wanderrouten.

Schiltach im Kinzigtal liegt an der B 294. Der Bahnhof befindet sich nördlich vom zentralen Marktplatz (280 m bzw. 5 Gehmin.) auf der anderen Seite der Kinzig. Von hier fahren Regionalzüge zu Zielen wie Gengenbach im Westen (9,50 €, 36 Min., stündl.) oder Freudenstadt im Norden (6,80 €, 29 Min., stündl.).

Triberg

Stolz verkündet die Website von Triberg, dass hier 1915 die Schwarzwälder Kirschtorte erfunden wurde. Zudem wartet der Ort mit Deutschlands höchstem Wasserfall und der weltgrößten Kuckucksuhr auf.

In früheren Zeiten schnitzten die eingeschneiten Bauern an strengen und dunklen Wintertagen hier die berühmten Uhren. Blendend hell wurde es in Triberg dann ab 1884: Die Kraft des Wasserfalls wurde dazu genutzt, Strom für eine der ersten elektrischen Straßenbeleuchtungen Deutschlands zu erzeugen.

SEHENSWERTES

Triberger Wasserfälle Wasserfall
(Erw./erm. Sommer 5/4,50 €, Winter günstiger) Deutschlands höchste Wasserfälle außerhalb der Alpen – ihre Fallhöhe beträgt insgesamt 163 m – mögen zwar im weltweiten Vergleich keine Giganten sein, versprühen aber ihre ganz eigene wilde Romantik. Gespeist von der Gutach stürzen sie in Tribergs Ortszentrum zu Tal. Ein befestigter Weg führt zu den sieben Kaskaden, die abends bis 22 Uhr beleuchtet sind. Vor Ort tummeln sich viele neugierige Eichhörnchen, die man mit Erdnüssen füttern darf (Beutel sind beim Ticketschalter erhältlich). Den Tieren aber bitte nichts anderes geben!

Weltgrößte Kuckucksuhr

Wahrzeichen

(Karte S. 151; www.dold-urlaub.de; Untertalstr. 28, Schonach; Erw./Kind 2/1 €; ⌚Di–So 10–12 & 13–17 Uhr) Die „älteste weltgrößte Kuckucksuhr" konkurriert weiterhin um den Titel als mächtigster Zeitmesser mit „Vogelstange" (auf dieser sitzt der Kuckuck). Der einheimische Uhrmacher Joseph Dold nahm sie 1980 nach drei Jahren Handarbeit in Betrieb. Meist ist einer seiner Angehörigen anwesend und erklärt die Funktionsweise.

ESSEN

In Tribergs Hauptstraße muss man nicht hungrig bleiben. Hier finden sich Pizzerien, altmodische Gasthäuser mit deutscher Küche und das Café, in dem 1915 die Schwarzwälder Kirschtorte erfunden wurde.

Café Schäfer

Café €

(☎07722-4465; www.cafe-schaefer-triberg.de; Hauptstr. 33; Kuchen 3–4 €; ⌚Mo, Di, Do–Sa 10–18, So 13–18 Uhr) Konditor Claus Schäfer hält sich nach wie vor an das Originalrezept der Schwarzwälder Kirschtorte, die 1915 hier erfunden worden sein soll. Für die verführerische Kalorienbombe werden zunächst Böden aus Schokoladenbiskuit mit Kirschwasser aromatisiert. Aus diesen Platten und einer Sauerkirsch-Schlagsahne-Creme entsteht dann schichtweise ein süßer Turm, der schließlich noch mit Schlagsahne, Sauerkirschen und Schokoraspeln garniert wird. Köstlich!

PRAKTISCHE INFORMATIONEN

Das Ferienland (www.dasferienland.de) Marketing-Name der Tourismusregion Triberg; die Website liefert Infos zur Stadt und Umgebung.

Touristeninformation Triberg (☎07722-866 490; www.triberg.de; Schwarzwald-Museum, Wallfahrtstrasse 4; ⌚Mo–Fr 9–17, zusätzl.Mitte Mai–Mitte Sept. Sa & So ab 10 Uhr) Verkauft Routenkarten für Wanderer (3 €), Skilangläufer (2 €) und Mountainbiker (6,90 €).

Nationalpark Schwarzwald

Im wilden **Nationalpark Schwarzwald** zeigt sich die Region von ihrer schönsten und ursprünglichen Seite: Auf 100 km² wird die Natur sich selbst überlassen. Ergebnis ist ein Wunderland mit Heideflächen, Mooren, Karseen, Bergen, tiefen Tälern und nahezu unberührten Nadelwäldern. Die beiden Areale des Nationalparks erstrecken sich zwischen Baden-Baden und Freudenstadt unweit der Schwarzwaldhochstraße. Auf seinem Gebiet liegen u. a. Teile des Murgtals und der **Mummelsee** mit dem dortigen Aussichtsturm (Hornisgrinde; Sommer Sa & So 10.30–17, Winter Sa & So 11–16 Uhr). Vor Ort gibt's neben vielen Wander- und Radwegen auch spezielle Entdeckungs- bzw. Naturlehrpfade für Kinder.

Das **Besucherzentrum** (☎07449-929 980; www.nationalpark-schwarzwald.de; Schwarzwaldhochstr. 2, Bühlertal; ⌚Mo–Do 9–12 & 14–15.30, Fr 9–12 Uhr; 👪) hat eine Website mit Online-Karten und Details zu geführten Touren. Wie das separate **Nationalparkzentrum** (☎07449-9299 8444; Ruhestein; ⌚Mai–Sept. Di–So 10–18 Uhr, Okt.–April bis 17 Uhr) liefert es alle wichtigen Infos und verkauft Karten.

ANREISE & UNTERWEGS VOR ORT

Vom Triberger Bahnhof rund 1,5 km nördlich vom Ortskern fährt die Schwarzwaldbahn nach Konstanz im Südosten (27,50 €, 1½ Std., stündl.) bzw. Offenburg im Nordwesten (13,50 €, 46 Min., stündl.).

Vom Bahnhof aus fährt die Regionalbuslinie 7150 durch das Gutach- und Kinzigtal nordwärts nach Offenburg, nach Süden geht es mit der Linie 7265 über St. Georgen nach Villingen. Busse verbinden den Bahnhof außerdem mit Tribergs Marktplatz und dem nahe gelegenen Schonach (jeweils stündl.).

TARANCHIC / SHUTTERSTOCK ©

DRESDEN

In diesem Kapitel

Dresden

Nur wenige Stadtsilhouetten sind eindrucksvoller als die Dresdens: Der Blick vom Nordufer der Elbe fällt auf Türme und Kuppeln, die zu Schlössern, Kirchen und herrschaftlichen Gebäuden gehören. Dresdens kulturelle Blüte begann im 18. Jh. unter der Herrschaft von August dem Starken, zu dessen Erbe viele Gebäude mit Symbolcharakter gehören. Die verheerenden Bomben des Jahres 1945 machten viele dieser Schätze dem Erdboden gleich, etliche wurden aber mit viel Aufwand wiederaufgebaut. Heute hat Dresden eine florierende Kunst- und Kulturszene und fantastische Kneipen- und Ausgeh-Viertel, besonders in der Äußeren Neustadt.

Dresden in einem Tag

Los geht es in der kleinen, aber prächtigen Altstadt im Stil des Dresdner Barock – immer die Kamera griffbereit halten! Zuerst spaziert man durch den **Zwinger** (S. 178), den August der Starke aus Neid auf Schloss Versailles erbauen ließ. Unbedingt ein paar Stunden Zeit einplanen, um die tollen Museen zu erkunden! Dann geht's zur **Semperoper** (S. 179) im Stil der Neorenaissance und zum fantastischen **Residenzschloss** (S. 176), dessen Wiederaufbau nach dem Zweiten Weltkrieg rund 50 Jahre dauerte.

Dresden in zwei Tagen

Am zweiten Tag vollendet man die Besichtigung der Altstadt mit einem Besuch der **Frauenkirche** (S. 174), dem Symbol der Stadt, das zwischen 1994 und 2005 aus einem Trümmerhaufen wieder aufgebaut wurde. Danach geht es zum **Albertinum** (S. 178), das Kunstwerke aus dem 18. Jh. zeigt. Über die wunderschöne Augustusbrücke läuft man hinüber zur Inneren Neustadt, der bodenständigeren Seite der Stadt. Der Ausflug endet mit einem Besuch im **Militärhistorischen Museum Dresden** (S. 179).

Vorherige Seite: Blick auf Dresden

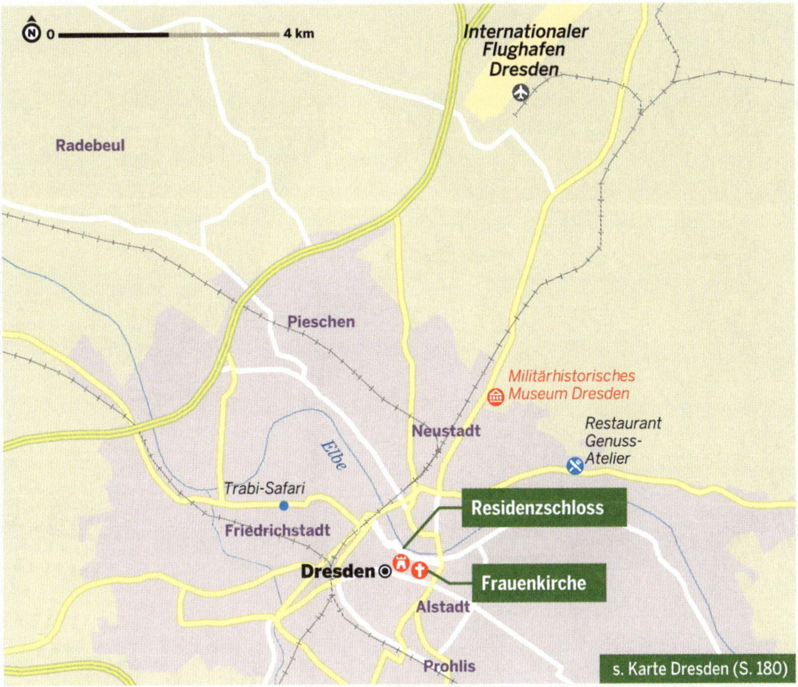

An- & Weiterreise

Flughafen Dresden Der Flughafen fertigt zahlreiche Inlandsflüge ab, aber nur wenige Auslandsflüge.
Hauptbahnhof Dresden Vom Bahnhof südlich der Altstadt fahren Züge des Regional- und Fernverkehrs.

Schlafen

Die Hotels im Stadtzentrum sind oft nichtssagend – und zudem unfassbar teuer (sie gehören zu den teuersten in Deutschland). Zum Glück gibt es dank der hervorragenden Hostels der Stadt viele günstige Übernachtungsmöglichkeiten. Das gute Straßenbahnnetz ermöglicht es, günstigere – und oft bessere – Übernachtungsoptionen in den Randbezirken ins Auge zu fassen.

Frauenkirche

Dresdens Hauptattraktion ist die unübersehbare Frauenkirche, die zu einem Symbol der postkommunistischen Erneuerung Ostdeutschlands geworden ist. Die durch das Bombardement der Alliierten im Jahr 1945 zerstörte Kirche war ein Haufen Schutt, bis 1994 der Wiederaufbau begann.

Großartig für ...

☑ Nicht versäumen

Der Altar, der aus fast 2000 Fragmenten wieder zusammengesetzt wurde, ist besonders sehenswert.

Die in perfekter Barocksymmetrie erbaute Frauenkirche mit ihrem Kuppeldach auf dem Neumarkt ist Dresdens beliebtestes Symbol. Nach zehnjährigen Wiederaufbauarbeiten ist sie seit 2005 wieder Teil des Dresdener Stadtbilds. Das Original stand hier rund 200 Jahre, ehe es im Zweiten Weltkrieg bei einem Bombenangriff der Alliierten in Schutt und Asche gelegt wurde, der den größten Teil des Stadtzentrums zerstörte. Die Ruine wurde lange als Kriegsdenkmal belassen. Nach der Wende wurden Pläne für den Wiederaufbau der Kirche, die bereits 1985 geschmiedet wurden, jedoch rasch wieder aus der Schublade geholt.

Originalgebäude

Das Originalgebäude stammt aus der ersten Hälfte des 18. Jhs., aber eine (deutlich klei-

Von Cafés gesäumte Straßen nahe der Frauenkirche

nere) Kirche gab es hier bereits im 11. Jh. Die ursprüngliche Frauenkirche wurde im Jahr 1743 fertiggestellt. Ihr auffälligstes Element ist die 96 m hohe und 12 000 t schwere Sandsteinkuppel. Sie war eine Meisterleistung der Ingenieurskunst der damaligen Zeit, vergleichbar mit der Kuppel der St.-Pauls-Kathedrale in London. Das Bauwerk ist ein zentraler Bestandteil des Dresdner Stadtbilds.

Zerstörung

Das Stadtzentrum Dresdens wurde während eines schweren Bombenangriffs durch britische und amerikanische Flugzeuge am 13. Februar 1945 zerstört. 3900 t Sprengstoff wurden aus 1200 Bombern auf die Stadt abgeworfen. Der Feuersturm tötete rund 25 000 Menschen und verwandelte Dresden in eine glühende Hölle. Die Frauenkirche hielt der zweitägigen Bombardierung stand, ehe sie am 15. Februar einstürzte.

Wiederaufbau

Der Wiederaufbau kostete 180 Mio. € und wurde größtenteils aus Spenden finanziert, die von der Gesellschaft zur Förderung des Wiederaufbaus der Frauenkirche Dresden e. V. und der Dresdner Bank gesammelt wurden. Als symbolische Geste der Versöhnung wurde das Turmkreuz von einem britischen Goldschmied gefertigt, dessen Vater am Bombardement von 1942 beteiligt war.

Die originalgetreue Kopie des alten Kreuzes mag nicht altehrwürdig sein, seiner Ehrfurcht gebietenden Schönheit tut dies aber keinen Abbruch. Zur Kuppel kann man hinaufsteigen. Der von Galerien geprägte Innenraum der Kirche dient als Veranstaltungsort für Konzerte, Meditationen und Gottesdienste. Informationen zu aktuellen Events gibt es unter www.frauenkirche-dresden.de und beim Besucherdienst der Frauenkirche.

Gut zu wissen

Karte S. 180; ☎0351-6560 6100; www.frauenkirche-dresden.de; Neumarkt; Audioguide 2,50 €, Kuppel Erw./erm. 8/5 €; ⏱Mo–Fr 10–12 & 13–18 Uhr, Wochenende variierende Öffnungszeiten)

Pause gefällig?

Rund um die Frauenkirche gibt es unzählige Cafés (s. Foto), die im Sommer ihre Tische auf den Neumarkt stellen.

★ Top-Tipp

Der Besucherdienst zeigt eine sehenswerte Dokumentation über die Geschichte der Kirche.

Residenzschloss

Residenzschloss

Einer der Höhepunkte eines Dresdenbesuches ist ein Besuch im Residenzschloss, das einen Großteil der Altstadt einnimmt. Über 400 Jahre diente das Schloss als Sitz der Herrscher Sachsens. Heute beherbergt das Schloss die Kunstschätze der Stadt.

Großartig für ...

☑ Nicht versäumen

Im Historischen Grünen Gewölbe Ausschau nach dem unbezahlbaren *Mohr mit Smaragdstufe* halten.

Geschichte

Eine Festung in der einen oder anderen Form stand hier bereits seit dem 13. Jh. Nach einem Großbrand im frühen 18. Jh. gab August der Starken eine Barockresidenz in Auftrag. Zwischen 1889 und 1901 wurde das Gebäude im Stil der Neorenaissance umgestaltet. Während des Bombardements durch Briten und Amerikaner im Februar 1945 wurde das Schloss fast vollständig zerstört und blieb danach ein Trümmerhaufen. In den 1960er-Jahren begann man sich um den Wiederaufbau zu bemühen, aber erst nach dem Ende des Kalten Krieges wurden ernsthafte Versuche unternommen, das Schloss zu neuem Leben zu erwecken. Die Arbeiten wurden erst im Jahr 2013 abgeschlossen.

Dresdens außergewöhnliches Stadtschloss beherbergt heute mehrere wertvol-

Türklopfer mit Löwenkopf, Residenzschloss

DIRK FREDER/GETTY IMAGES ©

Gut zu wissen

Karte S. 180; ☎0351-4914 2000; www.skd.museum; Schlossplatz; Erw./Kind unter 17 Jahren 12 €/frei, inkl. Historisches Grünes Gewölbe 12 €/frei; ⌚Mi–Mo 10–18 Uhr)

Pause gefällig?

In den Straßen und auf den Plätzen rund um das Residenzschloss gibt es jede Menge Cafés und Restaurants für eine Verschnaufpause.

★ Top-Tipp

Zeittickets für das Historisches Grünes Gewölbe gibt es auf www.skd.museum.

le Sammlungen, darunter das absolut sehenswerte Historische Grüne Gewölbe, eine echte Schatzkammer voller Gold, Silber, Diamanten und Juwelen. Das gesamte Gebäude, einschließlich seiner einzigartigen Wandgemälde und Türme, ist einfach spektakulär.

Sammlungen

Wer das gesamte Residenzschloss sehen möchte, muss hierfür einen ganzen Tag einplanen. Es ist so viel ausgestellt, dass zwei separate Schatzkammern nötig sind, um die außergewöhnliche Fülle der Privatsammlung der sächsischen Herrscher zu zeigen. Das von August dem Starken im Jahr 1723 eingerichtete **Historische Grüne Gewölbe** (12 €) und das **Neue Grüne Gewölbe** (Erw./Kind unter 17 Jahren inkl. Audioguide 12 €/frei) beherbergen eine der größten Schatzsammlungen Europas. Das Historische Grüne Gewölbe war eines der ersten öffentlichen Museen Europas. Teile des Historischen Grünen Gewölbes sind nach edlen Materialien wie Gold, Silber, Bernstein und Elfenbein benannt. Hier befindet sich außerdem das **Kupferstichkabinett**, das rund 500 000 Drucke und Zeichnungen von 20 000 Künstlern (darunter Dürer, Rembrandt, Michelangelo, Toulouse-Lautrec und Picasso) birgt. Numismatiker möchten vielleicht einen Blick ins **Münzkabinett** im Schlossturm werfen, wo historische Münzen und Medaillen ausgestellt sind.

Die **Türckische Cammer**, eine der umfassendsten Sammlungen osmanischer Kunst außerhalb der Türkei, befindet sich ebenfalls hier. Ein riesiges Dreimastzelt aus Seide und Gold ist eines der vielen Highlights der Cammer. Der **Riesensaal** beherbergt eine spektakuläre Rüstungssammlung, von der ca. 380 Stücke gezeigt werden; außerdem beinhaltet die Ausstellung nachgestellte Turnierszenen.

SEHENSWERTES

Die bedeutendsten Sehenswürdigkeiten befinden sich in der kompakten Altstadt am Südufer der Elbe, rund 1 km vom Hauptbahnhof entfernt (über die Prager Straße). Von hier aus führt die Augustusbrücke über den Fluss in die Neustadt, die einen eigenen großen Bahnhof besitzt (Dresden-Neustadt), und zum Kneipen- und Partyviertel in der Äußeren Neustadt.

Zwinger — Schloss

(Karte S. 180; ☎0351-4914 2000; www.der-dresdner-zwinger.de; Theaterplatz 1; Ticket für alle Museen Erw./erm. 12/9 €, Innenhof Eintritt frei; ⏲April–Okt. 6–22.30 Uhr, Nov.–März bis 20 Uhr) Der Zwinger wurde zwischen 1710 und 1728 unter der Leitung des Architekten Matthäus Pöppelmann und des Bildhauers Balthasar Permoser im Auftrag Augusts des Starken erbaut. Als dieser aus Versailles zurückkam, wo er den Palast von Ludwig XIV. gesehen hatte, wollte er etwas Ähnliches für sich haben. Der Zwinger diente ursprünglich als Festareal für den Adel. Durch verzierte Pavillons gelangt man in einen riesigen Innenhof voller Springbrunnen, der von üppig mit Bildhauerarbeiten geschmückten Gebäuden gesäumt wird. Heute birgt der Zwinger drei hervorragende Museen in seinen barocken Räumen.

In der Semperoper (eröffnet 1841) fanden die Premieren vieler berühmter Werke statt.

Albertinum — Galerie

(Karte S. 180; ☎0351-4914 2000; www.skd.museum; Eingang von der Brühlsche Terrasse oder vom Georg-Treu-Platz 2; Erw./erm./Kind unter 17 Jahren 12/9 €/frei; ⏲Di–So 10–18 Uhr) Das ehemalige Zeughaus in einem Renaissance-Bau beherbergt die überwältigende **Galerie Neue Meister**, in der Gemälde der größten Künstler des 18. Jhs. und nachfolgender Jahrhunderte ausgestellt sind. Caspar David Friedrichs und Claude Monets Landschaften wetteifern hier mit Abstraktem von Marc Chagall und Gerhard Richter um Aufmerksamkeit. Die prächtigen Ausstellungsräume liegen um einen herrlichen Lichthof. Zudem gibt es eine tolle Skulpturensammlung in den unteren Stockwerken.

Semperoper

Militärhistorisches Museum Dresden Museum

(☎0351-823 2803; www.mhmbw.de; Olbrichtplatz 2; Erw./erm. 5/3 €; ⌚Do–So & Di 10–18, Mo bis 21 Uhr; 🚊7 od. 8 zur Stauffenbergallee) Selbst Pazifisten werden von diesem faszinierenden Museum begeistert sein, das sich in einem Arsenal aus dem 19. Jh. befindet, welches von einem kühnen Keil aus Glas und Stahl von Daniel Libeskind in zwei Teile geschnitten wird. Die Exponate sind auf heutige Besucher zugeschnitten, daher gibt es keine Endloslisten von Militärsiegen oder Waffen zu sehen. Stattdessen beleuchtet das Museum progressiv – und oft künstlerisch – die Ursachen und Auswirkungen von Krieg und Kriegslust.

Semperoper Historisches Gebäude, Oper

(Karte S. 180; ☎0351-320 7360; www.semperoper-erleben.de; Theaterplatz 2; geführte Tour Erw./erm. 11/7 €; ⌚Öffnungszeiten variieren) Eines der berühmtesten Opernhäuser Deutschlands (s. links) öffnete 1841 seine Pforten und hat die Premieren vieler berühmter Werke von Richard Strauß, Carl Maria von Weber und Richard Wagner auf die Bühne gebracht. 45-minütige Führungen finden fast täglich statt, die Zeiten hängen von den Proben- und Aufführungszeiten ab. Wer die Warteschlangen umgehen möchte, sollte die Tickets für die Führungen im Voraus online kaufen.

GEFÜHRTE TOUREN

Trabi-Safari Stadtfahrt

(☎0351-8990 0110; www.trabi-safari.de; Bremer Straße 35; Erw./Kind unter 17 Jahren 49 €/frei) Bei den eineinhalbstündigen Fahrten durch die Stadt sitzt man selbst hinter dem Steuer der legendären Rennpappen. Es werden Sehenswürdigkeiten aus allen Jahrhunderten angefahren. Das Preis-Leistungs-Verhältnis ist bei vier Personen pro Auto am besten.

NightWalk Dresden Stadtspaziergang

(Karte S. 180; ☎0172 781 5007; www.nightwalk-dresden.de; Albertplatz; 17 €; ⌚21 Uhr) Auf diesen fantastischen Touren lernt man alles über das Leben in der DDR, sieht Straßenkunst und besucht coole Kneipen und Bars in der Äußeren Neustadt. NightWalk hat auch die Exklusivrechte, Besucher in das Schlachthaus mitzunehmen, in dem Kurt Vonnegut Jr. 1945 die Bombardierung von Dresden überlebte und das er später in *Schlachthof 5* berühmt machte.

Dresden & der Zweite Weltkrieg

Zwischen dem 13. und dem 15. Februar 1945 warfen britische und amerikanische Flieger in vier gewaltigen Luftangriffen 3900 t Sprengstoff über Dresden ab. Spreng- und Brandbomben verursachten einen gigantischen Feuersturm, die Asche bekamen noch 35 km entfernte Dörfer ab. Als das Feuer und der Staub sich legten, hatten Zehntausende ihr Leben verloren und 20 km² der Barockstadt lagen in Schutt und Asche.

Historiker sind sich noch immer uneins, ob dieser Angriff ein Kriegsverbrechen der Alliierten an der Zivilbevölkerung darstellte. Einige behaupten, dass mit der Roten Armee vor den Toren Berlins der Krieg bereits gewonnen war und die Alliierten nur wenig militärischen Vorteil aus der Zerstörung zogen. Andere sagen, dass Dresden als letztes intaktes urbanes Zentrum im Osten des Landes deutschen Truppen hätte Schutz bieten können und die Bombardierung daher vertretbar war.

Sächsische Dampfschifffahrt Bootsfahrt

(Karte S. 180; ☎0351-866 090; www.saechsische-dampfschiffahrt.de; Terrassenufer; Erw./erm. ab 12/8 €) 90-minütige Elbe-Fahrten auf der ältesten Raddampferflotte der Welt starten im Sommer mehrmals täglich vom Terrassenufer. Es geht auch in die Sächsische Schweiz und zu den Schlössern an der Elbe.

Große Stadtrundfahrt Bustour

(Karte S. 180; ☎0351-899 5650; www.stadtrundfahrt.com; Theaterplatz; Tagesticket Erw./erm.

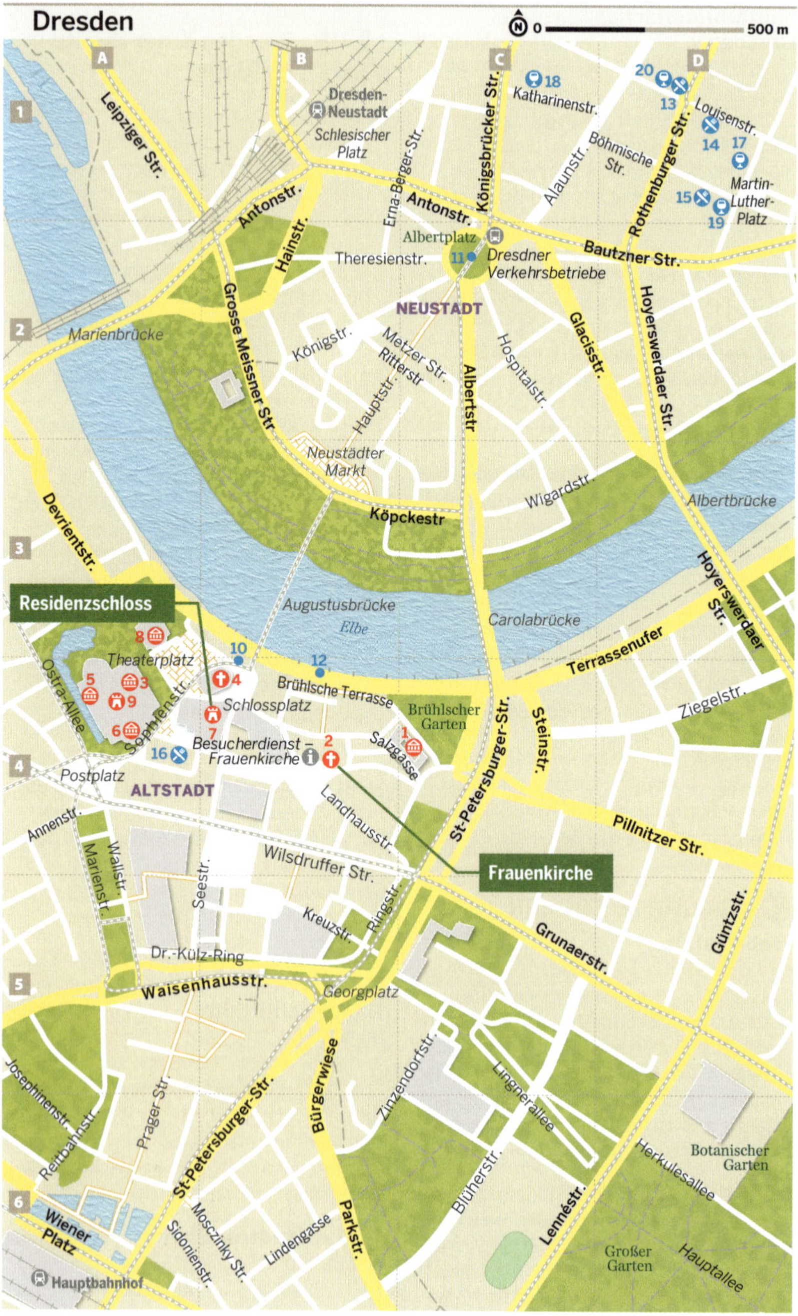

Dresden
0
500 m
A
B
C
D
1
2
3
4
5
6
Leipziger Str.
Dresden-Neustadt
Schlesischer Platz
Erna-Berger-Str.
Königsbrücker Str.
18
Katharinenstr.
20
13
Louisenstr.
14
17
Böhmische Str.
Alaunstr.
Rothenburger Str.
Martin-Luther-Platz
15
19
Antonstr.
Antonstr.
Hainstr.
Albertplatz
Theresienstr.
11
Dresdner Verkehrsbetriebe
Bautzner Str.
NEUSTADT
Marienbrücke
Grosse Meissner Str.
Königstr.
Metzer Str.
Ritterstr.
Hauptstr.
Albertstr.
Hospitalstr.
Glacisstr.
Hoyerswerdaer Str.
Neustädter Markt
Wigardstr.
Albertbrücke
Köpckestr.
Devrientstr.
Residenzschloss
Augustusbrücke
Elbe
Carolabrücke
Hoyerswerdaer Str.
Terrassenufer
8
Theaterplatz
10
12
5
3
4
9
Brühlsche Terrasse
Schlossplatz
Brühlscher Garten
Ostra-Allee
Sophienstr.
6
7
Besucherdienst – Frauenkirche
2
1
Salzgasse
St-Petersburger-Str.
Steinstr.
Ziegelstr.
16
Postplatz
ALTSTADT
Landhausstr.
Pillnitzer Str.
Annenstr.
Wallstr.
Marienstr.
Seestr.
Wilsdruffer Str.
Frauenkirche
Ringstr.
Kreuzstr.
Grunaerstr.
Güntzstr.
Dr.-Külz-Ring
Waisenhausstr.
Georgplatz
Josephinenstr.
Reitbahnstr.
Prager Str.
St-Petersburger-Str.
Bürgerwiese
Zinzendorfstr.
Lingnerallee
Botanischer Garten
Herkulesallee
Blüherstr.
Wiener Platz
Mosczinky Str.
Sidonienstr.
Lindengasse
Parkstr.
Lennéstr.
Großer Garten
Hauptallee
Hauptbahnhof

Dresden

Sehenswertes

1 Albertinum C4
2 Frauenkirche B4
3 Gemäldegalerie Alte Meister A4
Historisches Grünes Gewölbe .... (siehe 7)
4 Katholische Hofkirche B4
5 Mathematisch-Physikalischer Salon A4
Neues Grünes Gewölbe .... (siehe 7)
6 Porzellansammlung A4
7 Residenzschloss B4
8 Semperoper A3
9 Zwinger A4

Aktivitäten, Kurse & Touren

10 Große Stadtrundfahrt B4
11 NightWalk Dresden C2
12 Sächsische Dampfschifffahrt B4

Essen

13 Café Continental D1
14 Little India D1
15 Raskolnikoff D1
16 Sophienkeller A4

Ausgehen & Nachtleben

17 Bottoms Up D1
18 Downtown C1
19 Lloyd's D1
20 Louisengarten D1

20/18 €; April–Okt. 9.30–21 Uhr, Nov.–März bis 20 Uhr) Bei dieser Bustour mit Audioguide kann man an 22 Haltestellen ein- und aussteigen und so alle bedeutenden Attraktionen sehen. Führungen an ausgewählten Sehenswürdigkeiten sind inklusive. Die Busse fahren alle 15 bis 30 Minuten.

ESSEN

Little India — Indisch €€

(Karte S. 180; 0351-3232 6400; www.littleindia-dresden.de; Louisenstraße 48; Hauptgerichte 10–15 €; Nov.–März Di–So 11–14.30 & 17–23 Uhr, April–Okt. Di–So 11–14.30 & 17–23.30 Uhr;) Hell, minimalistisch und ungezwungen – dieser Inder sticht heraus und ist unfassbar beliebt (mitunter muss man lange warten). Auf der langen Karte stehen leckere Tandur-, viele vegetarische und die üblichen Hühnchen- und Lammgerichte. Himmlisches Naan!

Café Continental — International €€

(Karte S. 180; 0351-272 1722; www.cafe-continental-dresden.de; Görlitzer Straße 1; Gerichte 6–20 €; So–Do 9–1, Fr & Sa bis 3 Uhr;) Wen die grün beleuchteten Nischen hinter der Bar an Aquarien erinnern, der hat den Nagel auf den Kopf getroffen: Das belebte „Conti" war zu DDR-Zeiten eine Tierhandlung. Heute lohnt sich der Besuch zu jeder Tages- und Nachtzeit, auf einen Cappuccino oder Cocktail, ein Stück selbst gebackenen Kuchen oder eine richtige Mahlzeit.

Raskolnikoff — International €€

(Karte S. 180; 0351-804 5706; www.raskolnikoff.de; Böhmische Straße 34; Hauptgerichte 10–15 €; ab 11 Uhr) In den 1980ern war das Haus von Künstlern besetzt. Auch heute verströmt das Raskolnikoff jede Menge künstlerisch-unkonventionelles Flair, vor allem der kleine Garten hinten mit dem bizarren Wasserspiel. Auf der saisonalen Karte stehen Erzeugnisse der Region, die hier zu internationalen Gerichten verarbeitet werden, z. B. zu *pelmeni* (russische Teigtaschen, die an den Dostojewski-Charakter erinnern, nach dem das Restaurant benannt wurde).

Sophienkeller — Sächsisch €€

(Karte S. 180; 0351-497 260; www.sophienkeller-dresden.de; Taschenberg 3; Hauptgerichte 12–20 €; 11–1 Uhr) In diesem Restaurant in einem Gewölbekeller im Taschenbergpalais werden Gäste in die 1730er-Jahre entführt. Die Belegschaft in ihren historischen Kostümen wirkt etwas altbacken, aber die hiesigen Spezialitäten sind auf den Punkt gegart. Auf den Teller kommt vorwiegend Herzhaftes, z. B. eine halbe Ente mit Rotkohl oder Ferkel im Brotteig. Dazu gibt es Krušovice, böhmisches Schwarzbier vom Fass.

Restaurant Genuss-Atelier — Deutsch €€€

(0351-2502 8337; www.genuss-atelier.net; Bautzner Straße 149; Hauptgerichte 15–27 €; Mi–Fr 17–23, Sa & So 12–15.30 & 17–23 Uhr; 11

Abendessen in Dresden

bis Waldschlösschen) Das fantastische Restaurant ist ein glanzvoller Neuzugang in Dresdens Gastro-Szene; die Fahrt mit der Straßenbahn lohnt sich! Auf der Karte stehen jede Menge kreative Gerichte. Die beste Art, das Lokal kennenzulernen, ist jedoch das Überraschungsmenü (3/4/5 Gänge 39/49/59 €), das die ganze Kunstfertigkeit der Küche zeigt. Unbedingt reservieren!

AUSGEHEN & NACHTLEBEN

Im Zentrum der Äußeren Neustadt, an der Kreuzung Görlitzer Straße und Louisenstraße, führt jede zweite Tür in eine Bar. Einige Leute setzen sich auch einfach auf den Gehweg – wer braucht schon eine Bar?

Bottoms Up Bar

(Karte S. 180; ☎0351-802 0158; Martin-Luther-Straße 31; ⏲Mo–Do 18–2, Fr bis 3, Sa 10–3, So bis 2 Uhr) Eine der beliebtesten Bars in der Neustadt. Es gibt einen Biergarten, Fass-Cider und diverse Biere, von coolen Belgiern bis zu hiesigen Sorten. Drinnen ist es gemütlich und abends sehr voll. Der Wochenend-Brunch ist spitze.

Louisengarten Biergarten

(Karte S. 180; www.biergarten-dresden.de; Louisenstraße 43; ⏲ab 16 Uhr) Wer das ultimative Dresden-Erlebnis sucht, ist in diesem unkonventionellen, künstlerisch angehauchten Biergarten richtig. Hier kann man bei einem Bier (Lenins Hanf) aus der nahen Neustädter Hausbrauerei den Tag Revue passieren lassen und Fleisch aus der benachbarten Metzgerei genießen.

Lloyd's Bar

(Karte S. 180; ☎0351-501 8775; www.lloyds-cafe-bar.de; Martin-Luther-Straße 17; ⏲Mo–Do 8–24, Fr bis 1, Sa 9–1, So 9–19 Uhr) In einer ruhigen Ecke der Neustadt verströmt das Lloyd's mit cremefarbenen Ledermöbeln, riesigen Spiegeln und üppigen Kronleuchtern Flair. Hier lohnt sich der Besuch den ganzen Tag über, sei es für ein Frühstück oder einen fachmännisch zubereitenden Cocktail. Nachmittagstee und Kuchen am Kamin gibt's auch.

Downtown Club

(Karte S. 180; ☎0351-811 5592; www.downtown-dresden.de; Katharinenstraße 11–13; ⏲Fr & Sa 22 Uhr–open end) Das kultige alte Fabrikgebäude beherbergt einen der beliebtesten Clubs

Dresdens. Hier tummelt sich ein junges, unternehmungslustiges Publikum auf drei Ebenen. Es gibt einen Main-Floor mit Musik der 1980er- und 1990er-Jahre, eine Electro-Lounge und einen Loft-Club mit R'n'B.

PRAKTISCHE INFORMATIONEN

Die praktische **Dresden Card** (www.dresden.de/dresdencard) ermöglicht kostenlose Fahrten mit öffentlichen Verkehrsmitteln und bringt Rabatte bei den Sehenswürdigkeiten. Bei der **Dresden Information** (Karte S. 180; ☎0351-501 501; www.dresden.de; QF-Passage, Neumarkt 2; ⏲Mo–Fr 10–19, Sa bis 18, So bis 15 Uhr) gibt es verschiedene Karten: Die einen Tag gültige Dresden City Card (Pers./Fam. 12/15 €) gilt im Nahverkehr und in bis zu 90 Restaurants, Läden, bei Touren und Veranstaltungen. Die zwei Tage gültige Version (37/66 €) gewährt Gratis-Eintritt in alle staatlichen Museen (außer im Historischen Grünen Gewölbe) und Ermäßigungen bei vielem mehr. Die Dresden Regio Card (ab 20/30 €) bietet die Vorzüge der Dresden City Card sowie freie Fahrt mit Bus und Bahn im Umland. Alle Karten bieten ein tolles Preis-Leistungs-Verhältnis. Sie lohnen sich, falls man plant, mehrere Museen zu besuchen.

AN- & WEITERREISE

FLUGZEUG

Der **Internationale Flughafen Dresden** (DRS; ☎0351-881 3360; www.dresden-airport.de; Flughafenstrasse) bietet Flüge in viele Städte im In- und Ausland (z. B. nach Amsterdam, Zürich, Dubai und Moskau).

Die Linie S2 verbindet den Flughafen mit dem Stadtzentrum (2,30 €, 20 Min., mehrmals stündl.). Taxifahrten kosten rund 20 €.

ZUG

Schnellzüge fahren nach Berlin (40 €, 2 Std.) und Leipzig (19,90 €, 1¼ Std.), die S1 fährt nach Meißen (6,20 €, 40 Min., halbstündl.) und Bad Schandau (6,20 €, 45 Min.). RE-Züge verbinden Dresden über Freiberg (9,70 €, 30–45 Min.) mit Chemnitz (16 €, 1 Std.).

Ein Blick hinter den Eisernen Vorhand

Pirna ist ein charmantes, freundliches und entspanntes Städtchen an der Elbe, das als Zuhause Canalettos während seiner Jahre in Sachsen berühmt wurde. Die Hauptattraktion ist das ausgezeichnete **DDR-Museum** (☎03501-774 842; www.ddr-museum-pirna.de; Rottwerndorferstraße 45; Erw./Kind 8/6 €; ⏲April–Okt. Di–So 10–17 Uhr, Nov.–März Di–Do 10–15, Sa & So 10–17 Uhr; letzter Einlass 15.30 Uhr) in einer ehemaligen Militärbaracke am Stadtrand. Hier können Besucher durch eine komplett möblierte DDR-Wohnung schlendern, in einem Klassenraum sitzen, in dem Walter Ulbricht auf die Schüler hinunterblickt, und herausfinden, wie teuer die Uniform der Jungpioniere war.

Hierher geht's mit der Linie S1 vom Dresdner Hauptbahnhof. In Pirna läuft man fünf Minuten zum zentralen Busbahnhof (ZOB) und fährt mit dem Bus N Richtung Geibeltbad/Freizeitzentrum (4 €, 35 Min.).

Trabi (auch Rennpappe genannt)
MICHAEL NITZSCHKE/GETTY IMAGES ©

UNTERWEGS VOR ORT

Busse und Straßenbahnen werden von den **Dresdner Verkehrsbetrieben** (DVB; Karte S. 180; ☎0351-857 1011; www.dvb.de/en) betrieben. Fahrten im Stadtgebiet kosten stolze 2,30 €. Für eine Tageskarte legt man 6 € hin und darf bis 4 Uhr morgens fahren. Die Tickets gibt es an den Automaten an den Haltestellen oder in den Straßenbahnen. Sie müssen vor Fahrtantritt entwertet werden.

ARAGAMI12345 / 500PX ©

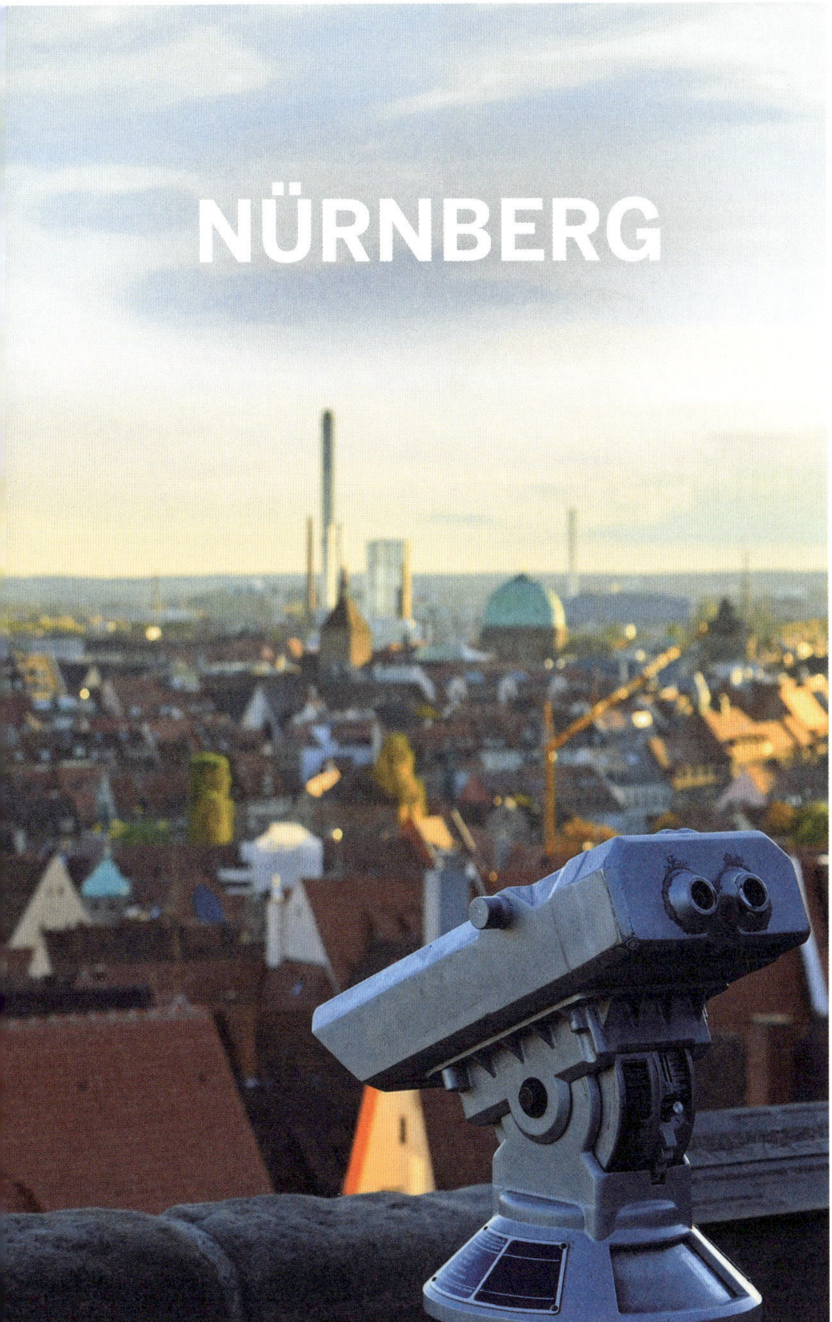
NÜRNBERG

In diesem Kapitel

Nürnberg

Nürnberg ist eine dynamische Stadt mit intensivem Nachtleben und Bier so dunkel wie Kaffee. Hier tummeln sich das ganze Jahr über Touristen, der größte Ansturm herrscht aber während des fantastischen Christkindlesmarktes. Jahrhundertelang war Nürnberg beliebter Aufenthaltsort der Kaiser und heimliche Hauptstadt des Heiligen Römischen Reiches. Bis zum 18. Jh. hatte sich Nürnberg zu einem Zentrum der industriellen Revolution entwickelt, später dann nutzten die Nazi die Stadt als Bühne für ihre Propaganda. Auch deswegen fand hier nach 1945 das Kriegsverbrechertribunal statt, das als Nürnberger Prozesse bekannt wurde.

Nürnberg in einem Tag

Die Erkundung beginnt am Hauptmarkt. Los geht's Richtung Norden vorbei am Alten Rathaus mit seinen mittelalterlichen Lochgefängnissen zur **Kirche St. Sebald** (S. 188) aus dem 13. Jh. Im **Stadtmuseum im Fembo-Haus** (S. 188) lernt man alles über die Hochs und Tiefs dieser bedeutenden Stadt. Danach geht es weiter Richtung Süden zum **Albrecht-Dürer-Haus** (S. 189), in dem das Renaissance-Genie lebte und arbeitete.

Nürnberg in zwei Tagen

Über der Stadt erhebt sich die **Kaiserburg** (S. 189) mit ihrem Labyrinth aus kaiserlichen Kammern. Man kann noch viele weitere Stunden damit verbringen, innerhalb der Stadtmauern umher zu schlendern, auf jeden Fall sollte man jedoch viel Zeit für die Erkundung des ausgezeichneten **Germanischen Nationalmuseums** (S. 189) und des faszinierenden **Memorium Nürnberger Prozesse** (S. 190) einplanen. Wer etwas erfrischend anderes erleben möchte, sollte Nürnbergs **Deutsche Bahn Museum** (S. 190) besuchen, eine Freude für Jung und Alt.

Vorherige Seite: Blick auf Nürnberg
ARAGAMI12345/500PX ©

An- & Weiterreise

Flughafen Nürnberg (Albrecht-Dürer-Flughafen) Für Inlands- und Auslandsflüge.

Nürnberg Hauptbahnhof Großer Bahnhof im Stadtzentrum, für Nah- und Fernverkehr.

Busbahnhof Nürnberg (ZOB) Großer Busbahnhof im Stadtzentrum. Hier halten viele Inlands- und Auslandsbusse.

Schlafen

Während des Christkindlesmarktes und der Spielzeugmesse (nur für Händler) Ende Januar/Anfang Februar sind die Hotels der Stadt oft ausgebucht und die Hotelpreise schießen in die Höhe. Zu anderen Zeiten kann man auch preiswerte Unterkünfte finden, vor allem wenn man im Voraus bucht. Die meisten Quartiere befinden sich innerhalb der Stadtmauern, außerhalb sind die Preise jedoch oft wesentlich günstiger.

Kaiserburg

Altstadt

Nürnberg besitzt eine der größten und geschichtsträchtigsten Altstädte Deutschlands und ein Spaziergang durch ihre verwinkelten und steilen Gassen, über überdachte Brücken und entlang intakter Stadtmauern ist eines der Highlights eines Besuches in Bayern.

Großartig für ...

☑ Nicht versäumen

Das Ehekarussell (bzw. Ehebrunnen; U-Bahn-Station Weißer Turm) ist eine grotesk anmutende Skulptur, die sechs Szenen einer Ehe darstellt.

St. Sebald

Nürnbergs **älteste Kirche** (Karte S. 192; www.sebalduskirche.de; Winklerstraße 26; ⏲Jan.–März 9.30–16 Uhr, April–Dez. bis 18 Uhr) wurde im 13. Jh. aus rostfarbenem Sandstein erbaut. Ihr Inneres ist mit religiösen Skulpturen und Symbolen geschmückt. Besonders schön sind die verschnörkelten Schnitzereien über dem Brautportal im nördlichen Teil, die fünf kluge und fünf törichte Jungfrauen darstellen. Im Inneren befindet sich das Messinggrabmal für den hl. Sebald, ein Meisterwerk der Gotik und Renaissance, an dem Peter Vischer d. Ä. und seine Söhne mehr als elf Jahre arbeiteten.

Stadtmuseum im Fembo-Haus

Das **Stadtmuseum im Fembo-Haus** (Karte S. 192; ☎0911-231 2595; Bergstraße 15; Erw./Kind 6/1,50 €; ⏲Di–Fr 10–17 Uhr, Sa & So bis

Stadtmuseum im Fembo-Haus

CARSO80/GETTY IMAGES ©

Gut zu wissen

Die Altstadt erreicht man über die U-Bahn-Stationen Weißer Turm und Lorenzkirche.

Pause gefällig?

Das Bratwursthäusle (S. 194) ist der beste Ort, um Nürnbergs berühmt Würstchen zu probieren.

★ Top-Tipp

Mit der Nürnberg Card + Fürth (28 €) kann man an zwei aufeinanderfolgenden Tagen alle Museen und Sehenswürdigkeiten in Nürnberg und Fürth besichtigen.

18 Uhr) entführt Besucher auf eine Reise durch Nürnbergs Stadtgeschichte. Zu den Highlights gehören die restaurierten Zimmer des Kaufmannshauses aus dem 16. Jh.

Albrecht-Dürer-Haus

Dürer, Deutschlands berühmtester Renaissance-Maler und -Grafiker, lebte und arbeitete von 1509 bis zu seinem Tod im Jahr 1528 im **Albrecht-Dürer-Haus** (Karte S. 192; ☎0911-231 2568; Albrecht-Dürer-Straße 39; Erw./Kind 6/1,50 €; ⌚Di–Fr 10–17, Do bis 20, Sa & So bis 18 Uhr, Juli–Sept. auch Mo bis 17 Uhr). Auf eine multimediale Show folgt eine Audioguide-Tour durch das vierstöckige Haus, die von Agnes, Dürers Frau, erzählt wird.

Kaiserburg

Dieser riesige **Burgkomplex** (Karte S. 192; ☎0911-244 6590; www.kaiserburg-nuernberg.de; Auf der Burg; Erw./Kind inkl. Sinwellturm 7 €/kostenlos, Palas & Museum 5,50 /kostenlos; ⌚April–Sept. 9–18, Okt.–März 10–16 Uhr) über der Altstadt zeugt von Nürnbergs mittelalterlicher Macht. Die Hauptattraktionen eines Besuches sind der frisch renovierte **Palas** (Wohntrakt) inklusive Rittersaal und Kaisersaal, die romanische Doppelkapelle und eine Dauerausstellung über das Alte Reich. Von hier aus geht es zum Kaiserburg-Museum, das die bauliche und militärische Geschichte der Burg zeigt.

Germanisches Nationalmuseum

Das **Germanische Nationalmuseum** (Karte S: 192; ☎0911-133 10; www.gnm.de; Kartäusergasse 1; Erw./Kind 8/5 €; ⌚Di & Do–So 10–18, Mi bis 21 Uhr) ist das größte kulturgeschichtliche Museum des deutschen Sprachraumes. Die Dauerausstellung umspannt die Zeit von der Vor- und Frühgeschichte bis ins 20. Jh. und zeigt Arbeiten deutscher Maler und Bildhauer, eine archäologische Sammlung, Waffen und Rüstungen, Musik- und wissenschaftliche Instrumente sowie Spielzeuge.

SEHENSWERTES

DB-Museum — Museum

(Karte S. 192; ☎0800-3268 7386; www.db museum.de; Lessingstraße 6; Erw./Kind 6/3 €; ⏲Di–Fr 9–17, Sa & So 10–18 Uhr) Vergessen wir Dürer und die Reichsparteitage. Tief im Herzen ist Nürnberg eine Eisenbahnstadt. Deutschlands erster Personenzug verkehrte zwischen Nürnberg und Fürth, eine Tatsache, die sich im großartigen DB-Museum spiegelt. Dieses beschäftigt sich mit der Geschichte des deutschen Eisenbahnsystems. Die riesige Ausstellung, die auf der gegenüberliegenden Straßenseite fortgesetzt wird, ist eine der Hauptattraktionen Nürnbergs, und zwar nicht nur für Eisenbahnromantiker.

Wer den Nachwuchs dabei hat, sollte zum KIBALA gehen (Abkürzung für: Kinder-Bahnland), der Kinderwelt des DB-Museums. Hier gibt es eine große interaktive Ausstellung mit zahlreichen Mitmachstationen. Das Museum beherbergt außerdem eine der größten Modellbahnanlagen Deutschlands, die stündlich von einem uniformierten Schaffner in Gang gesetzt wird.

Das Herzstück der Ausstellung sind dennoch die beiden Hallen mit Loks und Waggons. In der ersten Fahrzeughalle befinden sich der unglaubliche Rokoko-Hofzug des Bayernkönigs Ludwig II., der im Volksmund „Versailles auf Rädern" genannt wurde, und der Salonwagen von Otto von Bismarck, der sich deutlich bescheidener fortbewegte. Hier befindet sich auch Deutschlands berühmteste Dampflok, der „Adler", der von den Stephensons in Newcastle-upon-Tyne für die Strecke Nürnberg-Fürth gebaut wurde. In der zweiten Fahrzeughalle auf der Straßenseite gegenüber dem Hauptgebäude befinden sich einige riesige Motoren, von denen manche noch NS- oder Deutsche-Reichsbahn-Plaketten tragen.

Memorium Nürnberger Prozesse — Gedenkstätte

(☎0911-3217 9372; https://museen.nuernberg.de/memorium-nuernberger-prozesse/; Bärenschanzstraße 72; Erw./Kind inkl. Audioguide 6/1,50 €; ⏲April–Okt. Mo & Mi–Fr 9–18, Sa & So 10–18 Uhr, Nov.–März verkürzte Öffnungszeiten) Göring, Hess, Speer und 21 weitere Naziführer mussten sich hier im **Schwurge-**

Dokumentationszentrum, Reichsparteitagsgelände

TRABANTOS/SHUTTERSTOCK ©

richtssaal 600 wegen Verbrechen gegen den Frieden und gegen die Menschlichkeit vor einem Gericht der Alliierten verantworten. Noch heute ist der Schwurgerichtsaal ein Ort der Rechtsprechung sowie Teil einer faszinierenden Ausstellung, die die Hintergründe, den Verlauf und die Auswirkungen der Prozesse durch Film-, Foto- und Audiomaterial schildert. Die Angeklagtenbank ist bis heute im Original erhalten. Anfahrt: mit der U1 Richtung Bärenschanze bis zur Station Sielstraße.

Reichsparteitagsgelände Historische Stätte

(Luitpoldhain; ☎0911-231 7538; www.museen.nuernberg.de/dokuzentrum; Bayernstraße 110; Gelände kostenlos, Dokumentationszentrum Erw./Kind inkl. Audioführer 6/1,50 €; Gelände 24 Std., Dokumentationszentrum Mo–Fr 9–18, Sa & So 10–18 Uhr) Wer sich schon einmal gefragt hat, wo viele Schwarz-Weiß-Bilder ekstatischer Nazianhänger entstanden, die ihrem Führer zujubeln: Sie wurden hier in Nürnberg aufgenommen. Der größte Teil des Geländes wurde bei Bombenangriffen der Alliierten zerstört, doch blieb genug erhalten, um ein Gefühl für den Größenwahn zu bekommen, der hier herrschte. Besonders lohnend ist der Besuch in dem ausgezeichneten **Dokumentationszentrum** (Bild links). Anfahrt: mit der Straßenbahn 8 ab dem Hauptbahnhof.

GEFÜHRTE TOUREN

Geschichte für Alle Kultur

(☎0911-307 360; www.geschichte-fuer-alle.de; Erw./Ermäßigung 8/7 €) Die gemeinnützige Organisation bietet eine faszinierende Auswahl an thematischen Stadtführungen. Die Führungen über Albrecht Dürer und das Leben im mittelalterlichen Nürnberg sind besonders empfehlenswert.

Die Stadtführer e. V. Stadtführung

(☎0170-141 1223; www.nuernberg-tours.de; Führung 10 €; tägl.) Altstadtführungen werden von der Touristeninformation angeboten. Sie beginnen an der Filiale am Hauptmarkt (S. 195) und dauern zwei Stunden.

Nürnberg mit Kindern

Keine Stadt in Bayern bietet mehr kindgerechte Attraktionen als Nürnberg. Alle zwei Monate produziert die Region sogar einen dickes Magazin namens **Frankenkids** (www.frankenkids.de), das speziell auf Unternehmungen mit Kindern ausgelegt ist. Die Kleinen in der Stadt bei Laune zu halten, ist hier wirklich ein Kinderspiel.

Kinder- & Jugendmuseum (☎0911-600 040; www.kindermuseum-nuernberg.de; Michael-Ende-Straße 17; Erw./Fam. 7,50/19,50 €; Sept.–Juni Sa 14–17.30, So 10–17.30 Uhr) Ausstellungen und jede Menge Aktivitäten zum Mitmachen – nur schade, dass es nicht öfter geöffnet ist.

Schulmuseum (☎0911-530 2574; Äußere Sulzbacher Straße 62; Erw./Kind 3/3 €; Di–Fr 9–17, Sa & So 10–18 Uhr) Nachgebautes Klassenzimmer und Ausstellungsstücke aus Schulen vom 17. Jh. bis zum Dritten Reich.

DB-Museum (S. 190) Für Kinder, die Eisenbahnen lieben.

Erfahrungsfeld zur Entfaltung der Sinne (www.erfahrungsfeld.nuernberg.de; Wöhrder Wiese; Erw./Kind 8,50/7 €; Mai–Mitte-Sept. Mo–Fr 9–18, Sa 13–18, So 10–18 Uhr) Rund 100 Erlebnisstationen für Kinder zu den Themen Natur, Physik und menschlicher Körper. Anfahrt: mit der U2 oder U3 bis Wöhrder Wiese.

Playmobil (☎0911-9666 1700; www.playmobil-funpark.de; Brandstätter Straße 2-10; Eintritt 11,90 €; Mitte Feb.–März 10–18 Uhr, April 9–18 Uhr, Mai–Mitte Sept. 9–19 Uhr) Dieser Spaßpark bietet lebensgroße Versionen der beliebten Spielzeugfiguren. Er befindet sich 9 km westlich des Stadtzentrums in Zirndorf; Anfahrt: mit der S4 nach Anwanden, dann weiter mit dem Bus 151. Geburtstagskinder zahlen keinen Eintritt. Spezielle „Kleiner Dürer"-Figuren (2,99 €) gibt es hier und in der Touristeninformation.

Nürnberg

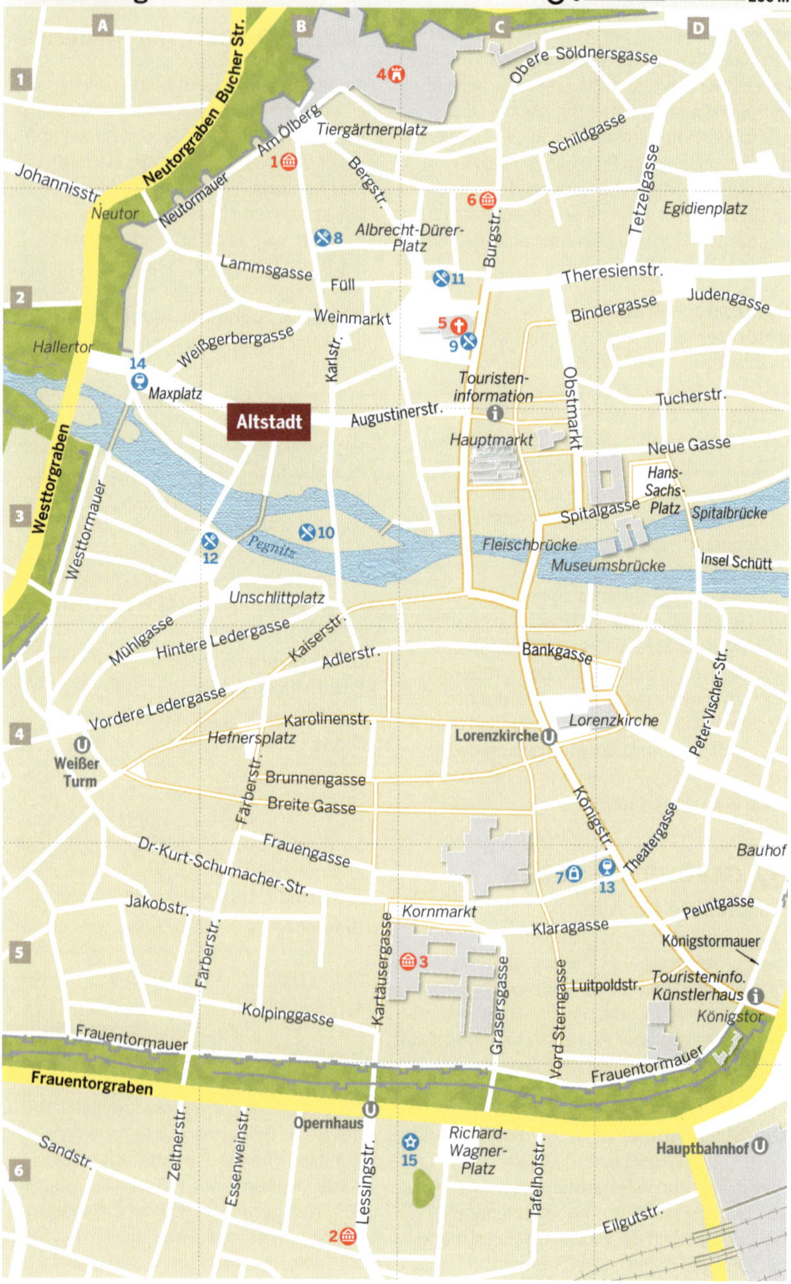
0 200 m
A
B
C
D
1
2
3
4
5
6
Neutorgraben Bucher Str.
Johannisstr.
Neutor
Neutormauer
Am Ölberg
Tiergärtnerplatz
Obere Söldnersgasse
Schildgasse
Tetzelgasse
Egidienplatz
Bergstr.
Albrecht-Dürer-Platz
Burgstr.
Lammsgasse
Füll
Theresienstr.
Bindergasse
Judengasse
Weinmarkt
Weißgerbergasse
Karlstr.
Hallertor
Maxplatz
Altstadt
Augustinerstr.
Touristen-information
Hauptmarkt
Obstmarkt
Tucherstr.
Neue Gasse
Hans-Sachs-Platz
Spitalgasse
Spitalbrücke
Westtorgraben
Westtormauer
Pegnitz
Fleischbrücke
Museumsbrücke
Insel Schütt
Unschlittplatz
Mühlgasse
Hintere Ledergasse
Kaiserstr.
Adlerstr.
Bankgasse
Peter-Vischer-Str.
Vordere Ledergasse
Karolinenstr.
Hefnersplatz
Lorenzkirche
Weißer Turm
Färberstr.
Brunnengasse
Breite Gasse
Königstr.
Theatergasse
Frauengasse
Dr-Kurt-Schumacher-Str.
Bauhof
Jakobstr.
Kornmarkt
Klaragasse
Peuntgasse
Königstormauer
Kartäusergasse
Grasersgasse
Vord Sterngasse
Luitpoldstr.
Touristeninfo. Künstlerhaus
Königstor
Kolpinggasse
Frauentormauer
Frauentorgraben
Opernhaus
Richard-Wagner-Platz
Hauptbahnhof
Sandstr.
Zeltnerstr.
Essenweinstr.
Lessingstr.
Tafelhofstr.
Eilgutstr.
1
2
3
4
5
6
7
8
9
10
11
12
13
14
15

Nürnberg

Sehenswertes
1 Albrecht-Dürer-Haus B1
2 DB Museum B6
3 Germanisches Nationalmuseum C5
4 Kaiserburg B1
5 St. Sebald C2
6 Stadtmuseum im Fembo-Haus C2

Shoppen
7 Bierkontor C5

Essen
8 Albrecht-Dürer-Stube B2
9 Bratwursthäusle C2
10 Café am Trödelmarkt B3
11 Goldenes Posthorn C2
12 Naturkostladen Lotos B3

Ausgehen & Nachtleben
13 Barfüsser Brauhaus D5
14 Kettensteg A2

Unterhaltung
15 Staatstheater C6

SHOPPEN

Von Ende November bis Heiligabend findet auf dem Hauptmarkt der traditionelle **Christkindlesmarkt** (Weihnachtsmarkt; www.christkindlesmarkt.de) statt, der zweifelsohne zu den schönsten Weihnachtsmärkten Deutschlands gehört. Touristen aus ganz Europa reisen dann nach Nürnberg, um rund um den Hauptmarkt die weihnachtliche Stimmung zu genießen und einzigartige Geschenke an einem der unzähligen, farbenfrohen Holzstände zu ergattern.

Bierkontor — Alkohol

(Karte S. 192; An der Mauthalle 2; Mo–Sa 11–14 & 14.30–19 Uhr) Dieser kleine Laden gleich abseits der Touristenmeile verkauft über 350 Biersorten, von lokalen fränkischen Gebräuen über hawaiianische Ales und fruchtigen belgischen Spezialbieren bis hin zu britischen Porters. Wenn es um das bernsteinfarbene Manna geht, kennen sich die Mitarbeiter wirklich bestens aus.

ESSEN

Nürnberg bietet alle erdenklichen Arten von Küchen, von Chinesisch bis Kroatisch, von Mexikanisch zu Böhmisch. Letztlich sind es aber die gemütlichen fränkischen Gaststätten mit Schwarzbier und den berühmten Bratwürsten der Stadt, die eine bleibende kulinarische Erinnerung hinterlassen. Essen zu gehen, ist günstiger als in München, aber etwas teurer als im restlichen Franken.

Café am Trödelmarkt — Café €

(Karte S. 192; Trödelmarkt 42; Gericht 4–10 €; Mo–Sa 9–16, So 10–18 Uhr) Ein herrlicher Ort, nicht zuletzt an einem sonnigen Tag. Dieses mehrstöckige Café am Wasser blickt auf den überdachten Henkersteg. Das Café ist besonders beliebt wegen seines Frühstücks, der fantastischen Kuchen und guten Mittagsgerichte, die von 11 bis 14 Uhr serviert werden (was es gibt, steht an der Tafel angeschrieben).

Naturkostladen Lotos — Bio, Buffet €

(Karte S. 192; www.naturkostladen-lotos.de; Am Unschlittplatz 1; Gericht 4–9 €; Mo–Fr 9–18.30, Sa bis 17 Uhr;) In dem Bioladen kann man bei einem Vollkorn-Burger, einer Spinatsuppe oder einer veganen Pizza seine Arterien reinigen und jede Menge freie Radikale einfangen. Die Theke mit dem frischen Brot und Käse ist eine Schatztruhe für die Bestückung von gesunden Picknickkörben.

Albrecht-Dürer-Stube — Fränkisch €€

(Karte S. 192; 0911-227 209; www.albrecht-duerer-stube.de; Ecke Albrecht-Dürer-Straße & Agnesgasse; Hauptgericht 6–15,50 €; Mo–Sa 6–24, Fr & So auch 11.30–14.30 Uhr) Dieses einfache und gemütliche Restaurant hat einen von Dürer inspirierten Speiseraum, hübsch eingedeckte Tische, einen Keramikofen und eine Karte mit Nürnberger Bratwürsten, Steak, Meeresfisch und saisonalen Spezialitäten, fränkischem Wein und Landbier. Die Anzahl der Tische ist überschaubar, weshalb man vor allem am Wochenende reservieren sollte.

SACK/GETTY IMAGES ©

Christkindlesmarkt (S. 193)

Bratwursthäusle Fränkisch **€€**

(Karte S. 192; http://die-nuernberger-bratwurst.de; Rathausplatz 1; Gericht 7,50–11,50 €; ⌚11–22 Uhr) Die über Buchenholzfeuer gegrillten kleinen Bratwürstchen, die in dieser rustikalen Gaststätte neben der Sebalduskirche auf den Tisch kommen, setzen die Messlatte für ganz Franken. Man kann innen im holzgetäfelten Restaurant oder auf der Terrasse mit Blick auf den Hauptmarkt essen. Wenn viel los ist, wird der Service manchmal etwas hektisch. Nur Barzahlung.

Goldenes Posthorn Fränkisch **€€**

(Karte S. 192; ☎0911-225 153; Glöckleinsgasse 2, Ecke Sebalder Platz; Hauptgericht 6–14 €; ⌚11.30–22.30 Uhr) Wer die schwere Kupfertür zu diesem Restaurant aufstößt, den erwartet eine Gaumenfreude, die seit 1498 schon Königen, Künstlern und Professoren (darunter Albrecht Dürer) zuteil wurde. Die Nürnberger Bratwürste sind hervorragend, aber auch das Schweineschäufele und die Hausspezialität – Nürnberger Essigbrätlein vom Ochsenbäckchen – sind hervorragend.

AUSGEHEN & NACHTLEBEN

Franken ist ein leicht unterschätztes Bier-Eldorado und als dessen Hauptstadt bietet Nürnberg einige erstklassige Möglichkeiten zur Verkostung. Land- und Craft-Biere gibt es in allen erdenklichen Variationen. Dagegen ist Kaffee nicht überall erstklassig (das sollte nicht verschwiegen werden). Wer sich dann nach Sonnenuntergang noch ein wenig austoben möchte, dem bietet Nürnberg alles, von Mainstream-Clubs zu alternativen Venues. Besonders beliebt sind jedoch die Cafébars, in denen sich die Studenten tummeln.

Kettensteg Biergarten

(Karte S. 192; Maxplatz 35; ⌚11–23 Uhr) Am Ende des Kettensteges, unterhalb vom Hallertor, befindet sich der klassische bayerische Biergarten mit Kiesboden, Klappstühlen, Lichterketten, schattigen Bäumen und Blick auf die Pegnitz. Hier gibt es Zirndorfer, Lederer und Tucher vom Fass zu Gerichten, von denen einige auf herzförmigen Tellern serviert werden.

Barfüßer Brauhaus Brauerei
(Karte S. 192; Königstrasse 60; ⏲tgl. 11 bis maximal 1 Uhr) Dieser tiefe Bierkeller ist ein beliebter Ort, um Bier zu genießen, das in dem höhlenartigen Gewölbe in Kupferkesseln vor sich hin gärt. Dass traditionelle Ambiente dieser riesigen Trinkhalle beißt sich etwas mit den Poloshirts der Mitarbeiter ... aber das ist auch schon unser einziger Kritikpunkt.

UNTERHALTUNG

Der exzellente *Plärrer* (www.plaerrer.de), den man an Kiosken in der ganzen Stadt und in der Touristeninformation bekommt, ist die beste Quelle für Veranstaltungen.

Staatstheater Theater
(Karte S. 192; ☎0911-231 3808; www.staatstheater-nuernberg.de; Richard-Wagner-Platz 2) Nürnbergs herrliches Staatstheater bietet eine beeindruckende Mischung der darstellenden Künste. Das renovierte Jugendstil-Opernhaus zeigt Opern- und Ballettaufführungen, während die Kammerspiele eine Auswahl an klassischen und zeitgenössischen Stücken zeigen. Die Nürnberger Philharmoniker treten ebenfalls hier auf.

Hirsch Livemusik
(☎0911-429 414; www.der-hirsch.de; Vogelweiherstrasse 66) Die umgebaute Fabrik 2,5 km südlich des Hauptbahnhofs veranstaltet fast täglich alternative Musikevents, es treten Berühmtheiten wie auch lokale Künstler auf. Anfahrt: mit der U1 oder U2 zum Plärrer und von dort mit der Straßenbahn 4 zum Dianaplatz.

PRAKTISCHE INFORMATIONEN

Touristeninformationen am Hauptmarkt und im Künstlerhaus verkaufen die Nürnberg Card (28 €), mit der man zwei Tage lang freien Eintritt in alle Museen und Sehenswürdigkeiten und freie Fahrt in allen öffentlichen Verkehrsmitteln bekommt. Die Mitarbeiter versorgen Besucher außerdem mit Stadtplänen sowie nützlichen Auskünften und Tipps.

Touristeninformation Hauptmarkt (Karte S. 192; ☎0911-233 60; www.tourismus.nuernberg.de; Hauptmarkt 18; ⏲Mo–Sa 9–18, So 10–16 Uhr) Touristeninformation am Hauptmarkt. Verlängerte Öffnungszeiten während des Christkindlesmarkte, der quasi vor der Haustür stattfindet.

Touristeninformation Künstlerhaus (Karte S. 192; ☎0911-233 60; www.tourismus.nuernberg.de; Königstraße 93; ⏲Mo–Sa 9–19, So 10–16 Uhr) Gibt die hervorragende Broschüre *Sehen & Erleben* heraus, einen umfassenden Stadtführer.

AN- & WEITERREISE

BUS

Fernbusse fahren vom Busbahnhof (ZOB) in der Nähe des Hauptbahnhofs ab. In der Nähe befindet sich ein Touring/Eurolines-Büro. Der Flixbus (www.flixbus.com) verbindet Nürnberg mit unzähligen Zielen in Deutschland und darüber hinaus. Expressbusse der Deutschen Bahn fahren vom Busbahnhof nach Prag (ab 10 €, 3½ Std., 7-mal tägl.).

FLUGZEUG

Nürnbergs **Albrecht Dürer Flughafen** (NUE; ☎0911-937 00; www.airport-nuernberg.de; Flughafenstraße), 5 km nördlich vom Stadtzentrum, wird von inländischen und ausländischen Fluggesellschaften angeflogen.

ZUG

Von Nürnberg geht es mit dem Zug nach Berlin (ab 60 €, 2¾–3½ Std., ständl.), Frankfurt (ab 30 €, 2¼ Std., mind. ständl.), Hamburg (80 €, 4½ Std, mind. ständl.) und München (ab 30 €, 1 Std., mehrmals ständl.).

UNTERWGES VOR ORT

Am besten erkundet man die Altstadt zu Fuß. Die Betriebe des ÖPNV sind im Verkehrsverbund Großraum Nürnberg (VGN) zusammengeschlossen. Eine Einzelfahrt mit städtischen Bussen, Straßenbahnen sowie U- und S-Bahn kostet 3,20 €, eine Kurzstrecke 1,70 € und eine Tageskarte 8,30 €. Tagestickets, die samstags gekauft werden, gelten auch am unmittelbar folgenden Sonntag.

ROTHENBURG OB DER TAUBER

In diesem Kapitel

Rothenburg ob der Tauber

Das mittelalterliche Juwel ist ein Pflichtstopp für alle, die auf der Romantischen Straße unterwegs sind. Mit ihren Kopfsteingassen, farbenfrohen Häusern und ihrer Stadtmauer verkörpert das Städtchen genau das Märchenbuch-Deutschland, das die unzähligen japanischen und koreanischen Touristen sehen wollen. Die Denkmalschutzbestimmungen sind hier die strengsten in ganz Deutschland. Manchmal erinnert das Ganze an einen Mittelalter-Themenpark – sobald aber am Abend die letzten Reisebusse abgefahren sind und die Stadt im gelb schimmernden Laternenlicht einen einzigartige Zauber verströmt, ist dies schnell vergessen.

An- & Weiterreise nach/ab Rothenburg ob der Tauber

Bahnhof Rothenburg Vom Bahnhof fahren lediglich Regionalzüge nach Steinach, wo man in Züge nach Würzburg und München umsteigen kann.

Romantische Straße Bus Hält an der Hauptbushaltestelle am Bahnhof sowie am zentraler gelegenen Schrannenplatz.

Schlafen

Bei unserer letzten Zählung hatte Rothenburg rund 50 Anbieter von Unterkünften, was für eine Kleinstadt von gerade mal etwas mehr als 11 000 Einwohnern beachtlich ist. Selbst im Hochsommer ist es daher normalerweise kein Problem, ein freies Bett zu finden; man muss allerdings vorab reservieren, wenn man eine Bleibe in der Altstadt finden will.

Vorherige Seite: Restaurierte mittelalterliche Gebäude
BORIS STROUJKO/SHUTTERSTOCK ©

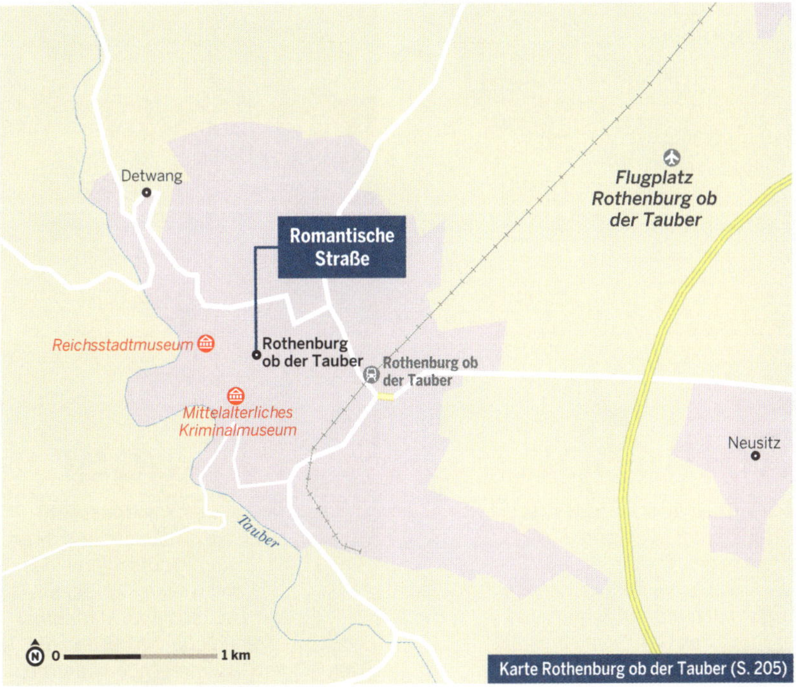

Karte Rothenburg ob der Tauber (S. 205)

Blick aus der Luft auf die Stadt

ANDY MELNIC/EYEEM/GETTY IMAGES ©

Schloss Neuschwanstein (S. 130)

Die Romantische Straße

Das idyllische kleine Rothenburg ist vielleicht der bezauberndste Halt an der 413 km langen Romantischen Straße, Deutschlands beliebtester Ferienstraße. Hier weitere Highlights der Strecke, die von Würzburg bis Füssen reicht.

Großartig für ...

Gut zu wissen

Der Romantische Straße Bus (S. 207) fährt von April bis Oktober täglich zwischen Frankfurt am Main und Füssen.

★ Top-Tipp

Wer die Romantische Straße auf beschaulichere Art erleben will, kann sie auch mit dem Fahrrad abfahren.

Würzburg

Die malerische Stadt am Main ist berühmt für ihre Kunst, ihre Architektur und Weine.

In Würzburg residierte der fränkische Herzog Gosbert, als im Jahr 686 drei irische Missionare kamen, ihn zum Christentum bekehrten und ihn aufforderten, sich von seiner Frau zu trennen, weil sie die Gattin seines verstorbenen Bruders gewesen war. Als Gosbert auf einem Kriegszug war, ließ die Frau die drei Missionare töten. Später wurden die drei Iren als Märtyrer und Heilige verehrt. Würzburg entwickelte sich zur Pilgerstätte und wurde 742 Sitz eines Bistums.

In der Frühen Neuzeit bauten die mächtigen und reichen Würzburger Fürstbischöfe die Stadt prächtig aus. Absolutes Glanzlicht dieser Epoche ist die Residenz: Die UNESCO-Weltkulturerbestätte zählt zu den schönsten Barockbauten Deutschlands.

Rothenburg ob der Tauber

Mit seiner mittelalterlichen Stadtmauer, seinen Kopfsteingassen und alten Schenken ist das Städtchen die idyllischste Station an der Romantischen Straße.

Dinkelsbühl

Das rund 40 km südlich von Rothenburg gelegene, makellos erhaltene Dinkelsbühl führt seine Ursprünge stolz auf eine Pfalz zurück, die die karolingischen Könige im 8. Jh. begründeten. Das Städtchen blieb von den Zerstörungen des Dreißigjährigen Krieges genauso verschont wie von den Luftangriffen des Zweiten Weltkriegs und besitzt daher wohl das authentischste mittelalterliche Stadtbild an der Romantischen Straße. Wer sich einen Gesamteindruck verschaffen will, sollte über die Stadtmauer mit ihren 18 Türmen und vier Toren spazieren.

Würzburgs Altstadt

Nördlingen

Ins bezaubernd mittelalterliche Nördlingen kommen weniger Touristen als in die bekannteren Nachbarorte – das Städtchen wirkt daher besonders authentisch. Es liegt im Nördlinger Ries, einem gewaltigen Meteoritenkrater, der vor 14,6 Mio. Jahren entstand. Nördlingens vollständig erhaltene Stadtmauer aus dem 14. Jh. ist vollständig begehbar.

Donauwörth & Harburg

Donauwörths mittelalterliche Altstadt wurde nach der weitgehenden Zerstörung im Zweiten Weltkrieg wieder aufgebaut. In der Nähe thront die Burg Harburg über der Wörnitz; ihre Wehrgänge, Türme, Türmchen, Bergfriede und roten Ziegeldächer sind so perfekt erhalten, dass sie wie eine Filmkulisse wirken. Die Führungen informieren über die lange Geschichte der Burg und beschwören die Geister, die in den Gemäuern spuken sollen.

☑ Nicht versäumen

Das Renaissanceschloss Weikersheim (www.schloss-weikersheim.de) ist eines der schönsten Schlösser an der gesamten Romantischen Straße.

MICHAEL ABID/500PX ©

Augsburg

Die größte Stadt an der Romantischen Straße ist eine faszinierende Station, wenn auch mit einer raueren, weniger idyllischen Atmosphäre als die anderen an der Strecke. Das Highlight ist die Fuggerei, die älteste katholische Sozialsiedlung der Welt.

Wieskirche

Die barocke Wieskirche in Steingaden-Wies, rund 22 km nordöstlich von Füssen, ist das schönste Gotteshaus an der Romantischen Straße, eine der bekanntesten Barockkirchen Bayerns und zudem UNESCO-Weltkulturerbestätte. Rund 1 Mio. Besucher jährlich bewundern die überbordend prächtige Schöpfung der Brüder Dominikus und Johann Baptist Zimmermann.

Schloss Neuschwanstein & Schloss Hohenschwangau

Die Romantische Straße kommt zu einem passend idyllischen Crescendo bei Deutschlands populärster Touristenattraktion, den Schlössern Neuschwanstein (S. 130) und Hohenschwangau (S. 132).

Füssen

Die Stadt Füssen (S. 134) lohnt eine halbtägige Erkundung. Hier kann man den Massen leicht entkommen und auf einfachen Wanderwegen mit Ausblick in die Alpen die herrliche Landschaft genießen.

Pause gefällig?

An der Romantischen Straße gibt's alle Arten von Lokalen – edle Restaurants genauso wie Kebabbuden.

SEHENSWERTES

Alt-Rothenburger Handwerkerhaus Historisches Gebäude

(Karte S. 205; www.alt-rothenburger-handwerkerhaus.de; Alter Stadtgraben 26; Erw./Kind 3/1,50 €; ⌚Ostern–Okt. Mo–Fr 11–17, Sa & So ab 10 Uhr, Dez. tgl. 14–16 Uhr) Im Alt-Rothenburger Handwerkerhaus, das sich in einer kleinen Gasse versteckt, haben heute zahlreiche Handwerker, darunter Küfer, Weber, Schuster und Töpfer, ihren Sitz – und das seit nunmehr rund 700 Jahren. Das Haus ist halb Museum, halb Werkstätte. Man kann gut und gern eine Stunde damit verbringen, den Handwerkern bei ihrer Arbeit zuzuschauen.

Deutsches Weihnachtsmuseum Museum

(Karte S. 205; ☎09861-409 365; www.weihnachtsmuseum.de; Herrngasse 1; Erw./Kind/Fam. 4/2,50/7 €; ⌚Ostern–Weihnachten 10–17 Uhr, Jan.–Ostern kürzere Öffnungszeiten) Wer sich beim Gedanken an Weihnachten in einen grünen, zotteligen Weihnachtshasser verwandelt, sollte den Besuch im Weihnachtsdorf von Käthe Wohlfahrt (S. 206), einem großen Laden für Weihnachtsartikel, in dem sich auch das Weihnachtsmuseum befindet, vielleicht nicht zu lange ausdehnen. Das Museum zeichnet die Entwicklung der Weihnachtsbräuche und des Weihnachtsschmucks nach. Die Ausstellung mit 150 Weihnachtsmannfiguren, altmodischen Christbaumkugeln und viel Lametta wirkt Mitte Juli besonders surreal, wenn die Quecksilbersäule draußen 30 °C zeigt.

Mittelalterliches Kriminalmuseum Museum

(Karte S. 205; www.kriminalmuseum.eu; Burggasse 3; Erw./erm. 7/4 €; ⌚April–Okt. 10–18 Uhr, Nov.–März 13–16 Uhr) Die Hauptattraktionen dieses gruselig-faszinierenden Museums sind die mittelalterlichen Folter- und Bestrafungsinstrumente. Hier sieht man Keuschheitsgürtel, Schandmasken für Verleumder, einen Schandkorb für betrügerische Bäcker, eine Halskrause für streitsüchtige Frauen und eine Zelle in Form eines Bierfasses für Trunkenbolde. Man kann sogar Selfies schießen, während man im Fußblock gefesselt ist. Das Museum hat 50 000 Exponate und ist damit das größte seiner Art in Europa.

Rathausturm Historisches Gebäude

(Karte S. 205; Marktplatz; Erw./Kind 2/0,50 €; ⌚April–Okt. 9.30–12.30 & 13–17 Uhr, Dez. tgl. 10.30–14 & 14.30–18, Fr & Sa bis 19 Uhr, Jan.–März & Nov. Sa & So 12–15 Uhr) Das Rathaus am Marktplatz wurde im 14. Jh. im gotischen Stil begonnen und zur Zeit der Renaissance fertiggestellt. 220 Stufen führen hinauf zur Aussichtsplattform des Rathausturms, wo sich ein weiter Blick übers Taubertal bietet.

Reichsstadtmuseum Museum

(Karte S. 205; www.reichsstadtmuseum.rothenburg.de; Klosterhof 5; Erw./Kind 6/5 €; ⌚April–Okt. 9.30–17.30 Uhr, Nov.–März 13–16 Uhr) Zu den Highlights des in einem früheren Dominikanerinnenkloster untergebrachten Reichsstadtmuseums zählen die *Rothenburger Passion* (1494), ein Zyklus aus zwölf Tafelbildern des deutschen Malers Martin Schwarz, die älteste Klosterküche Deutschlands sowie Rüstungen und Waffen. Vor dem Haupteingang (wenn man vor dem Museum steht rechts) erblickt man ein drehbares Fass. Es diente den Nonnen dazu, Brot an die Armen zu verteilen. Auch Findelkinder wurden hier abgelegt.

Stadtmauer Historische Stätte

(Karte S. 205) Wer Zeit und keine müden Beine hat, kann auf dem 2,5 km langen Rundweg um die durchgängig erhaltene Stadtmauer erkennen, wie wichtig den mittelalterlichen Stadtbewohnern die Verteidigung ihrer Siedlung war. Vom östlichen **Röderturm** (Rödergasse; Erw./Kind 2/1 €; ⌚März–Okt. & Dez. Mo–Fr 11–15, Sa/So 11–16 Uhr) hat man einen tollen Ausblick; getoppt wird dieser aber noch von der Sicht von der westlichen Seite der Stadt hinunter ins Taubertal und auf die doppelstöckige, mittelalterliche Tauberbrücke.

Rothenburg ob der Tauber

Sehenswertes

1 Alt-Rothenburger Handwerkerhaus C3
2 Deutsches Weihnachtsmuseum B3
3 Mittelalterliches Kriminalmuseum B3
4 Rathausturm B2
5 Reichsstadtmuseum A2
6 Röderturm D3
7 Stadtmauer D3

Shoppen

8 Käthe Wohlfahrt Weihnachtsdorf B3

Essen

9 Gasthof Goldener Greifen B3
10 Mittermeier D1
11 Zur Höll A3

GEFÜHRTE TOUREN

Die Touristeninformation veranstaltet eineinhalbstündige Stadtspaziergänge (8 €; April–Okt. 11 & 14 Uhr, Nov.–6. Jan. 11 Uhr, Jan.–März nur Mi, Sa & So). Jeden Abend (Jan.–März nur Sa) gibt's zudem eine unterhaltsame Altstadtführung mit einem traditionell kostümierten Nachtwächter; Führungen auf Deutsch (7 €) beginnen am Marktplatz um 21.30 Uhr, jene auf Englisch (8 €) an gleicher Stelle bereits um 20 Uhr.

ESSEN

Rothenburg besitzt ein paar ausgezeichnete fränkische Restaurants, aber auch Fast-food-Imbisse. Die Spezialität der Stadt ist der „Schneeball", ein Mürbeteiggebäck, das mit Puderzucker oder Zimt bestreut wird.

Gasthof Goldener Greifen Fränkisch **€€**

(Karte S. 205; ☎09861-2281; www.gasthof-greifen-rothenburg.de; Obere Schmiedgasse 5;

Der Meistertrunk

Im Jahr 1631 stand der Dreißigjährige Krieg vor den Toren der Reichsstadt Rothenburg ob der Tauber. Die kaiserlichen Truppen des katholischen Generals Tilly belagerten mit 60 000 Mann die protestantische Stadt und forderten die Übergabe. Rothenburg leistete Widerstand, musste sich aber schließlich den marodierenden Soldaten ergeben. Der Bürgermeister und andere Würdenträger der Stadt wurden festgesetzt und mit dem Tode bedroht.

Hier endet die Geschichte und die Legende beginnt. Es wird erzählt, dass der Rothenburger Stadtrat Tillys blutdürstigen Zorn besänftigen wollte, indem er dem General einen 3 l fassenden Weinkrug kredenzte. Tilly nahm ein, zwei Schlucke und machte den Ratsherren ein überraschendes Angebot: „Wenn einer von Euch die Courage hat, vorzutreten und diesen Krug Wein in einem Zug zu leeren, sollen die Stadt und die Leben der Ratsherren verschont bleiben!" Bürgermeister Georg Nusch trat vor und leerte den Krug auf einen Zug.

In Wirklichkeit wurde Tilly wohl mit hohen Geldzahlungen abgefunden. Das hinderte den Lokalpoeten Adam Hörber allerdings nicht daran, die Legende vom Meistertrunk in ein Festspiel zu verwandeln, das seit 1881 an jedem Pfingstsonntag aufgeführt wird. Und mehrmals täglich heben die Meistertrunk-Figuren (s. Abb.) der Spieluhr am Gebäude der Touristeninformation den Becher.

Hauptgerichte 8–17 €; ⌚Mi–Mo 11.30–22 Uhr; 📶) Das 700 Jahre alte Gebäude war einst das Wohnhaus von Heinrich Toppler, einem der berühmtesten Bürgermeister der Stadt im Mittelalter (der heutige Speisesaal war sein Empfangszimmer). In diesen Gasthof im historischen Zentrum kehren auch Einheimische ein, um herzhafte fränkische Küche zu genießen. Es gibt auch eine große Kinderkarte, was in Bayern selten ist. Das Essen wird in einem strengen, mittelalterlich anmutenden Ambiente oder hinter dem Haus in dem sonnigen, abgeschiedenen Garten serviert.

Zur Höll Fränkisch **€€**

(Karte S. 205; ☎09861-4229; www.hoell.rothenburg.de; Burggasse 8; Hauptgerichte 7–20 €; ⌚Mo–Sa 17–23 Uhr) Die mittelalterliche Weinschenke residiert in dem ältesten original erhaltenen Gebäude der Stadt; einige Teile sollen bis auf das Jahr 900 zurückgehen. Auf der kleinen Karte stehen gute regionale Spezialitäten, die Gäste kommen aber hauptsächlich wegen des hervorragenden Sortiments an fränkischen Weinen.

Mittermeier Bayerisch **€€€**

(Karte S. 205; ☎09861-945 430; www.villamittermeier.de; Vorm Würzburger Tor 7; Hauptgerichte 10–30 €; ⌚Di–Sa 18–22.30 Uhr; P 📶) Das Hotelrestaurant hat sich der Slow-Food-Bewegung verschrieben und erscheint regelmäßig im Michelin-Führer. Es verbindet beste Kochkunst mit erstklassigen, möglichst regionalen Zutaten. Es gibt fünf unterschiedliche Speisebereiche, darunter den schwarz-weiß gefliesten „Tempel", eine Terrasse und den fassförmigen Weinkeller. Die Weinkarte ist eine der besten in Franken. Reservierung erforderlich.

SHOPPEN

Käthe-Wohlfahrt-Weihnachtsdorf Weihnachtsschmuck

(Karte S. 205; www.wohlfahrt.com; Herrngasse 1; ⌚Mo–Sa 10–18 Uhr) Das Weihnachts-

JUERGEN SACK/GETTY IMAGES ©

Käthe Wohlfahrt Weihnachtsdorf

schmucksortiment in diesem riesigen Laden (s. Abb. oben) sprengt alle Vorstellungen – da könnte man problemlos jeden Tag Weihnachten feiern. Viele Stücke sind mit bemerkenswerter Kunstfertigkeit und Fantasie von Hand gearbeitet – Qualität, die ihren Preis hat. Das originale Geschäft ist der Hauptsitz einer Kette, die deutschlandweit vertreten ist.

PRAKTISCHE INFORMATIONEN

Touristeninformation (Karte S. 205; ☎09861-404 800; www.tourismus.rothenburg.de; Marktplatz 2; ⏰Mai–Okt. Mo–Fr 9–18, Sa & So 10–17 Uhr, Nov.–April Mo–Fr 9–17, Sa 10–13 Uhr) Die hilfreiche Touristeninformation veranstaltet Stadtspaziergänge und bietet kostenlosen Internetzugang.

AN- & WEITERREISE

BUS

Der **Romantische Straße Bus** (www.romantischestrasse.de/bus-bahn/romantische-strasse-bus) hält an der Hauptbushaltestelle am Bahnhof sowie am zentraler gelegenen Schrannenplatz. Zwischen April und Oktober fährt dieser Sonderbus täglich in beiden Richtungen zwischen Frankfurt am Main und Füssen (mit Anschluss zum Schloss Neuschwanstein); die gesamte Fahrt dauert rund zwölf Stunden. Man kann die Fahrt ohne Aufpreis unterbrechen und am nächsten Tag weiterfahren. Im Sommer kann der Bus proppenvoll sein.

ZUG

Vom Bahnhof fahren nur Regionalzüge nach Steinach. Dort kann man in den Zug nach Würzburg (15,70 €, 70 Min.) umsteigen. Die Fahrt von/nach München (ab 29 €, 3–4 Std.) kann mit zweimaligem Umsteigen verbunden sein, eignet sich also nicht besonders gut für einen Tagesausflug.

UNTERWEGS VOR ORT

Es gibt fünf städtische Parkplätze direkt vor der Stadtmauer. Das Stadtzentrum ist für den Autoverkehr weitgehend gesperrt; Ausnahmen gibt es nur für Anwohner und Hotelgäste.

ARNULPH FUHRMANN / 500PX

KÖLN

In diesem Kapitel

Köln

Deutschlands heute viertgrößte Stadt wurde von den Römern zwischen 38 v. Chr. und 19. v. Chr. gegründet und wuchs zum bedeutenden Handelszentrum heran, eine Entwicklung, die die Stadt noch immer prägt. Köln bietet eine schier endlose Fülle an Attraktionen, angefangen mit dem berühmten Dom, dessen Zwillingstürme die Skyline dominieren, bis hin zu einer Museumslandschaft, die so vielfältige Themen wie Schokolade, Sport und Geschichte behandelt. Optisch ist die Stadt ein 3-D-Lehrbuch zu Geschichte und Architektur, von römisch zu mittelalterlich, klassizistisch, avantgardistisch und postmodern. Außerdem lockt ein buntes Nachtleben!

Köln in einem Tag

Während man den Südturm des **Kölner Doms** (S. 212) erklimmt, kann man die Wasserspeier begrüßen. Von oben lässt sich das Stadtpanorama bewundern. Die Luft bleibt einem das zweite Mal weg, wenn man dieses überwältigende Gotteshaus von innen sieht. Seine Erhabenheit und uralten Schätze überwältigen jeden Besucher. Von hier aus geht's weiter zum **Wallraf-Richartz-Museum** (S. 214). Es folgt eine **Bootsfahrt** (S. 217) auf dem Rhein. Danach geht's zum unwiderstehlichen **Schokoladenmuseum** (S. 217).

Köln in zwei Tagen

Das **Römisch-Germanische Museum** (S. 214) beleuchtet Kölns römische Ursprünge. Danach lockt ein Abstecher ins nahe **Museum Ludwig** (S. 215), um zeitgenössische Kunst zu sehen. Nun geht's weiter zum **Museum für Angewandte Kunst** (S. 215) oder zum **NS-Dokumentationszentrum** (S. 215). Im charismatischen **Belgischen Viertel** genießt man Kaffee und Kuchen oder ein Glas Wein, danach steht Shopping an. Den Sonnenuntergang erwartet man auf dem **KölnTriangle Panorama** (S. 215) während Kölns Lichter zu funkeln beginnen.

Vorherige Seite: Hohenzollernbrücke (S. 218) und Kölner Dom (S. 212)

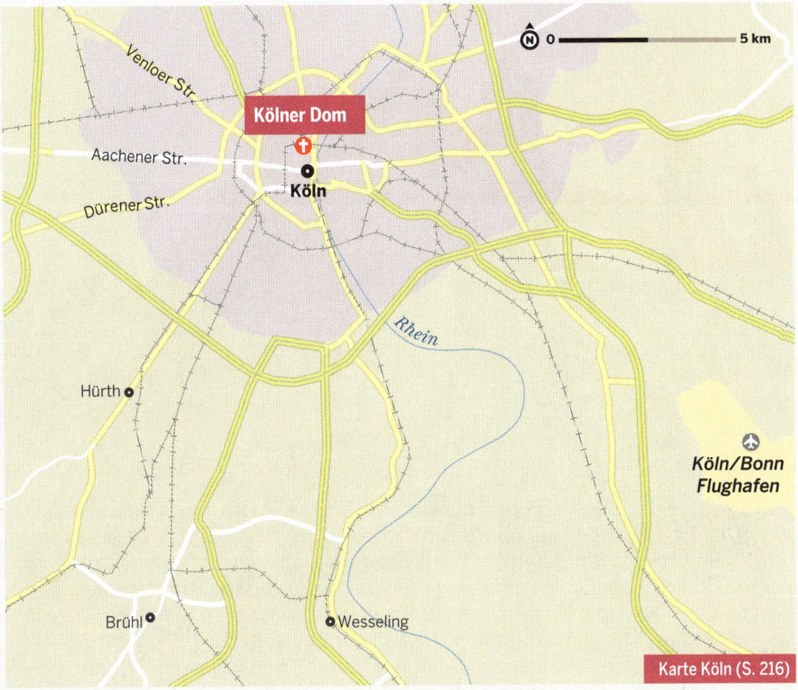

Ankunft in Köln

Flughafen Köln-Bonn Hier starten Inlandsflüge u. a. nach Berlin, Dresden, Hamburg oder München und einige Flüge ins europäische Ausland.
Köln Hauptbahnhof Ein wichtiger Bahnhof im deutschen Streckennetz mit zahllosen Nah-, Regional- und Fernverbindungen.
Fernbusse bedienen Köln über Leverkusen und den Stop am Flughafen.

Schlafen

Köln ist Gastgeber vieler Messen (vor allem im Frühjahr und Herbst) und die Hotelpreise verdoppeln oder verdreifachen sich in dieser Zeit. Zu anderen Zeiten findet man auch im Innenstadtbereich oft preiswerte Optionen. Eine Kulturförderabgabe in Höhe von 5 % wird auf die Hotelrechnung aufgeschlagen (Geschäftsreisende ausgenommen).

Kölner Dom

SAIKOM/SHUTTERSTOCK ©

Kölner Dom

Kölns geografisches und spirituelles Herz – und allerwichtigste Touristenattraktion – ist der prächtige Kölner Dom. Mit seinen emporsteigenden Zwillingstürmen ist er der Mount Everest der Kathedralen, bis zum Rand gefüllt mit Kunst und Schätzen.

Großartig für ...

☑ Nicht versäumen

Das Domforum, das Besucherzentrum des Kölner Doms, ist eine gute Quelle für Informationen und Eintrittskarten.

Der Kölner Dom ist Deutschlands längste Kirche und muss umrundet werden, damit man seine Dimensionen wirklich begreift. Es fasziniert, wie seine Türme und Schwebebalken – trotz seiner Masse und Höhe – ein Gefühl von Leichtigkeit erzeugen.

Dieses Gefühl hält auch im Inneren an, wo ein Wald aus Säulen und Bögen das Kirchenschiff stützt. Weiches Licht fällt durch die mittelalterlichen Buntglasfenster und das Fenster des zeitgenössischen Künstlers Gerhard Richter. Dessen abstrakter Entwurf, ein Kaleidoskop aus 11 500 Rechtecken in 72 Farben, wurde auch als „Symphonie des Lichts" bezeichnet. Besonders bei Nachmittagssonne versteht man, warum.

Geschichte

Der Bau des Kölner Doms begann im französisch-gotischen Stil. Er ging nur langsam

Buntglasfenster

THANUTTA/SHUTTERSTOCK ©

Gut zu wissen

Karte S. 216; 0221-9258 4720; www.koelner-dom.de; Domkloster 4; Turm Erw./Ermäßigung 4/2 €; Mai–Okt. 6–21, Nov.–April bis 19.30 Uhr, Turm Mai–Sept. 9–18, März, April & Okt. bis 17 Uhr, Nov.–Feb. bis 16 Uhr; 5, 16, 18 Dom/Hauptbahnhof

Pause gefällig?

An und um die Domplatte gibt es mehrere Cafés und Restaurants.

Top-Tipp

Wer mehr von seinem Besuch haben möchte, sollte 1 € investieren und sich eine Informationsbroschüre gönnen oder an einer Führung teilnehmen.

voran und kam 1560, als die Gelder ausliefen, zum Stillstand, Die halb fertige Kirche wurde für fast 300 Jahre sich selbst überlassen. Als Napoleon Köln besetzte, diente sie sogar kurzzeitig als Pferdestall und Gefängnis. Einige Jahrzehnte später führte eine Bargeldspritze des preußischen Königs Friedrich Wilhelm IV. zur Fertigstellung im Jahr 1880 – 632 Jahre nach Baubeginn. Zum Glück wurde der Dom trotz vieler Schäden im Zweiten Weltkrieg nicht zerstört. Seit 1996 ist er UNESCO-Welterbe.

Dreikönigenschrein

Das Meisterwerk unter den Schätzen des Doms ist der Dreikönigenschrein hinter dem Hochaltar, ein juwelenbesetzter, vergoldeter Sarkophag, der die Gebeine der Könige enthalten soll, die dem Stern nach Betlehem folgten. Die Gebeine wurden 1164 von Kaiser Barbarossas Kanzler als Kriegstrophäe aus Mailand nach Köln gebracht und machten die Stadt zum bedeutenden Wallfahrtsort.

Südturm

Wer Lust auf sportliche Betätigung hat, sollte die 533 Stufen erklimmen, die zur Aussichtsplattform auf dem Südturm führen. Bis Gustave Eiffel einen gewissen Turm in Paris erbaute, war dies die höchste Aussichtsplattform Europas. Während man zur 95 m hohen Plattform emporsteigt, sollte man Luft holen und die 24 Tonnen schwere Petersglocke (1923), die größte freischwingende Kirchenglocke der Welt, bewundern.

Weitere Highlights

Besonders sehenswert: das Gero-Kreuz (970), bekannt für seine Größe und Eindringlichkeit, die für die Zeit sehr bemerkenswert ist; das geschnitzte Chorgestühl aus dem Jahr 1310; das Altarbild (ca. 1450) des Kölner Künstlers Stefan Lochner.

SEHENSWERTES

Um Kölns Sehenswürdigkeiten zu erkunden, sollte man sich ruhig einige Tage Zeit nehmen. Die Stadt unterhält eine hervorragende Website (www.museenkoeln.de) mit Informationen zu den meisten Kölner Museen. Mit der **MuseumsCard** (Pers./Familie 18/30 €) kann man an zwei Tagen alle städtischen Museen besuchen.

Die Gegend um Kölns historisches Altes Rathaus ist im Zuge des U-Bahn-Baus eine riesige Baustelle.

Wallraf-Richartz-Museum & Fondation Corboud Museum

(Karte S. 216; ☎0221-2212 1119; www.wallraf.museum; Obenmarspforten; Erw./erm. 8/4,50 €; Di–So 10–18 Uhr; 1, 7, 9 Heumarkt, 5 Rathaus) Das Wallraf-Richartz Museum, eines von Deutschlands schönsten Kunstmuseen, zeigt eine Ausstellung europäischer Kunst vom 13. bis zum 19. Jh. in einem minimalistischen Würfel, der von dem verstorbenen O. M. Ungers entworfen wurde. Große Namen sind hier vertreten, von Rubens und Rembrandt bis hin zu Monet. Darüber hinaus beherbergt das Museum eine Auswahl an mittelalterlicher Kunst, darunter Stefan Lochners *Madonna im Rosenhag*, auch als „kölsche Mona Lisa" bezeichnet.

Römisch-Germanisches Museum Museum

(Karte S. 216; ☎0221-2212 4438; www.roemisch-germanisches-museum.de; Roncalliplatz 4; Erw./erm./unter 18 Jahre 6,50/3,50 €/kostenlos; Di–So 10–17 Uhr; 5, 16, 18 Dom/Hauptbahnhof) Die Skulpturen und Ruinen, die vor dem Eingang ausgestellt sind, sind nur der Auftakt zu einer Symphonie römischer Artefakte, die entlang des Rheins gefunden wurden. Zu den Highlights gehören das riesige Grabmal des Poblicius (um 40 n. Chr.), das herrliche Dionysusmosaik aus dem 3. Jh. sowie erstaunlich gut erhaltene Glaswaren. Besucher erhalten durch Spielzeuge, Pinzetten, Lampen und Schmuck (mit überraschend zeitlosem Design) einen Einblick in den römischen Alltag. Zur Zeit der Recherche war ein Umzug in die Cäcilienstraße 46 geplant, Infos auf der Website.

Museum Ludwig

SKUNK TAXI/SHUTTERSTOCK ©

Museum Ludwig
Museum

(Karte S. 216; ☎0221-2212 6165; www.museum-ludwig.de; Heinrich-Böll-Platz; Erw./Ermäßigung 11/7,50 €, mehr für Sonderausstellungen; ⌚Di–So 10–18; 1. Do im Monat bis 22 Uhr; 🚊5, 16, 18 Dom/Hauptbahnhof) Ein Mekka der modernen Kunst. Das Museum Ludwig (Foto links) zeigt eine spannende Mischung aus bedeutenden Kunstgattungen. Fans des deutschen Expressionismus (Beckmann, Dix, Kirchner) sind hier genauso gut aufgehoben wie Besucher mit einer Vorliebe für Picasso, amerikanische Pop-Art (Warhol, Lichtenstein) oder russische Avantgarde-Maler (Alexander Rodchenko). Rothko und Pollock sind Highlights der abstrakten Sammlung, während Gursky und Tillmanns die Fotografieausstellung zu einem Muss machen.

KölnTriangle Panorama
Aussichtspunkt

(☎02234-992 1555; www.koelntrianglepanorama.de; Ottoplatz 1; Erw./unter 12 Jahre 3 €/kostenlos; ⌚ Mai–Sept. Mo–Fr 11–23, Sa & So 10–23 Uhr, Okt.–April Mo–Fr 12–20, Sa & So 10–20 Uhr; P; U Köln Messe/Deutz) Wenn man auf der Aussichtsplattform des KölnTriangle-Büroturmes am rechten Rheinufer gegenüber vom Kölner Dom (S. 212) in luftigen 103 m Höhe steht, verwandelt sich der Lärm der Stadt in ein leises Brummen. Das Gebäude mit seiner glänzenden Glas- und Aluminium-Fassade ist selbst ein absoluter Hingucker.

Kolumba
Museum

(Karte S. 216; ☎0221-933 1930; www.kolumba.de; Kolumbastraße 4; Erw./Kind 5 €/kostenlos; ⌚Mi–Mo 12–17 Uhr; 🚊5 Rathaus) Kunst, Geschichte, Architektur und Spiritualität bilden ein harmonisches Miteinander in dieser spektakulären Sammlung von religiösen Schätzen der Erzdiözese Köln. Das Gebäude namens „Kolumba" beherbergt die Ruinen der spätgotischen Kirche der hl. Kolumba, deren Grundmauern aus römischen Zeiten stammen, und die Kapelle Madonna in den Trümmern, die im Jahr 1950 hier erbaut wurde. Die Ausstellungen zeigen religiöse Kunst aus der Frühzeit des Christentums bis zur Gegenwart. Besonders sehenswert ist das Elfenbeinkreuz aus dem 12. Jh.

Harbour Redux: Rheinauhafen

London hat die Docklands, Düsseldorf den **Medienhafen**, Hamburg eine HafenCity – und auch Köln liegt im Trend: Südlich der Altstadt liegt der Rheinauhafen, ein Viertel, das sich über 2 km zwischen der Severinsbrücke und der Südbrücke erstreckt. Dutzende von Backsteinhäusern aus dem 19. Jh. fanden als Büro- oder Wohnräume ein zweites Leben. Das zeitgenössische Design rangiert zwischen langweilig und avantgardistisch. Die dramatischste Veränderung der Skyline ist einem Trio aus Kranhäusern (riesigen, umgedreht L-förmigen Strukturen) zu verdanken, einer abstrakten Interpretation historischer Kräne. Es gibt Geschäfte, Lokale sowie eine Uferpromenade.

Rheinauhafen

NS-Dokumentationszentrum
Museum

(NS-DOK; Karte S. 216; ☎0221-2212 6332; www.museenkoeln.de/ns-dokumentationszentrum; Appellhofplatz 23–25; Erw./erm. 4,50/2 €; ⌚Di–Fr 10–18, Sa & So 11–18 Uhr; 🚊3, 4, 5, 16, 18 Appellhofplatz) Kölns Geschichte im Dritten Reich wird ergreifend in jenem Gebäude dokumentiert, in dem sich das Kölner Gestapo-Hauptquartier befand. Das Gefängnis im Keller, wo unzählige Menschen verhört, gefoltert und getötet wurden, ist heute eine Gedenkstätte.

Museum für Angewandte Kunst
Museum

(MAKK; Karte S. 216; ☎0221–2212 6714; www.makk.de; An der Rechtschule; Erw./Ermäßigung 5/2,50 €; ⌚Di–So 10–18 Uhr; 🚊5, 16, 18 Appell-

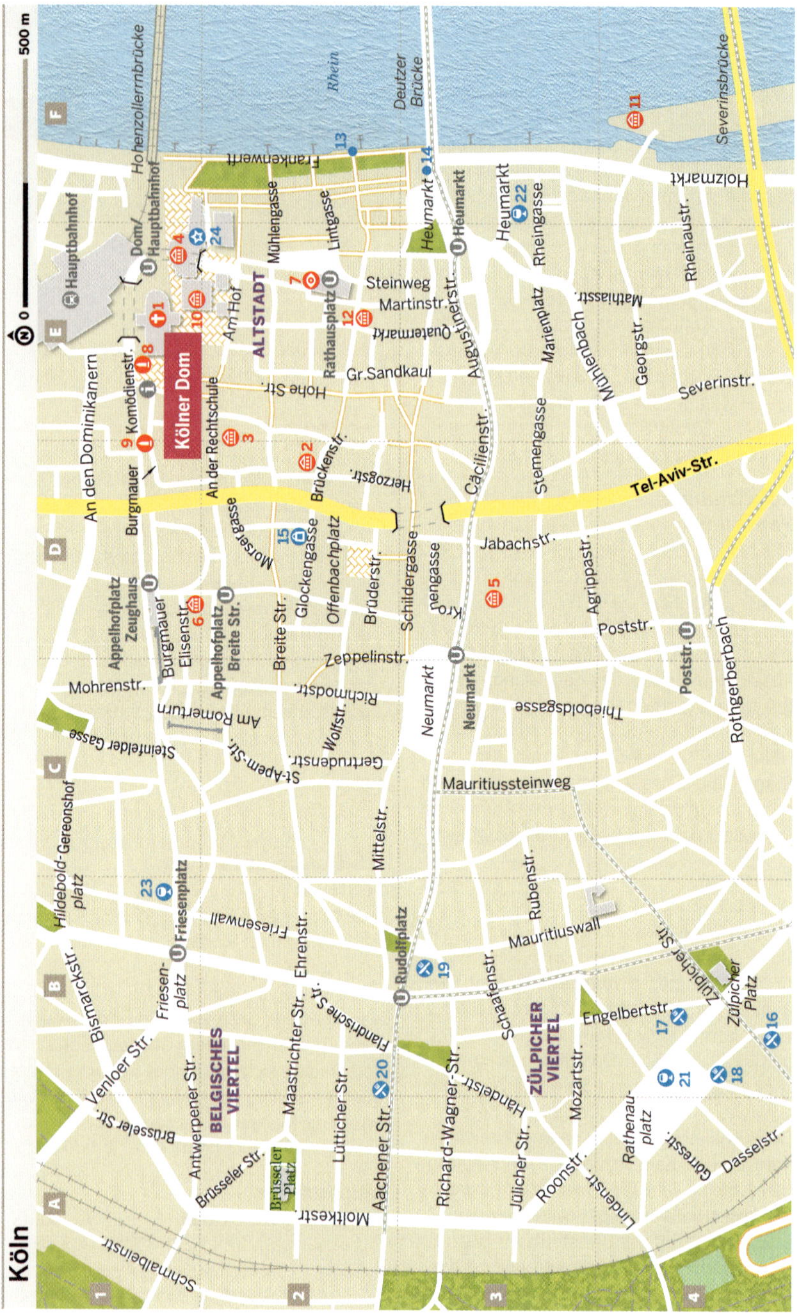
Köln
0
500 m
A
B
C
D
E
F
1
2
3
4
Rhein
Hohenzollernbrücke
Deutzer Brücke
Severinsbrücke
Hauptbahnhof
Dom/Hauptbahnhof
Kölner Dom
ALTSTADT
BELGISCHES VIERTEL
ZÜLPICHER VIERTEL
Frankenwerft
Mühlengasse
Lintgasse
Heumarkt
Rheingasse
Holzmarkt
Rheinaustr.
Mathiasstr.
Steinweg
Martinstr.
Quatermarkt
Rathausplatz
Am Hof
Gr.Sandkaul
Hohe Str.
Augustinerstr.
Marienplatz
Mühlenbach
Georgstr.
Severinstr.
An den Dominikanern
Komödienstr.
An der Rechtsschule
Burgmauer
Brückenstr.
Herzogstr.
Cäcilienstr.
Sternengasse
Tel-Aviv-Str.
Jabachstr.
Agrippastr.
Poststr.
Rothgerberbach
Morsergasse
Glockengasse
Offenbachplatz
Brüderstr.
Schildergasse
Kronengasse
Appelhofplatz Zeughaus
Elisenstr.
Appelhofplatz Breite Str.
Breite Str.
Zeppelinstr.
Richmodstr.
Neumarkt
Thieboldsgasse
Mohrenstr.
Am Römerturm
Steinfelder Gasse
St-Apern-Str.
Wolfstr.
Gertrudenstr.
Mauritiussteinweg
Mittelstr.
Hildebold-Gereonshof platz
Friesenplatz
Friesenwall
Ehrenstr.
Rubenstr.
Mauritiuswall
Rudolfplatz
Bismarckstr.
Friesen-platz
Venloer Str.
Antwerpener Str.
Maastrichter Str.
Flandrische Str.
Schaafenstr.
Engelbertstr.
Zülpicher Str.
Zülpicher Platz
Brüsseler Str.
Lütticher Str.
Aachener Str.
Richard-Wagner-Str.
Händelstr.
Mozartstr.
Jülicher Str.
Roonstr.
Rathenau-platz
Görresstr.
Dasselstr.
Lindenstr.
Brüsseler Platz
Moltkestr.
Schmalbeinstr.
1
2
3
4
5
6
7
8
9
10
11
12
13
14
15
16
17
18
19
20
21
22
23
24

Köln

Sehenswertes

1 Kölner Dom ... E1
2 Kolumba ... D2
3 Museum für Angewandte Kunst ... E2
4 Museum Ludwig ... E1
5 Museum Schnütgen ... D3
6 NS-Dokumentationszentrum ... D1
7 Praetorium & Römischer Abwasserkanal. E2
8 Römisches Nordtor ... E1
9 Römerturm ... D1
10 Römisch-Germanisches Museum ... E1
11 Schokoladenmuseum ... F4
12 Wallraf-Richartz-Museum & Fondation Corboud ... E2

Aktivitäten, Kurse & Touren

13 KD-Panoramafahrt ... F2
14 Radstation Tours ... F3

Shoppen

15 Dufthaus 4711 ... D2

Essen

16 Bei Oma Kleinmann ... B4
17 Engelbät ... B4
18 Feynsinn ... B4
19 Meet & Eat Markt ... B3
20 Salon Schmitz ... B2

Ausgehen & Nachtleben

21 Biergarten Rathenauplatz ... B4
22 Brauerei zur Malzmühle ... F3
23 Päffgen ... B1

Unterhaltung

24 Kölner Philharmonie ... E1

hofplatz, Dom/Hauptbahnhof) Für wen Aalto, Eames and Olivetti wie Musik in den Ohren klingen, der sollte im Museum für angewandte Kunst vorbeischauen. Es beherbergt eine angesehene und umfassende Sammlung klassischer und innovativer Objekte in der Designabteilung. Diese und die historische Ausstellung im Obergeschoss waren jedoch wegen Sanierungsarbeiten zur Zeit der Recherche geschlossen.

Museum Schnütgen — Museum

(Karte S. 216; ☎0221-2212 2310; www.museum-schnuetgen.de; Cäcilienstraße 29; Erw./erm. 6/3,50 €; ⌚Di, Mi & Fr–So 10–18, Do bis 20 Uhr; P; U Neumarkt) Das Museum Schnütgen hat eine erlesene Sammlung an mittelalterlicher religiöser Kunst und Bildhauerei aus dem Rheinland, die im ruhigen Ambiente der romanischen Cäcilienkirche, einer der ältesten Kirchen Kölns, ausgestellt ist. Zu den außergewöhnlichen Arbeiten gehören die Parler-Büste, ein Kruzifix aus St. Georg und der Kamm des hl. Heribert aus Elfenbein.

Schokoladenmuseum — Museum

(Karte S. 216; ☎0221-931 8880; www.schokoladenmuseum.de; Am Schokoladenmuseum 1a; Erw./Student/Kind 11,50/9/7,50 €; ⌚tgl. 10–18, Nov./Jan.–März Mo. geschl., letzter Eintritt 1 Std. vor Schl.; 🚌133 Schokoladenmuseum) Dieser bootsförmige Hightech-Tempel, der der Kunst der Schokoladenherstellung gewidmet ist, beherbergt jede Menge faszinierende Exponate zur 5000-jährigen Kulturgeschichte des „Elixiers der Götter" (wie die Azteken die Schokolade nannten). sowie zum Kakaoanbau. Das Tropenhaus ist ein Highlight, aber die meisten Besucher fasziniert besonders die gläserne Schokoladenfabrik und den Schokoladenbrunnen, an dem man sich gütlich tun kann.

AKTIVITÄTEN

Das dichte Netz aus Fahrradwegen am Rhein und in der Stadt machen Köln zur idealen Fahrradstadt. Eine Radkarte gibt's in der Touristeninformation (S. 221).

Radstation Köln — Fahrradvermietung

(☎0221-139 7190; www.radstationkoeln.de; Breslauer Platz; Fahrräder ab 3 Std./Tag 6/11 €; ⌚Mo–Fr 5.30–22.30, Sa 6.30–20, So 8–20 Uhr; U Köln Dom/Hbf.) Diese Fahrradvermietung hinter dem Bahnhof bietet ausgezeichnete dreistündige **Führungen** (Karte S. 216; Führungen inkl. Fahrradmiete 22,50 €; ⌚April–Okt. 13.30 Uhr; 🚋1, 5, 7, 9 Heumarkt). Details auf der Website.

GEFÜHRTE TOUREN

KD-Panoramafahrt — Schifffahrt

(Karte S. 216; ☎0221-258 3011; www.k-d.com; Frankenwerft; Erw./erm. 11/6 €; ⌚April–Okt.

Köln für Kids

Köln eignet sich gut für einen Besuch mit Kindern. Die Stadt bietet jede Menge Parks und Spielplätze, einen Zoo, Museen mit kinderfreundlichen Ausstellungen und Restaurants, die die Kleinen mit Kindergerichten verwöhnen.

Schokoladenmuseum (S. 217) Befriedigt auch die größten Naschkatzen.

Kölner Dom (S. 212) Beeindruckt Besucher jeden Alters.

Dufthaus 4711 (S. 220) Das Glockenspiel an der Fassade ertönt stündlich.

KD-Panoramafahrt Spaß auf dem Rhein (siehe unten).

KölnTriangle (S. 215) Mit dem Aufzug geht's auf die 103 m hohe Plattform.

Hohenzollernbrücke Hier hängen Zehntausende von Liebesschlössern.

Praetorium & römischer Abwasserkanal (Karte S. 216; www.museenkoeln.de; Kleine Budengasse 2; Erw./Ermäßigung 3,50/3 €; Di–So 10–17 Uhr; 5 Rathaus) Im römischen Statthalterpalast geht es unter die Erde.

10.30–18 Uhr; 1, 5, 7, 9 Heumarkt, 5 Rathaus) KD ist einer von mehreren Veranstaltern, die einstündige Fahrten auf dem Rhein mit Blick auf das Stadtpanorama anbieten. Abgelegt wird alle 90 Minuten von der Anlegestelle in der Altstadt.

ESSEN

Das multikulturelle Köln bietet kulinarische Reisen rund um die Welt. Leckere Entdeckungen gibt es im Belgischen Viertel und in den Straßen am und um den Zülpicher Platz sowie der Ehrenstraße zu machen. Traditionelle rheinische Gerichte, z. B. Himmel und Erde (Kartoffelpüree, Apfelmus und Blutwurst) kann man in den vielen atmosphärischen Bierkellern probieren. Wer auf Street Food steht, sollte sich den wöchentlichen **Meet-&-Eat-Markt** (Karte S. 216; www.meet-and-eat.koeln; Rudolfplatz; Do 16–21 Uhr; U Rudolfplatz) und das monatliche **Street Food Festival** (www.street-food-festival.de; Heliosstraße 35–37; 2 €; Sa 12–22, So bis 20 Uhr, März–Sept. 1. Wochenende im Monat; 3, 4, 13 Venloer Straße/Gürtel) nicht entgehen lassen.

Freddy Schilling — Burger €

(0221-1695 5515; www.freddyschilling.de; Kyffhäuserstraße 34; Burger 7–10 €; So–Do 11.30–22, Fr & Sa bis 23 Uhr; 9 Dasselstraße/Bhf. Süd) Ein Vollkornbrötchen bildet die solide Grundlage für die saftigen Patties aus Rindfleisch von glücklichen Kühen, garniert mit Freddys hausgemachter Spezialsauce. Dazu gibt es hausgemachte Fritten oder „Rosis“ (in Butter und Rosmarin geschwenkte Minikartoffeln). Der vegetarische oder sogar vegane Bratling sind fleischlose Alternativen.

Engelbät — Europäisch €

(Karte S. 216; 0221-246 914; www.engelbaet.de; Engelbertstraße 7; Crêpes 5,50–9 €; Mo–Do 11–24, Fr & Sa bis 1, So bis 23 Uhr; ; 9, 12, 15 Zülpicher Platz) Dieses gemütliche Lokal ist berühmt für seine süchtig machenden Crêpes, die in 50 verschiedenen Variationen auf den Tisch kommen: süß oder herzhaft, fleischig oder vegan. Das Engelbät ist auch beliebt wegen seines Frühstücks (das bis 15 Uhr serviert wird) und seiner Salate mit hauseigenem Dressing.

Salon Schmitz — Europäisch €€

(Karte S. 216; 0221-139 5577; www.salonschmitz.com; Aachener Straße 28–34; Hauptgerichte ab 10 €; So–Do 9–1 Uhr, Fr & Sa bis spät; 1, 7, 12, 15 Rudolfplatz) Der Salon Schmitz erstreckt sich über drei historische Reihenhäuser. Das Schmitz-Emporium ist die perfekte Location für ausgezeichnetes Essen und Trinken. Hier kann man den Tag mit einem üppigen Frühstück im retro-hippen Salon im Stil der 1950er- und 1960er-Jahre begrüßen, Kuchen, Quiches oder warme Gerichte in der historischen Metzgerei ordern, die in ein Feinkostgeschäft verwandelt wurde, oder sich in der Jugendstil-Bar mit einem Abendessen verwöhnen lassen.

Bei Oma Kleinmann Deutsch €€
(Karte S. 216; ☎0221-232 346; www.beiomakleinmann.de; Zülpicher Straße 9; Hauptgerichte 13–24 €; ⏰Di–Do & So 17–24, Fr & Sa bis 1 Uhr; 🚋9, 12, 15 Zülpicher Platz) Die Kneipe ist nach ihrer langjährigen Besitzerin benannt, die hier bis 2009, und zwar fast bis zu ihrem letzten Lebenstag im Alter von 95 Jahren, kochte. Das beliebte, mit Graffiti übersäte Restaurant serviert Schnitzel aus Schweine- oder Kalbfleisch mit hausgemachten Saucen. An den kleinen Holztischen kann man einen echten Kölner Abend erleben.

Feynsinn International €€
(Karte S. 216; ☎0221-240 9210; www.cafe-feynsinn.de; Rathenauplatz 7; Hauptgericht Abendkarte 10–23 €; ⏰Mo–Do 9–1, Fr bis 2, Sa 9.30–2, So 10–1 Uhr; 🚋9, 12 15 Zülpicher Platz) Dieses renommierte Restaurant im Zülpicher Viertel lohnt zu jeder Tageszeit einen Besuch. Hier gibt es ausgefallene Frühstücke, leichte Mittagsgerichte, kreative Kuchen und eine Abendkarte, auf der saisonale Biozutaten in schmackhafte Gerichte verwandelt werden. Am schönsten sitzt man an den Tischen mit Blick auf den Park, ob zum Essen oder nur bei einem Getränk.

AUSGEHEN & NACHTLEBEN

Kölns riesige Auswahl an Ausgehmöglichkeiten rangiert von schäbig bis schick. Zentrum des Geschehens sind die Altstadt, das studentische Zülpicher Viertel, der schicke Friesenplatz und das Belgische Viertel sowie das multikulturelle Ehrenfeld. Neben Berlin bietet Köln eine der besten Clubszenen für Elektromusik; die besten Venues befinden sich außerhalb des Ringes.

Odonien Club
(☎0221-972 7009; www.odonien.de; Hornstraße 85; ⏰Biergarten Mai–Sept Do–Sa 17 Uhr bis spät, So ab 15 Uhr; Ⓢ Nippes) Das Odonien, eine Idee des Künstlers Odo Rumpf und Spielplatz der Nischenkulturen, ist Kreativlabor, Biergarten, Veranstaltungsort, Club, Kulturzentrum, Freiluftbühne und urbaner Garten in einem. Im Sommer gibt es kaum einen inspirierenderen Ort, um sich bei einem kalten Kölsch zu entspannen, als inmitten von Odos skurrilen Metallskulpturen. Am Wochenende werden auf den drei Tanzflächen Techno und House gespielt.

LGBTIQ+ Köln

Köln ist eine der angesagten und freundlichsten „out-and proud"-Städte. Die Regenbogenfahne weht besonders stolz im „Bermudadreieck" um den Rudolfplatz (vor allem Schaafenstraße), das sich an den Wochenenden in eine Nonstop-Partyzone verwandelt. Ein weiterer Tummelplatz befindet sich in der Altstadt rund um den Heumarkt (vor allem Pipinstraße), der ein älteres und ruhigeres Klientel anzieht. Infos gibt's unter www.patroc.com/gay/cologne.

Die Köln Pride im Juni dient als Aufwärmer für den **Christopher Street Day** (www.Kölnpride.de; ⏰1. Wochenende im Juli), zu dem über eine Millionen Besucher nach Köln kommen.

Christopher Street Day
KATERYNA KOGAN/EYEEM/GETTY IMAGES ©

Biergarten Rathenauplatz Biergarten
(Karte S. 216; ☎0221-801 7349; www.rathenauplatz.de/biergarten; Rathenauplatz 30; ⏰April–Sept. Mo–Fr 15–23, Sa 13–23, So 13–21 Uhr; 🚋9, 12, 15 Zülpicher Platz) Der große Park beherbergt einen der besten Orte Kölns für einen Drink: Diesen von einer Bürgergemeinschaft betriebenen Biergarten. Die Tische verteilen sich unter alten Bäumen. Zu essen gibt's einfache Kleinigkeiten, z. B. Salate und sehr gute Frikadellen, die an einem kleinen Kiosk verkauft werden.

Kölsch Bier

Köln hat seine eigene Biersorte: das Kölsch, das leicht, hopfig und etwas süß schmeckt und gekühlt in „Stangen" (langen Gläsern) serviert wird, in die 200 ml passen. In traditionellen Kölner Brauereien und Kneipen bestellt man kein Bier, sondern man „abonniert" es. Die Kellner sind ständig in Bewegung und bringen ein Glas nach dem anderen, bis man den Bierdeckel aufs Glas legt und so anzeigt, dass man genug hat.

Ein endloser Strom von Stangen mit Kölsch, bodenständiger Humor und Platten mit herzhaften lokalen Spezialitäten kennzeichnen die legendären Kölner Brauereien. Besonders lohnen sich die Tage, an denen die fantastischen Reibekuchen (auf Kölsch „Rievkooche") auf den Tisch kommen.

Brauerei zur Malzmühle Brauerei

(Karte S. 216; ☎0221-9216 0613; https://brauereizurmalzmuehle.de; Heumarkt 6; ⏲Mo–Do 11.30–24, Fr bis 1.30, So 11–23 Uhr; 🚋1, 5, 7, 9 Heumarkt) Diese gesellige Familienbrauerei ist seit 1858 in Betrieb und bietet jede Menge Lokalkolorit. Hier gibt es das beliebte Mühlenkölsch, das einen kräftigen, malzigen Geschmack hat. Wer ein weniger starkes Gebräu sucht, sollte das Koch'sche Malzbier (2,4 % Vol.) probieren. Hier gibt es außerdem eine gute Auswahl an traditionellen Kölner Brauerei-Spezialitäten (Hauptgerichte 10–22,50 €).

Päffgen Brauerei

(Karte S. 216; ☎0221-135 461; www.paeffgen-koelsch.de; Friesenstraße 64-66; ⏲So–Do 10–24, Fr & Sa bis 0.30; 🚋5 Friesenplatz) Das belebte und ausgelassene Päffgen schenkt seit 1883 Kölsch aus und hat seitdem nichts von seinem Elan verloren. Im Sommer kann man das erfrischende Getränk sowie lokale Spezialitäten (4,30–15,50 €) unter dem Sternenhimmel im Biergarten genießen.

UNTERHALTUNG

Mit zwei großen Orchestern, einem Opernhaus und zahlreichen Theatern bietet Köln eine fantastische intellektuelle Kulturszene mit Konzerten, Musicals sowie Literatur- und Filmfestivals. Infos zu Veranstaltungen gibt's in der *Kölner Illustrierten* (www.koelner.de) und in der *StadtRevue* (www.stadtrevue.de). Karten gibt's auf www.koelnticket.de.

Kölner Philharmonie Klassische Musik

(Karte S. 216; ☎0221-280 280; www.koelner-philharmonie.de; Bischofsgartenstraße 1; Konzertkarten 14–48 €; Ⓤ Köln Dom/Hbf.) Die Kölner Philharmonie ist eine großartige moderne Konzerthalle, die in Sachen Ohrenschmaus eine breite Palette – von Klassik zu Jazz bis hin zu Chansons – bietet. Sie ist auch Sitz zweier Weltklasse-Orchester, des Gürzenich Orchesters und des WDR-Sinfonieorchesters.

Club Bahnhof Ehrenfeld Livemusik

(http://cbe-Köln.de; Bartholomäus-Schink-Straße 65/67; ⏲variierend; 🚋3, 4 Venloer Straße/Gürtel, Ⓢ Venloer Straße/Gürtel) Eine Institution in Kölns alternativer Szene. Dieser Club im cross-kulturellen Ehrenfeld zeigt Gigs, die so bunt gemischt sind wie das Publikum. Je nach Tag finden Dancepartys, Poetry Slams, Konzerte oder Flohmärkte in den drei Hallen unter den Eisenbahngleisen statt. Hier gibt es auch einen schönen Biergarten.

SHOPPEN

Köln ist ein8 beliebtes Shoppingziel mit einer Mischung aus exzentrischen Boutiquen, Designer- und Vintageläden. Natürlich gibt es auch Ketten und Kaufhäuser sowie einen Store für das berühmte Kölnisch Wasser.

Dufthaus 4711 Parfüm

(Karte S. 216; ☎0221-2709 9910; www.4711.com; Glockengasse 4; ⏲Mo–Fr 9.30–18.30, Sa bis 18 Uhr; Ⓤ Appellhofplatz) Ein klassisches Geschenk für Großmütter ist eine Flasche Kölnisch Wasser, das – jawohl –im späten 18. Jh. in Köln entstand. Das berühmteste

RSZOOM/ALAMY STOCK PHOTO ©

Kölner Philharmonie

ist 4711, benannt nach der Adresse, an der es kreiert wurde. Das Gebäude beherbergt heute einen Flagship-Store und ein Museum, in dem man einen riesigen Wandteppich bewundern und am Duftbrunnen Halt machen kann.

PRAKTISCHE INFORMATIONEN

Köln Touristeninformation (Karte S. 216; ☎0221-346 430; www.Köln-tourism.com; Kardinal-Höffner-Platz 1; ⏲Mo–Sa 9–20, So 10–17 Uhr; Ⓤ Köln Dom/Hbf.)

AN- & WEITERREISE

BUS

Die nächsten Haltestellen für Fernbusse sind „Köln Nord" in Leverkusen (S6 ab/zum Kölner Hbf.) und „Köln Süd" am Flughafen **Köln-Bonn** (S13 ab/zum Kölner Hbf.).

FLUGZEUG

Rund 18 km südöstlich des Zentrums bietet der **Köln Bonn Airport** (CGN; Flughafen Köln-Bonn; ☎02203-404 001; www.koeln-bonn-airport.de; Kennedystraße; Köln/Bonn Flughafen) Direktflüge in 130 Städte. Er wird von zahlreichen Fluggesellschaften angeflogen.

Die S13 und die Züge RE6 und RE8 fahren alle 20 Minuten (2,80 €, 15 Min.) vom Flughafen zum **Hauptbahnhof**. Taxis kosten rund 35 €.

ZUG

Kölns schöner **Hauptbahnhof** (www.bahnhof.de/bahnhof-de/Köln_Hbf-1032796; Trankgasse 11; 16, 18 Breslauer Platz/Hbf., 5 Dom/Hbf.) hat häufige Anbindungen in alle Richtungen, z. B. durch den ICE.

Flixtrain (www.flixtrain.com) betreibt auch eine preisgünstige Verbindung nach Hamburg über Düsseldorf, das Ruhrgebiet und Münster.

UNTERWEGS VOR ORT

Kölns Busse, Stadtbahn, U-Bahn and S-Bahn werden von den **KVB** (Kölner Verkehrsbetriebe; ☎01806-50 40 30; www.kvb.koeln) und dem Bonner Verkehrssystem betrieben. Kurzstrecken (bis vier Haltestellen) kosten 1,90 €, längere Strecken 2,40 €. Tageskarten kosten 7,10 € für eine Person und 10 € für bis zu fünf Personen.

OBERES MITTELRHEINTAL

In diesem Kapitel

Oberes Mittelrheintal

Zwischen Rüdesheim und Koblenz hat sich der Rhein tief in das Schiefergebirge geschnitten, schlängelt sich vorbei an steilen Weinbergen und Höhenburgen und schafft eine von Schönheit und Legenden geprägte Landschaft. Hinter jeder Flussbiegung erblickt man idyllische Dörfer mit hübschen Fachwerkhäusern und Kirchen mit gotischen Spitztürmen, die aus der Welt der Märchen zu stammen scheinen. Die berühmten mittelalterlichen Burgen hoch über dem Rhein, von denen einige Ruinen, andere restauriert sind, künden von einer Zeit, die alles andere als ruhig war. Die 67 km des Flussverlaufs des Oberen Mittelrheintals sind als Kulturlandschaft Teil des UNESCO-Weltkulturerbes.

An- & Weiterreise

Koblenz Hauptbahnhof
Ab hier verkehren Züge gen Norden und entlang des Rheintals.

Bingen Hauptbahnhof
Die Züge fahren durchs Rheintal und gen Süden.

Schlafen

In Rüdesheim finden sich Hotels im geschäftigen Ortszentrum sowie auf den friedlichen umliegenden Hügeln. In Bacharach gibt's Unterkunftsoptionen von intimen Hotels bis hin zu Hostelbetten in einer Burg aus dem 12. Jh. In St. Goarshausen und St. Goar gibt's Hotels und Pensionen. Der Campingplatz an der Loreley ist oft ausgebucht. Koblenz besitzt eine Reihe von Kettenhotels, es gibt hier aber auch ein paar stimmungsvolle Optionen auf beiden Ufern des Rheins.

Vorherige Seite: Weinberge, Boppard (S. 232)

Weinberge, Bingen (S. 229)

PHILIP KOSCHEL/LOOK-FOTO/GETTY IMAGES ©

Wandern & Radfahren im Oberen Mittelrheintal

Das Obere Mittelrheintal ist ein herrliches Gelände für Wanderer und Radfahrer mit vielen Optionen. Wer mit dem Drahtesel oder auf Schusters Rappen unterwegs ist, kann die schöne Landschaft in vollen Zügen genießen.

Großartig für ...

☑ **Nicht versäumen**

Der anstrengende, hügelige Abschnitt des Rheinsteigs zwischen Rüdesheim und der Loreley gilt als besonders schön.

Wandern

Zwei herausfordernde, aber wunderschöne Fernwanderwege verlaufen längs des Oberen Mittelrheintals und setzen sich flussabwärts bis Bonn und flussaufwärts bis Mainz und darüber hinaus fort. Der erste ist der 199 km lange Rheinburgenweg (www.rheinburgenweg.com), der auf der Strecke zwischen dem Rolandsbogen (in der Nähe von Bonn) und Bingen an rund 40 Burgen vorbeiführt. Der zweite ist der 320 km lange Rheinsteig (www.rheinsteig.de), der Wiesbaden mit Bonn verbindet. Er verläuft fast auf der ganzen Strecke direkt im Rheintal und gilt bei vielen als der beste Wanderweg in ganz Deutschland – einer der schönsten ist er auf alle Fälle. Und da dies der Rhein ist, wäre kein Wandertag komplett ohne eine Weinverkostung in einem Weinbaudorf oder einem Weinkeller.

WESTEND61/GETTY IMAGES ©

Gut zu wissen

Weitere Infos findet man auf folgenden Websites:

Rheinradweg
http://www.rheinradweg.eu

ADFC-Radtourenkarten
www.fahrrad-buecher-karten.de

Romantischer Rhein
www.romantischer-rhein.de/

Pause gefällig?

Wer jeden Tag ein Picknick dabei hat, kann überall halten und sein Essen bei wunderschönem Ausblick genießen.

★ Top-Tipp

Die Touristeninformationen haben Karten und bieten Anregungen für Wanderungen und Radtouren.

Jeder Weg an einem Flussabschnitt lässt sich mit der Benutzung von Fähren, Zügen oder Bussen in eine Rundtour verwandeln. Andere Wege, die die beiden oben genannten schneiden, sind der Rheinhöhenweg, der Limes-Wanderweg, der Rheingauer Gebück-Wanderweg, der Rhein-Panoramaweg, die Rheingauer Riesling-Route und natürlich regionale Wanderwege.

Radfahren

Der Rhein-Radweg (www.rheinradweg.eu; Euro-Velo-Route 15) erstreckt sich über 1230 km (von denen 900 km auf Deutschland entfallen) von Andermatt in der Schweiz bis Hoek van Holland in der Nähe von Rotterdam. Er führt von der Quelle des Rheins bis zu seiner Mündung in die Nordsee. Zwischen Bingen und Koblenz verläuft er am linken (westlichen) Ufer sowie in einer zunehmenden Zahl von Abschnitten auch am rechten Ufer. Der Weg ist mit anderen Fernradwegen verbunden: dem 207 km langen Nahe-Hunsrück-Mosel-Radweg (www.naheland-radtouren.de), der der Nahe von Bingen Richtung Südwesten nach Trier folgt, und dem 311 km langen Mosel-Radweg (www.mosel-radweg.de), der längs der Mosel von Koblenz nach Traben-Trarbach, Bernkastel-Kues, Trier und weiter nach Thonville in Frankreich führt. Achtung: Auf vielen Abschnitten der oben geschilderten Wanderwege ist das Radfahren aus Sicherheitsgründen (meist weil sie zu schmal für eine Nutzung durch Wanderer und Radfahrer sind) verboten.

Die Mitnahme von Fahrrädern ist in Regionalzügen und auf Fähren gestattet, so dass man eine Strecke radeln und mit öffentlichen Verkehrsmitteln zurückfahren kann. An Fahrradwerkstätten herrscht vor allem in größeren Orten kein Mangel. Die Website www.bettundbike.de hilft, radfahrerfreundliche Unterkünfte (mit Fahrrad-Abstellraum, Werkzeug, Trockenvorrichtung etc.) zu finden. Die Suche kann auf Städte und Fernradwege eingegrenzt werden.

Rüdesheim am Rhein

Rund 3 Mio. Tagesbesucher kommen mit Bussen jedes Jahr nach Rüdesheim. Die Altstadt und ihre berühmteste Adresse, die Drosselgasse, sind fast schon kitschig schön, aber im Umland, das zur Weinregion Rheingau gehört, die für ihren Riesling bekannt ist, gibt's tolle Wandermöglichkeiten.

SEHENSWERTES & AKTIVITÄTEN

Um einen weiten Ausblick auf den Rhein zu genießen, sollte man die Weinhänge westlich von Rüdesheim mit dem Niederwalddenkmal erklimmen. Das zwischen 1877 und 1883 errichtete bombastische Monument feiert den Sieg im Deutsch-Französischen Krieg von 1870–71 und die Gründung des Deutschen Kaiserreichs. Hinauf marschiert man über die Weinberge des Rüdesheimer Bergs (einer der ausgeschilderten Wege beginnt am P2, einen Block oberhalb der Oberstraße) – schneller und bequemer lassen sich die 203 Höhenmeter aber mit der 1400 m langen **Seilbahn** überwinden. (Kabinenbahn; Karte S. 234; www.seilbahn-ruedesheim.de; Oberstraße 37; Erw./Kind einfache Strecke 5,50/3 €, hin & zurück 8/4 €, mit Sesselbahn 9/4,50 €; ⌚Juli & Aug. 9.30–19 Uhr, Juni & Sept. Mo–Fr bis 18, Sa & So bis 19 Uhr, Mitte März–Mai & Okt.–Dez. kürzere Betriebszeiten)

Weinmuseum Museum

(Karte S. 234; ☎06722-2348; www.rheingauer-weinmuseum.de; Rheinstraße 2; Erw./Kind inkl. Audioguide 5/3 €; ⌚März–Okt. 9–18 Uhr) Die etwa 1000 Jahre alte Brömserburg nahe der Anlegestelle der Autofähre in Bingen beherbergt jetzt das Weinmuseum (Abb. unten), das mit Artefakten zur Weinherstellung und zum Weintrinken seit der Römerzeit bestückt ist. Die Verkostung von sechs Weinen kostet 14 €. Vom Turm hat man einen fantastischen Ausblick.

Siegfried's Mechanisches Musikkabinett Museum

(Karte S. 234; ☎06722-492 17; www.smmk.de; Oberstraße 29; Führung Erw./Kind 8/4 €; ⌚April–Dez. 10–18 Uhr) 50 m links vom oberen Ende der Drosselgasse zeigt dieses lustige Museum 350 mechanische Musikinstrumente aus dem 18. und 19. Jh. Die Besichti-

Weinmuseum

SAIKO3P/SHUTTERSTOCK ©

gung ist nur im Rahmen einer 45-minütigen Führung möglich.

PRAKTISCHE INFORMATIONEN

Die **Touristeninformation** (Karte S. 234; 06722-906 150; www.ruedesheim.de; Rheinstraße 29a; April–Okt. Mo–Fr 9–18, Sa & So 10–16 Uhr, Nov.–März kürzere Öffnungszeiten) liegt am östlichen Rand des Zentrums.

AN- & WEITERREISE

Personen- und Autofähren verbinden Rüdesheim mit Bingen.

Züge fahren nach Wiesbaden (6,30 €, 45 Min., stündl.) und Koblenz (15,10 €, 80 Min., stündl.).

Bingen am Rhein

Wegen der strategisch guten Lage am Zusammenfluss von Nahe und Rhein war Bingen seit der Gründung durch die Römer ein begehrtes Ziel von Kriegern und Kaufleuten. Heute ist Bingen eine geschäftige Stadt, die weniger touristisch und niedlich ist als die kleineren Nachbarorte.

SEHENSWERTES

Museum am Strom — Museum

(Karte S. 234; www.bingen.de; Museumsstraße 3; Erw./erm. 3/2 €; Di–So 10–17 Uhr) Das Museum in einem ehemaligen Kraftwerk an der Uferpromenade zeigt Ausstellungen von Werken zur Rhein-Romantik. Ein weiteres Highlight ist eine Sammlung chirurgischer Instrumente – von Skalpellen und Sägen bis hin zu Schröpfgläsern –, die ein römischer Arzt des 2. Jhs. n. Chr. hinterließ.

Mäuseturm — Wahrzeichen

(Karte S. 234; für die Öffentlichkeit geschl.) Im Mäuseturm auf einer Insel nahe dem Zusammenfluss von Nahe und Rhein soll der im 10. Jh. lebende Erzbischof Hatto II. von Mainz, der Legende zufolge, zur Strafe für seine hartherzige Herrschaft bei lebendigem Leib von Mäusen gefressen worden

Unterwegs im Rheintal

Zwischen Koblenz und Mainz überspannen keine Brücken den Rhein; hier sind Autofahrer auf Fähren angewiesen, wenn sie den Strom überqueren wollen.

Die Fähren fahren tagsüber generell alle 15 oder 20 und am frühen Morgen oder späten Abend alle 30 Minuten.

Auto- und Personenfähren:

Bingen–Rüdesheim (www.bingen-ruedesheimer.de; Auto & Fahrer 4,50 €, Mitfahrer 1,50 €, Fahrrad & Fahrer 2,70 €, Fußgänger 2 €; April–Okt. So–Do 5.30–0.10, Fr & Sa bis 0.50 Uhr, Jan.–März, Nov. & Okt. 5.30–21.50 Uhr)

Boppard–Filsen (www.faehre-boppard.de; Auto & Fahrer 4,50 €, Mitfahrer 1,30 €, Fahrrad & Fahrer 2,70 €, Fußgänger 2 €; Juni–Aug. 6.30–22 Uhr, Nov.–März bis 19 Uhr, April & Okt. bis 20 Uhr, Mai & Sept. bis 21 Uhr)

Niederheimbach–Lorch (www.mittelrhein-faehre.de; Auto & Fahrer 4,50 €, Mitfahrer 1,50 €, Radfahrer 2,70 €, Fußgänger 2 €; April–Okt. 6–19.50 Uhr, Nov.–März bis 18.50 Uhr)

Oberwesel–Kaub (www.faehre-kaub.de; Auto & Fahrer 4,50 €, Mitfahrer 1,50 €, Fahrrad & Fahrer 2,70 €, Fußgänger 2 €; April–Sept. Mo–Sa 6–20, So 8–20 Uhr, Okt.–März Mo–Fr 6–19, Sa 7–19, So 8–19 Uhr)

St. Goar–St. Goarshausen (www.faehre-loreley.de; Auto & Fahrer 4,50 €, Mitfahrer 1,50 €, Fahrrad & Fahrer 2,70 €, Fußgänger 1,80 €; Mai–Sept. Mo–Fr 5.35–22.35, Sa ab 6.30, So ab 7.30 Uhr, Okt.–April kürzere Betriebszeiten)

Reine Personenfähren:

Bingen-Rüdesheim-Passagierfähre (www.bingen-ruedesheimer.de; Erw./Kind 2,50/1,25 €, Fahrrad 1,20 €; April–Okt. Mo–Fr 10–17, Sa & So 9.15–18.45 Uhr; genaue Zeiten siehe Website)

Fähre zur Burg Pfalzgrafenstein (Karte S. 234; www.faehre-kaub.de; Kaub; Erw./Kind 3/1,50 €; Mitte März–Okt. Di–So 10–17 Uhr, Nov. & Feb. Sa & So 10–16 Uhr) Bedient Pfalzgrafenstein (S. 230)

Burg Pfalzgrafenstein

Gegenüber dem Dorf Kaub thront die 1326 erbaute Zollburg **Pfalzgrafenstein** (Karte S. 234; 06774-745; www.burg-pfalzgrafenstein.de; Erw./Kind 7/4 €, Audioguide 1 €; Jan, Feb. & Nov. Sa & So 10–17 Uhr, März Di–So 10–17 Uhr, April–Okt. Di–So 10–18 Uhr) auf einer Insel im Rhein. Die gefährlichen (längst entschärften) Stromschnellen zwangen die Schiffer einst, sich rechts zu halten, wo eine Kette die Schiffe nötigte anzuhalten und Wegzoll zu zahlen. Der Audioguide erzählt mehr über die Geschichte der Burg. Die **Fähre** zur Burg legt neben der Autofähre in Kaub ab.

Pfalzgrafenstein
ANDREAS JUNG/SHUTTERSTOCK ©

sein. Vermutlich ist der Name aber einfach eine Verballhornung von *Mautturm*, denn der Turm war im Mittelalter eine Zollstation.

AN- & WEITERREISE

Bingen hat zwei Bahnhöfe: den Hauptbahnhof westlich der Nahe in Bingerbrück und den zentraleren Bahnhof Bingen-Stadt östlich des Zentrums. Von beiden Bahnhöfen fahren Züge u. a. nach Mainz (10,50 €, 25 Min., bis zu 4-mal stündl.) und Koblenz (14,60 €, 50 Min., 2-mal stündl.).

Personenfähren (S. 229) nach Rüdesheim starten an der Uferpromenade; Autofähren (S. 229) legen 1 km flussaufwärts an.

Bacharach

Das kleine Bacharach – 24 km flussabwärts von Bingen – ist eines der schönsten Städtchen am Rhein und verbirgt hinter der Stadtmauer aus dem 14. Jh. viel Charme. Von der B9 fährt man durch eins der Tore in die Altstadt mit ihren Fachwerkhäusern.

SEHENSWERTES & AKTIVITÄTEN

Den besten Eindruck von dem Städtchen und seiner Umgebung erhält man beim Spaziergang auf der Stadtmauer, bei dem man das Zentrum fast ganz umrundet.

Peterskirche Kirche

(Karte S. 234; Blücherstraße 1; 9.30–18 Uhr) Die spätromanische Stiftskirche von 1269, die evangelische Kirche der Stadt, besitzt Säulen mit lebendig gestalteten Kapitellen. Die Darstellung der nackten Frau, an deren Brust Schlangen saugen, an der Altarseite des linken Seitenschiffs soll vor Ehebruch warnen.

Postenturm Turm

(Karte S. 234; www.bacharach.de; Blücherstraße; 24 Std.) GRATIS Der Turm gehörte einst zum oberen Teil der Stadtmauer und ist von Weinbergen umgeben. Von der Spitze, die man über 58 Stufen erreicht, reicht der Blick weit.

ESSEN & AUSGEHEN

Zum Grünen Baum Weinbar

(Karte S. 234; www.weingut-bastian-bacharach.de; Oberstraße 63; April–Okt. 12–22 Uhr, Nov.–März kürzer) Die altmodische Schenke, die auf 1421 zurückgeht, serviert mit die besten Weine in Bacharach; beim „Weinkarussell" (22,50 €) kann man 15 davon probieren. Das zugehörige **Weingut** (Karte S. 234; 06743-937 8530; www.weingut-bastian-bacharach.de; Koblenzer Straße 1; April–Okt. Fr–So 11–18 Uhr, Nov.–März kürzere Öffnungszeiten) ist hingegen topmodern. Der Inhaber Friedrich Bastian ist renommierter Opernsänger. Es gibt auch kulinarische und musikalische Events, etwa auf der privaten Flussinsel mit Weinberg.

Stübers Restaurant Deutsch **€€**

(Karte S. 234; 06743-1243; www.rhein-hotel-bacharach.de; Langstraße 50; Hauptgerichte 14–24 €; Anf. März–Mitte Dez. Mo–Sa

17.30–21.15, So 12–14.15 & 17.30–21.15 Uhr;) Das Restaurant im Rhein-Hotel ist auf Slowfood spezialisiert und hat regionale Gerichte wie Rieslingbraten und „Steeger Hinkelsdreck" (Hähnchenleberpastete mit Rotwein, Mandeln und Traubengelee). Für Kinder gibt's kleine Portionen. Die Terrasse blickt auf den Rhein, ist aber nah ab der Bahntrasse, sodass man drinnen gemütlicher isst.

PRAKTISCHE INFORMATIONEN

Die **Touristeninformation** (Karte S. 234; 06743-919 303; www.rhein-nahe-touristik.de; Oberstraße 10; April–Okt. Mo–Fr 9–17, Sa & So 10–15 Uhr, Nov.–März Mo–Fr 9–13 Uhr) gibt Infos, darunter Details zum Wandern in den Weinbergen.

AN- & WEITERREISE

Züge verbinden Bacharach mit Koblenz (11,60 €, 35 Min., bis zu 2-mal stündl.) und Mainz (13,70 €, 40 Min., bis zu 2-mal stündl.).

Loreley & St. Goarshausen

Der am meisten von Sagen umrankte Ort des Oberen Mittelrheintals ist wohl die Loreley, der mächtige, hoch aufragende Schieferfelsen, auf dem eine Nixe gesungen und die Schiffer in die trügerischen Stromschnellen gelockt haben soll. Heinrich Heine widmete ihr 1824 ein Gedicht.

Das 2,5 km nördlich gelegene Städtchen St. Goarshausen wird von den Ruinen der Burg Rheinfels überragt, der einst mächtigsten Festung am Rhein. Eine Autofähre verkehrt ins Schwesterstädtchen St. Goar.

SEHENSWERTES

Loreley-Besucherzentrum Museum
(Karte S. 234; 06771-599 093; www.loreley-besucherzentrum.de; Loreleyring 7; Erw./Kind 2,50/1,50 €; März–Okt. 10–17 Uhr) Das Besucherzentrum am Rand des Plateaus oberhalb des Loreleyfelsens, 4 km südöstlich von St. Goarshausen, informiert mit einer Multimediaausstellung und einem 3D-Film über die Loreleysage, die örtliche Flora und Fauna, den traditionellen Schiffsbau und den Weinbau. Die Fertigstellung neuer Wanderwege, einer verbesserten Aussichtsplattform 190 m über dem Fluss und eines Hotels war für Ende 2019 angekündigt.

Burg Rheinfels Festung
(Karte S. 234; 06741-7753; www.st-goar.de; Schlossberg 47; Erw./Kind 5/2,50 €, April–Okt. 9–18 Uhr, März & Nov. bis 17 Uhr) Die imposante Burg Rheinfels wurde 1245 von Graf Dieter V. von Katzenelnbogen erbaut, um als Zollstation zu dienen. Der Umfang und die labyrinthische Anlage der Burg sind erstaunlich. Kinder (und Erwachsene) werden Spaß an den Führungen im Laternenschein durch die Tunnel und Galerien haben; die Termine stehen auf der Website. Der Eintrittspreis kann nur bar bezahlt werden. Da die Burg momentan saniert wird, sollte man sich vorab auf der Website über Einschränkungen und Öffnungszeiten informieren. Zu den Ruinen führt ein 550 m langer Weg hinauf, für den man 20 Minuten braucht. Zum Komplex gehört auch ein **Hotel** (www.schloss-rheinfels.de).

Burg Maus Burg
(Burg Peterseck; Karte S. 234; für die Öffentlichkeit geschlossen; vereinzelte Besichtigungstermine) Zwei rivalisierende Burgen thronen zu beiden Seiten von St. Goarshausen. Die Burg Peterseck wurde vom Erzbischof von Trier errichtet, um gegen den vom mächtigen Grafen von Katzenelnbogen erhobenen Wegezoll vorzugehen. Letzterer antwortete mit dem Bau einer viel größeren Burg auf der anderen Ortsseite, der Burg Neu-Katzenelnbogen. Die Bürger, denen das Machtungleichgewicht zwischen Graf und Bischof ins Auge fiel, nannten die gräfliche Burg spöttisch Katz und die bischöfliche Maus.

ANREISE & UNTERWEGS VOR ORT

Koblenz ist per Zug mit St. Goar (8,30 €, 25 Min., stündl.) und St. Goarshausen (8,10 €, 30 Min., stündl.) verbunden. Aus Wiesbaden fahren Züge nach St. Goarshausen (14,40 €, 1 Std., stündl.), aus Mainz nach St. Goar (14,60 €, 1 Std., stündl.).

INA PETERS/GETTY IMAGES ©

PEER MARLOW/SHUTTERSTOCK ©

Von links: Riesling-Weinberg; Postenturm (S. 230); Boppard

Die Spitze der Loreley ist erreichbar:

mit dem Auto Von St. Goarshausen auf der Straße 4 km den Hügel hinauf.

mit dem Shuttlebus Die einfache Strecke ab dem Marktplatz von St. Goarshausen kostet 2,65 € (März–Okt. 10–19 Uhr, 2-mal stündlich).

zu Fuß Der Treppenweg, ein strapaziöser Weg mit 400 Stufen, beginnt 2,5 km flussaufwärts von St. Goarshausen am Fuß der Staumauer.

Boppard

Das malerisch an einer hufeisenförmigen Flussbiegung gelegene Boppard ist eines der schönsten Städtchen am Rhein, zumal hier das Ufer nicht durch die Bahntrasse vom Zentrum getrennt wird. In charmanten Fachwerkhäusern wird Riesling von den hiesigen Weinbergen ausgeschenkt, die zu den steilsten im Rheintal zählen.

SEHENSWERTES & AKTIVITÄTEN

Outdoor-Begeisterte finden herrliche Wanderwege an den Hügelhängen, die von Boppard ausgehen; Wanderkarten gibt's in der Touristeninformation.

Vierseenblick & Gedeonseck Die besondere Lage des Aussichtspunkts Vierseenblick erschafft die Illusion, man blicke auf vier einzelne Seen und nicht einen einzigen Fluss. Vom nahen Gedeonseck hat man einen Blick auf die haarnadelscharfe Rheinkurve. Hin gelangt man auf einer 1,4 km langen Wanderung. Wer die 240 Höhenmeter komfortabler überwinden will, fährt vom oberen Ende der Stadt 20 Minuten mit der **Sesselbahn** (Karte S. 234; ☎06742-2510; http://sesselbahn-boppard.de; Mühltal 12; Erw./Kind einfache Strecke 5,50/3 €, hin & zurück 8,50/4,50 €; ⏲Mitte April–Sept. 10–18 Uhr, Okt. & Anfang April kürzer).

Klettersteig Die anspruchsvolle Wanderung (2½–3 Std., hin & zurück 6,2 km) beginnt am oberen Ende des Orts gleich neben der Sesselbahn. Man braucht ordentliche Wander- oder Kletterschuhe; Kletterausrüstung (optional) kann man in der **Aral-Tankstelle** (Karte S. 234; ☎06742-2447; Koblenzer Straße 237; Kletterausrüstung 5 €/Tag zzgl. 20 € Kaution; ⏲Mo–Fr 6–21, Sa & So 8–21 Uhr) mieten. Einige steile Abschnitte muss man über Leitern bewältigen; es gibt

PECOLD/SHUTTERSTOCK ©

aber weniger steile Alternativen – abgesehen von der Kletterwand, einem Abschnitt, wo man auf Stahlstützen läuft. Über den Vierseenblick läuft man in den Ort zurück. **Wege im Hunsrück** Deutschlands steilste Bahnstrecke, die Hunsrückbahn (Karte S. 234; www.hunsrueckbahn.de; Hauptbahnhof; Erw./Kind einfache Strecke 3/1,80 €, Fahrrad frei; ⌚stündl. Mo–Fr 5–20, Sa 6–23, So 7–21 Uhr) führt auf der 8 km langen Fahrt zwischen dem Bahnhof von Boppard und Buchholz durch fünf Tunnel und über zwei Viadukte (von Buchholz geht die Fahrt noch 7 km weiter nach Emmelshausen, doch gibt's auf diesem Abschnitt wenig zu sehen). Von Buchholz wandern viele Leute über das Mörderbachtal zurück nach Boppard, doch Buchholz ist auch der Ausgangspunkt einer ausgezeichneten, 17 km langen Wanderung durch die romantische Ehrbachklamm nach Brodenbach (an der Mosel), von wo man den Bus nach Koblenz mit Anschluss nach Boppard nehmen kann.

Severuskirche Kirche
(Karte S. 234; Kronengasse; ⌚10–18 Uhr) Die eindrucksvolle spätromanische Severuskirche wurde im 13. Jh. auf dem Gelände eines ehemaligen römischen Militärbads errichtet. Drinnen finden sich Wandmalereien, ein hängendes Kreuz von 1225 im Chor und ein an ein Spinnennetz erinnerndes Deckengewölbe.

Römer-Kastell Archäologische Stätte
(Römerpark; Karte S. 234; Ecke Angertstraße & Kirchgasse; ⌚24 Std.) GRATIS Einen Block südlich vom Marktplatz finden sich 55 m der ursprünglichen Mauer des Kastells aus dem 4. Jh. sowie zwei fränkische Gräber (7. Jh.). Eine Wandtafel erläutert, wie die römische Stadt Bodobrica vor 1700 ausgesehen hat.

ESSEN & AUSGEHEN

Severus-Stube Deutsch **€€**
(Karte S. 234; ☎06742-3218; www.facebook.com/Severusstube; Untere Marktstraße 7; Hauptgerichte 10,50–21,50 €; ⌚Mo, Di & Do 17.30–22.30, Fr bis 23, Sa 11.30–14.30 & 17.30–23, So 11.30–14.30 & 17.30–22.30 Uhr) Geräucherte Forelle mit Kräuterbutter, Fasan mit Bratkartoffeln und Schinken, geschmortes Rindfleisch mit Meerrettichsauce und war-

Oberes Mittelrheintal

Oberes Mittelrheintal

Sehenswertes
1 Burg Maus B3
2 Burg Rheinfels B4
3 Deutsches Eck D1
4 Festung Ehrenbreitstein A1
5 Loreley-Besucherzentrum B4
6 Marksburg A2
7 Mäuseturm C5
8 Museum am Strom C5
9 Peterskirche A6
10 Pfalzgrafstein B4
11 Postenturm A6
12 Römer-Kastell D4
13 Schloss Stolzenfels A2
14 Severuskirche D4
15 Siegfried's Mechanisches Musikkabinett C5
16 Weinmuseum C5

Aktivitäten, Kurse & Touren
17 Aral C4
18 Hunsrückbahn D4
19 KD Cruises D2
20 Romantischer Altstadtspaziergang C2
21 Seilbahn (Koblenz) D1
Seilbahn (Rüdesheim) .... (siehe 15)
22 Sesselbahn C4

Shoppen
23 Weingut Fritz Bastian B6

Essen
24 Einstein C2
25 Schiller's A1
26 Severus-Stube D4
27 Stübers Restaurant B6
28 Winninger Weinstube D2

Ausgehen & Nachtleben
29 Alte Weinstube Zum Hubertus C1
30 Weinhaus Heilig Grab D4
31 Zum Grünen Baum B6

mer Apfelstrudel mit Vanillesauce zählen zu den Gerichten, die man in dem holzgetäfelten, mit hohen Sitzecken ausgestatteten Speisesaal dieses Restaurants und im Sommer draußen auf der Gasse genießen kann. Reservierung wird empfohlen!

Weinhaus Heilig Grab Weinbar
(Karte S. 234; www.heiliggrab.de; Zelkesgasse 12; Mi–So 15–24 Uhr) Gegenüber dem Hauptbahnhof bietet Boppards älteste (über 200 Jahre alt) Weinschenke ein gemütliches Ambiente für einen „Heilig Grab"-Riesling. Im Sommer kann man unter den Kastanienbäumen sitzen; am Wochenende gibt's Livemusik. Zur Schenke gehören fünf **Gästezimmer** (DZ 73–89 €).

AN- & WEITERREISE

Züge verbinden Boppard mit Koblenz (13,60 €, 15 Min., 2-mal stündl.) und Mainz (16,40 €, 1¼ Std., 2-mal stündl.).

Koblenz

An dem Punkt, wo Rhein und Mosel zusammenfließen und drei Mittelgebirgszüge – der Hunsrück, die Eifel und der Westerwald – aufeinander stoßen, gründeten die Römer eine militärische Siedlung, die sie, der hohen strategischen Bedeutung wegen, Confluentes nannten. Das heutige Koblenz ist eine Stadt mit Parks und Blumen und ist als nördliches Tor zum Oberen Mittelrheintal und als nordöstliches zum Moseltal ein idealer Ausgangspunkt für Erkundungen.

SEHENSWERTES

Die nach dem Zweiten Weltkrieg weitgehend wiederaufgebaute Koblenzer Altstadt erstreckt sich zu beiden Seiten des nördlichen Endes der **Löhrstraße**, der wichtigsten Fußgänger- und Einkaufszone der Stadt. Die Kreuzung der Löhrstraße mit dem Altengraben ist als **Vier Türme** bekannt, weil die aus dem 17. Jh. stammenden Eckgebäude alle über schmuck verzierte und bemalte Erkertürmchen verfügen.

Festung Ehrenbreitstein Festung
(Karte S. 234; 0261-6675 4000; www.tor-zum-welterbe.de; Erw./Kind 7/3,50 €, inkl. Seilbahn 14,80/6,60 €; April–Okt. 10–18 Uhr, Nov.–März bis 17 Uhr) Die 118 m hoch über dem Rhein an dessen rechtem Ufer gelegene Festung widerstand allen, aber nicht den Truppen der französischen Revolution, die sie bei ihrem Abzug 1801 sprengten.

Tagesausflug nach Braubach

Hoch über Braubach erheben sich die spektakulären Türme, Türmchen und Zinnen der 700 Jahre alten **Marksburg** (Karte S. 234; ☎02627-206; www.marksburg.de; Braubach; Erw./Kind 7/5 €; ⏲Mitte März–Okt. 10–17 Uhr, Nov.–Mitte März 11–16 Uhr), die als einzige Burg am Rhein nie zerstört wurde. Die Besichtigung ist nur mit Führung möglich, wobei man die Zitadelle, den gotischen Saal, die Küche sowie eine Folterkammer samt Instrumenten zu sehen bekommt. Im Winter finden Führungen jeweils zur vollen Stunde, ansonsten in kurzen Abständen statt..

Marksburg

SERGEY NOVIKOV/SHUTTERSTOCK ©

Die Preußen erbauten hier anschließend eine der mächtigsten Befestigungsanlagen Europas. Die Wälle und Aussichtsplattformen bieten ein herrliches Panorama. In der Anlage finden sich mehrere Museen, darunter ein tolles regionalgeschichtliches, ein Fotografie- und ein Archäologie-Museum sowie Restaurants und Cafés. Man erreicht die Festung per Auto, zu Fuß und mit der **Seilbahn** (Karte S. 234; ☎0261-2016 5850; www.seilbahn-koblenz.de; Rheinstraße 6; Erw./Kind hin & zurück 11/5 €, inkl. Festung 14,80/6,60 €; ⏲April–Okt. 9.30–19 Uhr, Nov.–Ostern Sa & So 9.30–17.30 Uhr; bei Veranstaltungen länger).

Deutsches Eck Wahrzeichen

(Karte S. 234) Die aufgeschüttete Landzunge an der Mündung der Mosel in den Rhein wird von einer monumentalen Statue im Stil des späten 19. Jhs. dominiert, die **Kaiser Wilhelm I.** zu Pferde zeigt. Nachdem das Standbild im Zweiten Weltkrieg zerstört worden war, blieb der Steinsockel leer und diente als Mahnmal der verlorenen deutschen Einheit; nach der Wiedervereinigung wurde 1993 eine Nachbildung der Statue aufgestellt. Parkanlagen erstrecken sich nach Südwesten und schließen an die gen Süden verlaufende Rheinpromenade an.

Schloss Stolzenfels Schloss

(Karte S. 234; www.schloss-stolzenfels.de; Schlossweg; Erw./Kind 5/3 €; ⏲Mitte März–Okt. Di–So 10–18 Uhr, Feb.–Mitte März & Nov. Sa & So 10–17 Uhr) Das Schloss mit seinen zinnenbewehrten Türmen, Schmuckgiebeln und Befestigungen erhebt sich 5 km südlich des Zentrums am linken Rheinufer. Im Jahr 1823 ließ der künftige Preußenkönig Friedrich Wilhelm IV. die 1689 von den Franzosen zerstörte Burg als Sommerresidenz wieder aufbauen; zu seinen Gästen zählte die britische Königin Victoria. Die Gemächer sind weitgehend erhalten, wie der König sie hinterließ, und mit Gemälden, Waffen, Rüstungen und Möbeln aus der Mitte des 19. Jhs. eingerichtet. Hin kommt man mit Bus 650 vom Bahnhof aus.

AKTIVITÄTEN

Romantische Altstadt von Koblenz Stadtspaziergang

(Karte S. 234; ☎0261-194 33; www.koblenz-touristik.de; Erw./Kind €7/3.50; ⏲Führungen April–Okt. tgl. 10.30 Uhr & Sa 15 Uhr, Jan.–März & Nov. Sa 10.30 Uhr) Der zweistündige Stadtspaziergang startet an der **Touristeninformation** und führt durch die Altstadt. Zu den Highlights zählen die Basilika St. Kastor, die Liebfrauenkirche und das Deutsche Eck.

KD Cruises Bootsfahrt

(Karte S. 234; ☎0261-310 30; www.k-d.com; Konrad-Adenauer-Ufer; ⏲Ostern–Okt.) KD unternimmt beliebte Kreuzfahrten ab Koblenz den Rhein hinauf nach Rüdesheim (einf. Strecke/hin & zurück 42,20/49,20 €) sowie Fahrten Richtung Südwesten die Mosel hinauf nach Cochem (einf. Strecke/hin & zurück 38,20/44,20 €).

ESSEN & AUSGEHEN

Koblenz besitzt ausgezeichnete Restaurants, darunter welche mit Michelin-Sternen. Die Lokale konzentrieren sich in der Altstadt, insbesondere in den Straßen südlich des Florinsmarkts, und am Rhein.

Winninger Weinstube Deutsch **€**

(Karte S. 234; ☎0261-387 07; www.winninger-weinstuben.de; Rheinzollstraße 2; Hauptgerichte 7–14,50 €; 🕐Mai–Sept. Di–Do 16–24, Fr–So ab 12 Uhr, Okt.–April Di–So ab 16 Uhr; 📶) Das mächtige Steingebäude, das einst ein Museum beherbergte, ist heute ein Restaurant mit Weinstube und serviert Spezialitäten wie Koblenzer Saumagen, in Riesling marinierte Schweinshaxe, Leber und Kartoffelklöße sowie Flammkuchen mit süßem oder herzhaftem Belag. Die Weine stammen vom eigenen Weinberg in Winningen an der Mosel.

Einstein Café **€€**

(Karte S. 234; ☎0261-914 4999; www.einstein-koblenz.de; Firmungstraße 30; Hauptgerichte 9,50–24 €, Sonntagsbrunch 21,90 €; 🕐Mo–Do 9–24, Fr & Sa bis 2, So 10–24 Uhr) Kalbsleber mit Masala-Jus, Goldbrasse mit Riesengarnelen und Zitronen-Risotto, Bandnudeln mit Feta, Spinat und Tomaten sowie Schoko-Cannelloni mit Mandel-Mascarpone und Orangensorbet zählen zu den Angeboten in diesem eleganten, purpurroten Café mit Bar. Es gibt auch leichtere Gerichte wie Suppen und Salate. Für den Sonntagsbrunch muss man vorab reservieren; am Wochenende gibt's oft Livemusik.

Schiller's Europäisch **€€€**

(Karte S. 234; ☎0261-963 530; www.hotel-stein.de; Hotel Stein, Mayener Straße 126; 4-/5-/6-Gänge-Menü 89/108/129 €, mit Weinen 117/143/171 €; 🕐Di–Sa 18–22 Uhr) Das mit Michelinsternen ausgezeichnete Restaurant im Hotel Stein, 2 km nördlich des Zentrums an der Mosel, verwendet für seine kunstvoll präsentierten Menüs (auch vegetarisch) Zutaten wie Spargel, Scampi, Gänsestopfleber, Trüffel und geräucherte Seeigeleier. Die Weine stammen ausschließlich vom Rhein und von der Mosel.

Alte Weinstube Zum Hubertus Weinbar

(Karte S. 234; www.weinhaus-hubertus.de; Florinsmarkt 6; 🕐Mo, Mi–Fr ab 15.30, Sa & So ab 12 Uhr) Die rustikale Weinstube, die auf Rhein- und Moselweine spezialisiert ist, residiert in einem Fachwerkhaus von 1689 mit offenem Kamin, antiken Möbeln und dunkler Holzvertäfelung. Im Sommer kann man auch draußen sitzen. Zu den klassischen Gerichten des Hauses zählt der Schweineschmorbraten.

AN- & WEITERREISE

BUS

Einige Orte werden von Bussen bedient, die vor dem Hauptbahnhof starten. Der Bus 650 fährt nach Boppard über Schloss Stolzenfels (7,10 €, 40 Min., 2-mal stündl.), der Bus 570 nach Braubach/Marksburg (8,20 €, 35 Min., 2-mal stündl.).

SCHIFF/FÄHRE

Mehrere Fährunternehmen haben Kais am Konrad-Adenauer-Ufer, das sich südlich des Deutschen Ecks am Rhein erstreckt.

ZUG

Koblenz besitzt zwei Bahnhöfe, den **Hauptbahnhof** am linken Rheinufer rund 1 km südlich des Zentrums und den Bahnhof **Koblenz-Ehrenbreitstein** am rechten Rheinufer.

Züge fahren zu Orten an beiden Rheinufern, z. B. nach Bingen (14,60 €, 50 Min., 2-mal stündl.).

Einige direkte Verbindungen vom Hauptbahnhof:

Bonn (17 €, 40 Min., bis zu 4-mal stündl.)

Frankfurt a. M. (31 €, 1½ Std., bis zu 4-mal stündl.)

Köln (20 €, 50 Min., bis zu 3-mal stündl.)

Mainz (22 €, 1 Std., alle 30 Min.)

UNTERWEGS VOR ORT

Der Bus 1 (1,90 €, 13 Min., 2-mal stündl., nach 20 Uhr stündl.) verbindet den Hauptbahnhof mit dem Deutschen Eck.

LUXY IMAGES / GETTY IMAGES ©

MOSELTAL

In diesem Kapitel

Moseltal

Die Mosel entspringt in Frankreich, durchquert Luxemburg und erreicht Deutschland bei Trier, um schließlich am Deutschen Eck in Koblenz in den Rhein zu münden. Der deutsche Moselabschnitt (195 km) schlängelt sich träge an steilen Rebhängen vorbei. In zauberhafter Landschaft wartet dabei hinter jeder engen Flussbiegung ein anderes Highlight: farbenfrohe Fachwerkdörfer aus dem Mittelalter, stolz auf Hügeln thronende Burgruinen, elegante Jugendstilvillen und uralte Weinkellereien.

An- & Weiterreise

Trier Südliches Haupttor zum Moseltal; der Hauptbahnhof bietet viele Regional- und Inlandsverbindungen.

Koblenz Nördliches Haupttor zum Moseltal; hier besteht u. a. Zugverbindung zu westdeutschen Großstädten.

Der **Flughafen Köln-Bonn** ist die beste Wahl für Trips ins Moseltal; eine gute Alternative ist aufgrund seiner Nähe zu Trier der **Flughafen Luxemburg**.

Schlafen

In der Hauptsaison (Juli–Okt.) öffnen fast überall im Moseltal kommunale Sommer-Campingplätze (rechtzeitig reservieren!), die meist direkt am kühlen Flussufer liegen. Während der Nachsaison (ca. Nov.–Ostern) ist außer rund um Weihnachten in den meisten Ortschaften kaum etwas los; dann haben auch viele Hotels geschlossen. Die Mosellandtouristik GmbH (www.mosellandtouristik.de) bucht Unterkünfte.

Vorherige Seite: Weinberge bei Trier (S. 253)

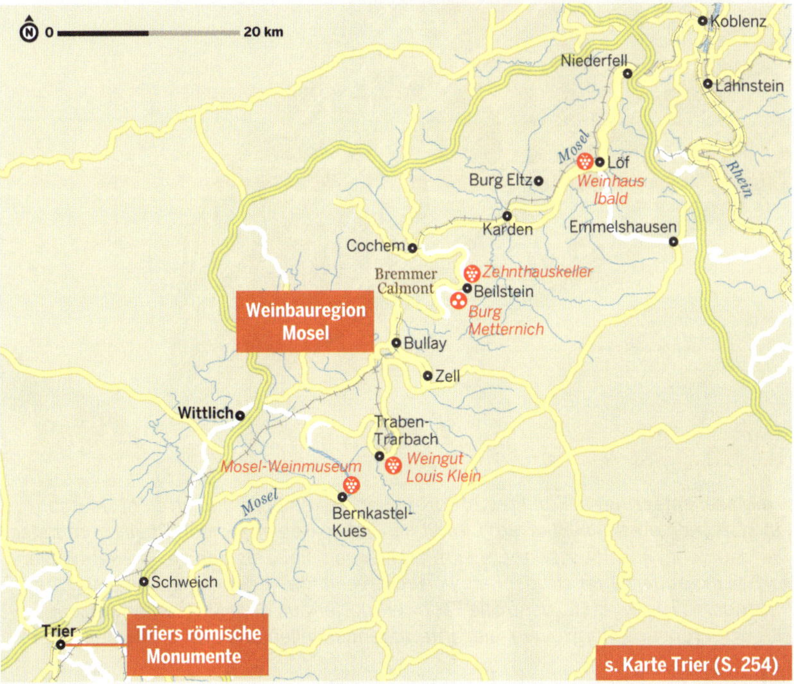

Trier (S. 253)

LIBOR KRAL/500PX ©

Porta Nigra

Triers römische Monumente

Einigen der landesweit schönsten römischen Bauten verdankt Deutschlands drittälteste Stadt den Welterbestatus: Von Triers Zeiten als bedeutsame Römersiedlung zeugen u. a. ein mächtiges Tor, ein Amphitheater, Thermalbäder und Deutschlands älteste Bischofskirche, die einst als römische Audienzhalle mit kaiserlichem Thronsaal errichtet wurde.

Großartig für...

☑ Nicht versäumen

Die neue Orgel der Konstantinbasilika hat 6500 Pfeifen.

Porta Nigra

Das **römische Stadttor** (Karte S. 254; Erw./Kind 4/2,50 €; ⏲April–Sept. 9–18 Uhr, März & Okt. bis 17 Uhr, Nov.–Feb. bis 16 Uhr) aus dem 2. Jh. hat im Lauf der Zeit eine dunkle Farbe angenommen – daher sein lateinischer Name Porta Nigra (= Schwarzes Tor). Das Wunderwerk (Abb. oben) wird nur von Eisenklammern und der Schwerkraft zusammengehalten. Der Umbau zur Kirche im 11. Jh. erfolgte zu Ehren des byzantinischen Mönchs Simeon, der sich angeblich sechs Jahre lang im Ostturm einmauern ließ. Nach seinem Tod 1035 wurde er im Erdgeschoss begraben und später heiliggesprochen.

Konstantinbasilika

Die **Basilika** (Karte S. 254; ☎0651-9949 1200; www.konstantin-basilika.de; Konstantinplatz 10; ⏲April–Okt. Mo–Sa 10–18, So ab 13 Uhr,

Kaiserthermen

MATABUM/GETTY IMAGES ©

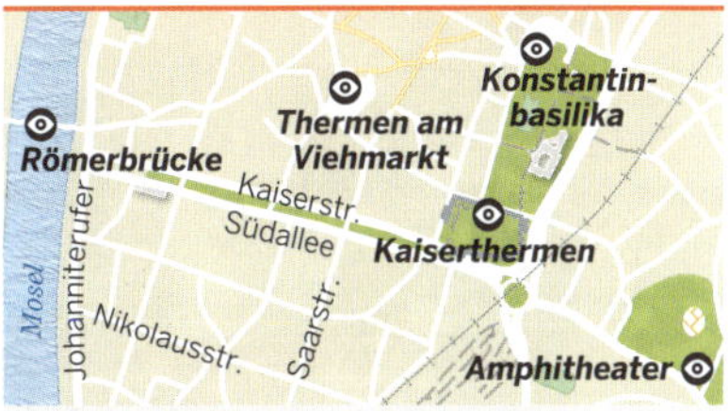

Gut zu wissen

Die TrierCard (3 Tage 15 €) berechtigt zu Rabatten bei Museen und Sehenswürdigkeiten (10–25 %) und erlaubt unbegrenzte Fahrten mit Nahverkehrsmitteln.

Pause gefällig?

Die Weinwirtschaft Friedrich-Wilhelm (S. 256) zählt zu Triers besten Restaurants.

★ Top-Tipp

Die AntikenCard (Rheinisches Landesmuseum & 2/4 römische Stätten 12/18 €) ist ihr Geld vollauf wert.

Nov.–März Di–Sa 10–12 & 14–16, So 13–15 Uhr) GRATIS wurde um 310 n. Chr. als Audienzhalle und Thronsaal für Konstantin den Großen errichtet. Das eindrucksvolle und nüchtern eingerichtete Backsteingebäude (67 × 27 × 33 m) ist der weltweit größte erhaltene Einraumbau aus römischer Zeit. Heute dient es als protestantische Kirche.

Amphitheater

Im römischen **Amphitheater** (Karte S. 254; Olewiger Str.; Erw./Kind 4/2,50 €; April–Sept. 9–18 Uhr, März & Okt. bis 17 Uhr, Nov.–Feb. bis 16 Uhr) von Trier fanden einst Gladiatoren- und Tierkämpfe vor bis zu 20 000 Zuschauern statt.

Kaiserthermen

Die **römischen Bäder** (Karte S. 254; Weberbachstraße 41; Erw./Kind 4/2,50 €; April–Sept. 9–18 Uhr, März & Okt. bis 17 Uhr, Nov.–Feb. bis 16 Uhr) haben einen weitläufigen Grundriss. Den besten Eindruck davon vermittelt der Blick vom 2006 errichteten Aussichtsturm (Abb. oben). Das unterirdische Gewirr aus Kesselräumen, Heizkanälen und großen Badebecken kann ebenfalls besichtigt werden.

Römerbrücke

Über Deutschlands älteste **Brücke** (Karl-Marx-Str.) rollten römische Gespanne schon im 2. Jh. über die Mosel: Die Pfeiler aus schwarzem Eifel-Basalt wurden 144 bis 152 n. Chr. errichtet. Und halten bis heute.

Thermen am Viehmarkt

Diese **römischen Bäder** (Karte S. 254; Viehmarktplatz; Erw./Kind 4/2,50 €; Di–So 9–17 Uhr) mit modernem würfelförmigem Glasdach wurden 1987 zufällig beim Bau einer Tiefgarage entdeckt – verschüttet unter Trümmern aus dem Zweiten Weltkrieg und den Überresten eines Kapuzinerklosters (inkl. Winzerei, Friedhof) aus dem 17. Jh.

Weinbauregion Mosel

Liebhaber guter Tropfen sind im Moselland goldrichtig: Auf ihrer önologischen Pilgerfahrt werden sie ein paar von Deutschlands besten Weißweinen verkosten. Hier eine Auswahl einiger guter Anlaufstellen:

Großartig für ...

☑ Nicht versäumen

Unbedingt auch unbekanntere Weinsorten (z. B. Elbling, Dornfelder, Kerner) probieren!

Weingüter besuchen

Bei Weinguttouren im Moseltal lernt man dessen Regionalkultur und Bewohner optimal kennen. Und kann natürlich auch echte Spitzenlesen kosten und kaufen. Am besten achtet man unterwegs einfach auf Schilder, die auf einen Weinverkauf hinweisen.

Besonders malerisch präsentiert sich das Moseltal im Frühling. Dann zieren hellviolette Glyzinien die alten Steinhäuser des Moseltals. Nach der Traubenernte im Herbst hingegen leuchten die Reben in allen Rot- und Gelbtönen. Weinfeste steigen schließlich im gesamten Zeitraum von etwa April bis Mitte November in der ganzen Gegend (Gesamtverzeichnis unter www.mosel-weinfeste.de).

ALFOTOKUNST/SHUTTERSTOCK ©

Gut zu wissen

Karten zur Mosel.Erlebnis.Route gibt's bei allen regionalen Touristeninformationen.

Pause gefällig?

Wo Wein im Moseltal ausgeschenkt wird, bekommt man oft auch Essen.

★ Top-Tipp

Der Moselwein e. V. (www.weinland-mosel.de) liefert Details zur regionalen Winzertradition.

Pflichtstopps für Weinliebhaber

Mosel-Weinmuseum

Das kleine **Mosel-Weinmuseum** (06531-4141; www.moselweinmuseum.de; Cusanusstraße 2, Kues; Erw./Kind 5/2,50 €; Mitte April–Okt. 10–18 Uhr, Nov.–Mitte April 14–17 Uhr) gehört zum Komplex des St.-Nikolaus-Hospitals (S. 252) in Bernkastel-Kues. Neben interaktiven Ausstellungen gibt's hier auch Besonderheiten wie die Aromabar, an der man seinen Geruchssinn testen und schulen kann. Hauptattraktion ist jedoch der Keller der angrenzenden Mosel-Vinothek, wo Weinproben mit beliebiger Auswahl aus ca. 150 Tropfen stattfinden (18 €; Winter weniger Sorten).

Weingut Louis Klein

Louis Klein (06541-6246; www.klein-wein.de; Enkircher Str. 20, Trarbach; 90-minütige Führung inkl. Weinprobe 8 €; Mo–Sa 10–18, So bis 12 Uhr, Führungen nach Vereinbarung) zählt zwar zu den wenigen Moselwinzern, die auf Rotweine (z. B. Pinot Meunier, Pinot Noir, Cabernet Dorio, Cabernet Sauvignon, Merlot, Dornfelder) spezialisiert sind, doch keltert er auch weiße Sorten wie Riesling, Rivaner und Weißburgunder. Sein Betrieb befindet sich in einem steinernen Lagerhaus am Fluss. Verkostungen finden aber auch zwischen den Reben statt.

Mosel-Vinothek

Im Keller der **Mosel-Vinothek** (06531-4141; www.moselvinothek.de; Cusanusstr. 2, Bernkastel-Kues; Weinprobe pro Pers. 18 €; April–Okt. 10–18 Uhr, Feb., März, Nov. & Dez. 11–17 Uhr) finden Weinproben mit beliebiger Auswahl aus ca. 150 Lesen statt (18 €; Winter weniger Sorten).

Das kleine Weinmuseum nebenan hat interaktive Ausstellungen.

Weinhaus Ibald

Ein Fachwerkhaus von 1547 mit großartigem Lokalkolorit beherbergt das **Weinhaus Ibald** (02605-2043; www.weinhaus-ibald.

de; Moselstr. 34, Hatzenport; ⏲Ostern–Okt. tgl. 12–22 Uhr, Nov.–Mär Fr–So bis 20 Uhr; 📶), das auf Riesling, feinherbe Spätlesen, roten Dornfelder und Fruchtwein spezialisiert ist. Besonders schön lassen sich die Weine unter den Reben auf der Terrasse genießen. Beim Essen reicht die Auswahl von selbstgemachter Zwiebelsuppe und Wursttellern bis hin zu leckeren Kuchen (z. B. Rhabarber mit Baiserhaube).

Das Weinhaus vermietet einfache, aber komfortable **Gästezimmer** (DZ ab 70 €).

Weinstube Spitzhäuschen

Niedlicher geht's wohl kaum: Seit 1416 befindet sich die älteste **Weinstube** (☎06531-7476; www.spitzhaeuschen.de; Karlstr. 13, Bernkastel; ⏲je nach Saison ab 15.30 Uhr, sonst nach Vereinbarung) des Mosellandes in einem schiefen Häuschen, das an ein großes Vogelhaus erinnert. Über einem schmalen Fundament ragt kühn der viel größere erste Stock hinaus. Durch die schmale Gasse darunter rollten einst Pferdefuhrwerke zum Marktplatz. Probieren kann man hier über 50 Weine der Familie Schmitz; dazu gibt's kleine Snacks.

Zehnthauskeller

Der 1574 eröffnete **Zehnthauskeller** (☎02673-900 907; www.zehnthauskeller.de; Marktplatz 1; ⏲Di–So 11–22; 📶) in Beilstein war einst ein Lager für Wein, der als Zehnt abgegeben werden musste. In seinem düster-romantischen Gewölbe kann man heute sechs Weine für 8,90 € verkosten – serviert von Kellnerinnen in Trachten. An Sommerabenden gibt's Livemusik.

Zehnthauskeller

Unterwegs im Moseltal

Mit dem eigenen fahrbaren Untersatz lässt sich das Moselland am einfachsten erkunden. Das Gute dabei: Hier gibt's deutlich mehr Flussbrücken als im oberen Mittelrheintal.

Die Hochmoselbrücke (158 m; Ürzig–Zeltingen-Rachtig) soll 2019 als Teil des neuen Hochmoselübergangs (B50) eröffnet werden. Dieser neue Autobahnzubringer wird die Fahrtzeit zum Großraum Frankfurt a. M. dann deutlich verkürzen. Der aktuelle Stand des Brückenprojekts lässt sich per Webcam verfolgen (www.b50hochmoselbruecke.de).

Das Moseltal hat auch ein gutes Nahverkehrsnetz.

★ Top-Tipp

Der äußerst beliebte Mosel-Radweg (275 km; www.mosel-radweg) führt ab Trier flussabwärts bis Koblenz hinunter. Flussaufwärts folgt er der Luxemburger Grenze und erreicht schließlich Lothringen in Frankreich.

PALLIKI/GETTY IMAGES ©

Bus

Buslinie 333 bedient ganzjährig die Ortschaften zwischen Traben-Trarbach und Trier (z. B. Bernkastel-Kues; www.moselbahn.de; Tagesticket 5,80 €, Mo–Fr 6-mal tgl., Sa & So 3-mal tgl.).

Von April bis Oktober verkehren zusätzlich die beliebten RegioRadler-Busse mit Anhängern für Drahtesel (Einzelfahrt 2,80 €/Fahrrad; Online-Reservierung ratsam).

Schiff/Fähre

Die Personenschifffahrt Gebr. Kolb (www.moselrundfahrten.de; meiste Fahrten April–Okt.), der größte Schiffsbetreiber des Mosellands, bietet neben Sightseeing-Rundfahrten auch einfache Fahrten von A nach B an.

Zug

Über diverse Zwischenhalte folgt die Bahnlinie Koblenz–Trier (22,70 €, 1½–2 Std., mind. stündl.) flussaufwärts bis nach Bullay (Koblenz–Bullay 15,60 €, 45 Min., stündl.; Trier–Bullay 12,10 €, 45 Min., 2-mal stündl.); danach verlässt die Strecke das Moseltal für rund 40 km. Ab Bullay verkehren allerdings noch kleine Züge direkt am Fluss bis nach Traben-Trarbach (3,90 €, 20 Min., bis zu 4-mal stündl.).

☑ Nicht versäumen

Beim Wandern im Moseltal unbedingt Zwischenstopps in Ediger-Eller, Bremm, Zell, Kröv, Ürzig und Zeltingen-Rachtig einlegen: All diese Ortschaften sind Abstecher wert. Dort gibt's teils auch kleine Winzereien mit Minikellern, in denen ein paar der besten Wein-Geheimtipps der Region lagern.

Cochem

Dass Cochem zu den touristischsten Städten des Mosellands zählt, verwundert kaum: Ein Gewirr von schmalen Gassen führt im Ort zu pastellfarbenen Terrassenrestaurants am Fluss. Dahinter thront kühn auf einem Felsen eine spektakuläre Burg.

SEHENSWERTES

Reichsburg Burg

(☎02671-255; www.reichsburg-cochem.de; Schlossstraße 36; Führungen Erw./Kind 6/3 €; ⏲Führungen Mitte März–Okt. 9–17 Uhr, Nov.–Mitte März kürzere Öffnungszeiten) Wie viele andere Festungen in der Region wurde Cochems Burg aus dem 11. Jh. im Jahr 1689 von französischen Truppen zerstört. Doch 1868 erwarb der Berliner Louis Ravene die Ruine für einen Obolus und restaurierte sie auf ihren heutigen Zustand (allerdings nicht immer geschmackvoll). Die Besichtigung ist per Führung (40 Min.) und auf eigene Faust (Broschüre/Audioguide) möglich. Die opulenten Innenräume stehen für 1000 Jahre Geschmack und Stil.

Bundesbank-Bunker Historische Stätte

(☎02671-915 3540; www.bundesbank-bunker.de; Am Wald 35; Erw./Kind 10/5 €, Shuttlebus einfache Stecke/hin & zurück 2,50/4 €; ⏲Führungen Mai–Okt. 11–15 Uhr stündl., Nov.–April 11–15 Uhr alle 2 Std.) Ein außergewöhnliches Relikt aus dem kalten Krieg: Der frühere geheime Atombunker der Deutschen Bundesbank ist als Wohnkomplex getarnt. Einst lagerten hier 15 Mrd. DM. Bei den einstündigen Führungen geht's über 100 Stufen hinunter in die unterirdische Anlage, in der ganzjährig 12 °C herrschen (Jacke mitbringen!). Von Mai bis Oktober fahren Shuttlebusse ab der **Touristeninformation Cochem** (☎02671-600 40; www.ferienland-cochem.de; Endertplatz 1; ⏲April–Okt. Mo–Sa 9–17, Sa, So & Okt.–Mitte Juni kürzere & wechselnde Öffnungseiten) zum Bunker. Ansonsten muss die steile Zufahrtsstraße ab dem Ortskern (1 km) per pedes oder Auto zurückgelegt werden.

ESSEN & AUSGEHEN

Alte Thorschenke Deutsch €€

(☎02671-7059; www.thorschenke.de; Brückenstraße 3; Hauptgerichte 10,50–19 €; ⏲11–21 Uhr;

Grevenburg

(📶) Das Lokal ist abseits der belebten Uferrestaurants innerhalb der mittelalterlichen Stadtmauern untergebracht. Die Speisekarte ist regional-rustikal geprägt, so gibt es z. B. Matjes mit Äpfeln und Zwiebeln, Schweinehals in Senf-Sahne-Sauce und Schnitzelvarianten. Dazu werden Weine aus der Gegend ausgeschenkt. Die 27 kleinen, aber zauberhaften Zimmer im Obergeschoss (DZ ab 99 €) haben teilweise Himmelbetten.

VinoForum Wein

(☎02671-917 1777; www.vinoforum-ernst.de; Moselstr. 12–13, Ernst; ⏲April–Okt. 10–18 Uhr, Nov.–März 13–17 Uhr) Die ultramoderne Vinothek mit Fässern an der Decke liegt 4 km östlich von Cochem im Nest Ernst. Hier kann man Spitzenweine aus eigener und regionaler Produktion kosten und kaufen. Auf der überdachten Hangterrasse mit Moselblick steigen auch regelmäßig Events (z. B. Brunches, Abend-Dinners, Jazzkonzerte).

AN- & WEITERREISE

Cochem ist ein wichtiger und hervorragend angebundener Verkehrsknotenpunkt des Moseltals.

Züge fahren ab Cochem u. a. nach Koblenz (11,80 €, 40 Min., 2-mal stündl.), Trier (14,90 €, 55 Min., 2-mal stündl.) und Bullay (3,80 €, 10 Min., 2-mal stündl.), wo wiederum Busanschluss zu Ortschaften weiter flussaufwärts besteht.

Die Schiffe der Personenschifffahrt Gebr. Kolb (S. 256) sind von April bis Oktober auf der Mosel unterwegs.

Traben-Trarbach

Das elegante Traben-Trarbach ist eine super Ausgangsbasis für Moseltal-Erkundungen per Fahrrad oder Auto. Vor 100 Jahren war der Ort ein Großhandelszentrum für Wein. Bis heute freuen sich die lokalen Winzer über weinliebende Besucher.

Traben am linken Moselufer ist das kommerzielle Herz der 1904 vereinigten Gemeinde. Sein ehemals mittelalterliches Stadtbild fiel drei Großbränden zum Opfer. Dafür entstanden hier wunderschöne Jugendstilvillen, die oft von Bruno Möhring entworfen wurden. Von dem Berliner Architekten stammt auch das Brückentor (erb. 1898) in Trarbach am anderen Flussufer.

In beiden Ortsteilen laden grüne Uferpromenaden zum Schlendern ein.

Fahrrad & Schiff

Das Moselland bietet viele tolle Radwege. Die Königsroute ist der 311 km lange **Mosel-Radweg** (www.mosel-radweg-etappen.com), dessen offiziell ausgewiesene Strecke in Metz beginnt. Bei Perl erreicht man Deutschland. Routenkarten gibt's bei lokalen Touristeninformationen. Unser Tipp für einen Tagesausflug: Schiffe von Kolb verbinden Bernkastel mit Traben-Trarbach (S. 249) und nehmen Räder mit. So kann man eine Richtung auf dem Wasser und die andere radelnd zurücklegen (24 km).

Leihfahrräder gibt es bei **Zweirad Wagner** (☎06541-1649; www.zweirad-wagner.de; Brückenstraße 42, Traben-Trarbach; Fahrrad/E-Bike pro Tag 10/25 €; ⏲April–Okt. Mo–Fr 8–12.30 & 14–18, Sa 9–13 Uhr, Nov.–Mai kürzere Öffnungszeiten) und bei **Fun Bike Team** (Bernkastel-Kues; S. 253).

HANS GEORG EIBEN/GETTY IMAGES ©

SEHENSWERTES & AKTIVITÄTEN

Grevenburg Ruinen

(Trarbach) Die Grevenburg (Abb. links) mit traumhaftem Talblick thront seit den 1350er-Jahren auf den schroffen Hügeln über Trarbach. Wegen ihrer strategisch bedeutsamen Höhenlage wurde sie 13-mal

Bier von der Mosel

Das Moselland ist Weinland. Eine Ausnahme macht das frühere **Zisterzienser-Kloster Machern** (☎06532-951 50; www.brauhaus-kloster-machern.de; An der Zeltinger Brücke, Zeltingen-Rachtig; Museum Erw./Kind 3/1,50 €; ⏱Ostern–Okt. Museum 10–18 Uhr, Schankraum 11–1 Uhr, Laden 12–17 Uhr, Nov.–Ostern kürzere Öffnungszeiten) aus dem 13. Jh. Es beherbergt eine hervorragende Brauerei, die u. a. ein Dunkles, ein Helles und ein Hefeweizen braut. Im Schankraum werden tolle regionale Gerichte serviert; getrocknete Hopfendolden und Teile eines Kupferkessels zieren den eleganten Tresen. Auf der Freiluftterrasse stehen Korbsessel. Das hauseigene Museum zeigt religiöse Malereien, Marionetten und Spielzeug (u. a. Eisenbahnen). Der Komplex liegt 7 km nordwestlich von Bernkastel-Kues.

Kloster Machern

BILDAGENTUR ZOONAR GMBH/SHUTTERSTOCK ©

erobert, sechsmal belagert und siebenmal zerstört – kein Wunder also, dass nur noch zwei Mauern davon übrig sind. Die Ruine mit Café (serviert Wein, Bier, Pizza) ist nur per pedes erreichbar: Hinauf führt der steile **Sponheimer Weg** (500 m), der ein Stück nördlich der Brücke beginnt.

Mont Royal — Ruinen

Auch über Traben thronen Ruinen: Vauban baute hier 1687–1698 für Ludwig XIV. an der riesigen Festung Mont Royal. Das exorbitant teure Bollwerk sollte Frankreichs Machtbereich vergrößern. Noch unvollendet wurde es jedoch nach dem Frieden von Rijswijck von den Franzosen selbst abgerissen. Der Fußweg zur Anlage (1,5 km) beginnt am oberen Ende der Römerstraße.

Buddha-Museum — Museum

(www.buddha-museum.de; Bruno-Möhring-Platz 1, Trarbach; Erw./Kind 15/7,50 €; ⏱Di–So 10–18 Uhr) Ein früheres Weingut ist die ungewöhnliche Heimat dieses Museums. Der schmucke Jugendstil-Bau, 1906 nach einem Entwurf von Bruno Möhring errichtet, beherbergt eine panasiatische, attraktiv präsentierte Sammlung von Buddha-Bildnissen (über 2000 Exemplare) aus Holz, Bronze und Papier. Vom ruhigen Dachgarten schaut man auf die Mosel. Die Tickets gelten ganztägig.

Traben-Trarbacher Unterwelt — Wein

(☎06541-839 80; www.traben-trarbach.de; Führung 8 €; ⏱Ostern–Okt. Mo 17, Fr 18 Uhr, Aug–Okt. zusätzl. Fr 17 & Sa 11 Uhr, Nov.–Ostern 2. & letzter Fr des Monats 18 Uhr) Anfang des 20. Jhs. war Traben-Trarbach nach Bordeaux das zweitgrößte Weinhandelszentrum Europas. Um mehr Lagerfläche zu schaffen, entstanden damals bis zu 100 m lange, teils mehrstöckige Keller unter den Straßen und Jugendstilbauten der Stadt. Die Zugänge dieser Unterwelt verstecken sich mitunter in Gärten und Weinbergen. Faszinierende Führungen (90 Min.) beginnen an der Touristeninformation (S. 251).

ESSEN

Alte Zunftscheune — Deutsch €€

(☎06541-9737; www.zunftscheune.de; Neue Rathausstraße 15, Traben; Hauptgerichte 9–23 €; ⏱Ostern–Okt. Di–So 17–23, Nov.–Ostern Fr 18–23, Sa & So 17–23 Uhr; 🍷) Wunderschöne Holztreppen führen zu ein paar herrlich stimmungsvollen Speiseräumen voller rustikalem Nippes. Im Keller hängen bis heute die originalen Lampen aus den 1890er-Jahren. Auf der regional geprägten Speisekarte stehen beispielsweise selbstgemachte Blut- und Leberwurst, Schweinsmedaillons in Riesling-Sahne-Sauce oder gegrilltes Rumpsteak mit Spargel und Bratkartoffeln. Reservierung ist ratsam; nur Barzahlung.

PRAKTISCHE INFORMATIONEN

Touristeninformation Traben (☎06541-839 80; www.traben-trarbach.de; Am Bahnhof 5, Traben; ⏲Mai–Okt. Mo–Fr Mo–Fr 9–17, Sa 9–13 Uhr, Nov.–Feb. Mo–Fr 11–15 Uhr, Mi geschl., März–April Mo–Fr 10–16 Uhr; 📶) Direkt neben dem Bahnhof.

AN- & WEITERREISE

Traben ist ein Endbahnhof. Shuttlezüge fahren nach Bullay (3 €, 20 Min., stündl.). Dort besteht Anschluss nach Koblenz und Trier.

Bernkastel-Kues

Die zauberhafte Doppelgemeinde ist das Zentrum der Region Mittelmosel. Am rechten (östlichen) Ufer liegt Bernkastel mit vielen Schänken in Gebäuden aus Fachwerk, Stein und Schiefer. Kues am linken (westlichen) Ufer wirkt weniger malerisch. Dennoch hat der Geburtsort des Theologen Nikolaus von Kues (1401–1464) eine schöne Flusspromenade und ein paar historische Highlights zu bieten.

SEHENSWERTES

Burg Landshut Ruinen

(☎06531-972 770; www.burglandshut.de; Bernkastel; ⏲Do–Di 12–21 Uhr) Umgeben von Weinbergen und Wäldern thront diese Burgruine aus dem 13. Jh. auf einem Felsen über Bernkastel. Am Marktplatz beginnt der äußerst steile und anstrengende Aufstieg (750 m, 30 Min.), der jedoch mit einem traumhaften Talblick belohnt wird. Das spektakulär renovierte Restaurant (S. 252) wurde 2018 eröffnet; bei der Restaurierung kamen auch die Fundamente eines römischen Turms aus dem 4. Jh. zum Vorschein. Vom Moselufer verkehren Shuttlebusse (einfache Strecke bergauf/bergab 5/3,50 €, hin & zurück 7 €).

Marktplatz Platz

(Bernkastel) Einige Schritte von der Brücke entfernt erstreckt sich Bernkastels hübscher Marktplatz, den romantische Fachwerkhäuser mit prachtvollen Giebeln säumen. Der historische Pranger an der linken Fassadenecke des 1608 erbauten Rathauses diente einst zur öffentlichen Zurschaustellung von Missetätern.

Burg Landshut

Von links: Inneres der Konstantinbasilika (S. 242); Weinberge an der Mosel; Fachwerkhäuser am Marktplatz von Bernkastel-Kues (S. 251)

St.-Nikolaus-Hospital Historisches Gebäude

(Cusanusstift; www.cusanus.de; Cusanusstraße 2, Kues; Führung 7 €; ⏲So–Fr 9–18, Sa bis 15 Uhr, Führungen April–Okt. Di 10.30, Fr 15 Uhr) GRATIS Das gotische St.-Nikolaus-Hospital nahe der Brücke ist seit 1458 ein Seniorenstift: Nikolaus von Kues gründete es damals als Heim für 33 Männer (ein Bewohner pro Lebensjahr Jesu). Der Kreuzgang und die gotische Kapelle sind frei zugänglich; die kostbare Bibliothek kann jedoch nur im Rahmen einer Führung besichtigt werden. Der Komplex beherbergt das Mosel-Weinmuseum (S. 245) und die Mosel-Vinothek (S. 245).

AKTIVITÄTEN

Der leicht zu meisternde **Mosel-Maare-Radweg** (www.maare-moselradweg.de) verbindet Bernkastel-Kues mit Daun in der Eifel. Er folgt einer alten Bahntrasse und ist daher recht flach. Von April bis Oktober kann man den RegioRadler-Bus (Erw./Fahrrad 12,60/3 €, 1½ Std., alle 2 Std.) zum Streckenende nehmen und von dort nach Bernkastel-Kues zurückstrampeln (58 km).

ESSEN

Restaurant Burg Landshut Deutsch **€€**

(☎06531-972 770; www.burglandshut.de; Burg Landshut, Bernkastel; Hauptgerichte 14–25 €; ⏲Ostern–Nov. Do–Di 12–14 & 18–21 Uhr) Das supermoderne Restaurant mit Panoramablick auf Bernkastel wurde 2018 in den Ruinen der Burg Landshut (S. 251) eröffnet. Es serviert zeitgemäße deutsche Küche wie Sauerkraut-Suppe mit Blutwurst oder Zander mit Bauchspeck und Kohlpüree. Als Nachtisch gibt es z. B. Schwarzwälder Mousse mit Beeren-Coulis.

Rotisserie Royale Europäisch **€€**

(☎06531-6572; www.rotisserie-royale.de; Burgstraße 19, Bernkastel; Hauptgerichte 14,50–24,50 €, 5-Gänge-Abendmenü 46,50 €; ⏲Do–Di 12–14 & 17–21 Uhr) Hervorragende Küche in einem Fachwerkhaus: Den Anfang macht z. B. die sautierte Kalbsleber mit Schwarztrüffel-Schaum. Als Hauptgang empfiehlt sich die Kohlroulade mit Welsfleisch. Und zum Nachtisch könnte es z. B. Schokoladen-Ganache mit Eierflip-Schaum und Walnuss-Sorbet geben.

CHRISTIAN MUELLER/SHUTTERSTOCK ©

PRAKTISCHE INFORMATIONEN

Touristeninformation Bernkastel (☎06531-500 190; www.bernkastel.de; Gestade 6, Bernkastel; Audioguide 3 Std./Tag 6/8 €; ⊙Mai–Okt. Mo–Fr 9–17, Sa ab 10, So bis 13 Uhr, Nov.–April Mo–Fr 9.30–16 Uhr) Reserviert Zimmer, hat einen Geldautomaten, verkauft Wander- bzw. Radkarten und verleiht Audioguides fürs Erkunden der beiden Städte.

AN- & WEITERREISE

Busse verbinden Bernkastel mit Bullay (12,60 €, 1¼ Std., 3-mal tgl.) und Trier (11,55 €, 2¼ Std., 3-mal tgl.).

Boote der **Personenschifffahrt Gebr. Kolb** (☎06531-4719; www.moselrundfahrten.de; ⊙April–Okt.) schippern nach Traben-Trarbach (einfache Strecke/hin & zurück 16/22 €, Fahrrad einfache Strecke 2 €, 2 Std., bis u 2-mal tgl.).

UNTERWEGS VOR ORT

Fun Bike Team (☎06531-940 24; www.funbiketeam.de; Schanzstraße 22, Bernkastel; Tagesmiete Fahrrad/E-Bike 12/25 €; ⊙April–Okt. Mo–Fr 9–13 & 14–18.30, Sa 9–14 Uhr, Nov.–März kürzere Öffnungszeiten) Fahrradverleih in Bernkastel.

Fahrräder Wildmann (☎06532-954 367; www.fahrraeder-wildmann.de; Uferallee 55, Zeltingen-Rachtig; Tagesmiete Fahrrad/E-Bike 10/22 €, Fahrradtransport ab 80 €; ⊙April–Okt. Mo–So 9–12 & 16–18 Uhr, Nov.–März nach Vereinbarung) Rund 5 km nordwestlich von Bernkastel-Kues in Zeltingen-Rachtig; verleiht Bikes und bietet auch (Gepäck-)Shuttles für Radler an.

Trier

Deutschlands drittälteste Stadt wartet mit gleich neun Welterbestätten auf – darunter Deutschlands schönstes Ensemble römischer Bauten (S. 242). Zu den „jüngeren" lokalen Architekturschätzen zählen Deutschlands älteste gotische Kirche und das barocke Geburtshaus von Karl Marx.

Triers Nähe zu Luxemburg und Frankreich zeigt sich an der hiesigen Küche und Atmosphäre. Die 15 000 Studenten der berühmten Universität hauchen der Stadt kräftig Leben ein. Das größtenteils verkehrsberuhigte Zentrum hat viele Cafés

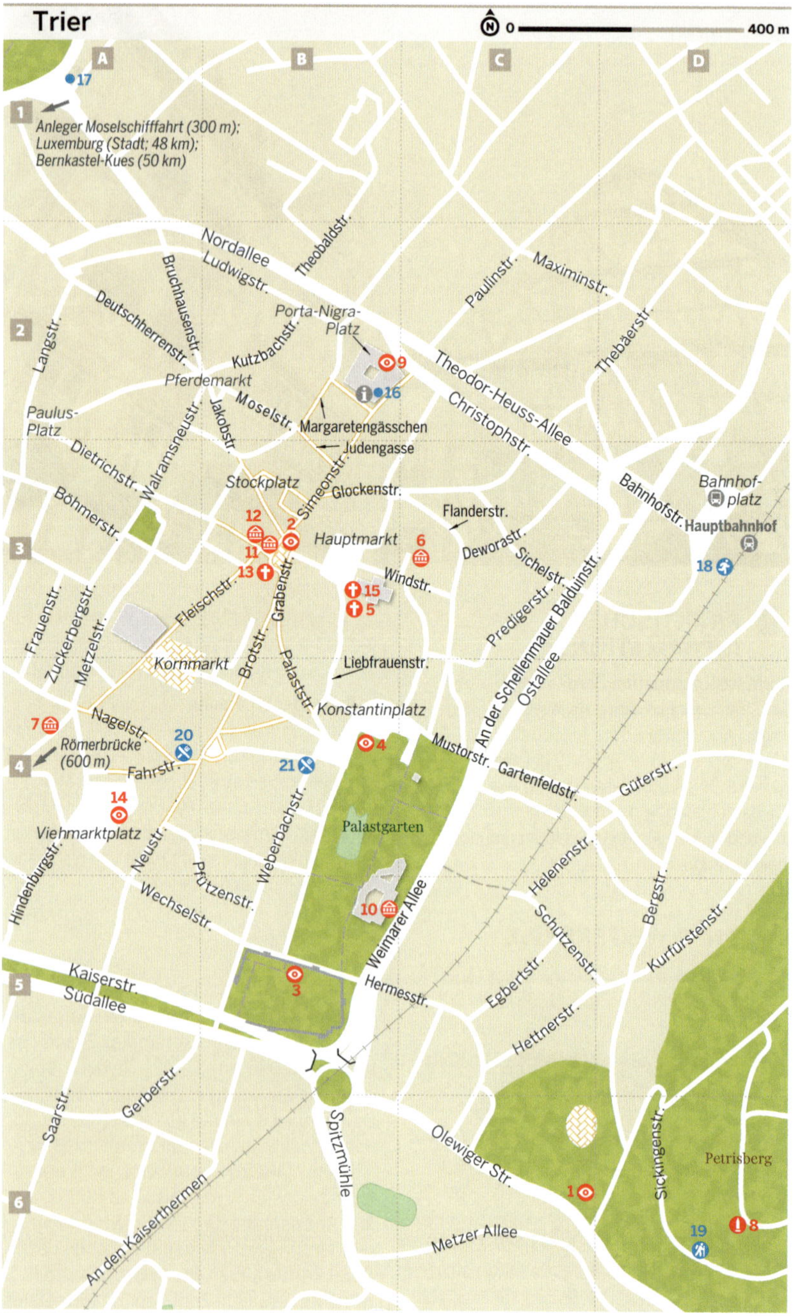

Trier
0
400 m
A
B
C
D
1
2
3
4
5
6
Anleger Moselschifffahrt (300 m);
Luxemburg (Stadt; 48 km);
Bernkastel-Kues (50 km)
Römerbrücke
(600 m)
Nordallee
Ludwigstr.
Theobaldstr.
Paulinstr.
Maximinstr.
Thebäerstr.
Bruchhausenstr.
Deutschherrenstr.
Langstr.
Kutzbachstr.
Porta-Nigra-Platz
Pferdemarkt
Moselstr.
Jakobstr.
Margaretengässchen
Judengasse
Theodor-Heuss-Allee
Christophstr.
Paulus-Platz
Dietrichstr.
Walramsneustr.
Stockplatz
Simeonstr.
Glockenstr.
Bahnhofstr.
Bahnhof-platz
Hauptbahnhof
Böhmerstr.
Flanderstr.
Hauptmarkt
Deworastr.
Sichelstr.
Windstr.
Grabenstr.
Fleischstr.
Predigerstr.
An der Schellenmauer
Balduinstr.
Ostallee
Frauenstr.
Zuckerbergstr.
Metzelstr.
Kornmarkt
Brotstr.
Palaststr.
Liebfrauenstr.
Konstantinplatz
Nagelstr.
Fahrstr.
Mustorstr.
Gartenfeldstr.
Güterstr.
Viehmarktplatz
Weberbachstr.
Palastgarten
Hindenburgstr.
Neustr.
Prützenstr.
Wechselstr.
Helenenstr.
Schützenstr.
Bergstr.
Kurfürstenstr.
Weimarer Allee
Kaiserstr.
Südallee
Hermesstr.
Egbertstr.
Hettnerstr.
Gerberstr.
Saarstr.
Spitzmühle
Olewiger Str.
Sickingenstr.
Petrisberg
An den Kaiserthermen
Metzer Allee
1
2
3
4
5
6
7
8
9
10
11
12
13
14
15
16
17
18
19
20
21

Trier

und Restaurants, die sich oft in schmucken gotischen oder barocken Häusern befinden. Rund um Trier liegen zahlreiche Weingüter.

SEHENSWERTES

Liebfrauenkirche — Kirche

(Karte S. 254; www.trierer-dom.de; Liebfrauenstraße; April–Okt. Mo–Fr 10–18, Sa bis 16.30, So 12.30–18 Uhr, Nov.–März Mo–Fr 11–17, Sa bis 16.30, So 12.30–17 Uhr) Eine der ältesten gotischen Kirchen Deutschlands wurde im 13. Jh. erbaut und hat einen kreuzförmigen Grundriss. Ein Dutzend Stützpfeiler symbolisiert die zwölf Apostel: Die Säulen sind jeweils mit einem Artikel des Apostolischen Glaubensbekenntnisses beschriftet – von einem schwarzen Stein aus hat man alle auf einmal im Blick. Die Buntglasfenster stammen teilweise aus der Zeit nach 1945.

Trierer Dom — Dom

(Karte S. 254; 0651-979 0790; www.dominformationen.de; Liebfrauenstraße 12; April–Okt. 6.30–18 Uhr, Nov.–März bis 17.30 Uhr) Deutschlands älteste Bischofskirche (Abb. S. 257) zeugt von fast 1700 Jahren Sakralarchitektur: Reste des römischen Palasts der Helena (Mutter Konstantins des Großen) treffen auf romanische, gotische und barocke Elemente. Der Grundriss in Form einer zwölfblättrigen Blüte steht für die Jungfrau Maria.

Im Obergeschoss kann man die kostbaren Sakralgegenstände des **Domschatzes** (Karte S. 254; 0651-710 5378; www.dominformation.de/bauwerk/domschatz/; Erw./Kind 1,50/0,50 €; April–Okt. & Dez. Mo–Sa 10–17, So ab 12.30 Uhr, Nov. & Jan.–März Di–Sa 11–16, So ab 12.30 Uhr) bewundern. Gleich um die Ecke informiert das **Museum am Dom Trier** (Karte S. 254; 0651-710 5255; www.bistum-trier.de/museum; Bischof-Stein-Platz 1; Erw./Kind 3,50/2 €; Di–Sa 9–17, So ab 13 Uhr) über die frühchristliche Geschichte der Stadt.

Rheinisches Landesmuseum — Museum

(Karte S. 254; www.landesmuseum-trier.de; Weimarer Allee 1; inkl. Audioguide Erw./Kind 8/4 €; Di–So 10–17 Uhr) Das Landesmuseum erlaubt außergewöhnliche Einblicke in das römische Leben vor Ort – z. B. mit einem maßstabsgetreuen Modell von Trier im 4. Jh. Weitere Highlights sind Grabsteine, Mosaike, großartige Glaswaren und seltene Münzen. Ausgestellt ist auch der 1993 entdeckte Trierer Goldmünzenschatz, der als weltweit größter Hortfund von Goldmünzen aus der römischen Kaiserzeit gilt und über 2600 Geldstücke umfasst.

Hauptmarkt — Platz

(Karte S. 254) Das Herz von Triers zentralem Marktplatz bildet ein Springbrunnen von 1595, der den Stadtpatron Petrus zusammen mit den vier Kardinaltugenden darstellt. Drum herum stehen Architekturschätze aus Mittelalter und Renaissance, darunter das **Rote Haus** (Dietrichstraße 53; nicht zugänglich), die **Steipe** mit dem **Spielzeugmuseum** (651-758 50; www.spielzeugmuseum-trier.de; Dietrichstraße 50/51; Erw./Kind 5/2,50 €;

Wie im Märchen: Burg Eltz

Am oberen Ende des schönen Elztals liegt eine von Deutschlands romantischsten Burgen aus dem Mittelalter: **Burg Eltz** (02672-950 500; www.burg-eltz.de; Burg-Eltz-Str. 1, Wierschem; 40-minütige Führung Erw./Kind 10/6,50 €; April–Okt. 9.30–17.30 Uhr), die nie zerstört wurde und seit fast 900 Jahren derselben Familie gehört. Die märchenhafte Anlage mit Türmen, Erkern, Giebeln und Fachwerk thront inmitten dichter Wälder auf einem Felsen. Die Führungen besichtigen auch die uralte Originaleinrichtung (Zierrat, Mobiliar, Gobeline, Gemälde, Rüstungen, offene Kamine).

Di–So 11–17 Uhr;) und die gotische **St.-Gangolf-Kirche** (7–18 Uhr). Montags bis samstags verkaufen kleine Marktstände hier u. a. Blumen und Fleischwaren.

Museum Karl-Marx-Haus Museum
(Karte S. 254; www.fes.de/museum-karl-marx-haus; Brückenstraße 10; Erw./Kind 5/3,50 €; April–Okt. 9–18 Uhr, Nov.–März Mo 13–17, Di–So ab 11 Uhr) Der Philosoph und Autor des *Kommunistischen Manifest* und vom *Kapital* erblickte 1818 in diesem barocken Stadthaus das Licht der Welt. Anlässlich seines 200. Geburtstags wurde der Bau aus dem frühen 18. Jh. im Jahr 2018 renoviert. Die Ausstellungen porträtieren Marx und beleuchten sein Leben, seine Arbeit, Freunde, Feinde und Exiljahre in London, wo er 1883 starb. Außerdem erfährt man Wissenswertes zu seinem intellektuellen und politischen Erbe und zur Geschichte der Sozialdemokratie.

GEFÜHRTE TOUREN & AKTIVITÄTEN

Stadtspaziergang Stadtspaziergang
(Karte S. 254; Erw./Kind 7,90/4,50 €; Mai–Okt. 13 Uhr) Startet an der Touristeninformation und dauert 75 Minuten.

Personenschifffahrt Gebr. Kolb Bootsfahrt
(Karte S. 254; 0651-26 666; www.moselrundfahrten.de; Georg-Schmitt-Platz 2; Mai–Okt.) Bricht am Zurlaubener Ufer zu Moselrundfahrten auf, z. B. nach Bernkastel (einfache Strecke/hin & zurück 25/35 €, 4¼ Std.).

Weinkulturpfad Wandern
(Karte S. 254) Die Rebhänge am **Petrisberg** östlich des römischen Amphitheaters bieten eine tolle Aussicht. Auf halber Höhe führt der Weinkulturpfad nach Olewig (1,6 km). Neben der Bushaltestelle Petrisberg/Aussicht (Linie 4 & 85) widmet sich eine **Infotafel** (Karte S. 254; Sickingenstraße) der Lokalgeschichte von der ersten bekannten Besiedelung durch Menschen vor ca. 30 000 Jahren bis zur römischen Periode.

ESSEN

Kartoffel Restaurant Kiste Deutsch €
(Karte S. 254; www.kistetrier.de; Fahrstr. 13–14; Hauptgerichte 7–17 €; 11.30–22 Uhr;) Ein Bronzebrunnen steht vor diesem Lokalfavoriten mit Tischen drinnen (220 Plätze) und draußen (120 Plätze). Der Name ist Programm: Die Spezialität des Hauses sind Kartoffeln – gebraten, püriert, überbacken, als Suppe oder mit Sauce begossen. Etwas teurer sind die super Fleischgerichte.

Weinwirtschaft Friedrich-Wilhelm Deutsch €€
(Karte S. 254; 0651-994 7480; www.weinwirtschaft-fw.de; Weberbach 75; Hauptgerichte 12,50–27,50 €; Mo–Fr 11.30–14.30 & 17.30–22, Sa 11.30–22, So 11.30–14.30 Uhr) Ein historisches Weinlager mit freiliegendem Mauer- und Balkenwerk beherbergt heute dieses hervorragende Restaurant. Dessen Köche verwenden für ihre einfallsreichen Gerichte auch regionale Lesen. Unter den Ergebnissen sind dann z. B. in weißem Schaumwein gedünstete Forelle mit weißem Spargel und Senfsauce oder einheimische Würstchen mit Riesling-Sauerkraut und Bratkartoffeln. Im Garten ranken Reben an Spalieren. Der dazugehörige Weinladen ist super sortiert.

MILOSK50/SHUTTERSTOCK ©

Trierer Dom (S. 255)

Weinhaus Becker International €€€
(☎0651-938 080; www.beckers-trier.de; Olewiger Straße 206; 1-/3-Gänge-Mittagsmenü 18/28 €, 3-/4-Gänge-Abendmenü 45/58 €, Hauptgerichte 21–34 €; ⏲Di–Sa 12–14 & 18–22 Uhr) Rund 3 km südöstlich der Innenstadt liegt das Hotel **Beckers** mit dieser ungemein eleganten Weinstube. Auf den Tisch kommt hier Raffinesse mit internationalem Touch, z. B. Dorsch mit Kürbis, Banane und Macadamianüssen oder Wachtel mit Pastinakenschaum und gerösteten Pilzen. Die Hausweine werden direkt am gegenüberliegenden Hang angebaut. Zum Hotel gehört auch **Becker's Restaurant** (5-/8-Gänge-Abendmenü 125/158 €; ⏲Di–Sa 19–21 Uhr), das anspruchsvolle Gourmets mit zwei Michelinsternen beglückt.

ℹ PRAKTISCHE INFORMATIONEN

Touristeninformation Trier (Karte S. 254; ☎0651-978 080; www.trier-info.de; An der Porta Nigra; ⏲März–Dez. Mo–Sa 9–18, So 10–17 Uhr, Jan. & Feb. Mo–Sa 10–17 Uhr)

ℹ AN- & WEITERREISE

Regelmäßig fahren Züge ab/nach Saarbrücken (20,90 €,1–1½ Std., 2-mal stündl.) und Koblenz (24 €, 1½–2 Std., 2-mal stündl.).

Weitere Züge rollen regelmäßig nach Luxemburg (Stadt; 19,40 €, 50 Min., min. stündl.) und von dort aus weiter nach Paris (80 €, 3½–4½ Std., min. stündl.).

ℹ UNTERWEGS VOR ORT

Triers Zentrum lässt sich problemlos zu Fuß erkunden. Und sind die Füße müde, fahren auch noch Stadtbusse (www.vrt-info.de; Einzelfahrt/Tageskarte 2/5,90 €), z. B. zum Weinviertel Olewig (Linie 6, 16 & 81). Eine zentrale **Bushaltestellen** ist am Bahnhofsplatz (Karte S. 254).

Leihfahrräder in Topzustand gibt's bei vielen Trierer Hotels, der Touristeninformation und der **Fahrrad-Service-Station** (Karte S. 254; ☎0651-148 856; www.bues-trier.de; Bahnhofsplatz; Leihfahrrad pro Tag Erw./Kind ab 12/6 €, E-Bike ab 30 €/Tag; ⏲Mai–Sept. 9–18 Uhr, Okt.–April Mo–Fr 10–18, Sa bis 14 Uhr) neben Gleis 11 des Hauptbahnhofs.

Köln (S. 208)

Im Fokus

Topographie des Terrors (S. 65), Berlin

Geschichte

Bis zur Gründung des Deutschen Reichs 1871 war Deutschland ein Flickenteppich aus Fürstentümern und Stadtstaaten. Bewegungen und Ereignisse der deutschen Geschichte hatten seit dem frühen Mittelalter Einfluss auf die Geschicke Europas. Die Wirkung historisch bedeutender Menschen wie Karl der Große, Martin Luther, Otto von Bismarck und Adolf Hitler haben Nachwirkungen bis in die heutige Zeit, in der die Bundesrepublik Deutschland ein Vorreiter der europäischen Einheit ist.

9 n. Chr.

Die Ost-Expansion des Römischen Reichs auf germanischem Stammesgebiet wird in der Schlacht am Teutoburger Wald gestoppt.

4. Jh.

Das Vordringen der Hunnen setzt die Völkerwanderung in Gang. Germanische Stämme ziehen in Teile des Weströmischen Reichs.

732

Der Frankenkönig Karl Martell siegt in bei Tours und Poitiers über die Araber und verhindert so deren Vordringen nach Mitteleuropa.

Gedenkstätte Berliner Mauer (S. 41), Berlin

CSP/SHUTTERSTOCK ©

Die germanischen Stämme und die Römer

Die frühen Bewohner des heutigen Deutschlands waren Kelten und später halbnomadisch lebende germanische Stämme. Ab etwa 12 v. Chr. begannen die Römer unter Kaiser Augustus in die Gebiete der Germanen vorzudringen und gelangten bis zum Rhein und zur Donau. Die Versuche, das Territorium weiter nach Osten auszudehnen, wurden im Jahr 9 n. Chr. vereitelt, als der römische General Varus drei Legionen – rund 20 000 Mann – in der blutigen Schlacht im Teutoburger Wald verlor. Um 300 n. Chr. hatten sich vier führende Stammesgruppen herausgebildet, die Alemannen, die Franken, die Sachsen und die Goten.

Fränkisches Reich

Das Fränkische Reich, ein Nachfolgestaat des 476 aufgelösten Weströmischen Reichs existierte vom 5. bis 9. Jh. Es hatte seinen Schwerpunkt westlich des Rheins. Unter der Führung der Merowinger und später der Karolinger wurde das Reich zur wichtigsten politi-

800
Der Franke Karl der Große wird in Rom zum Kaiser gewählt. Er begründet damit das westliche mittelalterliche Kaisertum.

962
Geburtsstunde des Heiligen Römischen Reiches: In Anlehnung an Karl den Großen lässt sich der Sachse Otto I., der Große, zum Kaiser krönen.

1254–1273
Das Interregnum schwächt die kaiserliche Zentralmacht und fördert nachhaltig die Territorialisierung im Reich.

schen Macht im frühmittelalterlichen Europa. Auf seinem Höhepunkt umfasste das Reich die heutigen Territorien Frankreichs, Deutschlands, Österreichs, der Benelux-Staaten und die Hälfte der italienischen Halbinsel.

Der mächtigste Frankenherrscher war der Karolinger Karl der Große (reg. 768–814). Er eroberte das Langobardenreich, erzielte Territorialgewinne in Bayern, führte einen 30-jährigen Krieg gegen die Sachsen im Norden Deutschlands und ließ sich 800 vom Papst zum Römischen Kaiser krönen. Karls Grablege im Dom von Aachen, das unter Karl zur wichtigsten Königspfalz aufstieg, machte die Pfalzkapelle zu einer wichtigen Pilgerstätte.

Die Kämpfe, die nach Karls Tod zwischen seinen männlichen Nachkommen ausbrachen, führten schließlich 843 zur Teilung des Fränkischen Reichs. Der Vertrag von Verdun teilte das Gebiet in drei Reiche: das Westfrankenreich, das den größten Teil des heutigen Frankreichs umfasste, das Ostfrankenreich, die Keimzelle des heutigen Deutschlands, und das in der Mitte liegende Reich Lothars, das die Niederlande, Gebiete im heutigen Frankreich (daher Lothringen), Burgund und Norditalien umfasste.

Mittelalter

Der stark ausgeprägte Regionalismus im heutigen Deutschland hat seine Wurzeln im frühen Mittelalter, als der Aachener Dom zwar das symbolische Zentrum der Macht war, Dynastien mit eigenen regionalen Zentren aber im Kampf um einzelne Territorien miteinander rangen. Aachen sah zwischen 931 und 1531 die Krönung von 31 deutschen Königen. Der erste war Otto I. der Große, ein Feldherr, der zunächst die Ungarn schlug und später das Königreich Italien (sog. Reichsitalien) in seinen Herrschaftsbereich eingliederte. Im Jahr 962 erneuerte er den Schwur Karls des Großen, das Papsttum zu beschützen, worauf ihn der Papst im Gegenzug zum Römischen Kaiser krönte. Dies war die Geburtsstunde des Heiligen Römischen Reichs. Für die nächsten 800 Jahre waren Kaiser und Papst seltsame und oft im Streit liegende Bundesgenossen.

Die Machtkämpfe zwischen den Päpsten und Kaisern, die sich zudem aufsässiger Territorialfürsten und Bischöfe zu erwehren hatten, waren die Ursache vieler Unruhen im Hochmittelalter (ca. 1050–1250). Nach dem Tod des letzten Stauferkaisers Friedrichs II. im Jahr 1250 und seines Sohns Konrads IV. im Jahr 1254 stürzte das Reich ins Chaos; während des Großen Interregnums fand kein Thronanwärter genügend Unterstützung. Das Reich blieb steuerlos, bis Rudolf I. 1273 zum deutschen König gewählt wurde. Rudolf war der erste von 19 Kaisern und Königen der Habsburgerdynastie, die ab dem 15. Jh. durch eine geschickte Heiratspolitik die Geschicke Mitteleuropas bis ins frühe 20. Jh. bestimmte.

Im 14. Jh. festigte sich die Grundstruktur des Heiligen Römischen Reichs. Ein Schlüsseldokument war die Goldene Bulle von 1356 (so genannt nach dem goldenen Siegel), ein Erlass Kaiser Karls IV., der eine Art Reichsverfassung darstellte. Vor allem legte sie präzise Regeln für die Wahl des deutschen Königs fest, indem sie sieben Kurfürsten bestimmte, den nächsten König zu wählen. Das Privileg fiel zunächst an den König von Böhmen, den Markgrafen von Brandenburg, den Herzog von Sachsen und den Pfalzgraf bei Rhein sowie die Erz-

1241
Hamburg und Lübeck schließen eine Vereinbarung zum Schutz ihrer Handelswege und begründen so den Städtebund der Hanse.

1348–1350
Die Pest löscht 25 % der europäischen Bevölkerung aus. Vielerorts kommt es zu Pogromen gegen die Juden.

1356
Die Goldene Bulle regelt die Wahl des deutschen Königs formal. Wahlberechtigt sind sieben geistliche und weltliche Kurfürsten.

bischöfe von Trier, Mainz und Köln. Eine einfache Mehrheit reichte zur Wahl des Königs aus (in späterer Zeit wurde das Kurfürstenkollegium auf neun Mitglieder erweitert).

Das einfache Volk erlebte schwierige Zeiten. Es gab Hexenverbrennungen, Judenpogrome und Arbeitsmangel – und die Pest (1348–1350) raffte Schätzungen zufolge mindestens 25 % der europäischen Bevölkerung dahin. Andererseits wurden zu dieser Zeit überall im Land Universitäten gegründet, als erstes die Heidelberger im Jahr 1386.

Die Hanse

Die Ursprünge des Städtebunds der Hanse gehen auf Gilden und Vereinigungen zurück, die ab der Mitte des 12. Jhs. von Fernhändlern gegründet wurden, um ihre Interessen zu schützen. Nachdem Hamburg und Lübeck 1241 eine Vereinbarung zum Schutz ihrer Schiffe und Handelswege geschlossen hatten, schlossen sich Lüneburg, Kiel und eine Reihe von Ostseestädten bis hin nach Greifswald dem Bündnis an. Bis 1356 war daraus ein mächtiger Städtebund geworden, der ein halbes Dutzend anderer großer Städtebündnisse vereinte, und seinen Mittelpunkt in Lübeck hatte.

Luther & die Reformation

Im 16. Jh. führten Renaissance und Humanismus zu einer wachsenden Kritik an den allgegenwärtigen kirchlichen Missbräuchen, vor allem an der Praxis des Ablasshandels. In der Universitätsstadt Wittenberg veröffentlichte der deutsche Mönch und Theologieprofessor Martin Luther (1483–1546) im Jahr 1517 seine 95 Thesen, die nicht nur den Ablass kritisierten, sondern auch die päpstliche Unfehlbarkeit, das Zölibat der Geistlichen und andere Elemente der kirchlichen Lehre in Frage stellten. Dies war der Funke, der die Reformation entzündete. Nach seiner Exkommunikation und der Verhängung der Reichsacht im Wormser Edikt 1521 brach Luther mit der römischen Kirche und floh auf die Wartburg bei Eisenach, wo er das Neue Testament ins Deutsche übersetzte.

Im Jahr 1555 zur Zeit Kaiser Karls V. legte der Augsburger Religionsfriede fest, dass künftig die Fürsten des Reichs darüber entschieden, welche Religion in ihrem Gebiet herrschen sollte. Im Norden setzte sich größtenteils die lutheranische Lehre durch, während die meisten Fürsten im Süden des deutschsprachigen Gebiets am Katholizismus festhielten. Im Jahr 1618 führten nicht zuletzt die konfessionellen Gegensätze zum Ausbruch des blutigen Dreißigjährigen Kriegs. Dieser endete 1648 mit dem Westfälischen Frieden, der die Macht von Kaiser und Reich weitgehend beschnitt und die Territorialherren stärkte.

Der Aufstieg Preußens

Die relativ friedlichen Jahrzehnte nach dem Ende des Dreißigjährigen Kriegs führten in dem verwüsteten Land zu einem langsamen wirtschaftlichen Aufschwung, getragen von den großen Handelszentren Hamburg, Frankfurt am Main und Leipzig. In dem Maße, in

1517
Martin Luther wendet sich gegen den Ablasshandel und bündelt den Unmut über die Missbräuche der Kirche.

1555
Der Augsburger Religionsfriede zementiert die Teilung des Reiches in katholische und protestantische Territorien.

1618–1648
Der Dreißigjährige Krieg verwandelt ganze Regionen in Einöden. An seinem Ende besteht das Reich aus über 300 Territorien.

★ Geschichtsmuseen

Deutsches Historisches Museum (S. 60)

DDR Museum (S. 64), Berlin

Römisch-Germanisches Museum (S. 214), Köln

Militärhistorisches Museum (S. 179), Dresden

Jüdisches Museum (S. 67), Berlin

Jüdisches Museum

dem das Bürgertum erstarkte, erschienen die ständestaatlichen Zwänge als immer bedrückender. Zeitgleich bildete sich mit Brandenburg-Preußen eine neue europäische Großmacht heraus, die ihr Territorium durch Siege über die Schweden (1675) nach Pommern erweiterte. Im Jahr 1701 nahm Kurfürst Friedrich III. den Titel eines Königs in Preußen an (einem Landesteil, der nicht zum Heiligen Römischen Reich gehörte). Preußen rüstete auf und eroberte unter Friedrich II., den Großen („Alter Fritz"), das österreichische Schlesien. Mit dem Ende des Siebenjährigen Kriegs (1756–1763) hatte sich das Königreich Preußen als eine den Habsburgern ebenbürtige Macht etabliert.

Auch kulturell blühte Deutschland in dieser Zeit auf, die vom Gedankengut der Aufklärung getragen wurde. Während Philosophen wie Immanuel Kant und Johann Gottfried von Herder versuchten, durch rationales Denken und Vernunft religiöse Fesseln zu sprengen, schufen Schriftsteller wie Goethe, Schiller und Lessing literarische und Komponisten wie Bach, Haydn, Händel und Mozart musikalische Meisterwerke. Befördert wurde diese kulturelle Blüte durch den deutschen Regionalismus und das Konkurrenzdenken unter den Fürsten.

Napoleon & die Revolutionen

In den Jahren nach der Französischen Revolution von 1789 eroberte Frankreich unter Napoleon Bonaparte (Napoleon I.) einen großen Teil Europas und veränderte nachhaltig das Schicksal des Kontinents in einer Reihe von Kriegen. Die Niederlage der österreichischen und russischen Truppen in der Schlacht von Austerlitz (1805) führte 1806 zur Auflösung des Heiligen Römischen Reichs, als Kaiser Franz II. die Krone niederlegte und stattdessen den Titel eines Kaisers von Österreich annahm. In den napoleonisch bestimmten Staaten des Rheinbunds wurden in diesen Jahren Reformen der Justiz und Verwaltung durchgeführt, die fortschrittliche Ideen in die Tat umsetzten.

Im Jahr 1815 wurde das Gebiet des ehemaligen Heiligen Römischen Reichs auf dem Wiener Kongress als Deutscher Bund neu organisiert. Dieser bestand aus zunächst 38 souveränen Einzelstaaten und umfasste dabei auch viele Gebiete außerhalb der heu-

1740–1786
Berlin wird zu „Spreeathen", als der Absolutismus in Europa der Aufklärung weicht, die eine kulturelle Blüte auslöst.

1789–1815
Die Französische Revolution und die Napoleonischen Kriege fegen die letzten Reste des Mittelalters hinweg.

1806–1813
Das Heilige Römische Reich löst sich auf. Napoleon schafft den Rheinbund aus 16 Staaten, der bis zur Völkerschlacht bei Leipzig besteht.

tigen Landesgrenzen (z. B. Böhmen und Norditalien). Ein Gesandtenkongress, die Bundesversammlung in Frankfurt am Main, sollte die Politik des Bundes lenken. Die bestimmenden Staaten in der Allianz, Österreich und Preußen, betrieben eine Restaurationspolitik. Die bürgerliche Revolution von 1848 führte zum Zusammentritt der ersten frei gewählten deutschen Nationalversammlung in der Frankfurter Paulskirche. Überall in Europa erstarkte in dieser Zeit der Nationalismus. So forderten in diesen Jahren nicht nur die Deutschen, sondern u. a. auch die Italiener, die Polen, die Tschechen, Slowaken und Ungarn ihren eigenen Nationalstaat. Nach dem Zusammenbruch der Revolution von 1848 setzte sich die alte Ordnung zunächst noch einmal durch – und Preußen und Österreich blieben weiterhin die Vormächte im Deutschen Bund.

Bismarck & die Geburt des Deutschen Reichs

Die Schaffung eines deutschen, von Preußen dominierten Einheitsstaats unter Ausschluss Österreichs war das Ziel Ottos von Bismarck (1815–1898), den König Wilhelm I. 1862 zum preußischen Ministerpräsidenten ernannt hatte. Bismarck nutzte diplomatische Mittel und Kriege gegen Dänemark (1864), gegen Österreich und die mit ihm verbündeten deutschen Staaten (Hannover, Sachsen, Bayern; 1866) sowie schließlich gegen Frankreich (1870/71), um sein ehrgeiziges Ziel zu erreichen. Im Jahr 1871 war Berlin die stolze Hauptstadt des Deutschen Reichs, einer konstitutionellen Monarchie mit einem Parlament aus zwei Kammern. Am 18. Januar 1871 wurde der König von Preußen in Versailles zum Deutschen Kaiser gekrönt. Und Bismarck blieb sein „eiserner Kanzler".

Die frühen Jahre des Kaiserreichs, die Gründerzeit, war von starkem Wirtschaftswachstum geprägt, beflügelt durch den stetigen Strom französischer Reparationszahlungen. Hunderttausende Menschen strömten auf der Suche nach Arbeit in den Fabriken vom Land in die Städte. Neue politische Parteien gaben dem Proletariat eine Stimme, insbesondere die Sozialistische Arbeiterpartei Deutschlands (SAP), der Vorläufer der Sozialdemokratischen Partei Deutschlands (SPD).

Bismarck versuchte, die Arbeiterbewegung durch Gesetze zu unterdrücken, machte aber zugleich sozialstaatliche Konzessionen, die seinem Wesen zuwiderliefen. Als Wilhelm II. (reg. 1888–1918) an die Macht kam, wollte dieser die Reformen ausweiten, während Bismarck wieder stärker gegen die Sozialisten vorgehen wollte. Im März 1890 entließ der Kaiser seinen widerspenstigen Kanzler, dessen europäische Bündnispolitik vermehrt auf Widerstand gestoßen war. Das Erbe des brillanten Diplomaten war ein wohlhabendes, vereinigtes und wirtschaftlich mächtiges Deutschland zu Beginn des 20. Jhs.

Der Erste Weltkrieg

Die Ermordung von Erzherzog Franz Ferdinand, dem österreichisch-ungarischen Thronfolger, am 28. Juni 1914 löste eine Kettenreaktion diplomatischer Fehlentscheidungen aus, die schließlich in den Ersten Weltkrieg mündeten, den blutigsten Konflikt, den Europa seit dem

1814/15

Der Wiener Kongress zieht Europas Grenzen neu. Aus dem Heiligen Römischen Reich wird der aus 38 Staaten bestehende Deutsche Bund.

1848

Eine Gruppe deutscher Exilanten veröffentlicht in London *Das kommunistische Manifest* von Karl Marx und Friedrich Engels.

1870/71

Bismarck schafft das von Preußen dominierte Deutsche Reich. Preußens König Wilhelm I. wird deutscher Kaiser, Berlin Hauptstadt.

Dreißigjährigen Krieg erlebte. Die anfängliche Begeisterung und das Vertrauen auf einen schnellen Sieg wichen schnell der Verzweiflung, als Hunderttausende von Soldaten ihr Leben in den Schützengräben ließen und im Hinterland gehungert wurde. Der Zusammenbruch im Jahr 1918 läutete eine Zeit des Aufruhrs und der Gewalt ein. Am 9. November 1918 dankte Kaiser Wilhelm II. ab und bescherte der Monarchie ein unrühmliches Ende.

Der Samen der Verbitterung und Demütigung, aus dem letztlich auch der Zweite Weltkrieg keimte, wurde bei den Friedensverhandlungen gesät. Das militärisch geschlagene, am Rand einer Revolution taumelnde und in einem Niemandsland zwischen Monarchie und moderner Demokratie gefangene Deutschland musste den Vertrag von Versailles (1919) unterschreiben und die alleinige Schuld am Krieg übernehmen. Zudem gingen größere Landesteile verloren und Deutschland musste sich zu erdrückend hohen Reparationszahlungen verpflichten.

Die Weimarer Republik

Im Juli 1919 wurde die bundesstaatliche Verfassung der jungen Republik in Weimar verabschiedet; dorthin hatte sich die Nationalversammlung vor dem Chaos in Berlin geflüchtet. Deutschlands erstes ernsthaftes demokratisches Experiment gab den Frauen das Wahlrecht und führte grundlegende Menschenrechte ein, räumte aber dem Reichspräsidenten auch das Recht ein, per Notverordnungen zu regieren – ein Passus, der in der Endphase der Republik im Rahmen der Präsidialregime letztlich auch Hitlers Machtergreifung ermöglichen sollte.

Die Weimarer Republik (1919–1933) wurde lange Zeit von Mitte-Links-Koalitionen regiert und sowohl von den Kommunisten wie auch von Monarchisten und radikalen Nationalisten gehasst und bekämpft. Die 1920er-Jahre begannen auch alles andere als „golden", sondern waren vielmehr geprägt von der Demütigung des verlorenen Krieges, von Hyperinflation, Massenarbeitslosigkeit, Hunger und Seuchen.

Die wirtschaftliche Lage stabilisierte sich durch die Einführung einer neuen Währung, der Rentenmark (1923), und den Dawes-Plan (1924), der die erdrückenden Reparationszahlungen, die Deutschland nach dem Ersten Weltkrieg aufgebürdet worden waren, einschränkte. Der Aufschwung endete jedoch jäh, als dem New Yorker Börsenkrach im Oktober 1929 die Weltwirtschaftskrise folgte. Innerhalb weniger Wochen waren Millionen Deutsche arbeitslos und Aufstände und Demonstrationen erschütterten erneut das Land.

Hitlers Aufstieg zur Macht

Das unberechenbare, zunehmend polarisierte politische Klima führte zu gewaltsamen Auseinandersetzungen zwischen den Kommunisten und Mitgliedern einer Partei, die zuvor eine Randerscheinung war: der Nationalsozialistischen Deutschen Arbeiterpartei (NSDAP), deren Führer ein gescheiterter Künstler und Weltkriegsgefreiter aus Österreich war: Adolf Hitler. Schon bald dominierten Braunhemden, Straßenterror und Furcht viele

1890/91
Die Sozialdemokratische Partei Deutschlands (SPD), stark beeinflusst von Marx' Ideen, nimmt ihren heutigen Namen an.

1914–1918
Erster Weltkrieg: Aus der „Urkatastrophe des 20. Jahrhunderts" geht das Deutsche Reich als gedemütigter Verlierer hervor.

1918/19
Kaiser Wilhelm II. dankt ab, die demokratische Weimarer Republik wird gegründet, die die Menschenrechte garantiert.

Städte in Deutschland. Bei den Reichstagswahlen von 1930 erzielte Hitlers NSDAP 18 % der Wählerstimmen. Bei der Präsidentenwahl von 1932 forderte Hitler den amtierenden Reichspräsidenten Paul von Hindenburg heraus, musste sich aber im zweiten Wahlgang mit 37 % der Stimmen begnügen. Ein Jahr später jedoch ernannte Hindenburg unter dem Einfluss seiner revanchistischen Berater Hitler zum Reichskanzler.

Hitler handelte schnell, um sich die totalitäre Macht zu sichern und die Demokratie in eine Einparteiendiktatur zu verwandeln. Den Reichstagsbrand in Berlin instrumentalisierte er dazu, das Ermächtigungsgesetz durchzupeitschen, das ihm erlaubte, Verordnungen zu erlassen und die Verfassung zu ändern, ohne die Zustimmung des Parlaments zu benötigen. Als Hindenburg 1934 starb, legte Hitler die Ämter des Kanzlers und des Präsidenten zusammen und nannte sich Führer des Dritten Reichs. Es begann das dunkelste Kapitel der deutschen Geschichte.

Die Judenverfolgung

Die Juden waren das Hauptziel einer von Rassenwahn getriebenen Verfolgung, die langfristig auf einen Genozid ausgelegt war. Bereits im April 1933 rief Joseph Goebbels, der Berliner Gauleiter der NSDAP und Chef der gut geölten Propagandamaschinerie, einen Boykott gegen jüdisch geführte Geschäfte aus. Bald darauf vertrieben die Nationalsozialisten alle Menschen jüdischer Abstammung aus dem Staatsdienst und untersagten ihnen die Ausübung vieler Berufe und Gewerbe. Die Nürnberger Gesetze von 1935 entzogen „Nicht-Ariern“ die deutsche Staatsbürgerschaft und viele andere grundlegende Rechte.

Die Staatengemeinschaft sah diesen Vorgängen in Deutschland weitgehend tatenlos zu, zumal viele Politiker hofften, dass nach einem Jahrzehnt politischer Umbrüche eine gewisse Ordnung im Land wieder einziehen würde. Hitlers Erfolg bei der Stabilisierung der

Nacht der langen Messer

Die Sturmabteilung (SA) war eine Nazi-Organisation mit der Aufgabe, Parteiversammlungen der NSDAP zu schützen und die von politischen Feinden zu stören. Die SA spielte eine wichtige Rolle bei Hitlers Machtergreifung, und war mit ihrem Führer Ernst Röhm 1934 zu einer eigenen Macht innerhalb der Partei geworden. Sie hatte 2 Mio. Mitglieder und damit mehr als die Deutsche Reichswehr Soldaten. Am 30. Juni 1934 beauftragte Hitler, der sich bedroht fühlte, die schwarz gekleidete Schutzstaffel (SS), die SA-Führung (Röhm und mindestens 75 weitere Personen) festzusetzen und zu ermorden, um die Organisation unter seine Kontrolle zu bringen.

Hitler verheimlichte die „Nacht der langen Messer“ bis zum 13. Juli, als er im Reichstag erklärte, die SA werde dem Kommando der Reichswehr unterstellt, die ihrerseits einen Treueeid auf ihn ablegen werde. Die SS unter der Führung des ehemaligen Hühnerzüchters Heinrich Himmler erhielt hingegen uneingeschränkte Macht und wurde zum wichtigsten Unterdrückungs- und Terrororgan Nazideutschlands.

1929
Die Weltwirtschaftskrise verschärft in Deutschland die Staatskrise, Braunhemden und Kommunisten bekämpfen sich und den Staat.

1933
Hitler wird Reichskanzler. Die Länder verlieren ihre Macht, Oppositionsparteien und unabhängige Gewerkschaften werden verboten.

1935
Die Nürnberger Gesetze treten in Kraft. Jüdische Deutsche und andere „Nicht-Arier“ verlieren die Staatsbürgerschaft.

★ Stätten der NS-Diktatur

Konzentrationslager Dachau (S. 105), bei München

Memorium Nürnberger Prozesse (S. 190), Nürnberg

Topographie des Terrors (S. 65), Berlin

Gedenkstätte Dachau

SMA1050/SHUTTERSTOCK ©

wirtschaftlichen Lage – hauptsächlich durch staatlich finanzierte Beschäftigungsprogramme – rief durchaus Bewunderung hervor. Die Olympischen Sommerspiele in Berlin (1936) waren ein PR-Triumph von Hitlers Charmeoffensive. Gleich nach der Abschlussfeier lebten der Terror und die Verfolgungen wieder auf.

Die Judenverfolgung erreichte am 9. November 1938 mit der euphemistisch „Reichskristallnacht" genannten Reichspogromnacht einen neuen Tiefpunkt. Das Attentat eines polnischen Juden auf einen deutschen Konsulatsbeamten in Paris wurde zum Vorwand genommen, dass Nazi-Schläger überall im Reich Synagogen und jüdische Friedhöfe schändeten, in Brand steckten und zerstörten, jüdische Geschäfte angriffen und jüdische Menschen ermordeten. Schon seit 1933 versuchten viele deutsche Juden zu emigrieren, nun aber setzte eine Massenflucht ein.

Das Schicksal jener Juden, denen die Ausreise nicht gelang, verschlimmerte sich mit dem Ausbruch des Zweiten Weltkriegs im Jahr 1939. Auf Hitlers Forderung arbeitete die Wannseekonferenz im Januar 1942 die sogenannte „Endlösung" aus: die systematische, bürokratische, industrielle und peinlich genau dokumentierte Vernichtung der europäischen Juden, der Sinti und Roma. Auch politische Gegner, Priester, Homosexuelle und Gewohnheitsverbrecher sollten Ziel der Vernichtung werden. Von den rund 7 Mio. Menschen, die in die Konzentrations- und Vernichtungslager verschleppt wurden, überlebten nur 500 000.

Zweiter Weltkrieg

Der Zweite Weltkrieg begann mit dem deutschen Überfall auf Polen am 1. September 1939. Zwei Tage später erklärten Frankreich und das Vereinigte Königreich Deutschland den Krieg. Deutsche Truppen überrannten im Blitzkrieg Polen, Belgien, die Niederlande und Frankreich; auch andere Länder, darunter Dänemark und Norwegen, wurden in der Folge schnell besetzt.

Im Juni 1941 brach Hitler den Nichtangriffspakt mit Stalin und griff die UdSSR an. Der Vorstoß der Operation Barbarossa verlief zuerst erfolgreich, kam dann aber schnell zum

1938
Das Münchner Abkommen gestattet Hitler die Annexion des tschechoslowakischen Sudetenlands.

1939
Zweiter Weltkrieg: Hitler fällt am 1. September in Polen ein, zwei Tage später erklären Frankreich und Großbritannien Deutschland den Krieg.

1939–1945
Millionen Juden werden im Holocaust ermordet und 62 Mio. Zivilisten und Soldaten getötet, davon allein 27 Mio. in der Sowjetunion.

Stillstand und gipfelte in der Niederlage von Stalingrad (heute Wolgograd) im Winter 1942/43, der die deutsche Wehrmacht zum Rückzug zwang. Mit der Invasion in der Normandie vom Juni 1944 standen alliierte Truppen in beträchtlicher Zahl auf dem europäischen Festland. Unterstützt wurden sie von unnachgiebigen Luftangriffen, die die deutschen Städte in Schutt und Asche legten und 10 % der Zivilbevölkerung das Leben kosteten. Die Schlacht um Berlin begann Mitte April 1945. Mehr als 1,5 Mio. sowjetischen Rotarmisten drangen von Osten her auf die Hauptstadt vor, die sie am 21. April erreichten und am 25. April eingekesselten. Zwei Tage später standen sie im Stadtzentrum und waren in Straßenkämpfe gegen die verbliebenen Truppen verwickelt, ein letztes Aufgebot, zu dem viele Jungen und alte Männer gehörten.

Am 30. April erreichten die Kämpfe das Regierungsviertel, wo Hitler in seinem Bunker mit seiner langjährigen Geliebten Eva Braun saß, die er einen Tag zuvor noch geheiratet hatte. Um sich seiner Verantwortung zu entziehen, beging Hitler und mit ihm seine Frau Selbstmord. Als ihre Körper im Hof der Reichskanzlei verbrannt wurden, hissten die Soldaten der Roten Armee die sowjetische Flagge auf dem Reichstag.

Am 7. Mai 1945 folgte die bedingungslose Kapitulation Deutschlands. Die Vereinbarung wurde im Hauptquartier der US-Armee in Reims (Frankreich) und im Hauptquartier der Sowjetarmee in Berlin unterzeichnet. Am 8. Mai 1945 war der Zweite Weltkrieg in Europa offiziell beendet.

Ost & West

Mit dem Potsdamer Abkommen (1945) verlor Deutschland seine Ostgebiete, und die deutschen Einwohner wurden aus Ostpreußen, Hinterpommern und Schlesien vertrieben (wie auch die polnische Bevölkerung aus dem Osten Polens, den die Sowjetunion annektierte). Die übrigen deutschen Landesteile und Berlin wurden in vier Besatzungszonen der Siegermächte aufgeteilt. Aufgrund der Spannungen zwischen den Westmächten und der UdSSR zeichnete sich schon bald die Teilung Deutschlands – und Berlins – ab, die 1949 formal vollzogen wurde. Die Länder der Westzonen (mit West-Berlin unter Sonderstatus) schlossen sich zur Bundesrepublik Deutschland (BRD) mit Regierungssitz in Bonn zusammen; deren erster Bundeskanzler wurde Konrad Adenauer (CDU). Das wirtschaftliche Hilfspaket des Marshallplans legte die Grundlage für das westdeutsche Wirtschaftswunder mit einer Wachstumsrate von durchschnittlich 8 % zwischen 1951 und 1961. Einer der wichtigsten Protagonisten des „Wirtschaftswunders“ war Wirtschaftminister Ludwig Erhard. Um dem akuten Arbeitskräftemangel zu begegnen, wurden ab 1955 rund 2,3 Mio. Gastarbeiter zunächst aus Italien und später aus Jugoslawien und der Türkei angeworben und damit die Grundlage der heutigen multikulturellen Gesellschaft gelegt.

In der sowjetischen Besatzungszone wurde aus den fünf ostdeutschen Ländern (und Ostberlin) die Deutsche Demokratische Republik (DDR) mit Ostberlin als Hauptstadt und Wilhelm Pieck als erstem Präsidenten gebildet. Wichtigster Politiker war jedoch Walter Ulbricht, der als General- bzw. Erster Sekretär die Sozialistische Einheitspartei Deutschlands

1945
Bedingungslose Kapitulation. Die ehemaligen Ostgebiete werden annektiert, das übrige Gebiet in vier Besatzungszonen aufgeteilt.

23. Mai 1949
Mit Inkrafttreten des Grundgesetzes wird in den drei westlichen Besatzungszonen die Bundesrepublik Deutschland gegründet.

7. Oktober 1949
In der sowjetischen Besatzungszone wird die Deutsche Demokratische Republik (DDR) mit Berlin als Hauptstadt gegründet.

Deutschlands Nationalfeiertag

Die Berliner Mauer fiel am 9. November 1989. Als es galt, den Termin für den Nationalfeiertag des wiedervereinigten Deutschlands zu bestimmen, schien dieser Tag daher die naheliegende Wahl. Unglücklicherweise hatte der Tag aber schon bei zwei früheren, weniger erfreulichen Gelegenheiten eine historische Rolle gespielt. Am 9. November 1923 hatte Hitler in München einen Putsch angeführt, der ihn ins Gefängnis brachte, wo er *Mein Kampf* schrieb. Am gleichen Tag im Jahr 1938 hatten Nazibanden während der berüchtigten Pogromnacht jüdische Geschäfte und Synagogen verwüstet. Am 9. November 1918 wiederum hatte Kaiser Wilhelm II. abgedankt und Philipp Scheidemann die Deutsche Republik ausgerufen. Am Ende entschloss man sich, statt des so ereignisreichen Tages doch den taktvolleren 3. Oktober zu wählen, den Jahrestag des Beitritts der ostdeutschen Länder zur Bundesrepublik im Jahr 1990.

(SED) lenkte. Neben dieser existierten mehrere gleichgeschaltete Blockparteien ohne politischem Gewicht. Um jede Opposition auszuschalten, wurde 1950 das Ministerium für Staatssicherheit (die Stasi) geschaffen.

Die Wirtschaft der DDR stagnierte, auch weil sie teilweise Reparationen in Sachwerten und Geld an die Sowjetunion zu leisten hatte. Der Tod Stalins im Jahr 1953 weckte Hoffnungen auf Reformen, die sich jedoch nach dem niedergeschlagenen Aufstand vom 17. Juni 1953 in Luft auflösten. Stattdessen wurden die Produktionsziele durch die DDR-Regierung immer höher geschraubt.

Die Mauer: Was gebaut wird, …

In den 1950er-Jahren vergrößerte sich der wirtschaftliche Abstand zwischen den beiden deutschen Staaten, weshalb Hunderttausende Ostdeutsche und Ostberliner ihr Heil im Westen suchten. Der Exodus vorwiegend junger, gut ausgebildeter Menschen belastete die DDR-Wirtschaft so stark, dass die Regierung – mit sowjetischer Zustimmung – schließlich eine Mauer um West-Berlin zog, um weitere Fluchten zu verhindern. Der Bau der Berliner Mauer, des sichtbarsten Symbols des Kalten Kriegs, begann am 13. August 1961 zum Entsetzen der Berliner Bevölkerung. Proteste und Demonstrationen gegen den Willkürakt wurden ignoriert. Im Oktober 1961 standen sich US-amerikanische und sowjetische Panzer am Checkpoint Charlie gegenüber. Ein Krieg wurde vermieden, die Mauer aber blieb.

… wird eines Tages abgerissen

Die deutsche Wiedervereinigung kam für den Rest der Welt etwas überraschend. Sie läutete ein neues, aufregendes Zeitalter ein. Die sogenannte Wende, der Sturz des kommunistischen Regimes, hatte schleichend eingesetzt, endete aber in einem großen Knall: der Öffnung der Berliner Mauer am 9. November 1989.

1951–1961
In Westdeutschland sorgt das Wirtschaftswunder für ein Wirtschaftswachstum von durchschnittlich 8 % im Jahr.

1961
In der Nacht des 13. August beginnt die DDR-Regierung mit dem Bau der Berliner Mauer, die West-Berlin weitgehend isoliert.

1972
Beim Münchner Olympia-Attentat palästinensischer Terroristen sterben elf israelische Geiseln, fünf Geiselnehmer und ein Polizist.

Die heutige, aus 16 Bundesländern bestehende Bundesrepublik Deutschland entstand in langwierigen und kontroversen Debatten, eine Reihe von Verträgen wurden hierfür ausgehandelt. Die Wirtschafts- und Währungsunion zwischen der BRD und der DDR trat am 1. Juli 1990 in Kraft. Am 31. August 1990 wurde der Einheitsvertrag zwischen der BRD und der DDR unterzeichnet. Darin vereinbarten die beiden deutschen Staaten, dass sich die DDR auflösen, auf ihrem Gebiet die vorher bestehenden deutschen Länder wiederhergestellt und diese der Bundesrepublik Deutschland beitreten sollten. Am 12. September folgte der Zwei-plus-Vier-Vertrag, der in Moskau von den Vertretern beider deutscher Staaten, der UdSSR, Frankreichs, des Vereinigten Königreichs und der USA unterzeichnet wurde. Dieser Vertrag hob die in der Nachkriegszeit geschaffenen Besatzungszonen endgültig auf und gab dem wiedervereinigten Deutschland die volle Souveränität. Die Vereinigung wurde am 3. Oktober 1990 (dem heutigen deutschen Nationalfeiertag) offiziell vollzogen; im Dezember fanden die ersten freien Wahlen im wiedervereinigten Deutschland statt. Im Dezember 1991 beschloss der Bundestag den Umzug von Regierung und Parlament in die Hauptstadt Berlin. Am 8. September 1994 verließen die letzten alliierten Truppen Berlin.

Seit der Wiedervereinigung

Die bestimmende politische Persönlichkeit der 1990er-Jahre war Helmut Kohl. In seiner Regierungszeit wurden die ostdeutschen Betriebe privatisiert und die Infrastruktur modernisiert, was in der ersten Hälfte des Jahrzehnts zunächst für ein massives Wirtschaftswachstum in der ehemaligen DDR sorgte. Dem folgte jedoch ein dramatischer Einbruch, sodass es in Ostdeutschland neben vielen Profiteuren der Wiedervereinigung auch viele Verlierer gab. Bei den Bundestagswahlen 1998 wurde die Koalition aus CDU/CSU und FDP durch eine Koalition aus SPD und Bündnis 90/Die Grünen abgelöst.

Das neue Jahrtausend

Mit der Bildung der rot-grünen Koalitionsregierung 1998 kam weltweit zum ersten Mal eine Partei in Regierungsverantwortung, die aus der Umweltbewegung der 1970er- und 1980er-Jahre entstand. Der Aufstieg der Grünen und dann der Partei Die Linke veränderte die politische Landschaft in Deutschland. Für die beiden Volksparteien CDU/CSU und SPD sollte es fortan schwieriger werden, absolute Mehrheiten zu erreichen. Die Wahlen von 2005 führten schließlich zur Bildung einer großen Koalition aus CDU/CSU und SPD mit Angela Merkel als Kanzlerin. Die 1954 in Hamburg geborene, aber in der DDR aufgewachsene, russisch sprechende Physikerin war die erste Frau an der deutschen Regierungsspitze.

Die Bundestagswahl von 2009 verstärkte den Trend hin zu kleineren Parteien. Die Linke konnte in den Bundestag einziehen, die SPD verlor beträchtliche Stimmenanteile, und die große wurde durch eine Koalition aus CDU/CSU und FDP abgelöst. Der Trend kehrte sich bei den nächsten Bundestagswahlen im Jahr 2013 um, als die FDP die 5-%-Hürde verfehl-

1989/90
Die Berliner Mauer fällt. Binnen eines Jahres werden die beiden Teile Deutschlands wiedervereinigt, später wird Berlin neue alte Hauptstadt.

2005
Angela Merkel wird als erste Frau Bundeskanzlerin der Bundesrepublik Deutschland.

2008
Die weltweite Finanzkrise sorgt für einen Exporteinbruch. Banken werden vom Staat gerettet, die staatliche Verschuldung steigt.

te und die CDU/CSU daher trotz Stimmengewinnen wieder eine Koalition mit der SPD bilden musste. Gleichzeitig trat in diesem Jahr erstmals die euroskeptische Alternative für Deutschland (AfD) an. Die im April 2013 gegründete Partei mit anfänglich neokonservativer Ausrichtung sprach sich für eine Rückkehr zur Deutschen Mark, für Steuersenkungen und eine Begrenzung der Einwanderung aus. Sie scheiterte an der 5-%-Hürde, zog dann aber in das Europaparlament und in die Landtage von Brandenburg, Sachsen, Thüringen, Hamburg und Bremen ein.

Im Juli 2015 verschob sich die AfD mit der Wahl Frauke Petrys zur Bundessprecherin der Partei deutlich nach rechts. Die Ablehnung von Einwanderung, Islamophobie und die Anlehnung an die ausländerfeindliche PEGIDA prägten fortan das Profil der AfD, das viele gemäßigtere Mitglieder dazu veranlasste, die Partei wieder zu verlassen.

Im Jahr 2017 bearbeitete Deutschland mehr Asylanträge als alle anderen EU-Länder zusammen. Die Einwanderungspolitik, ihre Umsetzung und die Beanspruchung staatlicher Mittel sind ein Schlüssel für den Aufstieg der AfD. Die Unterstützung für die AfD erreichte bei den Bundestagswahlen 2017 einen Höhepunkt, als die Partei 13,3 % der Wählerstimmen erzielte. Nach komplizierten Koalitionsverhandlungen zwischen CDU/CSU und SPD wurde Merkel das vierte Mal zur Bundeskanzlerin gewählt.

2015
Deutschland nimmt rund 1 Mio. Flüchtlinge auf. Die Zahlen der Asylbewerber steigen zunächst, bevor sie 2017 wieder zurückgehen.

2017
Deutschland feiert den 500. Jahrestag der Reformation mit Festen, Konzerten und Sonderausstellungen im ganzen Land.

2018
Mit der Schließung der Prosper-Haniel-Zeche in Bottrop endet die rund 150 Jahre währende Ära des Kohlebergbaus im Ruhrgebiet.

Reichstag (S. 36), Berlin

NIKADA/GETTY IMAGES ©

Kunst & Architektur

Vor allem im 18. Jh. leistete Deutschland kulturell Bedeutendes: Damals zogen die Königshöfe von Weimar und Dresden einige der berühmtesten Dichter und Denker Europas an. Im Sinne dieser großen Tradition haben hier seitdem immer wieder neue Künstlergenerationen Inspiration gefunden – trotz all der Kriege und Umbrüche im 19. und 20. Jh.

Literatur

Im Mittelalter gab es in der Region keine standardisierte Sprache. Mündliche Überlieferungen wurden daher in vielen verschiedenen Dialekten aufgeschrieben. Dabei war die Versform typisch, wovon u. a. diverse Minneballaden oder Epen wie das berühmte *Nibelungenlied* (12. Jh.) zeugen. Erst Martin Luthers Übersetzung des Neuen Testaments aus dem Altgriechischen (1521–1522) legte den Grundstein für eine einheitliche deutsche Sprache und ebnete so den Weg für die moderne Literatur. Diese nahm jedoch erst 200 Jahre später im Zuge der Aufklärung richtig Fahrt auf.

Die Periode der Weimarer Klassik (ca. 1786–1832) war vor allem von Johann Wolfgang von Goethe und dessen Freund Friedrich Schiller geprägt. Goethe gilt als Deutschlands

★ Deutsche Kino-Klassiker

Die Legende von Paul und Paula (1973)
DDR-Kultfilm

Der Himmel über Berlin (1987)
Engel liebt Sterbliche

Lola rennt (1998)
Dynamisches Drama in Berlin

Das Leben der Anderen (2006)
Realistisches Stasi-Porträt

In *Lola rennt* zu sehen: die Oberbaumbrücke (Berlin)

größter Dichter; sein wohl bedeutendstes Werk ist das zweiteilige Drama *Faust*, das die Suche des Menschen nach Wissen und Erkenntnis thematisiert.

Mitte des 19. Jhs. machte der Realismus das Bürgertum zum zentralen Thema. Zu den Hauptvertretern dieser Periode zählt Theodor Fontane, dessen bekanntestes Werk der Gesellschaftsroman *Effi Briest* (1894) ist. Auf den Realismus folgte der Naturalismus mit Schriftstellern wie Gerhard Hauptmann, dessen Dramen und Romane der sozialen Ungerechtigkeit und dem harten Leben der Arbeiterklasse gewidmet sind.

Während der Weimarer Republik schrieb Alfred Döblin einen Klassiker der Moderne: den Roman *Berlin Alexanderplatz* (1929), der in Berlins Unterwelt spielt. Später wurde Günter Grass mit *Die Blechtrommel* (1959) zu einem bedeutenden Autor der westdeutschen Nachkriegsliteratur. Zu Ehren in der DDR kam Christa Wolf mit *Der geteilte Himmel* (1963), dessen Protagonistin von ihrem Verlobten zugunsten eines Lebens in der BRD verlassen wird.

Nach der Wiedervereinigung verlegten sich viele Autoren zunächst auf Selbstbetrachtung. Die literarischen Leistungen stagnierten landesweit in gewisser Weise, nahmen aber Ende der 1990er-Jahre wieder Fahrt auf. Als einer der ersten Romane des wiedervereinten Deutschlands gab *Helden wie wir* (1998) von Thomas Brussig einen satirischen Einblick in die frühere DDR-Gesellschaft. Im Jahr 2000 etablierte sich Wladimir Kaminer (geb. 1967 in Moskau, seit 1990 in Berlin lebend) mit seinem so schrägen wie amüsanten Bestseller *Russendisko* fest in der deutschen Belletristik.

Kino

Die Geschichte von Deutschlands umtriebiger und erfolgreicher Filmindustrie begann 1917 mit der Gründung der Potsdamer UFA-Studios. Erster internationaler Star des Landes war Marlene Dietrich (1901–1992), die zuerst in Stummfilmen mitspielte und in den 1930er-Jahren nach Hollywood emigrierte. In der Weimarer Republik schuf Regisseur Fritz Lang mit *Metropolis* (1927) und *M – Eine Stadt sucht einen Mörder* (1931) zwei Meisterwerke.

Die bekannteste Regisseurin der Nazizeit war Leni Riefenstahl (1902–2003), die u. a. *Triumph des Willens* über den NSDAP-Reichsparteitag 1934 in Nürnberg drehte. Trotz seines zweifelhaften politischen Charakters wird dieser Dokumentarfilm hinsichtlich Technik und Ästhetik als bedeutsam erachtet (u. a. in puncto Kameraperspektiven und Schnitt).

In den 1960er- und 1970er-Jahren erlebte das deutsche Kino ein großes Revival. Triebfedern hierbei waren junge, dynamische Regisseure mit politischem Bewusstsein (z. B. Rainer Werner Fassbinder, Wim Wenders, Volker Schlöndorff, Margarethe von Trotta).

Nach der Wiedervereinigung begründete Tom Tykwer mit dem Kassenschlager *Lola rennt* (1998) seinen Ruf als einer der besten neuen Regisseure Deutschlands. Weltweit erfolgreich waren u. a. zwei weitere deutsche Filme, die in der DDR spielen: Wolfgang Beckers Tragikomödie *Good Bye, Lenin!* (2003) und Florian Henckel von Donnersmarcks Produktion *Das Leben der Anderen* (2006), die eine Stasi-Operation während der 1980er-Jahre thematisiert.

Musik

In musikalischer Hinsicht gibt es weitaus mehr als Blasmusik. Nur wenige andere Nationen haben z. B. ein so bedeutendes Erbe in puncto Klassik: Von hier stammen Komponisten wie Johann Sebastian Bach, Georg Friedrich Händel, Ludwig van Beethoven, Richard Strauss, Robert Schumann, Johannes Brahms und Richard Wagner.

Aber auch deutsche Beiträge zum modernen Pop, Rock und Punk haben international Erfolg. Diesbezüglich wären z. B. Nina Hagen, Nena, Rammstein, die Scorpions oder die Toten Hosen zu nennen. Zu Deutschlands global bekannten Jazz-Größen gehören u. a. Klaus Doldinger, James Last, Albert Mangelsdorff, Wolfgang Dauner und Till Brönner.

Die Elektro-Pioniere Kraftwerk legten den Grundstein für die ersten Techno-Sounds, die sich in den frühen 1990ern vor allem in Berliner und Frankfurter Clubs etablierten. Daraus wurde die größte Elektro-Musikszene der Welt: Deutsche DJs wie Ellen Allien, Paul Kalkbrenner, Paul van Dyk und Sven Väth sind heute feste Größen der internationalen Partyszene.

Architektur

Abgesehen von der römischen Antike war die romanische Periode (1000–1200) Deutschlands erste bedeutende Architekturepoche. Exzellente Exempel dafür sind die Dome zu Worms, Speyer und Mainz. Darauf folgte die Gotik, für die u. a. Kreuzrippengewölbe, Spitzbogen und Strebewerke typisch sind, zu sehen z. B. am Kölner Dom, an der Liebfrauenkirche in Trier, der Marienkirche in Lübeck oder den Münstern von Ulm und Freiburg im Breisgau.

Deutsche Paradebeispiele für den Barock-Stil sind die Würzburger Residenz von Balthasar Neumann, der Passauer Dom sowie die Frauenkirche und der Zwinger in Dresden. Zu den berühmtesten Vertretern des Klassizismus (19. Jh.) zählt Karl Friedrich Schinkel, der vor allem in Norddeutschland und Berlin wirkte. Unter seinen Meisterwerken sind die Neue Wache und das Alte Museum in der Bundeshauptstadt.

1919 gründete Walter Gropius in Weimar das Staatliche Bauhaus, das als bedeutendstes Lehrinstitut für moderne Architektur, Kunst und Design im 20. Jh. gilt. 1925 zog die Schule nach Dessau-Roßlau um, wo das Originalgebäude sowie die Wohnhäuser von Gropius und dessen Professoren-Kollegen besichtigt werden können. Nach Gropius' Rücktritt vom Direktorenamt (1928) wurde das staatliche Bauhaus im Jahr 1932 infolge des NSDAP-Siegs bei der Dessauer Kommunalwahl geschlossen. Ludwig Mies van der Rohe versuchte anschließend die private Fortführung in Berlin (heute Standort des Bauhaus-Archivs/Museums für Gestaltung). Doch bereits 1933 erzwang das NS-Regime die Selbstauflösung; van der Rohe emigrierte fünf Jahre später in die USA. Von den neoklassizistischen Monumentalbauten der Hitlerzeit sind heute nur noch das Berliner Olympiastadion, Teile des Nürnberger Reichsparteitagsgeländes und wenige andere Gebäude erhalten.

Frankfurt am Main steht für Deutschlands Ansatz in Sachen Wolkenkratzer. Ein paar der kühnsten neuen Bauten lassen sich in Berlin bewundern: Seit der Wiedervereinigung haben sich dort auch internationale Star-Architekten (z. B. Daniel Libeskind, David Chipperfield, Lord Norman Foster) verewigt. 2009 eröffnete in Stuttgart das avantgardistische Porsche Museum. Und in Hamburg wird ein Teil des früheren Freihafens bis zu den 2030ern zur futuristischen HafenCity entwickelt.

Bildende Kunst

Die bildende Kunst erlebte ihre erste echte Blüte während der Renaissance, die spät Einzug hielt, aber dann schnell florierte. Ein wichtigster Vertreter dieser Periode war Albrecht Dürer (1471–1528), der mit den italienischen Meistern mithalten konnte. Dürer beeinflusste u. a. Lucas Cranach d. Ä. (1472–1553), der über 45 Jahre lang in Wittenberg arbeitete.

★ UNESCO-Welterbestätten

Römische Bauwerke (S. 242), Trier
Kölner Dom (S. 212), Köln
Schloss Sanssouci (S. 86), Potsdam
Museumsinsel (S. 48), Berlin;

Konstantin-Basilika (S. 242), Trier

S-F/SHUTTERSTOCK ©

Rund 200 Jahre später bescherte der Barock dem Land großartige Bildhauerarbeiten (z. B. von Andreas Schlüter in Berlin). Der Klassizismus (19. Jh.) orientierte sich stark an der griechischen und römischen Antike, wobei ein Schwerpunkt auf Menschenfiguren lag. Ab der zweiten Hälfte des 19. Jhs. wurden Emotionen und Ideale von der Romantik visualisiert, was sich z. B. in Gemälden von Caspar David Friedrich und Otto Runge zeigt.

1905 gründeten Ernst Ludwig Kirchner, Erich Heckel, Fritz Bleyl und Karl Schmidt-Rottluff in Dresden gemeinsam die Künstlergruppe *Die Brücke*. Deren revolutionäre und avantgardistische Visionen bereiteten den Weg für den Expressionismus und die klassische Moderne in Deutschland. Die 1920er waren geprägt von radikalen Kunstkonzepten und Werken mit politischer Aussage: George Grosz, Otto Dix und Max Ernst experimentierten in Sachen Dadaismus und Surrealismus, Käthe Kollwitz wurde als eine der wenigen Künstlerinnen der Weimarer Republik mit Zeichnungen und Drucken im Stil des sozialkritischen Realismus bekannt. Die NS-Jahre (1933–1945) bedeuteten für die Kreativität in Deutschland eine Eiszeit, in der zahlreiche Werke als „entartet" beschlagnahmt und nicht regimekonforme Künstler verfolgt oder zur Emigration gezwungen wurden.

Ab 1945 wurde die abstrakte Kunst zu einer Hauptströmung; Schlüsselfiguren wie Joseph Beuys, Monica Bonvicini oder Anselm Kiefer gelangten zu Weltruhm. Nach der Wiedervereinigung machte die Neue Leipziger Schule landesweit und international von sich reden – z. B. mit den metaphorischen und heute hoch gehandelten Gemälden von Neo Rauch.

Theater

Deutschlands Theatergeschichte begann im späten 18. Jh. während der Aufklärung, die von humanistischen Idealen und Dramatikern wie Gotthold Ephraim Lessing, Friedrich Schiller und Johann Wolfgang von Goethe geprägt war.

Ab dem späten 19. Jh. etablierte sich Berlin als Theaterhauptstadt. Am Deutschen Theater wurde Max Reinhardt zum damals einflussreichsten expressionistischen Intendanten der deutschen Bühnen. Reinhardt kooperierte u. a. kurz mit Bertolt Brecht, dessen *Dreigroschenoper* im Jahr 1928 Premiere feierte. Wie viele andere deutsche Kunstschaffende wurden beide Männer vom NS-Regime zur Auswanderung gezwungen. Brecht kehrte 1949 nach Ostberlin zurück, gründete das Berliner Ensemble und stieg zum bedeutendsten Intendanten der DDR auf. Unter den bekanntesten DDR-Schriftstellern war Heiner Müller, der zu den wichtigsten deutschsprachigen Dramatikern ab den 1950ern gerechnet wird.

Regisseure wie Peter Stein verhalfen Westdeutschlands modernem Theater zu dem Ruf, klassische Stücke innovativ und provokativ zu inszenieren. Als einer der dynamischsten Bühnenregisseure gilt heute Frank Castorf, der von 1992 bis 2017 die Berliner Volksbühne leitete. Sein Markenzeichen ist es, die Grenzen des Konventionellen mit zeitkritischen, populistischen und elitären Produktionen zu sprengen. Moderne Theaterautoren sind aktuell u. a. René Pollesch, Moritz Rinke, Botho Strauss, Rainald Goetz und Roland Schimmelpfennig.

Skilanglauf

Outdoor-Aktivitäten

Egal für welche Art von Aktivität man sich begeistern kann, im Land der Seen, Flüsse, Berge und Wälder kann man sie verfolgen. Jede Jahreszeit bietet eigene Optionen, sei es Wandern inmitten von Frühlingsblumen, Baden in einem See, Fahrradfahren unter bunten Herbstblättern oder Skifahren im Winterschnee. Und überall gibt es Reiseveranstalter, die mit der passenden Ausrüstung aufwarten.

Radfahren

Helm auf und los geht's! Es gibt hervorragende Möglichkeiten zum Radfahren, egal ob man eine gemächliche Spritztour am Strand, eine adrenalingeladene Abfahrt oder ein mehrtägiges Abenteuer unternehmen möchte. Praktisch jede Stadt und Region hat ein Netzwerk ausgeschilderter Radwege, und die meisten Ortschaften haben mindestens einen Fahrradverleih (oft am oder in der Nähe vom Bahnhof).

Deutschland wird außerdem von über 200, insgesamt 70 000 km langen Fernradwegen durchzogen, die ideale Rahmenbedingungen fürs Radwandern bilden. Die Routen bestehen aus wenig befahrenen Seitenstraßen, Waldwegen und geteerten Schnellstraßen mit parallel verlaufenden Radwegen. Viele führen durch Naturschutzgebiete, schlängeln sich an Flüssen entlang oder in steile Berggebiete.

Radfernwege

Altmühltalradweg (160 km) Leicht bis mittelschwer; von Rothenburg ob der Tauber nach Kelheim entlang der Altmühl durch den Naturpark Altmühltal.

Bodensee-Königssee Radweg (418 km) Mittelschwer; von Lindau nach Berchtesgaden, am Fuß der Alpen entlang mit herrlichen Ausblicken auf die Berge, Seen und Wälder.

Donauradweg (434 km) Leicht bis mittelschwer; von Neu-Ulm nach Passau, ein herrlicher Weg entlang eines der größten Flüsse Europas.

Romantische Straße (359 km) Leicht bis mittelschwer; von Würzburg nach Füssen, einer der hübschesten Wege, um Deutschlands berühmte Ferienstraße zu erkunden. Im Sommer stark befahren.

Zur Inspiration und Streckenplanung geht man auf www.radtouren.net, www.fahrrad-tour.de oder www.radnetz-deutschland.de. Hier findet man Übersichten zu Routen sowie kostenlose Karten und Wegbeschreibungen zum Download.

Wer unterwegs navigieren möchte, sollte sich die Karten des Allgemeinen Deutschen Fahrrad Club (ADFC; www.adfc.de) besorgen. Auf diesen sind Steigungen, der Streckenzustand, Werkstätten und GPS-Koordinaten verzeichnet. Der ADFC gibt außerdem das nützliches Verzeichnis *Bett & Bike* (www.bettundbike.de) heraus, das online und in Buchläden verfügbar ist und radfahrerfreundliche Hotels, Gasthöfe und Hotels enthält.

Wandern & Bergsteigen

Wanderlust? Dieses deutsche Wort hat sich sogar in anderen Sprachräumen durchgesetzt. Man kann durch romantische Flusstäler schlendern, unter duftenden Kiefern entlangwandern, Alpengipfel besteigen oder einen Spaziergang an einem See oder durch Dünen unternehmen. Viele der schönsten Wege führen durch National- und Naturparks oder Biosphärenreservate. Die meisten Wege sind gut markiert, etwa durch Symbole auf Baumstämmen. Um eine Route zu finden, die dem eigenen Fitnesslevel und Zeitplan entspricht, sollte man sich in einer Touristeninformation vor Ort erkundigen. Die Mitarbeiter haben in der Regel auch Karten und Ratschläge auf Lager.

Die bayerischen Alpen sind das Kernland des deutschen Bergsteigersports, egal ob man mehrere Tage trekken oder von Berghütte zu Berghütte ziehen möchte. Man sollte nicht vergessen, dass das Wandern in den Alpen kein Spaziergang ist. Unabdingbar sind eine ausreichende Kondition und die richtige Ausrüstung (einschließlich Schuhen) sowie topografische Karten oder ein GPS. Bevor es losgeht, sollte man vor Ort Informationen zu Strecke, Ausrüstung und Wetter einholen und bedenken, dass Wege steil und – sogar im Sommer – vereist sein können.

Der Deutsche Alpenverein (DAV; www.alpenverein.de) ist eine wahre Goldmine für Informationen und betreibt Hunderte alpiner Berghütten (von denen viele für die Öffentlichkeit zugänglich sind), in denen Wanderer übernachten und essen können. Lokale Ableger des Vereins organisieren außerdem verschiedene Kurse (Klettern, Bergsteigen usw.) und Führungen.

Eine ausgezeichnete Quelle ist www.wanderbares-deutschland.de. Hier findet man Informationen über Wanderwege und eine praktische interaktive Karte.

Wassersport & Flussschiffe

Seen, Flüsse, Kanäle und Küsten bieten jede Menge Wassersportmöglichkeiten, auch außerhalb der Badesaison. Man kann in ein Kanu oder einen Kajak steigen und dem natürlichen Verlauf der Wasserwege folgen, die sich durch Bayerns üppigen Naturpark Altmühltal schlängeln, oder – mit Blick auf die Alpen – über den Bodensee in die Schweiz oder nach Österreich fahren. Die Saison dauert von April bis Oktober. Kanus oder Kajaks für eine bis zwei Personen kosten rund 20 bis 30 € pro Tag. Steife Brisen und hohe Wellen ziehen Segler, Surfer und Kitesurfer in den Norden. Sylt in der Nordsee und Rügen in der Ostsee bieten Top-Bedingungen sowie Schulen für Wassersportarten.

Wer lieber jemand anderen die harte Arbeit tun lassen, die Füße hochlegen und die Natur vorbeiziehen sehen möchte, sollte sich auf einem Flussschiff auf einem der größeren Flüsse treiben lassen (Ostern–Okt.).

Ganz oben auf der Liste steht der romantische Rhein (S. 236). Hier ziehen die Schiffe vorbei an mit Weinreben überzogenen Hügeln, Felsen mit Burgen und Bilderbuchdörfern. Alternativ kombiniert man eine Weinprobe mit einer kurzen Fahrt auf der Mosel zwischen Koblenz und Trier, wo jede Flussbiegung den Blick auf einen weiteren bildschönen Weinberg enthüllt.

In Berlin kann man Sightseeing mit einer Fahrt auf der Spree verbinden, in Hamburg mit einer Elbtour, in Passau mit einer Fahrt auf der Donau und in Stuttgart mit einer Neckarpartie. Wer Lust auf Geschichte hat, unternimmt eine Tour auf einem Dampfschiff in Dresden (S. 179).

Wintersportarten

Moderne Skilifte, präparierte Skipisten (von der „Sesamstraße" bis hin zum „Todeswunsch"), Langlaufloipen durch unberührte Natur, schnuckelige Berghütten, dampfender Glühwein und herzhafte Abendessen am offenen Feuer: So kann ein Skiurlaub sein.

Die bayerischen Alpen liegen nur eine Stunde von München entfernt und bieten die besten Skipisten und verlässlichsten Schneebedingungen. Der berühmteste Skiort ist Garmisch-Partenkirchen, das regelmäßig internationale Wettbewerbe ausrichtet und nur einen Schneeballwurf entfernt von der Zugspitze liegt, dem höchstem Berg Deutschlands. Garmisch bietet insgesamt 60 km lange Skipisten, die meisten sind auf durchschnittliche Skifahrer ausgerichtet.

Das Bilderbuchstädtchen Oberstdorf in den Allgäuer Alpen bietet insgesamt 125 km an Skipisten. Mit seinen Schneeparks und einer Halfpipe eignet es sich auch gut für Snowboarder. Langläufer können sich derweil auf insgesamt 75 km Langlaufloipen sowie 55 km langen Skating-Strecken vergnügen. Wer weniger Ski fahren und stattdessen die herrliche Landschaft genießen möchte, ist in Berchtesgaden richtig, hinter dem sich das zerklüftete Karwendelgebirge erhebt.

Wer nicht Ski fahren kann oder möchte, für den bieten alle Skiorte Schneespaß von Rodeln bis Schlittschuhlaufen oder Winterwandern.

Dresdner Stollen (S. 283)

Deutsche Küche

Die deutsche Kochkunst ist vielleicht nicht ganz so berühmt wie die einiger Nachbarländer, aber dank kräftiger, frischer Aromen längst ein aufgehender Stern unter Europas Küchen. Unvergleichlich sind der erste Bissen echter Schwarzwälder Kirschtorte, der spritzige Riesling in den Schenken des Rheinlands oder der Schweinebraten mit Weizenbier bei einem bayerischen Bierfest. Appetit sollte man haben – und immer bereit sein, Neues zu probieren.

Deutsche Küche aktuell

In Deutschland hat sich das kulinarische Angebot im letzten Jahrzehnt immer mehr verändert. Selbstverständlich gibt es immer noch genügend Lokale, wo man sich auf traditionelle Hausmannskost stürzen kann. Das Essen ist aber mit der Zeit leichter und gesünder geworden, und es gibt viel mehr Restaurants mit Bio-Lebensmitteln, ethnische Restaurants und Feinschmeckerlokale als früher. In Deutschland funkeln die Michelin-Sterne heller denn je: 233 Restaurants haben einen, 38 zwei und elf drei Sterne.

Chefköche der neuen deutschen Küche verleihen altbewährten Spezialitäten frischen Pfiff. Viele lassen ihre Karten vom Dreigestirn „saisonal-regional-bio" bestimmen, und viele schauen sich auch auf dem Land um, um Fleisch von Tieren aus Weidehaltung, frisch geangelten Fisch, regionales Obst und Gemüse, hausgemachten Käse und andere leckere Dinge, vorzugsweise aus nachhaltiger Produktion und mit besonderer Qualität, aufzuspüren. Auf den Speisekarten findet man außerdem immer öfter Traditionelles, lange Zeit unterbewertetes wie Wurzelgemüse, alte Getreidesorten, Wild und Fleischprodukte wie Schweinebäckchen.

Preiskategorien

für ein Hauptgerichte
(inkl. 19 % Mehrwertsteuer):
€ Weniger als 12 €
€€ 12–22 €
€€€ Mehr als 22 €

Die Klassiker

Brot

Mehr als alle anderen Nahrungsmittel vermissen die Deutschen im Ausland das heimische Brot – denn das deutsche Brot mit rund 300 schmackhaften Sorten, die oft aus einer Mischung von Weizen- und Roggenmehl gebacken werden, ist ein richtiger Renner.

Schwarzbrot ist eigentlich eher braun, aber natürlich viel dunkler als das leicht säuerliche Bauernbrot, das – besonders mit Butter bestrichen – einfach herrlich schmeckt. Pumpernickel wird aus Roggenschrot gemacht, wird mit Dampf über viele Stunden hinweg hergestellt und ist pechschwarz und von leicht feuchter Konsistenz. Vollkornbrot wird aus dem Mehl des ganzen Korns gebacken und gern mit Körnern bestreut, z. B. als Sonnenblumenbrot. Als Ergänzung zum normalen Brot gibt's natürlich auch Weißbrot und Toastbrot aus Weizenmehl.

Brötchen sind in aller Munde: Es gibt sie als Schrippen in Berlin, als Semmeln in Bayern und als Wecken im Rest von Süddeutschland. Außerdem finden sich Brötchen natürlich auch noch in allen möglichen Sorten und Formen, z. B. als Mohnbrötchen oder Rosinenbrötchen (dann aber aus einem süßen Teig gebacken). Auch Salzgebäck ist beliebt, und die traditionelle Brezel ist die bekannteste Variante davon.

Kartoffeln

Salzkartoffeln, Pellkartoffeln, Bratkartoffeln, Fritten, Kartoffelbrei: Die Deutschen lieben ihre Kartoffeln, egal in welcher Zubereitungsart. Die Kartoffel ist die vorherrschende Beilage zu Fleisch- und Gemüsegerichten und findet sich mitunter auch in Vorspeisen, etwa als Kartoffelsuppe. Berühmt sind auch der Kartoffelsalat – der regional ganz unterschiedlich zubereitet wird – und die Kartoffelpuffer oder Reibekuchen.

Besondere regionale Spezialitäten sind etwa Himmel und Erde, eine Mischung aus Stampfkartoffeln und Apfelmus, die häufig mit Blutwurst gegessen wird, außerdem Kartoffelklöße aus rohen und/oder gekochten Kartoffeln und die in der Schale gekochten Pellkartoffeln, die mit Leinöl und Quark verzehrt werden.

Kohl

Sauerkraut ist eine Beilage, die manchem ausländischen Touristen Rätsel aufgibt. Vor der Fußballweltmeisterschaft von 2006 erklärte eine englische Fußballzeitschrift ihren britischen Fans: „Das ist einfach nur eingelegter Weißkohl und nun wirklich nichts Außergewöhnliches". Das wäre also geklärt. Dennoch: Das häufig mit Weißwein langsam geköchelte Sauerkraut schmeckt einfach köstlich, zum Beispiel zu Fleisch, Schupfnudeln oder Würstchen. Bayrischkraut ist übrigens eine leckere Sauerkraut-Alternative mit Speck und Kümmel. Und auch den Rotkohl (oder das Blaukraut, wie man im Süden sagt) sollte man probiert haben.

Wurst

Es geht um die Wurst: Die Wurstherstellung ist ein uraltes Verfahren, um auch weniger appetitliche Fleischreste zu nutzen und möglichst viele Teile eines geschlachteten Tieres zu verwerten. Heute ist die Wurst ein vielgeliebter Bestandteil deutscher Regionalküchen, und strenge Vorschriften legen die authentischen Sorten fest. In manchen Fällen, wie bei der Nürnberger Bratwurst, verbieten die Vorschriften die Verwendung von Innereien.

Es gibt mehr als 1500 Wurstspezialitäten. Egal ob kalt als Aufschnitt oder gekocht oder gebraten als Hauptgericht – Wurst geht immer.

Die Bratwurst wird aus Schweinefleisch oder Kalbfleisch und Gewürzen hergestellt und auf unterschiedliche Art zubereitet und gegessen (in Bier gekocht, mit Äpfeln und Kohl serviert, in der Kasserole geschmort oder gegrillt und in ein Brötchen gesteckt).

Es gibt Würste aller Art in unzähligen regionalen Varianten und Zubereitungsformen, etwa Thüringer und Wiener und Frankfurter, die bayerische Weißwurst und die Berliner Currywurst, daneben die norddeutsche Bregenwurst und die pflichtmäßig zur Schlachtplatte gehörende Blutwurst – und viele andere Würste mehr.

Saisonale Spezialitäten

Der vielgeliebte kulinarische Frühlingsbote, der weiße Spargel, ist meist zwischen Ende April und dem 24. Juni, dem Johannistag, aus heimischem Anbau zu haben. Er wird gern mit Schinken, Sauce Hollandaise oder brauner Butter und gekochten Kartoffeln genossen. Auch als Spargelsuppe, in Quiches und Salaten und sogar als Eiscremesorte gibt es das feine Gemüse. Fest steht: Die Spargelzeit ist immer ein Höhepunkt des kulinarischen Kalenders.

Bereits zu Frühlingsanfang bekommt man auch den knoblauchartig durftenden Bärlauch, der in Salaten, Suppen und als Pesto zum Einsatz kommt. Frisches heimisches Obst, insbesondere natürlich Beeren (Erdbeeren, Blaubeeren, Himbeeren, Stachelbeeren, Johannisbeeren), Pflaumen und Kirschen, bereichern die Marktstände im Sommer.

Im Spätsommer und Frühherbst stehen vielerorts Steinpilze und Pfifferlinge auf der Speisekarte. Ein typisches Wintergericht, das je nach Region auch auf Weihnachtsmärkten angeboten wird, ist gekochter Grünkohl mit geräucherten Würstchen. Gänsebraten kommt traditionell am Martinstag (11. Nov.) oder auch zu Weihnachten auf den Tisch.

Fastfood

Internationale Fast-Food-Ketten gehören natürlich ebenfalls fast überall zum Straßenbild, aber es gibt zum Glück auch viele heimische Alternativen, die gute Kost anbieten, die schnell und heiß serviert wird. Die beliebten Imbisse haben nicht nur Wurst aller Art zu bieten, sondern oft auch Gerichte aus aller Welt, viele davon für weniger als 5 €. Vor allem in den größeren Städten hat man die Qual der Wahl – was darf es also sein? Häufig kann man sich gut und unkompliziert mit italienischen, chinesischen oder türkischen Leckereien den Magen füllen.

Besonders beliebt ist und bleibt ein türkischer Importschlager: der Döner Kebab mit Lamm-, Kalbs- oder Hähnchenfleisch in Pita unter Zugabe von Salat und Knoblauch-Joghurtsauce. Die meisten Kebabbuden haben auch vegetarische Varianten im Angebot. An der norddeutschen Küste sind dagegen Fischbrötchen (etwa mit Lachs oder Makrele) besonders gefragt.

Vegetarier & Veganer

Deutschland hinkte bei vegetarischer Kost eine Zeit lang etwas hinterher, aber inzwischen wird fleischfreies Essen inbrünstig geliebt. Gesundheitsbewusste Cafés und Restaurants mit ökologischer Ausrichtung sprießen vielerorts geradezu aus dem Boden und servieren einfallsreiche Gerichte, die die klassischen Gemüse- oder Tofuburger weit hinter sich lassen. Mit Gerichten wie Süßkartoffel-Saltimbocca, Tandoori-Seitan, Gerstengraupen-Strudel mit Pfifferlingen oder Parmesan-Klößen treiben Chefköche die kreative Entwicklung voran.

Selbst Veganer kommen längst auf ihre Kosten: In Berlin wurde 2011 Deutschlands erster veganer Supermarkt eröffnet, und noch im selben Jahr folgte das erste vegane Gourmetrestaurant der Stadt. Auch viele nichtvegetarische Restaurants bieten heute Vegetariern mehr als nur Gemüse-Lasagne. Einen Überblick über vegane und vegetarische Restaurants in Deutschland findet man unter www.happycow.net/europe/germany.

Süße Leckerbissen

Lebkuchen Mit dem duftenden Pfefferkuchen mit Nüssen, Zitronat, Honig und Gewürzen kann Weihnachten kommen!

Aachener Printen Eine etwas trockenere Lebkuchenvariante, aber ebenfalls sehr lecker!

Christstollen Das schwere Gebäck mit Sultaninen, Marzipan und Zitronat erfordert hohe Backkunst; der berühmteste Stollen kommt aus Dresden.

Schwarzwälder Kirschtorte Die mehrschichtige Biskuittorte mit Sahne und Schattenmorellen, garniert mit Schokoraspeln und Kirschen und versehen mit etwas Kirschwasser, führt (fast) jeden in Versuchung.

Lübecker Marzipan Die legendäre Süßware aus Mandeln und Zucker lässt Naschkatzenherzen höher schlagen.

Kaffee und Kuchen

Jetzt gibt es Kaffee und Kuchen! Das gesellige Zusammensitzen, bei dem es längst nicht nur um den Verzehr von Kuchen und Torten geht, ist ein gern gepflegtes Nachmittagsritual, egal ob daheim oder im Café. Wer nicht selbst gebacken hat, sucht sich eines der Cafés oder eine der Konditoreien dafür aus. Finden kann man sie ja fast überall – um die Ecke, aber auch in Schlössern, mitten im Wald, am Meer oder auf Bergen.

Der hierzulande servierte Kaffee ist nicht ganz so stark wie der französische oder italienische. Neben der klassischen Art der Kaffeezubereitung, dem Filterkaffee – gern serviert mit einer Portion Kondensmilch und im Kännchen – trinkt man auch gern Cappuccino und Latte Macchiato oder den Café au lait, und zwar nicht nur nachmittags, sondern gern auch zum Frühstück und wann immer sonst sich eine gute Gelegenheit ergibt.

Radtour durch Weinberge

Bier & Wein

Hopfen und Malz – Gott erhalt's! Bier ist nach wie vor der Deutschen liebstes alkoholisches Getränk, rund 100 l konsumierten sie 2017 pro Kopf. Das hat Tradition: Schon die alten Germanen und mittelalterliche Mönche brauten hierzulande Gerstensaft. Der Weinbau auf deutschem Boden begann einst in der Römerzeit und hat somit eine ähnlich lange Tradition.

Bier

Markenzeichen deutscher Traditionsbiere ist das Reinheitsgebot, das 1516 in Bayern eingeführt wurde und Brauern lediglich vier Zutaten erlaubt: Hopfen, Malz, Hefe und Wasser. 1987 entschied der Europäische Gerichtshof, dass die jahrhundertealte Vorschrift den Grundsatz des freien Warenverkehrs innerhalb der EU verletzt. Seitdem dürfen auch Gebräue mit anderen Zusätzen offiziell als Bier in Deutschland hergestellt bzw. verkauft werden. Viele deutsche Brauereien halten sich jedoch nach wie vor freiwillig an das Reinheitsgebot und nutzen dies erfolgreich als Marketinginstrument gegen chemisch veränderte Konkurrenzprodukte aus industrieller Massenproduktion. Seit ein paar Jahren etabliert sich aber auch in Deutschland (vor allem in Großstädten) zunehmend die internationale Craft-Beer-Bewegung, die ebenfalls auf weitere Zusatzstoffe setzt.

JAMES BEDFORD/LONELY PLANET ©

Biervarianten

Aus deutscher Produktion kommen – trotz Beschränkung auf die vier genannten Zutaten – insgesamt rund 5000 verschiedene nach Reinheitsgebot gebraute Biersorten mit jeweils eigenem Aroma. Erreicht wird dies über eine ausgetüftelte und oft geheime Abwandlung des Brauprozesses – auf dem untersten Level zunächst durch die Verwendung einer bestimmten Hefe für Obergärung (die zugeführte Hefe treibt im Braukessel nach oben auf) oder Untergärung (Hefe sinkt zum Kesselboden ab).

Rund 85 % aller deutschen Traditionsbiere werden per Untergärung hergestellt. Dies gilt z. B. für Pils, die meisten Bock-Sorten, Export und das bayerische Helle. Die Obergärung kommt bei Weizen- bzw. Weißbier (u. a. nach bayerischer und berlinerischer Brauart), Kölsch oder ein paar wenigen Starkbieren zur Anwendung. Der Großteil der Biere wird überwiegend regional vertrieben, weshalb Marken wie Rechenberger (Sachsen) und Alt (Düsseldorf) anderswo in Deutschland nur selten oder gar nicht erhältlich ist.

Pils (ca. 4,8 % Alkohol) Untergäriges, hopfiges Vollbier mit feinsahniger Blume (Schaumkrone).

Weizen-/Weißbier (5,4 % Alkohol) Obergärig mit recht lieblich-frischem Aroma. Das naturtrübe Hefeweizen enthält mehr Hefe (da diese nicht herausgefiltert wird). Das gefilterte bzw. klare Kristallweizen hat mehr Kohlensäure und kann optional mit einer Zitronenscheibe im Glas getrunken werden – was Puristen jedoch genauso ablehnen wie ein Reiskorn im Glas, das die Kohlensäure schneller entweichen und das Bier schneller schal werden lässt.

Dunkles Vollmundig mit leichter Hopfennote und kräftigem Malzaroma; wird landesweit, aber vor allem in Bayern gebraut.

★ Biergärten

Luftgarten (S. 67), Berlin

Pratergarten (S. 77), Berlin

Biergarten Rathenauplatz (S. 219), Köln

Biergarten am Chinesischen Turm (S. 119), München

Biergarten Kettensteg (S. 194), Nürnberg

Biergarten am Chinesischen Turm (München; S. 119)

Helles (4,6–5 % Alkohol) Leicht süßlich, mit kräftigem Malzaroma; vor allem in Bayern, Baden-Württemberg und im Ruhrgebiet weit verbreitet.

Alt Dunkles Vollbier mit gemalzter Gerste; typisch für den Großraum Düsseldorf.

Berliner Weiße Obergäriges Weizenbier, das traditionell mit einem Schuss Himbeer- oder Waldmeistersirup gemischt wird; fruchtig und super im Sommer.

Bockbier (min. 7 % Alkohol) Starkbier mit Varianten für jede Jahreszeit bzw. Gelegenheit (z. B. als Mai-, Fest- oder Weihnachtsbock). Besonders aromatisch, kräftig und stark ist das dunkle Eisbock; traditionell wird es hergestellt, indem es vereist und dann das gefrorene Wasser entfernt wird (daher der Name).

Kölsch (ca. 4,8 % Alkohol) Obergäriges, helles und hopfiges Vollbier, das per Gesetz (Kölsch-Konvention) nur im Großraum Köln unter seinem Namen gebraut werden darf. Der Ausschank erfolgt traditionell in Stangen (schmale Gläser mit 0,2 l Inhalt), die auch als „Meter“ auf einem Holzbrett mit entsprechender Länge bestellt werden können.

Schwarzbier (4,8–5 % Alkohol) Sehr dunkles, etwas stärkeres und heute meist untergäriges Vollbier, das unter Verwendung von dunklem Braumalz oder Röstmalz gebraut wird.

Wein

Lange Zeit fristeten Deutschlands Weine international eher ein Schattendasein. Eine neue Winzergeneration, cleveres Marketing und das Motto „Klasse statt Masse“ haben den Ruf deutscher Tropfen in den letzten Jahren deutlich aufgewertet, was nun auch extrem anspruchsvolle Kenner in aller Welt zu würdigen wissen: So ließ z. B. der britische Weinpapst Tim Atkin (www.timatkin.com) halb poetisch verlauten, dass Deutschland die besten Rieslinge des Planeten produziere und seine Pinot Noirs (Spätburgunder) leider größtenteils für sich selbst behalte.

Einen Höhepunkt des Aufschwungs markierte das Jahr 2014, als bei der AWC Wien insgesamt 63 internationale Prädikatsmedaillen an deutsche Winzer verliehen wurden. Darunter war z. B. Horst Sauer (www.weingut-horst-sauer.de), der mit seinen Riesling- und Silvaner-Sorten (jeweils Jahrgang 2012) insgesamt fünfmal Gold gewann.

Das Deutsche Weininstitut (www.deutscheweine.de) und Websites wie GermanWine.de (www.germanwine.de) geben einen guten Gesamtüberblick über den Weinbau im Land (inkl. Gebiete, Rebsorten, Winzer, Güteklassen u. v. m.).

Rebsorten

Seit der Römerzeit wird Wein auf deutschem Boden angebaut. Heute wachsen hier rund 140 Rebsorten auf mehr als 1000 km^2. Zu den gängigsten weißen Sorten gehören Riesling,

Müller-Thurgau (Rivaner), Silvaner, Gewürztraminer und Grauburgunder (alias Pinot Gris bzw. Pinot Grigio). Häufig angebaute Rotweine sind z. B. Spätburgunder (alias Pinot Noir), Dornfelder und Blauer Portugieser.

Glühwein & Feuerzangenbowle

Ohne Frage, auf den Weihnachtsmärkten ist Glühwein der Kältekiller Nummer eins. Ebenfalls von innen wärmt aber auch die stärkere Feuerzangenbowle, die durch den gleichnamigen Kultfilm mit Heinz Rühmann (1944) berühmt wurde: Für diesen Punsch wird ein mit hochprozentigem Rum getränkter Zuckerhut auf einer Feuerzange (Halterung aus Metall) über einem Kessel mit erhitztem und aromatisiertem Rotwein platziert. Anschließend wird der Zucker angezündet, woraufhin dieser schmilzt und in den Wein tropft. Das Ergebnis ist so lecker wie berauschend!

Weinregionen

In Deutschland gibt es 13 Weinbaugebiete; diese sind (sortiert nach der Größe ihrer Anbauflächen): Rheinhessen, Pfalz, Baden, Württemberg, Mosel, Franken, Nahe, Rheingau, Saale-Unstrut, Ahr, Sachsen, Mittelrhein, Hessische Bergstraße. Eine der berühmtesten Weinregionen erstreckt sich entlang der Mosel und der Seitentäler von Saar und Ruwer. Hier gedeihen die Trauben an teils extrem steilen Rebhängen, die oft nur rein händisch bewirtschaftet werden können. Auf schieferhaltigen Böden wächst dort hauptsächlich Riesling, während der vor allem an Moseltor und Obermosel vorkommende Muschelkalk oft mit der alten römischen Sorte Elbling bepflanzt ist.

In der Region Nahe östlich der Mosel werden vollmundige, duftende Weißweine mit fruchtigem Aroma auf Riesling-, Silvaner- und Müller-Thurgau-Basis gekeltert.

Sehr renommiert sind auch Rheingau und Mittelrhein, wo jeweils vor allem Riesling wächst. Rheinhessen südlich des Rheingaus kultiviert die größtenteils ins Ausland exportierte Liebfraumilch, einen eher lieblichen Weißwein, und ebenfalls ein paar ausgezeichnete Riesling-Sorten.

Weitere bekannte Weinregionen sind die Pfalz (Rheinland-Pfalz), die Hessische Bergstraße (Hessen), Baden (Baden-Württemberg), die Region um Würzburg (Franken) und das Elbtal (Sachsen). Das Weinbaugebiet Württemberg rund um Stuttgart bringt diverse hervorragende Rotweine hervor. Und die Region Saale-Unstrut (Sachsen-Anhalt) produziert nach wie vor den Rotkäppchen-Sekt – früher eine DDR-Marke und heute landesweit äußerst beliebt.

Weihnachten in Berlin

Praktische Informationen

Allgemeine Informationen

Ermäßigungen

Deutschlandweit gibt's Ermäßigungen für Senioren, Kinder, Studenten und Menschen mit Handicap (Alter bzw. Status ggf. per Ausweis nachzuweisen). Vor allem in vielen Großstädten verkaufen Touristeninformationen spezielle Welcome-Karten, die neben Rabatten bei Museen, Sehenswürdigkeiten und geführten Touren auch unbegrenzte Fahrten mit Nahverkehrsmitteln beinhalten. Diese können sich durchaus lohnen, wenn man das Leistungsspektrum der jeweiligen Karte größtenteils ausreizt und nicht zu anderen Ermäßigungen berechtigt ist.

Folgende Ausweise bringen weitere Ersparnisse beim Shoppen, in Verkehrsmitteln, bei der Quartiersuche und vielen Attraktionen:

Camping Key Europe (CKE) (http://cdn.campingkeyeurope.com/de/) Bringt bis zu 20 % Rabatt bei Stellplatzgebühren auf teilnehmenden Campingplätzen und beinhaltet eine Haftpflicht- und Unfallversicherung sowie einen Rechtsschutz. Die Rabattkarte kostet 16 € pro Jahr; ADAC-Mitglieder erhalten sie im Online-Shop des Automobilverbands für 12 € pro Jahr (www.adac.de).

Internationaler Studentenausweis (International Student Identity Card, ISIC; www.isic.de) Für Vollzeit-Studenten; kann auch online erworben werden. Die Website informiert über Preise und lokale Verkaufsstellen.

Internationaler Jugendreiseausweis (International Youth Travel Card, IYTC; www.isic.de) Bringt Nichtstudenten unter 30 Jahren ähnliche Rabatte wie die ISIC.

Internationaler Lehrerausweis (International Teacher Identity Card, ITIC; www.isic.de) Bringt hauptberuflichen Lehrern ähnliche Rabatte wie die ISIC.

Feiertage

Größtenteils katholische Bundesländer (z. B. Bayern, Baden-Württemberg) begehen zusätzlich zu den landesweit gültigen Feiertagen den Dreikönigstag (6. Jan.), Fronleichnam (zehn Tage nach Pfingsten), Mariä Himmelfahrt (15. Aug., nur in Teilen Bayerns und im Saarland) und Allerheiligen (1. Nov.). Den Reformationstag (31. Okt.) gibt's nur in den neuen Bundesländern (Berlin ausgenommen), den Buß- und Bettag am 2. oder 3. Mittwoch im November nur in Sachsen. Seit 2019 ist in Berlin der Internationale Frauentag am 8. März ein gesetzlicher Feiertag, in Thüringen der Weltkindertag am 20. September.

Landesweite Feiertage:

Neujahr 1. Januar

Karfreitag, Ostersonntag & -montag März/April

Christi Himmelfahrt 40 Tage nach Ostern

Tag der Arbeit 1. Mai

Pfingstmontag 50 Tage nach Ostern

Tag der Deutschen Einheit 3. Oktober

1. & 2. Weihnachtsfeiertag 25. & 26. Dezember

Fotos & Video

- Wie überall auf der Welt gilt auch in Deutschland grundsätzlich: Wer Personen und/oder Privateigentum aufnehmen will, sollte vorab höflich um Erlaubnis bitten.
- In vielen Museen und Schlössern sowie in manchen Kirchen müssen Hobbyknipser eine separate Fotogebühr (meist 2–3 €) bezahlen. Gute allgemeine Infos zum Fotografieren auf Reisen liefert der englischsprachige Lonely Planet Band *Guide to Travel Photography*.

Geld

Sperrnummern

- Unter ☎116 116 kann man in Deutschland Bank- und

Kreditkarten, Online-Banking-Zugänge, Handykarten und die elektronische Identitätsfunktion des neuen Personalausweises bei Verlust sperren lassen.

- Für Österreich gilt die Telefonnummer: ☎0043 1 204 8800.
- Die Schweiz hat keine einheitliche Notfallnummer. Die wichtigsten sind: ☎0041 44 659 69 00 (Swisscard); ☎0041 44 828 31 35 (UBS Card Center); ☎0041 58 958 83 83 (VISECA); ☎0041 44 8 28 81 (PostFinance).

Trinkgeld

Bars Etwa 5 %, üblicherweise aufgerundet auf einen vollen Euro-Betrag.

Hotels Bei Gepäckträgern ist 1 € pro Gepäckstück üblich. Zimmerpersonal freut sich über 1 bis 2 € pro Tag.

Restaurants Die meisten Gäste geben 5 bis 10 % (sofern der Service nicht komplett inakzeptabel war).

Taxis Rund 10 %, aufgerundet auf einen vollen Euro-Betrag.

Toilettenpersonal Etwas Kleingeld.

Touristeninformation

- **Deutschland Tourismus** (www.germany.travel) Staatliche Tourismuszentrale und beste Quelle für allgemeine Infos.
- **Visit Berlin** (☎030-25 00 23 33; www.visitberlin.de; ⏲Mo–Fr 9–18 Uhr) Berliner Touristeninformation mit diversen Vertretungen (z. B. Hauptbahnhof, Zentraler Busbahnhof, Flughafen Schönefeld bzw. Tegel, Brandenburger Tor, Alexanderplatz, Kurfürstendamm) und einem Callcenter, das Infos liefert und Buchungen vornimmt.
- Infos zu den Touristeninformationen in den in diesem Reiseführer behandelten Städten und Regionen finden sich am Ende der jeweiligen Kapitel.

Unterkunft

Außerhalb der Spitzenzeiten (Hauptsaison, Feiertage, große Messen) sollte man meist auch ohne Reservierung eine Unterkunft bekommen. Dabei gilt: Je beliebter ein Quartier, desto ratsamer ist es, vorab zu buchen.

Klima

Berlin

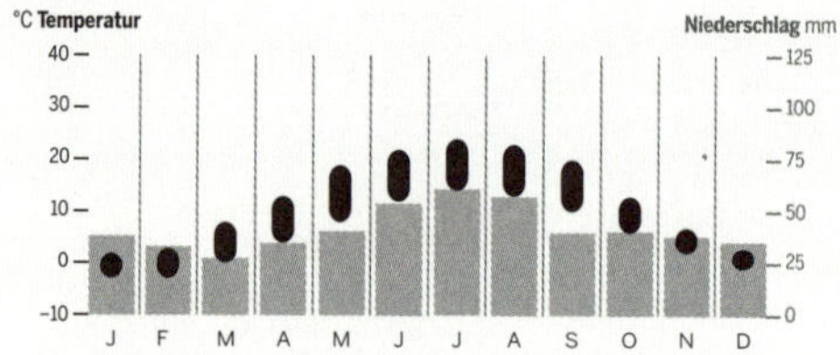

Frankfurt am Main

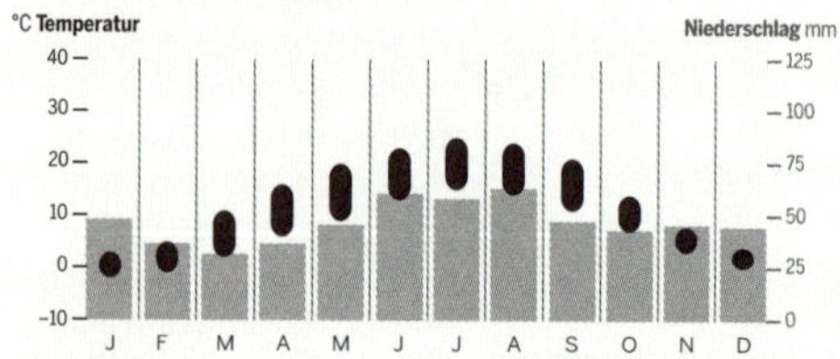

München

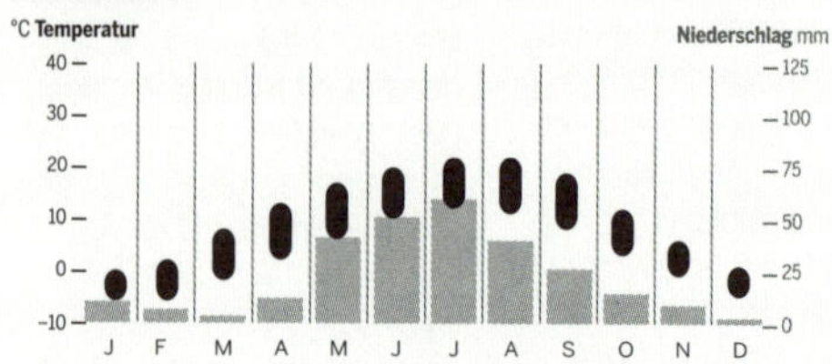

Ferienwohnungen/-häuser Die preiswerten und voll möblierten Unterkünfte mit eigener Küche eignen sich für Familien und Reisegruppen. Bis vor einigen Jahren waren sie vor allem im ländlichen Raum vorhanden, inzwischen können aber auch in allen Städten über AirBnB (www.airbnb.com) Apartments gebucht werden.

Gasthäuser/Gasthöfe Liegen oft schön draußen auf dem Land; kombinieren Lokalkolorit mit Zimmern und einem Restaurant.

Hostels Landesweit zahlreich vorhanden (vom DJH betriebene wie auch eigenständige).

Hotels Von familiengeführten Kleinbetrieben bis hin zu internationalen Ketten und restaurierten Burgen.

Pensionen/B&Bs Sind vor allem in ländlichen Ecken häufig anzutreffen und haben oft ein sehr gutes Preis-Leistungs-Verhältnis.

Preise

Die Übernachtungspreise variieren lokal und regional sehr stark – vor allem zwischen (Groß-)Stadt und Land: Für den Preis einer romantischen Gasthof-Suite im Bayerischen Wald gibt's in München eventuell nur eine Zwei-Sterne-Bleibe. Businesshotels in den Städten locken Touristen oft mit günstigeren Wochenendangeboten. Saisonale Preisschwankungen treten hauptsächlich in beliebten Urlaubsregionen auf, während man in Großstädten fast das ganze Jahr über dieselben Preise zahlt. Bei Großveranstaltungen wie dem Oktoberfest in München oder dem Christkindlesmarkt in Nürnberg ziehen aber auch dort die Preise mitunter massiv an.

Unterkünfte online buchen

Weitere Unterkunftsbewertungen von Lonely Planet Autoren gibt's unter http://hotels.lonelyplanet.com/germany. Dort findet man unabhängig recherchierte Infos und Empfehlungen zu den besten Adressen. Zudem kann online gebucht werden.

Romantisches Residieren

Top für Romantiker: In einigen Regionen (etwa an Rhein und Mosel) locken märchenhafte Übernachtungen in geschichtsträchtigen Burgen, Schlössern oder Herrenhäusern mit viel Charakter. Solche Bleiben liegen meist in ländlicher Umgebung – oft auf (einst strategisch bedeutsamen) Felsspitzen mit Blick auf Flüsse oder Hügel. Meist handelt es sich dabei um Luxushotels, die moderne Extras mit blaublütigem Ambiente und historischer Einrichtung (z. B. Himmelbetten, antiken Intarsienschränken, schweren Samtvorhängen) kombinieren. Manchmal sind die Inhaber sogar Nachkommen der ursprünglichen Hausherren.

Ein Aufenthalt muss aber nicht unbedingt immer die Reisekasse sprengen: Mitunter beherbergen die alten Gemäuer heute auch Hostels.

Reservierungen

Die meisten deutschen Hotels ermöglichen Online-Buchung mit Best-price-Garantie. Gleiches gilt für viele Touristeninformationen, die Besuchern ohne Reservierung und/oder Online-Zugang oft auch Last-Minute-Zimmerangebote vermitteln können. Schnäppchen gibt es mitunter bei Buchungsportalen wie www.hrs.de oder www.booking.com.

Hotels

Deutschland hat eigenständige Hotels für jeden Geschmack und Geldbeutel. Darunter sind Fünf-Sterne-Häuser und urbane Boutique-Bleiben für Lifestyle-Fans genauso wie familiengeführte Kleinbetriebe und traditionelle, geschichtsträchtige Landgasthöfe mit zauberhaft knarrenden Balken.

In günstigen Hotels kann es mitunter noch vorkommen, dass sich mehrere Zimmer Gemeinschaftstoiletten bzw. -duschen auf der jeweiligen Etage teilen. In Großstädten ist das Frühstück oft nicht automatisch im Preis enthalten (beim Buchen nachfragen!).

Kettenhotels

Bei Kettenhotels reicht die Palette von gesichtslosem Einheitsbrei bis hin zu Edelherbergen, die in zentraler Lage mit historischem Flair und allen erdenklichen Extras (z. B. WLAN, Klimaanlage, rund um die Uhr besetzte Rezeption) aufwarten. Last-Minute- und/oder Wochenendangebote sind jeweils Standard. Mit den internationalen Riesen konkurrieren dabei deutsche Unternehmen wie **Dorint** (www.dorint.com/de), die auf Großstädte spezialisierte Gruppe **Leonardo** (www.leonardo-hotels.de), die luxuriöse Kette **Kempinski** (www.kempinski.com) oder deren Fünf-Sterne-Konkurrent **Steigenberger** (www.steigenberger.de), dessen Hotels sich oft in historischen Gebäuden befinden.

Pensionen, Gasthöfe & Privatzimmer

Kleine Pensionen/B&Bs mit zwangloser Atmosphäre sind oft eine günstigere und dennoch hervorragende Alternative zu Hotels. Gasthöfen/-häusern ist meistens ein Restaurant angeschlossen, das oft regionale bzw. deutsche Küche serviert.

Zimmergröße, Dekor und Extras variieren. Wer sich nicht daran stört, Gemeinschaftstoiletten oder -duschen zu nutzen, kann in manchen Unterkünften Geld sparen. Für den Mangel an Annehmlichkeiten entschädigen dann oft Charme, Authentizität und freundliche Gastgeber, die alles daran setzen, ihren Gästen den Aufenthalt so nett wie möglich zu gestalten.

In beliebten Touristengebieten werden freie Privatzimmer mitunter auch über Touristeninformationen vermittelt.

Ferienbauernhöfe

Familienfreundliche Ferienbauernhöfe (darunter auch Bioland- oder Milchviehhöfe, Weingüter, Gestüte etc.) sind eine tolle und günstige Option für Naturliebhaber: Hier können sich Kinder oft in Gesellschaft von Tieren im Freien austoben. Das Zimmerspektrum reicht dabei von spartanischen Quartieren mit Gemeinschaftsbädern bzw. -toiletten bis hin zu komplett ausgestatteten Ferienwohnungen. Mindestaufenthalt und eine Endreinigungsgebühr sind die Norm. Hinweis: Nicht mehr aktiv bewirtschaftete Betriebe werben häufig mit „Landurlaub“.

Verkehrsmittel & -wege

Auto & Motorrad

Carsharing

In mehreren deutschen Großstädten gibt es einen oder mehrere Carsharing-Anbieter. Für kurze Entfernungen empfiehlt sich **car2go** (☎030 2334 0110; www.car2go.com/DE/de/): Einmal registriert, kann man u. a. in Berlin, München und im Rheinland per App Elektro-Smarts buchen. Bei der Rückgabe kann man die Autos überall im jeweiligen Stadtgebiet abstellen. Die Abrechnung erfolgt nach Minutentarif. **Flinkster** (☎069 4272 7700; www.flinkster.de), eine Deutsche-Bahn-Tochter, ist in weitaus mehr Orten verfügbar, kooperiert mit lokalen Carsharing-Anbietern und hat auch Stunden- und Tagestarife.

Privates Carsharing ist in Deutschland bislang kaum verbreitet. Beim größten Anbieter **Drivy** (www.drivy.de) funktioniert das Ganze so: Nach Anmeldung auf der Website sucht man sich das gewünschte Fahrzeug, kontaktiert den Eigentümer und unterschreibt bei Schlüsselübergabe den vorgefertigten Drivy-Mietvertrag. Kunden müssen mindestens 21 Jahre alt sein und ihren Führerschein seit mindestens zwei Jahren besitzen. Schweizer benötigen zusätzlich eine internationale Fahrerlaubnis (International Drivers' Permit; IDP) . Der Mietpreis beinhaltet jeweils Vollkaskoversicherung und Pannenhilfe. Bezahlt wird per Kreditkarte oder PayPal.

Mieten

Viele Autovermieter schreiben ein Mindestalter von 21 oder gar 25 Jahren vor, eine gesetzliche Regel hierfür gibt es allerdings nicht. Außerdem muss man im Besitz einer Kreditkarte sein. Aus versicherungsrechtlichen Gründen ist es häufig verboten, Abstecher in osteuropäische Länder (z. B. Polen, Tschechische Republik) zu unternehmen.

An Flughäfen und großen Bahnhöfen sind alle bekannten internationalen Autovermieter vertreten:

Alamo (☎0800-723 9253; www.alamo.de)

Avis (☎069-500 700 20; www.avis.de)

Europcar (☎040-520 188 000; www.europcar.de)

Hertz (☎01806-333 535; www.hertz.de)

National (☎0800-121 8303; www.nationalcar.de)

Sixt (☎01806-25 25 25; www.sixt.de)

Bei Anreise per Flugzeug können sich auch Pauschalangebote mit Flug und Mietwagen (Fly & Drive) lohnen. Diese gibt es u. a. bei:

fluege.de (www. www.fluege.de/glossar/flug-mietwagen)

Opodo (www.opodo.de)

Expedia (www.expedia.de)

Bus

Seit dem Wegfall des Bahnmonopols im Fernverkehr Anfang 2013 ist das Fernbus-Liniennetz rapide gewachsen. Deutschland-Trips per Fernbus sind

Feinstaubplaketten

Um die Luftverschmutzung durch Feinstaub zu reduzieren, haben die meisten deutschen Großstädte inzwischen Umweltzonen eingeführt, die auch mit Benzinern nur noch mit gültiger Umweltplakette befahren werden dürfen. Motorräder sind von der Plakettenpflicht ausgenommen. Das Bußgeld bei Verstößen beträgt 80 €.

Vor Ort sind die entsprechenden Aufkleber bei Kfz-Prüfstellen (u. a. TÜV, Dekra, KÜS, GTÜ) und Autohändlern bzw. -werkstätten mit Ausgabe-Erlaubnis erhältlich. Online bekommt man sie z. B. für 31,90 € unter www.umwelt-plakette.de oder 50 % günstiger beim TÜV (je nach Region www.tuev-sued.de oder www.tuev-nord.de).

größtenteils stressfrei, beliebt und günstig (z. B. Berlin–Hamburg ab 8 €, Frankfurt a. M.–München ab 15 €). Die modernen und klimatisierten Busse punkten mit Sauberkeit und Komfort; an Bord gibt's meist auch Snacks, Getränke und Gratis-WLAN. Branchenriese ist **Flixbus** (☎030-300 137 300; www.flixbus.de). Hinzu kommen viele kleinere Regionalgesellschaften. Online-Portale wie www.busliniensuche.de geben einen guten Überblick über Routen, Fahrpläne und Tarife.

Der **Romantische Straße Bus** (S. 135) von Frankfurt a. M. nach Füssen zielt speziell auf Touristen ab. Der Romantische Straße Bus ist sehr beliebt und im Sommer stets rappelvoll!

Zugtypen

In Deutschland verkehren folgende Züge und Bahnen:

InterCity-Express (ICE) Die Hochgeschwindigkeits-Fernzüge der DB halten nur in Großstädten und verkehren alle ein bis zwei Stunden.

InterCity (IC) & EuroCity (EC) Die schnellen DB-Fernzüge sind etwas langsamer als ICEs, halten aber ebenfalls nur in Großstädten; auch sie verkehren alle ein bis zwei Stunden. ECs bedienen Ziele in europäischen Nachbarländern.

InterRegio-Express (IRE) Die DB-Regionalzüge zwischen Großstädten halten unterwegs relativ selten.

Nightjet Nachtzüge mit Schlaf- und Liegewagen werden in Deutschland von den ÖBB betrieben (Details unter www.nightjet.com).

Regionalbahn (RB) Regionalzüge, die vor allem auf ländlichen Nebenstrecken verkehren, halten unterwegs häufig und sind am langsamsten. Betreiber sind die DB und diverse regionale Anbieter.

Regional-Express (RE) Die DB-Regionalzüge bedienen Großstädte und deren weiteres Umland; sie halten unterwegs relativ selten und bieten Anschluss zur S-Bahn (wo vorhanden).

S-Bahn Die Schnellbahnen verkehren in Großstädten und verbinden diese auch mit Vororten bzw. dem näheren Umland. Wie die anderen Regionalzüge sind sie in den regionalen Verkehrsverbünden integriert.

Fahrrad

In vielen Fernzügen können Fahrräder mitgenommen werden. In IC-, EC- und Nachtzügen werden hierfür 9€ pro einfache Strecke fällig; grundsätzlich verboten sind Fahrräder an Bord von ICEs. Die Fahrradmitnahme muss jeweils spätestens am Vortag reserviert werden und erfolgt stets im Fahrrad- bzw. Gepäckabteil, das sich meist ganz vorne oder hinten im Zug befindet.

Die Fahrradmitnahme in Regionalzügen ist günstiger (IRE, RB, RE zzgl. 5,50 €/Tag) bzw. außerhalb der Stoßzeiten mitunter auch gratis. Details hierzu gibt's bei der **Deutschen Bahn** (☎01805-99 66 33).

Auch an Bord der meisten (Fluss-)Fähren und Rundfahrtschiffe sind Räder erlaubt. In manchen Ferienregionen sind außerdem Ausflugsbusse mit speziellen Fahrradanhängern/-ständern im Einsatz.

Bikesharing boomt deutschlandweit. Die beiden derzeit größten Anbieter mit Leihstationen in zahlreichen großen und mittelgroßen Städten sind Call-a-Bike (☎069-4272 7722; www.callabike-interaktiv.de) und **Nextbike** (☎030-6920 5046; www.nextbike.de).

Flugzeug

Bei längeren Strecken (z. B. Berlin–München) kann das Flugzeug im Vergleich zum Zug durchaus einen Zeitvorteil bringen. Die Lufthansa (www.lufthansa.com) und ihre Tochter Eurowings (https://www.eurowings.com) haben das größte Inlandsnetz.

Zug

Die Zeiten des Bahnmonopols sind längst vorbei. Zwar betreibt die **Deutsche Bahn (DB)** (☎01806-996 633; www.bahn.de) nahezu das ganze deutsche Gleisnetz und bedient praktisch alle Landesecken mit verschiedenen Zugtypen. Daneben existieren aber auch etliche regionale Bahngesellschaften, deren Strecken an das DB-Netz angeschlossen und mit DB-Tickets nutzbar sind. Und auf bisher drei Strecken (Berlin–Stuttgart, Hamburg–Köln, Hamburg–Lörrach) sind die Züge des Bahnkonkurrenten **Flixtrain** (☎030-300 137 100; www.flixtrain.de) unterwegs.

Spar- & Regionaltickets

Auf Fernstrecken bietet die Bahn vergünstigte Sparpreis-Tickets (ab 19 €) an, die 90 Tage vor Fahrtantritt gebucht werden können. Da die Kontingente beschränkt sind, gilt: Wer zuerst kommt, mahlt zuerst.

Auf Züge des Regional- und Nahverkehrs beschränkt sind das Schöne-Wochenende-Ticket (1. Pers. 44 €, jede weitere Pers. zzgl. 6 €), das Quer-durchs-Land-Ticket (1. Pers. 44 €, jede weitere Pers. zzgl. 8 €) und Regionaltickets für die einzelnen Bundesländer. Sie sind jeweils für bis zu fünf Personen erhältlich; eigene Kinder und Enkel unter 15 Jahren reisen in vielen Fällen kostenlos mit. Details zu allen Ermäßigungen finden sich unter www.bahn.de.

Hinter den Kulissen

Quellennachweis

Die Klimakartendaten stammen von Peel MC, Finlayson BL & McMahon TA (2007) *Updated World Map of the Köppen-Geiger Climate Classification*, erschienen in der Zeitschrift *Hydrology and Earth System Sciences*, Ausgabe 11, 1633-44.

Über dieses Buch

Dies ist die 1. deutschsprachige Auflage von *Top-Ziele in Deutschland*, basierend auf der 2. englischsprachigen Auflage von *Best of Germany*, die von Benedict Walker betreut und von Kerry Christiani, Marc Di Duca, Catherine Le Nevez, Leonid Ragozin und Andrea Schulte-Peevers recherchiert und verfasst wurde. Die vorherige Auflage wurde von Marc Di Duca betreut und von Marc, Kerry Christiani, Catherine Le Nevez, Tom Masters, Andrea Schulte-Peevers, Ryan Ver Berkmoes und Benedict Walker geschrieben. Dieser Reiseführer wurde von dem folgenden Team betreut:

Projektredakteurin Niamh O'Brien

Leitende Produktredakteurin Genna Patterson

Produktredakteurin Rachel Rawling

Leitender Kartograf Mark Griffiths

Layoutdesign Lauren Egan

Redaktionsassistenz Bruce Evans, Victoria Harrison, Jodie Martire

Kartografieassistenz Hunor Csutoros, Valentina Kremenchutskaya

Umschlagrecherche Naomi Parker

Dank an Hannah Cartmel, Shona Gray, Vicky Smith

Wir freuen uns über ein Feedback

Post von Travellern zu bekommen, ist für uns ungemein hilfreich – Kritik und Anregungen halten uns auf dem Laufenden und helfen, unsere Bücher zu verbessern. Unser reiseerfahrenes Team liest alle Zuschriften ganz genau, um zu erfahren, was an unseren Reiseführern gut und was schlecht ist. Wir können solche Post zwar nicht individuell beantworten, aber jedes Feedback wird garantiert schnurstracks an die jeweiligen Autoren weitergeleitet, rechtzeitig vor der nächsten Nachauflage.

Wer Ideen, Erfahrungen und Korrekturhinweise zum Reiseführer mitteilen möchte, hat die Möglichkeit dazu auf **www.lonelyplanet.com/contact/guidebook_feedback/new**. Anmerkungen speziell zur deutschen Ausgabe erreichen uns über **www.lonelyplanet.de/kontakt**.

Hinweis: Da wir Beiträge möglicherweise in Lonely Planet Produkten (Reiseführer, Websites, digitale Medien) veröffentlichen, ggf. auch in gekürzter Form, bitten wir um Mitteilung, falls ein Kommentar nicht veröffentlicht oder ein Name nicht genannt werden soll. Wer Näheres über unsere Datenschutzpolitik wissen will, erfährt das unter www.lonelyplanet.com/privacy.

Register

000 Verweise auf Karten

Auf einen Blick & Kartenlegende

Mit diesen Symbolen sind wichtige Kategorien leicht zu finden:

- Sehenswertes
- Aktivitäten
- Kurse
- Geführte Touren
- Feste & Events
- Essen
- Ausgehen
- Unterhaltung
- Shoppen
- Praktische Infos & Transport

Diese Symbole bieten hilfreiche Zusatzinformationen:

Nachhaltig und umweltverträglich

GRATIS Hier bezahlt man nichts

- Telefonnummern
- Öffnungszeiten
- Parkplatz
- Rauchen verboten
- Klimaanlage
- Internetzugang
- WLAN
- Schwimmbecken
- Bus
- Fähre
- Straßenbahn
- Zug
- Speisekarte auf Englisch
- Vegetarische Speisen
- Familienfreundlich

Mit diesen „Großartig für"-Symbolen entdeckt man die besten Erlebnisse:

- Abstecher
- Ausflug
- Ausgehen
- Budget
- Café/Kaffee
- Essen & Trinken
- Events
- Familienurlaub
- Fotografieren
- Geschichte
- Kunst & Kultur
- Landschaft
- Leben vor Ort
- Natur & Tiere
- Rad fahren
- Reisen im Winter
- Shoppen
- Sport
- Strände
- Unterhaltung
- Wandern

Sehenswertes

- Strand
- Vogelschutzgebiet
- buddhistisch
- Burg/Schloss/Palast
- christlich
- konfuzianisch
- hinduistisch
- islamisch
- jainistisch
- jüdisch
- Denkmal
- Museum/Galerie/historisches Gebäude
- Ruine
- shintoistisch
- Sikh
- taoistisch
- Weingut/Weinberg
- Zoo/Wildschutzgebiet
- sonstige Sehenswürdigkeit

Aktivitäten

- Bodysurfen
- Camping
- Café
- Kanu/Kajak fahren
- Kurs/Tour
- Tauchen
- Ausgehen & Nachtleben
- Essen
- Unterhaltung
- Thermalbad/Sento/Onsen
- Shoppen
- Skifahren
- Schlafen
- Schnorcheln
- Surfen
- Schwimmen/Pool
- Wandern
- Windsurfen
- sonstige Aktivität

Praktisches

- Bank
- Botschaft/Konsulat
- Krankenhaus/Arzt
- Internet
- Polizei
- Post
- Telefon
- Toilette
- Touristeninformation
- sonstige Informationen

Geografie

- Strand
- Tor
- Hütte/Unterstand
- Leuchtturm
- Aussichtspunkt
- Berg/Vulkan
- Oase
- Park
- Pass
- Rastplatz
- Wasserfall

Transport

- Flughafen
- BART-Station
- Grenzübergang
- Boston T-Station
- Bus
- (Stand-)Seilbahn
- Radweg
- Fähre
- Metro/MRT-Station
- Schwebebahn
- Parkplatz
- Tankstelle
- Subway/S-Bahn-/Skytrain Station
- Taxi
- Bahnhof/Bahnlinie
- Straßenbahn
- Tube Station
- Underground/U-Bahn-Station
- sonstiger Transport

Die Autoren

Benedict Walker

Der Beachboy aus Newcastle, Australien, wurde 2017 40 Jahre alt und beschloss, in Leipzig ein neues Leben anzufangen. Für Lonely Planet zu schreiben, war für Benedict ein Kindheitstraum, und inzwischen hat er viele Kapitel zu den Lonely Planet Reiseführern *Australien*, *Kanada*, *Germany*, *USA*, *Schweiz*, *Schweden* und *Japan* beigesteuert. Mehr zu Benedict gibt's auf Instagram unter @wordsandjourneys.

Kerry Christiani

Kerry ist eine preisgekrönte Reiseautorin und Fotografin, die sich auf Mittel- und Südeuropa spezialisiert hat. Sie lebt in Wales und ist Autorin bzw. Mitautorin von mehr als einem Dutzend Lonely Planet Bänden. Als abenteuerlustige Travellerin liebt sie Berge, kalte Orte und die echte Wildnis. Ihre letzten Erlebnisse findet man unter https://its-a-small-world.com sowie ihre Tweets unter @kerrychristiani. Kerry recherchierte für diesen Reiseführer u. a. auch die Kapitel „Reiseplanung“ und „Im Fokus“.

Marc Di Duca

Marc ist seit mehr als einem Jahrzehnt Reiseautor und hat für Lonely Planet Sibirien, die Slowakei, Bayern, England, die Ukraine, Österreich, Polen, Kroatien, Portugal, Madeira und die Transsibirische Eisenbahn erkundet. Für andere Verlage hat er außerdem viele Reiseführer verfasst oder bearbeitet. Wenn er nicht gerade unterwegs ist, lebt er mit seiner Frau und seinen zwei Söhnen in der Nähe von Mariánské Lázně in der Tschechischen Republik.

Catherine Le Nevez

Catherines Wanderlust erwachte, als sie mit ihren Eltern als Vierjährige einen Roadtrip durch Europa von Paris aus machte, und auch heute noch nimmt sie jede Gelegenheit zum Reisen wahr. Sie war in mehr als 60 Ländern unterwegs und erwarb zwischenzeitlich den Doktortitel im Bereich Kreatives Schreiben, einen Master in Schreiben als Beruf und weitere Qualifikationen im Bereich Lektorat und Publizieren. Seit über zwölf Jahren hat sie unzählige Lonely Planet Reiseführer und Artikel über Paris, Frankreich, Europa und das außereuropäische Ausland verfasst.

Leonid Ragozin

Leonid Ragozin studierte Stranddynamik an der Staatlichen Universität Moskau, wechselte aber, da es in Russland keine brauchbaren Strände gibt, zum Journalismus über und arbeitete zwölf Jahre in verschiedenen Bereichen für die BBC, unterbrochen durch vier Jahre als Auslandskorrespondent für die russische *Newsweek*. Leonid ist gegenwärtig freiberuflicher Journalist mit einem Schwerpunkt auf dem Konflikt zwischen Russland und der Ukraine (zwei Länder, über die er auch für Lonely Planet geschrieben hat), weshalb er von Moskau nach Riga umgezogen ist. Sein Twittername lautet @leonidragozin.

Andrea Schulte-Peevers

Die in Deutschland geborene und aufgewachsene Andrea Schulte-Peevers studierte in London und an der UCLA und hat bei ihren Reisen in ca. 75 Länder die Strecke zwischen der Erde und dem Mond zurückgelegt. Seit mehr als zwei Jahrzehnten arbeitet sie als Reiseautorin und hat Beiträge zu fast 100 Lonely Planet Bänden und Artikel für Zeitungen, Zeitschriften und Websites auf der ganzen Welt geschrieben. Darüber hinaus arbeitet sie noch als Reiseberaterin, Übersetzerin und Lektorin. Andrea kennt sich besonders gut mit Deutschland, Dubai und den Vereinigten Arabischen Emiraten, mit Kreta und den karibischen Inseln aus. Sie lebt in Berlin und twittert unter @ASchultePeevers.

Die Lonely Planet Story

Ein ziemlich mitgenommenes, altes Auto, ein paar Dollar in der Tasche und eine Vorliebe für Abenteuer – 1972 war das alles, was Tony und Maureen Wheeler für die Reise ihres Lebens brauchten, die sie durch Europa und Asien bis nach Australien führte. Die Tour dauerte einige Monate, und am Ende saßen die beiden – pleite, aber voller Inspiration – an ihrem Küchentisch und schrieben ihren ersten Reiseführer *Across Asia on the Cheap*. Innerhalb einer Woche hatten sie 1500 Exemplare verkauft. Lonely Planet war geboren.

Heute hat der Verlag Büros in Melbourne, London und Oakland und mehr als 600 Mitarbeiter und Autoren. Und alle teilen Tonys Überzeugung: „Ein guter Reiseführer sollte drei Dinge tun: informieren, bilden und unterhalten."

Lonely Planet Global Limited

Digital Depot
The Digital Hub
Dublin D08 TCV4
Ireland

Verlag der deutschen Ausgabe:
MAIRDUMONT, Marco-Polo-Str. 1, 73760 Ostfildern,
www.lonelyplanet.de, www.mairdumont.com
lonelyplanet-online@mairdumont.com

Chefredakteurin deutsche Ausgabe: Birgit Borowski

Redaktion: Annegret Gellweiler, Frank J. Müller, Felicitas Ow-Wachendorf, Sylvia Scheider-Schopf, Julia Wilhelm, Stephanie Ziegler (red.sign, Stuttgart)

Übersetzung: Tobias Ewert, Stefanie Gross, Marion Matthäus, Dr. Christian Rochow

FSC
www.fsc.org
MIX
Papier aus verantwortungsvollen Quellen
FSC® C018236

Top-Ziele in Deutschland

1. deutsche Auflage Juli 2019, übersetzt von *Best of Germany, 2th edition*, Mai 2019, Lonely Planet Global Limited

Printed in Poland